KB265162

高山 大三國志

10 하늘아 사람아

고산고정일

고산 대삼국지 10 하늘아 사람아

제1부 삼국지 인간학

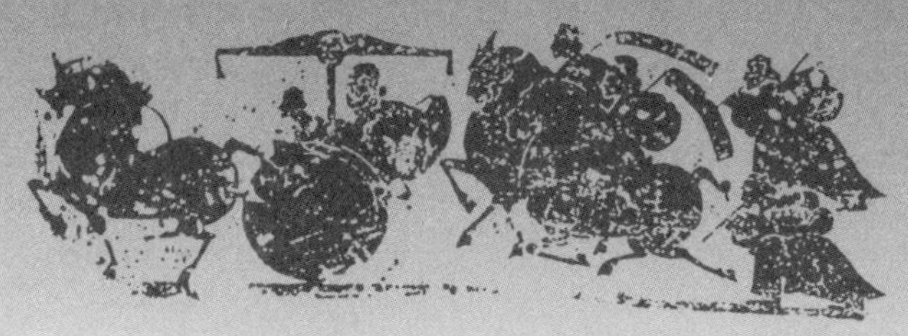

제1부
삼국지 인간학

제1부
삼국지 인간학

사람의 지혜

지혜는 본디 정해진 틀이 없다. 처한 국면에 따라 잘 들어맞는 것이 높은 지혜다. 높은 지혜란 무심한 상태에서 합치되는 것이지 천 번 만 번 궁리하여 이를 수 있는 게 아니다. 사람들은 자잘한 것을 얻고 좋아하지만 대인은 큰 것을 얻고도 말이 없다. 사람들은 가까운 것을 보고 근심하지만 대인은 먼 것을 보고 미소 짓는다. 사람들은 움직일수록 어지러워 지지만 대인은 고요한 가운데 저절로 바르고, 사람들은 항상 속수무책으로 안달하지만 대인은 언제나 여유롭고 능숙하다. 그래서 높은 지혜를 가진 사람은 어려운 일을 만나도 언제나 쉽게 처리하고 거친 일을 접해도 항상 섬세하다. 그 마음은 소리도 냄새도 없는 은밀한 데까지 들어가고 그 행동은 사람들의 상상을 넘어선다. 처음엔 어긋나지만 나중엔 합치되고 겉으로는 거스르는 것 같지만 사실은 순탄하다. 아! 이와 같은 지혜는 정말 높은 것이 아니겠는가! 높은 지혜는 배워서 익힐 수 있는 게 아니다. 높은 지혜는 성인과 범부가 모두 똑같이 가지고 있는 것이다. 하하(下下)의 바보도 날 때부터 상상(上上)의 지혜를 가지고 있다. 다만 그것을 촉발시켜 드러내기만 하면 된다.

중국의 정치가들은 하나같이 3000년 전부터 정치 무대를 둘러싼 권모술수 지혜를 속속들이 터득하고 있었을 뿐 아니라 권력 투쟁이 생리화되어 있었다. 이것은 결코「삼국지」시대나 근대·현대에만 국한된 특수 현상일 수가 없다. 삼국 시대는 격동의 시대였다. 낡은 권위는 무너졌으나 새로운 권위가 뿌리 내리지 못한 채, 사회 규범이나 가치관이 마구 뒤흔들린 상태에 놓여 있었다. 생각하면 이 시대만큼 흥미진진한 때도 없었다. 빼어난 제나름의 능력을 지녔거나 야망을 품은 사람에겐 다시 없는 기회의 시대였다고 할 수 있겠다. 운수만 좋으면 보잘것없는 필부에서 몸을 일으켜 왕후장상(王侯將相)은 물론이요 황제의 자리마저 넘볼 수가 있었으니까. 그 시대는 계층 사이의 이동이 심했다. 체제가 안정된 태평성대라면 사회의 밑바닥에서 이름없이 삶을 마쳤을 뻔한 사람들이 느닷없이 역사의 표면에 등장하여 무대가 좁다 하고 마구 설쳐댔다. 유비 집단(劉備集團) 등이 바로 그것인데 조조(曹操)나 손권(孫權) 등도 비슷한 처지였다. 그들이 엮어낸 인간드라마야말로「삼국지」가운데서 가장 재미있는 지혜 겨룸의 대목이라고 할 수 있을 것이다.

□ 조조와 유비

「삼국지」하면 먼저 떠오르는 것이 조조와 유비이다. 그들은 서로 너무도 대조적인 성격의 소유자였다. 조조를 '모사(謀士)'라고 한다면 유비는 '의인(義人)'이라 부를 만하다.

조조는 '계교를 짜내고 모사를 꾸며 천하를 호령했다' 하는 후세의 평을 들을 만큼 타고난 계략을 바탕삼아 난세를 주름잡았을 뿐 아니라 거의 맨손 맨주먹으로 시작, 짧은 시일 안에 황하 유역의 패자(霸者)로 군림했다. 그의 성공은 권모술수의 개인적 재능 덕분이라 해도 무방할 것이다. 이에 비해 유비는 줄곧 조조에게 골탕을 먹었을 뿐 아니라 '비육(髀肉)의 탄(嘆)'이라는 고사가 말해 주듯 불운의 연속이었다. 그것은 굳이 원인을 캐자면 인정과 의리를 존중한 그의 개성 탓이라고 할 수 있겠다. 그것은 흔히 역사의 격동기, 즉 난세에서는 자신의 행동을 속박하는 족쇄가 되기 쉽다. 그에 대해서는 이런 이야기가 전해지고 있다.

208년(건안 13), 조조가 대군을 이끌고 남방정벌에 나섰을 무렵, 유비는 형주(荊州)에 있는 유표(劉表)의 손님으로서 번성(樊城)에 머물러 있었다. 때마침 유표가 죽고 나자 그의 아들 유종(劉琮)이 그 뒤를 이었는데, 유종은 조조의 기세에 겁을 먹은 나머지 아예 항복해 버렸다. 번성만으로는 감히 조조의 대군에 대항할 수가 없었다. 그래서 유비는 할수없이 번성을 버린 채 강릉(江陵)으로 후퇴한 뒤 진용을 가다듬고자 했다.

그런데 도중에 이변이 일어났다. 유종에게 버림받은 형주의 백성들이 줄을 이어 유비군에게 합류하여, 대뜸 그 숫자가 10여만으로 늘어났으며 짐수레만도 수천 량에 이르른 것이다.

이렇게 되자 후퇴 속도는 자연히 느려지게 마련이었다. 바로 등 뒤에선 조조의 군사들이 물밀듯이 휘몰아왔다. 유비의 참모들은 전전긍긍했다. 그때 참모 한 사람이 나서서 진언했다.

"신속히 행군하여 강릉을 지키십시오. 지금 크게 군사가 불어났다 하나 정녕 쓸 만한 자는 많지 않습니다. 만일 조조의 대군이 밀어닥치면 그것을 어찌 막으려 하십니까?"

유비의 대답은 이러했다.

"큰일을 도모하려는 사람은 반드시 사람을 아끼는 법이오. 지금 백성은 내게 의지하려 모여들었소. 그런데 내 어찌 그들을 버릴 수 있으리오."

이런 점이 곧 유비의 본성이었다.

아니나다를까. 그의 군사는 바짝 뒤쫓아온 조조의 기병대들의 말발굽 아래 산산이 짓밟혀, 유비 자신도 처자마저 버린 채 간신히 목숨만을 부지하여 도망쳤던 것이다. 그가 조조와는 달리 고난에 찬 인생 역정을 걸을 수밖에 없었던 최대의 이유는 바로 앞서 말한, 인정과 의리가 몸에 밴 그의 개성 탓이었다.

그러나 때때로 장점이 곧 단점이요, 단점이 곧 장점으로 탈바꿈하는 수가 있다. 조조가 지닌 '권모술수'는 정치적 갈등의 현장에서는 눈부신 구실을 다했으나 사람을 심복시키기는 어려웠다. 이에 비하면 유비의 몸에 밴 인정과 의리는 비록 전략전술 면에서는 마이너스 효과를 나타낼지 몰라도 사람의 마음을 사로잡는 데는 더없는 위력을 발휘했다. 실제로 그는 '유비는 전쟁에서의 임기응변을 모르는 사람'(조조의 평)이라는 혹평을 듣는 한편 부하들의 마음을 사로잡는 데는 성공하였다. 관우(關羽)·장비(張飛)·제갈량(諸葛亮) 등이 그를 위해 충성을 다한 이유가 곧 그것이다. 여기서는 그의 성격이 곧 장점으로 평가되어도 무방할 것이다.

그렇지만 조조와 유비를 인간적인 면에서 비교한다면 어찌될까. 이에 대한 이야기가 전해지고 있다.

조조가 그의 본거지로 삼고 있는 곳에 후한 황조(後漢皇朝)의 헌제(獻帝)를 맞이하고 황하 유역에 확고한 지반을 쌓아 올렸을 때, 유비는 그때까지도 독자적인 세력을 지니지 못한 채 한낱 식객으로서 조조 휘하에 머물러 있었다.

그 무렵 조조의 독재를 꺼린 조정의 고관들이 조조의 시해(弑害)를 음모하고 유비를 그 책임자로 추대했다. 그래서 그가 고관들의 뜻을 좇아 거사의 기회만을 노리고 있던 중, 하루는 느닷없이 조조의 식사 초청을 받았다. 그가 태연한 표정으로 자리잡고 앉자 조조 또한 아무렇지 않은 듯이 이런 말을 건넸다.

"오늘밤 천하 영웅은 오직 그대와 나뿐. 원소(袁紹) 따위는 이야기조차 되지 않소."

그 말을 듣자 유비는 흠칫 놀라 얼떨결에 젓가락을 바닥에 떨어뜨렸다. 마침 그 순간 고막을 찢는 듯한 뇌성벽력이 울렸다.

"허허, 이거 큰 결례를 했습니다. 성인도 우레나 폭풍이 치면 반드시 무슨 변이 닥친다고 이야기했는데, 그게 실감이 나는구려. 소생은 본디 뇌성벽력을 싫어하는 성미라서 엉뚱한 추태를 보여 드렸으니 민망하기 그지없습니다."

이런 변명으로 몹시도 어색한 그 장면을 가까스로 모면한 것이다.

조조가 여유만만한 태도로 상대의 속셈을 떠보려 했던 데 비하여 유비는 궁상맞은 변명까지 곁들여야만 했다. 이 에피소드에 관한 한, 조조 쪽이 한결 단수가 높았던 것으로 여겨진다.

유비는 흔히, '지력과 술수 면에서는 위무(魏武), 즉 조조의 적수가 아니다'라는 세평처럼 권모술수 면에서는 조조와 비교가 되지 못했다. 뿐만 아니라 유비로서는 매우 인간적인 면에서도 조조에게는 미치지 못했다.

그러나 조조는 그런 유비마저도 아군 진영에 끌어들였을 뿐 아니라 한편으로 경계를 게을리하지 않았다. 말하자면 유비를 보는 눈이 따로 있었던 것이다.

이런 이야기가 있다.

유비가 여포(呂布)에게 쫓겨 조조에게 도움을 청하자 조조의 참모인 정욱(程昱)이

"유비의 사람됨을 보아하니 도량이 넓어 민심을 크게 얻고 마침내 영도자가 될 것이 틀림없습니다. 그러니 한시바삐 그를 없애야만 합니다."

이렇게 진언하자 조조는,

“지금은 인재를 포섭할 때다. 한 사람을 죽여 천하 인심을 잃는
건 바람직스럽지 못하다.”
그 진언을 물리쳤을 뿐 아니라 극진한 예우로써 유비를 대했다는
것이다. 될 수만 있으면 그를 포섭한다는 게 조조의 본심이었다.
그의 휘하에 머물렀던 유비가 뒤에 조조의 암살 계획에 말려든 것
은 앞서 말한 대로이나, 그것이 발각되어 연루자들이 몰살당했을 때
만 해도 유비는 이미 조조의 명을 받고 서주 방면(徐州方面) 진압
에 공을 세우고 있었다.
가까스로 위기를 모면한 유비는 얼마 지나지 않아서 서주를 본거
지로 삼아 조조에게 반기를 들었다. 어제의 친구가 오늘의 적이 된
것이다.
그 소식을 들은 조조는 곧장 유비 토벌군을 파견하기로 마음먹었
다. 그러나 휘하 참모들은 하나같이 그것에 반대했다.
“장군님과 천하를 겨루고 있는 건 원소가 아닙니까? 그런 그가
언제 쳐들어올지도 모르는 판국에 유비 토벌에 나선다는 건…….
원소가 등 뒤에서 공격해 온다면 그땐 어찌하시겠습니까?”
그 무렵 원소는 황하 이북에 크게 판도를 이룩하고 황하 이남에
포진하고 있는 조조를 호시탐탐 노리고 있었다. 신흥 세력인 조조에
게는 그가 최강적이었다. 여러 장수들의 진언에 수긍은 갔지만 조조
의 생각은 다른 데 있었다.
조조는 말하였다.
“유비는 보통 사람이 아니다. 그래서 지금 쳐부수지 않는다면 반
드시 후환이 있을 것이다. 원소는 비록 야심가라고는 하나 둔한
위인이다. 함부로 쳐들어오진 못하리라.”
그러고는 스스로 군사를 이끌고 유비를 쳤다. 싸움에 진 유비는
이번에는 원소를 찾아가 몸을 의탁했다.
포섭이 불가능할진대 차라리 일찌감치 적이 기운을 타기 전에 그

싹을 잘라 버린다는 것이 조조의 방침이었다. 말하자면 그토록 유비를 높이 평가한 일면으로 그의 동향에 대해 깊은 경계심을 품고 있었던 것이다.

그러면 조조는 왜 그토록 유비를 경계해야만 했던가?

유비가 지닌 인정과 의리는 한 마디로 인간적 매력이라 할 수 있었다. 「삼국지」의 저자인 진수(陳壽)는 그를 가리켜 '인품이 온화하고 도량이 넓으며 사람을 아끼고 선비를 위할 줄 안다' 하고 평했지만, 요컨대 그가 존경하는 사람에겐 한없는 겸양과 넉넉한 관용을 베풀 줄 아는 사람이었던 것만은 사실이다. 그것은 마음 가운데 깊숙이 따뜻한 마음이 깔려 있기에 비로소 우러나오는 덕목이었다.

그뿐 아니라 그 점이야말로 그가 지닌 인간적 매력의 샘 줄기이기도 했다. 유비는 그 때문에 백성의 지지와 부하의 신뢰를 한몸에 모을 수 있었던 것이다. 그리고 그것은 또한, 조조로서는 전혀 갖추지 못한 요소이기도 했다. 조조가 유비에 대해 깊은 경계심을 품게 된 가장 큰 이유가 바로 그것이었다.

□ 손권과 원소

조조나 유비 다음에는 손권의 이름을 빠뜨리기 어렵다. 「삼국지」는 본디 위(魏)나라 조조, 촉(蜀)나라 유비, 오(吳)나라 손권 등 삼파전(三巴戰)을 주축으로 엮어져 있기 때문이다. 그러나 손권은 앞의 두 사람에 비해 어딘지 그 발자취가 희미할 뿐 아니라 인물로서본다면 아마도 삼류를 벗어날 수는 없을 것이다.

영웅은 영웅이라도 삼류 영웅.

조조와 유비는 서로 그 발상과 방법론의 차이는 있을지라도 자신의 손으로 기어코 천하통일의 꿈을 이룩하겠다는 야망을 가슴에 품고 있었다. 그러나 손권에게는 그런 강력한 의지가 거의 없었다. 발끝에 떨어진 불똥을 끄는 데는 남다른 기운을 쏟았지만 적극적으로

천하를 넘보거나 위·촉의 싸움에 끼어들겠다는 자세는 아예 다듬어
지지 않았다.

손권은 정세 변화에 따라 때로는 촉과 손을 잡았으며 때로는 위와
동맹을 맺기도 했다. 어찌 보면 정세 변동에 따른 탄력성 있는 정치
자세에는 참으로 괄목할 만한 점이 있었다. 진수가 '몸을 굽혀 욕됨
을 참고, 인재를 등용하며 지혜를 존중하고, 행동력이 뛰어난 사람
이다'라고 말한 것도 아마 그런 점을 참작한 것일 게다. 그러나 위·
촉을 조정하여 어부지리를 취할 만한 적극성은 없었다. 정치 전략
전반에 걸쳐 매우 소극적인 자세였다.

왜 그랬을까? 오의 손권이 세력을 떨친 강동(江東) 땅은 예부터
온갖 자원이 넉넉한 곳으로서 그곳만 잘 다스리면 충분히 자립 태세
를 취할 수가 있었다. 따라서 억지로 다른 세력과 야합할 필요성이
없었다. 손권이 오랫동안 지방 정권에만 만족한 채 천하통일의 기개
가 부족했던 것도 실상 이런 데 원인이 있었지 않나 싶다.

그것은 어쩌면 현명한 선택이었다고 말할 수가 있다. 왜냐하면 오
는 삼국 항쟁의 시대에 끝내 살아 남아, 위나 촉보다 더 오래 명맥
을 유지할 수 있었기 때문이다.

손권이 선택한 길은 허리를 굽히고 방어에 중점을 둔 '살아 남기'
전략이었다. 따라서 드라마의 규모가 비교적 작고 흥미가 덜한 것이
흠일는지는 모르지만, 오늘날의 방어적 세태 앞에서는 차라리 조조
나 유비 쪽보다 오히려 손권에게서 배울 바가 한결 더 많을 것 같기
도 하다.

손권의 장점은 탄력성 있는 외교 노선을 따라 국가의 명맥을 유지
선양시킨 데 있으나, 한 가지 덧붙이자면 인재 등용의 묘를 터득하
고 있었다는 점이다. 실제로 그의 휘하에서는 주유(周瑜)·노숙(魯
肅)·여몽(呂蒙)·제갈근(諸葛瑾)·육손(陸遜) 등 어디에다 내놓아도
부끄럼이 없을 쟁쟁한 인재들을 숱하게 배출했다. 그가 강동 땅에다

확고한 지반을 쌓고 위·촉의 위험에 슬기롭게 대처해 나올 수 있었던 또 하나의 저력은 바로 그것이었다.

그런데 여기서 삼류 인물 가운데 또 한 사람, 원소의 존재를 빠뜨릴 수 없다. 그는 자칫 황제가 될 뻔했던 위인이다. 황하 이북의 드넓은 지역을 차지하고서 서기 200년, 북부 중국의 패권을 놓고 조조와 맞섰던 이른바 '관도(官渡)의 싸움'에 진 탓으로 황제 자리를 바로 눈앞에 둔 채 어이없이 자멸하고 말았던 것이다. 그 패전 이유 또한 과연 '삼류 인물'다운 데가 있다. '관도의 싸움' 초기에는 원소 측이 압도적 우세를 보였다. 단순한 병력 비교만 하더라도 5대 1이나 그 이상의 차이가 났다. 조조의 군사는 차츰 목이 죄어 형편없는 수세에 몰렸으며 천하의 조조마저도 한때는 손 들기 직전까지 몰렸었다. 그러나 결국 싸움은 조조의 압승으로 끝났으며 원소는 재기 불능의 치명타를 입었다.

패전 원인은 무엇이었던가? 물론 전략 전술의 부족이라든가 과신이 빚은 방심 등의 요소를 들 수 있을 것이다.

그러나 가장 중요한 원인은 아무래도 원소 자신의 삼류 인물에 걸맞는 성격적 결함에서 찾아야만 할 것 같다. 그는 명문 출신이었다. 부친의 연대까지 합쳐 4대째 '삼공(三公)', 즉 조정의 재상을 지낸 가문이었으니 혈통으로 봐서는 최고라고 할 만했다. 굳이 혈통을 따지면 조조는 환관의 집안에서 태어났으며 유비는 농부의 아들, 손권은 지방 호족 출신이기 때문에 그 누구도 원소와 비길 수 없었다.

좋은 가문과 혈통은 태평성대에 있어서는 그 자체가 하나의 재산이 될 수 있으나, 삼국 시대와 같은 난세에는 어쩌면 그 반대였다. 때로는 그것이 도리어 약점으로 드러났다. 원소의 경우도 그랬다.

그는 명문 출신답게 외모도 번듯하고 위엄이 넘쳐흘렀으며 항상 주변에 인재를 거느리길 즐겼다. 그러나 바로 그 다음이 문제였다. 원소는 지도자로서의 두 가지 결격 사항을 지니고 있었다. 그 중 하나는 '일을 꾸미나 실천이 없다'라는 평을 들을 만큼 우유부단한 점이었다. 다른 한 가지는 '재능이 있으나 써먹을 줄을 모르고 선(善)을 들어도 받아들이지 못한다'.

이런 식으로 애써 인재를 모아 놓고도 그들의 진언을 고스란히 받아들이길 꺼려 했다. 혈통에서 오는 독선과 아집이 어느새 몸에 젖어 있었다. 태평성대라면 그런대로 명문 귀공자로서 대접을 받았을지 모르지만 먹느냐 먹히느냐의 난세 앞에선 그게 곧 치명적인 약점이었다.

원소가 결정적인 국면에서 조조에게 패하고 '멸망의 미학'을 읊조리며 역사의 막후에 사라진 가장 큰 이유였다.

□ 저수와 순욱

「삼국지」의 흥미를 더욱 북돋아 주는 또 하나의 요소는 참모역(보좌역과 모신)의 인간 드라마이다. 천하의 지혜를 담은 참모역이라 할지라도 그의 재능을 충분히 나타내기 위해서는 먼저 주인을 잘 만나야 한다. 그 만남은 단순한 우연——저수(沮授)의 경우는 스스로의 선택, 순욱(荀彧)의 경우는 상대방의 간청에 의한 경우, 제갈량(諸葛亮)과 사마의(司馬懿)의 경우——등 여러 가지 형태가 있겠으나 일단 군신 관계가 맺어지게 되면 그들은 그가 섬기는 군주의 경륜에 따라 애환과 굴절을 겪고 거기에서 숱한 드라마를 빚게 된다. 어느 의미에서는 참모역이란 매우 보람있는 존재일 뿐 아니라 매우 비극적인 자리이기도 하다. 그것은 현대에 와서도 마찬가지이다.

여기에선 먼저 특히 비극적인 결말을 맞은 저수와 순욱의 경우를 이야기해 보자. 저수는 원소를, 순욱은 조조를 각각 받들고 거의 같은 시기에 그들 상전의 참모역으로서 활약한 인물들이다.

저수가 원소를 만난 것은 거의 우연이었던 것으로 여겨진다. 성에서 쫓겨난 원소가 기주(冀州)에 터를 잡게 되자 마침 그 고을 관리

가운데 저수라는 사람이 있었다던가. 그러나 관리가 어디 저수 한 사람뿐이었겠는가. 그 중에서 유독 그가 원소의 눈에 띄어 중용케 된 것은 자문에 응해 진언한 천하통일책이 원소의 마음에 들었던 탓이라고도 전한다.

저수는 '나이 어리나 큰 뜻이 있고 지략에 뛰어났다'는 평이 나돌 정도로 바탕부터 참모형 인물이었다. 명문 출신으로서 허우대가 훤칠하고 귀공자답게 생긴 원소를 잘 보살핌으로써 천하통일의 야망을 이루고 싶어했을 법하다. 그러나 저수로 하여금 그 자신의 판단에서 오류를 발견케 하는 데는 그다지 많은 시간이 걸리지 않았다.

앞서 말한 바와 같이 원소는 인재를 모아들이는 재간은 뛰어났으나 그들의 충고에는 귀기울이지 않는 성격적인 결함이 있었다. 그렇다면 애써 모은 인재들도 빛 좋은 개살구에 불과하다.

저수만 하더라도 예외는 아니었다. 그 실증은 '관도 싸움'에서 나타났다. 그 싸움에서도 자주 전략 방침을 진언했지만 하나도 받아들여지지 않았다.

한 가지 예를 들어 보자. 싸움이 초반전에서 중반전으로 접어들 무렵, 저수는 이렇게 진언했다.

"아군은 적보다 병력으로 우세하나 용맹성은 적을 따르지 못합니다. 한편 적은 식량이 딸리고 물량면에서는 아군이 월등히 앞서 있습니다. 그래서 적에게는 속전(速戰)이 유리하고 아군에게는 지구전이 유리합니다. 이 시점에서는 차분히 포진한 채 적을 지치게 하는 편이 좋을 듯합니다."

그러나 원소는 그 말을 들은 체도 않고 속전 끝에 대패를 부르고 말았다. 만일 그때 저수의 말을 들었던들 사태는 역전되었을 것이다. 결과적으로 원소에게는 이와 같은 '만일 그때……'의 요소가 너무나도 많았다. 그러한 결과가 관도 패전으로 기록된 것이다.

저수는 원소의 군사가 무너졌을 때 붙잡혔으나 탈출을 시도, 끝내 실패하여 처형되었다. 상전을 잘못 만난 것이 곧 그의 비극이었다.

또 한 사람 순욱도 저수와 맞먹는 준걸로서 젊었을 때부터 귀재 (鬼才)라 일컬어지기도 했다.

순욱도 처음에는 원소 휘하에 몸을 담고 있었다. 명문 귀공자란 어딘지 모르게 사람을 끌어들이는 매력이 있는 모양이다.

순욱은 원소의 인품을 일찌감치 간파한 뒤에 그의 곁을 떠나 그때 만 해도 변변치 못한 신흥 세력에 지나지 않았던 조조에게 달려가 몸을 의탁했다. 조조는

"나의 자방(子房 : 張良 의 자)！"

하면서 기뻐했으며 대뜸 참모로 등용했다.

그 뒤 줄곧 순욱은 조조의 측근으로서 맹활약한다.

조조의 천하 제패는 곧 순욱의 전략 구상 없이는 불가능했다고 해 도 무방하리라. 그만큼 순욱의 사명은 막중한 것이었다. 두 가지만 예를 들어 보자.

조조는 연주(兗州) 한 귀퉁이에 간신히 자기 세력을 구축했다. 그 는 미처 차분한 안정을 누리기도 전에 대뜸 군사를 움직여 서주 공 략에 나서려 했다.

제아무리 적극 공세라 할지라도 자칫 잘못하면 오히려 거덜이 나 버리는 수가 많다. 그 점을 직간(直諫)하고 나선 것이 순욱이었다. 그는 본거지의 방어를 소홀히 한 탓에 자멸한 항우의 고사를 인용하 면서 당분간은 연주의 경영을 튼튼히 하는 데 전념하고, 딴 지역에 대한 공략은 훨씬 더 안정을 찾은 뒤에도 늦지 않음을 진언했다.

조조는 이를 받아들였던 것이다. 그뿐 아니라 당시의 헌제를 조조 의 본거지에 맞아들이도록 진언한 것도 순욱이었다. 조조는 그렇게 함으로써 위로는 황제를 받들고 제후를 호령한다고 하는 매우 유리 한 정치적 기반을 쌓아 올리는 데 성공했던 것이다.

조조는 진두지휘형 장수이다. 이러한 타입은 항우가 좋은 예가 되

겠지만 부하의 충고에 귀기울이지 않는 이가 많다. 그런데 조조만은 예외였다. 원소와는 전혀 달랐다. 여기에도 그의 위대성이 있다.

그 점에서는 순욱이 저수보다 한 수 위였지만, 조조와 그의 커플도 끝은 좋지 않았다. 순욱은 만년에 참모진의 핵심에서 밀려나 외롭게 지내다가 병사했다. 일설에 의하면 조조에 의해 자결을 강요당했다고도 한다.

도대체 어떤 연유로 그토록 가까웠던 두 사람의 관계가 냉각되어 버린 것이었을까. 그것은 어쩌면 그들 사이의 최종적인 정치 목표의 차이에서 비롯되었는지도 모른다.

조조에게는 자기 세력의 확대만이 최대의 관심사였다. 한황조는 그를 위한 한낱 방패에 지나지 않았다. 한편 순욱에게는 쇠잔한 한황조의 부흥이야말로 궁극적인 목표였을 뿐 아니라, 조조에의 협력은 그를 위한 수단에 지나지 않았다. 따라서 조조에게 한황조의 이용 가치가 없어졌을 때부터 이미 순욱은 든든한 참모역에서 자기 앞을 가로막는 한낱 장애물로밖에 여겨지지 않았던 것이다. 양자의 관계가 파탄에 이른 것도 그 때문이리라.

이 또한 참모역의 비극이라고 해도 좋을 것이다.

□ 제갈량과 사마의

이들 두 사람의 참모역 대결이 곧 「삼국지」 후반부의 클라이맥스를 이루고 있다.

「삼국지연의(三國志演義)」에 의하면 사마의는 제갈량의 교묘한 전술에 농락당하거나 적어도 그에 가까운 무능한 장수로 묘사되어 있다. 그러나 사실은 결코 그런 것이 아니다. 제갈량이 오장원(五丈原)에서 패망하고 촉한군이 철수한 뒤에 그 자취를 두루 살피고 난 사마의는 '천하의 기재(奇才)로고' 하면서 감탄해 마지않았다는 것이다. 적장을 감히 기재라고 칭찬한 그 또한 평범한 장수는 아니었음에 틀림없다.

제갈량은 잘 알려져 있다시피 '삼고지례(三顧之禮)'를 다한 끝에 유비의 군사(軍師)로 추대되었으며 그 뒤로도 줄곧 수어지교(水魚之交)로써 극진한 대접을 받았다. 그뿐 아니라 유비가 세상을 떠날 때에는 전적인 신뢰로써 그에게 후사를 맡게 했던 것이다. 유비를 계승한 후주 유선(劉禪)은 아버지를 닮지 않은 바보였다. 그의 단 하나의 행적은 아버지의 유지를 받들어 국정을 송두리째 제갈량의 손에 맡긴 처사였다. 따라서 제갈량의 경우는 최고의 신뢰자라는 면에서는 저수나 순욱과는 달리 훨씬 더 강력한 권한 행사를 할 수 있는 처지에 놓여 있었다. 그러나 그만큼 더 무거운 책임이 어깨를 짓눌렀던 것이다. 직함은 참모였으나 사실상의 정상(頂上)이나 다름없었다.

한편 사마의도 일찍이 조조의 간청으로 그의 휘하에 머물렀던 수재이다. 단 한 차례 조조의 초청을 거절한 적이 있었는데, 인재 포섭에 전력 투구하고 있었던 조조는 쉽사리 단념하지 않았을 뿐 아니라 두 번째 전갈을 보낼 때에는 '이번에도 거절하면 두말 말고 붙들어 오라' 하고 귀띔했었다는 것이다.

이리하여 사마의는 조조 휘하에 들게 되었는데 초기에는 몹시 엄격한 감시를 당했던 것 같다.

웬일인지 사마의는 '외유내강, 투기심이 많고 변덕이 심하다'는 평을 듣는다.

사마의도 조조와 같이 권모술수에 뛰어났다. 굳이 둘의 차이를 애기한다면 같은 권모형이라도 조조는 양성, 사마의는 음성이라고 표현해도 좋을 성싶다. 서로 그러한 차이를 지녔으면서도 다 같이 술수에 뛰어났다고 하는 점에서는 같은 부류였다. 조조의 사마의에 대한 경계심은 바로 그런 라이벌 의식에서 나온 것이 틀림없다.

사마의의 훌륭한 점은 그런 처지에서도 정성껏 조조를 받들었을 뿐 아니라 맡겨진 사명을 완수해 나가며 차츰 조조의 경계심을 풀게 한 끝에 마침내 그의 전적인 신임을 받았다는 점이다. 이 부분만 보더라도 그는 결코 예사 인물이 아니었다. 사마의는 조조의 사후에도 문제(文帝)·명제(明帝)의 양대를 섬겼을 뿐더러 위황조 중신으로서의 튼튼한 지반을 닦았다. 그런 사마의가 제갈량의 군사와 맞싸울 위군 총사령관에 기용된 것은 전임자 병사에 따른 후임 인사이긴 했으나, 그 무렵에 이미 사마의는 위황조의 마지막 카드 같은 존재로 성장했던 것이다. 이러한 뜻에서 제갈량과의 대결은 그에게 있어 단순한 승부 이상의 의의가 있었다. 결코 져서는 안 되는 싸움이었다.

제갈량에게나 사마의에게나 생사를 건 한판 승부인 이상 이 역사적 대결은 어쩔 수 없이 신중한 싸움이어야 했다.

제갈량이 불운했던 것은 그가 엮은, 위를 동서에서 협공한다고 하는 전략 구상이 처음부터 수포로 돌아간 점이었다. 맨처음 관우의 실책으로 형주가 함락된 예를 들 수 있다. 그 결과 촉은 동부 전선의 반격 거점을 상실해 버렸다. 전열을 가다듬은 제갈량은 상용(上庸)에 있는 맹달(孟達)을 등용해서 새로이 제2전선의 개척을 도모했으나 이 또한 사마의의 번개같이 날쌘 반격에 좌절되었다. 그뿐 아니라 동맹국 오의 움직임 또한 소극적이었다. 마침내 제갈량은 거의 단독으로 위의 대군과 맞부딪치지 않을 수 없게 된 것이다.

그에게 불리한 요소는 또 있다. 위·촉의 국력을 비교하자면 5대 1 정도의 차이가 있었다.

그뿐 아니라 촉에서 위를 쳐들어가기 위해서는 험준한 산줄기를 넘어야 했으며 물자나 식량 운반에 어려움이 많았다. 이런 점으로 볼 때 이 싸움은 제갈량에게 처음부터 이기기 힘든 것이었음을 짐작할 수 있다.

이런 판국에 제갈량이 채택한 것은 건곤일척(乾坤一擲), 승부를 맞겨루는 작전이 아니라 신중하고 안전하게 승리를 거둘 수 있는 작전이었다. 물론 싸움에 이기는 것보다 좋은 건 없겠지만 최악의 경우라도 지는 싸움만큼은 하고 싶지 않다는 것이 그의 지론이었을 법하다. 어쩌면 제갈량의 입장에서는 당연한 선택이었는지도 모른다.

이에 대해 사마의는 퍽 작전적이었다. 왜냐하면 그에게는 승리보다는 오히려 불패 쪽이 중요했으며 상대로 하여금 후퇴하게만 하면 그만이었다.

실제로 그는 철저히 싸움을 피하고 지구전에 나서 상대의 후퇴를 기다리는 전략을 폈다. 이 또한 슬기로운 대처였다고 말할 수 있을 것이다.

이리하여 라이벌끼리의 대결은 제갈량의 패망과 더불어 종말을 고하고 전쟁다운 전쟁도 제대로 벌여보지 못한 채 무승부로 끝나 버렸다. 명인의 지력 대결이란 어느 시대를 막론하고 대개 이러한 것인지도 모른다.

조조

□비상한 사람

「삼국지연의」에서 대표적인 악역을 맡고 있는 것이 조조(曹操)라는 인물이다. 등장인물을 선인과 악인으로 구분하는 것은 어디까지나 소설 세계에 있어서의 이야기이지 실제 인물은 그렇게 단순한 것이 아니다. 더욱이 조조에 대해서는 정사(正史)「삼국지」의 저자 진수(陳壽)도 비상한 인물이라 평하고 있다.

비상한 인물이란 심상치 않은 인물, 정상을 벗어난 인물이라는 의미로서 100퍼센트의 찬사라고는 말할 수 없다.

이런 이야기도 있다. 조조가 아직 무명시대 때의 일이다.

그때 인물을 평하기 좋아하는 허소(許劭)라는 명사가 있었다. 어느 날 조조는 이 허소를 찾아가서 자신의 인물평을 요구했던 바, 그는 이렇게 대답했다는 것이다.

"공은 치세의 능신(能臣)이요, 난세의 간신이오."

이것은 「삼국지」의 유명한 에피소드이지만 이 대목을 「후한서」 '허소전'에서 보면,

"그대는 청평(淸平)의 간적이요, 영웅이오."

조조

라고 하여, 그 뉘앙스가 약간 다르다.

흔히 범용한 인물을 평하여 '독도 약도 되지 않는다'라고 말하는데, 조조의 경우는 '독도 되고 약도 된다'고 봐야 할 것 같다.

조조는 얼핏 보기에도 보통 사람이 아니라는 인상을 주게 되는 박력을 몸에 지니고 있었던 모양이다. 이에 대해 다음과 같은 이야기도 있다.

훗날 그가 위왕에 즉위했을 때, 흉노로부터 온 사자를 만나보게되었다. 조조는 키가 작아서 자기 몸매에 자신이 없었다. 그래서 풍모가 그럴싸한 부하를 골라서 그를 그의 대역으로 내세우고 자신은 호위처럼 손에 칼을 쥐고 옥좌 뒤편에 서 있었다.

알현이 끝나고 사자가 물러간 뒤에, 그는 몰래 정보원을 시켜 사자에게 물어보도록 했다.

"위왕의 인상이 어떻습니까?"

그때 사자는 이렇게 대답했다.

"위왕은 가히 덕망과 풍모를 갖춘 분이었소. 그러나 칼을 쥐고 옥좌 곁에 서 있는 사람, 그 사람이 바로 영웅입디다."

이런 에피소드를 종합해 보면, 조조는 과연 영웅의 요소와 간웅의 요소를 겸비하고 있었음을 알 수 있다. 그것이 바로 비상한 인물이라는 말을 듣게 된 까닭이었다.

□ 철저한 비정

현대의 CEO들도 맨손으로 사업을 일으킨 창업자들은 모두 그 나름의 인간적 박력을 갖고 있는데, 조조도 그런 요소를 갖추고 있었다. 그 역시 맨손으로 그만한 길을 달린 인간의 전형이기 때문이다.

한나라 말기의 난세에 환관 집에서 태어난 조조는 재산도 별로 없이 군웅할거의 소용돌이 속으로 뛰어들었다. 거의 무(無)로부터의 출발이었다. 그런 그가 군웅들의 쟁패전에서 연전연승 차례차례로 세력을 확대하여, 지금의 황하 유역 가까이에 확고한 기반을 구축, 마침내 위왕조의 기초를 쌓아올리게 된 이유는 무엇이었을까? 여기서 몇 가지 이유를 들 수 있으나, 그 중에서 가장 중요한 원인은 권모술수에 능했다는 점이다.

진수도, '주(籌)를 쓰고 모계를 마음대로 하여 우내(宇內 : 휘하)를 편달하다'라고 평하고 있다. 주라는 말은 모계와 같은 뜻으로 전쟁에 대한 담판부터 정치전·신경전까지 포함한 것으로 해석할 수 있다.

권모술수란 물론 바람직한 것은 아니다. 거기에는 간사한 사기성이 언제나 뒤따라다닌다. 특히 조조의 경우는 앞벽 치고 뒷벽 치는 그런 간악한 점이 적지 않았다.

여기서 유명한 에피소드 두 가지를 들어보겠다.

조조가 군사를 이끌고 가던 어느 날, 군량이 바닥나기 시작했다. 군량이 떨어지면 작전 행동을 중지할 수밖에 없다. 조조는 군량을 담당하는 장교를 은밀히 불러 대책을 상의하게 되었다. 그러자 장교가 이렇게 대답했다.

"되를 작은 것으로 되면, 어쩌면 견뎌낼 것도 같습니다."

"음, 그래. 그렇게 하라."

곧 되는 작은 것으로 바뀌었다. 그러나 이 소식은 마침내 모든 군사들이 알게 되어 군사들 가운데

"대장이 우리를 속이고 있어."

하는 소문이 나돌게 되었다.

그러자 조조는 그 군량 담당 장교를 불러놓고

"군사들을 달래려면 아무래도 네가 죽어 주어야겠어. 달리 해결
    할 길이 없구나!"

라고 말한 뒤 그 장교의 목을 잘라 장대에다 걸고는 이렇게 포고했다.

"이자는 되를 속여 군량을 횡령한 죄로 참형에 처했노라."

과연 이것으로 군사들의 분노는 가라앉았을지 모르나 목 베인 장교는 다시는 살아 돌아오지 못했다. 아무튼 과히 뒷맛이 개운치 않은 이야기이다.

그리고 또 하나의 에피소드는 이렇다.

조조는 만년에 한황조의 실권을 한손에 쥐고 있었다. 천자 헌제는 그런 조조에게 꼭 쥐어 오직 꼭두각시 같은 신세가 되었다. 당연히 직접 헌제를 모시고 있는 조신들 중에는 조조의 횡포를 지탄하는 자들도 있었다. 그들은 어느 날 밤 군사를 동원하여 승상인 조조의 관저에 불을 질렀다. 그러나 그 반란은 어처구니없이 진압되고 연루자는 모두 사형당했다.

조조의 분노는 그것으로 그치지 않고 궁중의 고관들을 모조리 잡아다 놓고 이렇게 불호령을 내렸다.

"사건 날 밤에, 불을 끄려고 달려온 자는 왼쪽으로, 그렇지 않은 자는 오른쪽으로 나오라."

가엾은 고관들은 왼쪽에 서면 무죄가 될 줄 알고 모두 왼쪽으로 나갔다. 그러자 조조는

"불 끄는 데 협력한 자야말로 진짜 적이다."

라고 말하고는 모두 목을 베어 버렸다.

확실히 비상한 인물임에는 틀림없다. 어쨌든 조조는 이러한 권모술수를 구사하며 난세를 주름잡았던 것이다.

□ 계록

그러면 전쟁에서 그의 행동은 어떠했던가? 정사 「삼국지」에 이렇게 기록되어 있다.

그가 군사를 부리고 장수들을 쓰는 데 있어서 대개는 손오(孫吳) 병법에 의하고, 때에 따라서는 기계(奇計)를 써서 적을 속여 승리로 이끌었는데, 그 변화가 귀신과 같았다. 그러므로 싸울 때마다 반드시 이기고 여기에 요행이라는 것은 없었다.

즉 용병은 손오 병법을 따라 그때그때 상황에 따라 임기응변으로 싸우기를 자랑으로 하였다는 것이다.

그러나 이 구절을 면밀히 조사해 보면 약간 과찬한 대목도 없지 않다. 그는 결코 상승장군이 아니었으며 몇 번인가 쓰라린 패배를 겪은 일도 있었기 때문이다. 그러나 조조의 위대함은 패전 경험을 살려서 그런 패배를 두 번 다시 되풀이하지 않은 데 있다고 할 수 있다. 또한 이것은 난세를 주름잡을 수 있었던 이유 중의 하나이기도 하다.

장군으로서 조조는 진두지휘를 하는 장수였는데, 그 지휘가 매우 변환자재(變幻自在)하였다. 즉 기회를 잡기만 하면 대뜸 공격해 가지만 형세가 불리하면 결코 무리를 하지 않았다. 그러한 판단에 있어서 조조는 그 누구보다도 뛰어났다. 이런 이야기도 있다.

한중(漢中)의 영유권을 둘러싸고 유비와 싸울 때, 조조가 대군을 이끌고 한중으로 쳐들어갔으나 유비 쪽도 천연 요새를 이용하여 수비를 굳혀 진공을 허락하지 않았다. 이렇게 되니 조조도 진퇴양난에 빠져 버렸다. 이러한 상황에서 보통 장군이라면 쉽사리 결단을 내리지 못하고 부질없이 소모전에 말려들기 일쑤이지만 조조는 그렇지 않았다. 그는 재빨리 결단을 내렸다.

어느 날 밤, 장교 한 사람이 지시를 받으러 왔다. 조조는 상에 오른 닭갈비뼈(계륵)을 보고

"계륵이다, 계륵(鷄肋)!"

하고 소리쳤다. 이 소리를 듣고 부관인 양수(楊修)라는 사람이 재빨리 철수 준비를 하였는데, 다른 장수들은 어찌 된 일인지 도무지 알 수가 없었다. 그래서 양수에게 물었더니 양수가 이렇게 대답했다.

"계륵이란 버리기는 아깝지만 또 먹는다고 해서 아무런 도움을 얻을 게 없는 것이다. 그래서 이것을 한중에 비유한 것이다. 주상께서 싸움을 그만두고 돌아가시려는 뜻을 이 말로 전했다는 것을 알았기 때문이지."

이렇게 조조는 한중을 포기했지만 전군이 무사히 철수하자 오히려 기뻐했다는 것이다.

이것이 유명한 '계륵'이라는 말의 출전인데, 어쨌든 조조는 전세가 불리하면 재빨리 모든 것을 포기할 줄 아는 결단력이 뛰어났다.

이는 패전 경험에서 배운 자세이며, 그로 인해 철수의 결단이 내려졌던 것이다.

원소

<h1 style="text-align:center">원소</h1>

□통수자의 조건

여지껏 숱한 사람들에 의해서 'CEO의 조건'이 여러 각도로 논의되어 왔다. 저마다 그 주장하는 바가 다르긴 했어도 하나의 공통점으로는 통솔력·판단력·선견력·결단력·신의와 인정 등을 들 수 있겠다. 이러한 항목은 CEO의 조건으로서는 불가결한 것으로, 달리 이견의 여지가 없다.

그러나 그것만이 필요조건의 전부냐 하면 뭔가 모자라는 느낌이 든다. 이럴 때 중국인이라면 어떤 조건을 더 들 것인가를 생각하자마자 문득 또 하나, 풍도(風度)가 떠오르게 된다. 이에 대한 것으로는 다음과 같은 이야기가 있다.

당나라 현종 때 장구령(張九齡)이란 재상이 있었다. 그윽한 교양을 지닌 문화인으로, 시인의 명성도 누리고 있었을뿐더러 재상으로서의 정치 무대에서는 꼿꼿한 직언을 통해 현종의 경륜을 보좌했다고 전해진다. 그가 정계에서 은퇴한 후의 일이었다.

후임자를 천거할 때마다 현종은 으레

“풍도가 능히 그대를 따를 만한가?” 하고 묻곤 했다는 것이다.

현종은 ‘풍도’를 매우 중요시했음을 알 수 있는 에피소드이다. 적어도 한 나라의 재상된 자로선 ‘풍도’가 필요조건이라는 생각이었던 듯싶다.

풍도란 무엇인가? 사전을 펴보면 풍모·풍채·풍격 등의 낱말이 눈에 띈다. ‘풍도’란 이들보다 한결 그 뜻하는 바 범위가 넓다. 말하자면 태도·언행·표정·용모·골격 등의 겉모습과 자태를 통틀어 이를 뿐 아니라 나아가 인물의 그릇·도량·분위기 등의 무형의 요소까지 포함된다.

이를테면 태도나 언행이 경망하지 않고 느긋하고 여유있는 느낌이 풍겨나와야 하고, 표정은 또한 희로(喜怒)를 함부로 드러내는 일이 없어야만 한다. 용모와 골격은 단정하고 의젓한 품위를 유지하는 것이 바람직할 것이다. 좋은 의미로 그 사람의 지체에 걸맞는 의젓함이라고나 할까.

현대 인물 중에서 저우언라이(周恩來)는 거의 완벽할 정도로 이 조건을 충족시켰다고 할 수 있다. 덩샤오핑(鄧小平)은 어떤가. 유감스럽게도 이 풍도에 관한 한 훨씬 못미친다고 말할 수밖에 없다. 그는 어느 쪽이냐 하면 정상의 그릇은 못되고 모신과 참모형에 알맞는 타입이다. 아마 그 점은 그 자신도 인정하고 있는 게 아닌가 싶을 때가 간혹 있다.

중국인은 지도자를 평가할 때 ‘풍도’ 여부를 또렷이 입 밖에 드러내는 일은 드물지만 마음 속에 그리는 지도자상에 대해서는 이 풍도의 비중이 압도적이다.

□ 명문
원소(袁紹)는 「삼국지」 전반부에 등장하는 주역의 한 사람인데

이 풍도에는 아주 빼어난 인물이었다고 할 수 있다. 그를 평한 말들을 살펴보면

'소(紹)의 용모에는 위용이 넘친다'

'소, 외양이 너그럽고 도량이 넓다'

'위용과 품위가 넘친다'

모두 이 풍도에 관한 것들이다.

원소는 적어도 이 풍도에 대해서만큼은 마치 정상을 위해 태어난 듯한 인물이었다.

그의 몸에 밴 '풍도'는 어디서 온 것일까? 그것은 아마 그가 명문 출신이었다는 데에서 원인을 찾을 수 있을 것이다. 그의 집안은 흔히 '사세삼공(四世三公)'이라 일컬어지듯 4대에 걸쳐 '삼공(재상)'을 배출한 명문 중의 명문이었다. 당시로서는 가장 지체 높은 가문이었다. 그러니까 출신성분 면에서는 하찮은 환관의 후예에 지나지 않는 조조나 가난한 농민의 아들로 태어난 유비와는 천양지차였다.

원소의 풍도는 그의 출신성분과 밀접한 관계가 있다. 젊은 시절의 그는 어떤 뜻에서는 전형적인 명문 귀공자로 생활했다. 거리의 한량들과 어울리는가 하면 마음껏 방탕한 생활 속에 몸을 담그기도 했던 것 같다.

그때 어울렸던 부랑배 친구 가운데 조조도 끼어 있었다. 둘에 대해서는 이런 에피소드가 전해진다.

하루는 어느 집 혼례잔치가 있는 것을 알게 된 두 사람은 밤이 깊자 그 집 뜰에 숨어들어 '도둑이야!' 하고 소리쳤다. 둘은 그 집 식구들이 놀라 우왕좌왕하는 틈에 신부를 들쳐 업고 줄행랑쳤다. 그런데 도중에 원소가 땅을 헛디디는 바람에 탱자나무 덤불 속으로 굴러떨어져 버렸다. 그러자 느닷없이 조조는 마구 고함을 질러댔다.

"동네 사람들! 여기 도둑놈이 숨어 있소!"

원소는 살갗이 찢기는 아픔도 잊은 채 그곳을 뛰쳐나와 두 사람 다 무사히 도망칠 수가 있었다.

그들의 방탕한 생활의 단면을 엿볼 수 있는 이야기이다. 생각하면 몰상식하기 짝이 없는 장난질이지만, 막상 명문 귀공자가 그 장난의 주인공이고 보면, 설사 발각이 되더라도 젊은 혈기의 한때 실수쯤으로 치부되고 말았을 것이다.

그 뒤 원소는 갓 스물의 나이로 복양장(濮陽長)에 임명되었다. 이것이 바로 명문의 후광이 아니겠는가. 「한비자」에 이르기를 '긴 소매는 춤에 어울리고, 많은 돈은 재물을 긁어들인다'는 대목이 있다. 배경과 돈줄만 있으면 안 되는 일이 없다는 뜻이지만 유독 원소를 빗댄 말인 것 같다.

원소는 임명된 지 얼마 지나지 않아 친상(親喪)을 치르기 위해 관직에서 잠시 물러났으나 탈상 후에도 쉽사리 복직하려고 들지 않았다. 그리고 오직 한량 패거리와 어울리길 즐겼다.

원소는 명문 출신이긴 했으나 그걸 별로 내세우지 않고 누구와든 터놓고 잘 어울렸기 때문에 그의 둘레에는 빼어난 인재와 충성스러운 동지들이 많이 몰려들었다고 한다.

이 또한 명문의 후광임에는 틀림없으나 그 자신이 지닌 '풍도'가 많은 인재를 끌어들이는 매력적인 요소였음을 부인할 수는 없다.

그때 원소의 호탕한 야인 생활을 보고 조정의 관리들은 이렇게 쑥덕거렸다.

"원소 녀석, 어영부영하면서 함부로 이름을 파는 모양인데……. 우락부락한 건달들을 모아 놓고 도대체 무슨 음모를 꾸미는 걸까?"

숙부 한 사람이 걱정이 되어 그를 불렀다.

"넌 우리 집안에 똥칠을 할 셈이냐?"

숙부가 크게 꾸짖자 원소는 금세 뉘우치고 또다시 관리 생활로 돌아갔다는 이야기이다.

그때의 부랑 생활이란 아마 현대식으로 표현하면 방랑 끼가 엿보였던 것 같다. 그러다 여차할 때엔 조금만 고개를 숙여도 지체 높은 감투를 쓸 수가 있었다. 역시 명문 세가의 덕분이겠지만.

그것이 태평성대였다면 원소는 그 '풍도'의 덕으로 출세 가도를 마구 달린 끝에 드디어 '삼공' 자리에 쉽게 올랐을 것이다. 그러나 사태는 그렇지 않았다. 서울은 이윽고 동탁(董卓)이 거느리는 거친 군사들의 말발굽 아래 짓밟히고 조정 자체도 사실상 풍비박산을 면치 못하게 된다. 난세의 개막 선언이었다.

또한 태평성대라면 가문과 풍도가 곧 모든 것을 의미했겠지만, 난세에 필요한 것은 개인의 능력과 지혜이지 가문과 풍도가 아니었다. 난세에는 그것이 먹히질 않았다. 그런데 원소의 경우만큼은 이 풍도가 여전히 신통력을 발휘하게 되었으니 이는 어인 일일까?

□ 조조와 무엇이 다른가

동탁이 서울을 장악하자 원소도 조조와 마찬가지로 그곳을 빠져달아났다.

두 사람 다 서울을 마구 불태우고 황제 폐위마저 멋대로 단행하려고 한 동탁의 행패에 분노를 느꼈다.

그러나 두 사람의 탈출행을 비교해 보면 그 긴박감의 차이가 드러난다. 조조는 지명 수배를 받은 끝에 추격병까지 등 뒤에 밀려, 간신히 목숨만을 부지한 채 숨어 든 시골을 거점으로 나중에 반(反)동탁의 깃발을 올리게 된다. 이에 비해 원소는 지명 수배는커녕 관헌 하나 얼씬거리지도 않았을 뿐 아니라, 그곳을 도망친 뒤에도 발해태수(渤海太守)에 임명되었고 더구나 향향후(邟鄕侯)에 책봉되기까지 했다. 이 차이점은 과연 어디서 온 것이었을까?

동탁으로선 장래의 위험성에 대비하여 조조나 원소를 다같이 처단해 버리고 싶었을 것이다. 그런데도 조조만 추적했을 뿐 원소 쪽은 너그럽게 대했던 것이다.

그것은 다름아닌 가문의 영향이었다. 원소는 '사세삼공'의 가문 출신으로 조정은 물론 각처의 유지들과도 긴밀한 인맥을 맺고 있었다. 동탁은 그를 적으로 돌린다는 것은 큰 손해라고 판단했을 것이다. 그와 반대로 한낱 비천한 환관의 집안에서 태어난 조조에게는 원소와 같은 배경이 없었기에 그를 당장 어떻게 처리하든 조금도 뒷걱정이 없다고 생각했을 것이다.

바로 이 차이 때문에 그들 두 사람의 삶은 아주 대조적인 발자취를 남기게 된다.

이윽고 각지의 지방 장관들을 중심으로 하는 반동탁 연합군이 결성되자, 원소는 가문과 풍도가 평가된 나머지 자연스레 그 우두머리로 추대된다. 그에 비해 조조는 병력을 긁어모아 연합군에 가담해서 스스로 제일선에 나서 몇 번이고 생사를 건 전쟁을 치르지만, 줄곧 말석의 장수 신세를 면치 못한 채 공에 비해 제대로 된 대우를 받지 못했다. 총수의 자리에 앉은 원소와는 상대가 되지 못했던 것이다.

반동탁 연합군이 차츰 흩어지고 군웅할거의 국면에 접어든 뒤에도 조조는 연주에 거점을 세울 때까지는 몸소 선두에 나서서 실전의 고통을 겪어야 했다. 그는 몸소 땀과 피를 흘려가며 자기 지반을 쌓아 올렸던 것이다. 어느 시대이고 간에 이는 맨손으로 출발한 사나이의 숙명이다.

이에 반해 명문의 후광을 업고 있는 원소는 조조보다 한발 앞서 기주라는 드넓은 거점을 손아귀에 넣긴 했지만, 조조와 같은 투쟁으로 얻은 것은 아니었다. 그가 의젓하게 정상의 자리를 차지했다고는 해도 그 모든 것은 하나같이 주위와 배경 덕분이라 해도 과언이 아니었다. 어찌 되었든 사방의 인재들은 그의 명성과 풍도를 전해 듣고 끊임없이 그의 주변으로 모여들었다.

이리하여 원소는 그때 각지에 할거한 군웅들 가운데서 최고의 세력을 이룩하게 된다. 맨몸으로 서울을 도망쳐 간 그를 그곳까지 밀어올린 것은 앞서 말한 바와 같이 이름난 가문 때문이었으며 그가 갖춘 풍도 덕분이었다. 그래서 원소는 한결 돋보였을 뿐 아니라 별로 힘 들이지 않고 세력을 확장할 수 있었던 것이다.

□ 통수 실격자

그러나 먹느냐 먹히느냐 하는 난세에는 가문이나 풍도는 언제까지나 흥망성쇠의 열쇠 구실을 할 수가 없는 법이다. 원소의 경우도 풍도가 크게 영향을 미칠 수 있었던 것은 고작 거기까지였다. 그 후 그는 북중국의 패권을 놓고 조조와 맞선 '관도 싸움'에서 참패를 당하고 천하통일의 야망은 어이없게 끊겨 버렸던 것이다.

서기 200년 그 싸움은 「삼국지」 전반부의 클라이맥스를 이루고 있는데, 일반적인 예상으로는 압도적인 원소측의 우세로 점쳐졌다.

조조는 그때 승승장구 놀라운 속도로 세력을 확장하고 있긴 했지만 휘하의 군세만 놓고 보더라도 원소측이 10만인 데 비해 조조측은 불과 2만 안팎으로 비교가 안 될 정도였고, 그 열세 또한 두드러진다. 원소가 질 만한 이유는 하나도 없었다. 그러나 결과는 조조의 큰 승리, 원소의 대참패로 끝났다.

그러면 도대체 원소의 패인은 무엇인가? 물론 직접 패인은 전략 전술의 졸렬에 있었다. 이것은 부정할 수 없는 사실이었다. 원소가 그와 같은 졸렬한 전략 전술을 채택하게 된 원인이 무엇인가를 묻게 된다면, 명문의 귀공자에게 있기 쉬운 성격적 약점이라고 지적할 수 있다.

진수는 그것을 이렇게 평하고 있다.

"겉으로는 너그러운 척하며, 속으로는 시기심이 많아 책모를 좋아할 뿐 결단력이 없다."

또 이렇게도 평하고 있다.

"인재는 있으나 그를 쓸 줄을 모르고 진언을 받고도 그를 받아들이지 않았다."

이래서는 우두머리로서 실격이라 말할 수밖에 없다.

앞서도 말했듯이 그의 휘하에는 그의 명성과 풍도에 이끌려 많은 인재들이 모여들고 있었다. 그 대표적인 인물이 전풍(田豊)·저수(沮授)와 같은 참모들이다. 그러나 원소는 중요한 관도 싸움에서 그들의 진언을 단 한 가지도 받아들이지 않았다. 유능한 인재를 가까이 두고 있으면서도 그들을 적절히 쓸 줄을 몰라 숱한 인재들이 그림 속의 떡으로만 존재했던 것이다.

저수에 대해서는 앞에서 말했으므로 여기서는 전풍에 대해 말해보기로 한다.

원소가 관도를 향해 진격하기 직전, 조조는 갑자기 군사를 동원하여 서주에 있는 유비를 쳤다. 배후를 위협하는 유비를 쳐야만 안심하고 원소의 군사를 맞이할 수 있으리라 판단했던 것이다. 그야말로 조조다운 기민한 작전 행동이었다.

그러나 여기서 그의 본거지인 허창(許昌)을 비게 하는 헛점을 남겼다. 원소 쪽으로는 이토록 좋은 기회가 없었다. 이것을 눈치챈 전풍이 재빨리 허창 공략의 기습작전을 진언했다. 그러나 원소는 자기 아들이 병석에 있다는 이유로 출병을 거부했다. 그러자 전풍은 손에 들고 있던 지팡이로 땅바닥을 치면서

"천재일우의 기회를 얻었는데도 아들의 병을 핑계로 기회를 놓쳤다. 이처럼 애석한 일이 있는가!"

라고 원통해했다는 것이다.

아들의 병 따위를 핑계로 다시 없는 기회를 놓친 것은 정말 안타까운 일이다. '책모만 좋아할 뿐 결단력이 없다'는 평을 받고 있는 원소의 우유부단이 결국은 모처럼의 기회를 걷어찬 것이다.

마침내 조조는 서주를 공략하여 유비의 세력을 쓸어버리고 난 뒤 서둘러 허창으로 돌아와 원소의 군사를 방어하는 태세를 갖추었다. 원소는 예정대로 진공을 시작하려 했다. 이때 또 전풍이 반대 의견을 냈다. 그의 판단은 다음과 같은 것이었다.

"조조는 용병에 뛰어나 그 전법이 변환자재하니 비록 군사가 적다고 해서 그를 얕보아서는 안 됩니다. 속전속결을 지양하고 지구전으로 이끌어 가야 합니다. 우리 쪽은 천연의 요새를 갖고 있으며 더욱이 사주(四州)의 군세를 모두 내 편으로 하고 있으니 구태여 서둘 필요는 없습니다. 밖으로는 각지의 영웅들과 우의를 다지고 안으로는 식량을 늘리고, 정예를 뽑아 기습부대를 편성, 적의 헛점을 찔러 차례로 황하 남쪽으로 잠입시켜야 합니다. 적이 왼쪽을 막으면 오른쪽을 치고 오른쪽을 막으면 왼쪽을 쳐야 합니다. 이렇게 적을 지치게 함과 동시에 그쪽 백성들이 마음놓고 생업에 종사할 수 없게 하면, 자연히 2년이 못가서 우리쪽이 승리를 가져오게 될 것입니다. 그런데 주상께서는 병법의 이치를 버리고 이 싸움으로 결판을 내려 하십니다. 다행히 승리를 거둔다면 더 말할 것도 없으나 만일의 경우에 패배한다면 그때는 이미 아무리 후회해도 만회할 도리가 없게 될 것입니다."

이때 전풍의 진언은 원소가 처해 있는 그때의 정세로 보아, 매우 타당하고 현명한 전략방침이었다. 그러나 원소는 귀도 기울이지 않을 뿐 아니라 오히려 간언하는 전풍에게 화를 내며,

"넌 우리 군사들의 의기를 꺾으려는 것이 아니냐? 우습다."
라고 말하면서 전풍을 투옥하고 말았다.

한편 조조는 관도에서 원소의 군사와 대진했을 때, 거기에 전풍이

참가하고 있지 않다는 정보를 얻어냈다.

"이제 승리는 우리 것이다."

라고 만족해하였으며 마침내 원소의 군사가 패주하게 되자 이렇게 말했다고 한다.

"만약에 원소가 전풍의 말을 들었더라면 승패의 결과가 어떻게 되었을지……."

원소는 스스로 인재를 죽은 사자로 만들어 버림으로써 천하를 가르는 일대 결전에서 제대로 싸워 보지도 못하고 패배해 버린 것이다.

원소가 대패했다는 소식은 옥중에 있는 전풍에게도 전해졌다. 그러자 그는 한숨을 쉬며 말했다.

"만약 이겼더라면 내 목숨도 건질 수 있었을 것을……. 결국 패해 버렸으니 이제 내 목숨도 가망이 없구나!"

가까스로 목숨만 건지고 도망쳐 온 원소는 말한다.

"전풍의 계략을 받아들였더라면 틀림없이 이겼을 텐데……. 그는 나의 실패를 비웃고 있겠지."

진수는 이런 에피소드를 소개하면서 원소의 최고지휘관으로서의 실격에 대해 다음과 같이 평했다.

"밖으로는 너그럽고 포용력이 많고, 웬만한 기쁨이나 걱정을 나타내지 않아 정상으로서 알맞는 풍모를 갖추고 있지만 속으로는 시기심이 많아 부하의 재능을 미워하는 도량이 좁은 인물이었다."

진수는 그것으로도 부족했던지 다시 이렇게 덧붙이고 있다.

"옛날 항우는 범증의 책모를 듣지 않았다가 끝내 그 왕업을 잃고 말았다. 원소가 전풍을 죽인 것은 항우의 그것보다 더하다."

옛날 유방과 항우가 천하를 다투는 초한전(楚漢戰)에서 유방은 인재를 슬기롭게 써 승리를 거둔 데 비해, 항우는 그 수석 참모인 범증조차도 제대로 쓰지 못하여 고배를 마셨다. 그래도 범증을 죽이기까지는 하지 않았다. 그런데 원소는 전풍을 제대로 쓰지 못했을

뿐 아니라 죽이기까지 했으니 정상으로서의 실격도 이만저만이 아
니다.
　원소는 마땅히 패해야 할 처지에 있었으며 자멸하고 말 처지였다
고 말하지 않을 수 없다.

조비

□ 찬탈자

위황조의 실질적 창업자는 조조였는데 그는 끝까지 황제의 위에 오르지 않고 신분상으로는 위왕으로 그쳤다. 만년에 들어 오나라 손권이 제위에 오를 것을 권했을 때

"나를 불타는 화로 위에 올려놓을 셈이로군!"

이렇게 쓴웃음을 지었다는 것이다. 그토록 안하무인격인 조조도 마지막 선만은 넘지 않으려 했던 것이다. 세상의 눈을 의식했기 때문이다.

220년, 조조가 죽고 그 아들인 조비(曹조)가 위왕의 위를 이었다. 그로부터 10개월 뒤, 그는 한나라의 헌제의 제위를 이어받아 위황조를 일으켰다. 이렇개 해서 조비는 형식상으로는 초대 황제가 되지만 실질적으로는 2대째가 되는 것이다. 조비가 위왕의 위에 올랐을 때에는, 이미 조조 일생일대의 분투에 의해 위황조의 기반이 완전히 다져져 있었기 때문이다. 사실 조조의 생애는 창업자로서의 고심으로 채워져 있었지만 조비에게는 그것이 없었다.

흔히 왕조나 기업에서, 2대째라는 것은 창업시대로부터 수성시대

(守成時代)로 옮겨지는 시기에 놓이게 된다. 창업자가 쌓아올린 기반을 안정 기반까지 올려놓을 수 있는지의 여부는 바로 그 2대의 어깨에 달려 있는 것이다.

그러한 면에서 볼 때, 위황조는 불과 45년간이라는 단명 황조로 끝나고 있다. 그렇다면 2대째인 조비에게 어떤 문제가 있었던가? 여기에는 두 가지 이유가 있다.

첫째, 조비에게는 찬탈자라는 오명이 붙어 다녔다.

앞에서도 말했듯이 조조시대부터 한나라의 헌제는 로봇 CEO였고, 조조가 전무이사역이 되어 그 실권을 장악하고 있었으나 조조는 로봇 CEO를 몰아내고 자신이 CEO의 지위에 오르려고 하지는 않았다. 찬탈이라는 오명을 두려워했던 것이다. 그러나 조비는 그렇지 않았다. 즉 정치적 판단이 서툴렀던 것이다.

그러나 한황조는 이미 실속없는 명목만의 존재가 되어 있었다는 것 또한 사실이다. 스스로 CEO 지위에 오른 조비의 행동 선택은, 실태에 맞추어 그 명칭만을 바꾼 것이라는 견해도 성립될 수 있다. 그런데 악덕한이라는 꼬리표가 붙여진 조비로서는 어쩌면 억울했을지 모른다.

조비에게 찬탈이라는 이미지가 붙게 된 것은 「삼국지연의」 때문이었으며, 그 점에서는 조조도 마찬가지였다. 조조 역시 「삼국지연의」 탓으로 전형적인 악역으로 굳어져 버린 것이다. 소설이라는 것도 대중적인 장기 베스트셀러가 되면 그 영향력이 크다.

그런데 정통 사서(史書), 이를테면 정사 「삼국지」라든가 「자치통감(資治通鑑)」에서는 찬탈이라는 이유를 들어 조비를 비판하고 있지 않다. 사실을 담담하게 기록하고 있을 뿐이다.

중국의 인물에 대해 엮을 때 기본 자료로서 각 시대의 정사를 인용한다. 이를테면 삼국시대는 「삼국지」를 참고로 한다. 그러나 그것만으로는 부족할 것 같아 다시 사마광(司馬光)의 「자치통감」과 이

탁오(李卓吾)의 「장서(藏書)」를 참고하는 수가 많다. 「자치통감」은 정통의 정사, 「장서」는 이단의 정사이므로 이 두 가지를 참고로 하면 균형을 잡을 수 있기 때문이다.

그렇다면 이 두 가지 사서는 조비를 어떻게 보고 있을까?

「자치통감」은 앞에서 말했듯이 사실을 담담하게 적고 있을 뿐, 조금의 과찬이나 괜히 헐뜯는 필치도 구사하지 않고 있다. 한편 「장서」는 이와는 반대로 엄격한 비판적 필치를 구사하고 있다.

「장서」에서 조비를 몹시 비판하고 있는 점은 찬탈이라는 이유뿐이 아니라, 다음의 또다른 이유 한 가지로 비판을 가한다.

요컨대 찬탈자이며 극악무도한 인물이라는 비난은 「삼국지연의」와 같은 속설이나 그것을 각색하여 만들어진 연극 등에서 파생한 세속적인 비난일 뿐, 정통 역사가들은 찬탈 사실 자체를 비난 재료로 삼고 있는 것은 아니다.

찬탈자라는 오명은 조비에게 그야말로 엉뚱한 날벼락이라고밖에 볼 수 없다.

□세 가지 에피소드

조비가 비난받고 있는 두 번째 이유는 그 인간성의 냉혹함에 있다. 특히 같은 혈육인 동생들, 즉 임성왕(任城王)인 조창(曹彰)과 진사왕(陳思王)인 조식(曹植)을 박해했다는 사실이 유력한 비난 재료로 다루어져 왔다.

그러나 여기에도 여러 가지 꼬리가 달린다. 즉 침소봉대해진 것이다.

먼저 유명한 「칠보시(七步詩)」 애기이다. 조비가 즉위하고 나서의 일이다. 어느날 그는 동생인 조식에게 일곱 걸음을 걷는 동안에 시 한 수를 짓도록 명했다. 그러지 못하면 처형한다는 조건이었다. 그

때 조식은 그 자리에서 시 한 수를 지었다.

　　콩을 볶는 데 콩깍지를 때니
　　콩은 가마 속에서 울고 있다
　　본디 한 뿌리에서 나왔거늘
　　볶아침이 어찌 이다지도 급하뇨?

이 시를 보고 조비는 스스로 자신의 잘못을 뉘우쳤다는 것이다.
그리고 다음과 같은 이야기도 있다.

조비는 일찍부터 용맹한 인품을 지닌 동생 조창에게 심한 질투를
느끼고 있었다. 어느날 두 사람은 어머니 변태후(卞太后) 방에서
대추를 먹으면서 바둑을 두고 있었다. 그때 조비는 대추 속에 독을
넣어 그것을 동생 조창이 먹게 했다.
독이 든 대추를 먹은 조창은 온 몸에 독기가 돌아 몸부림을 쳤다.
이것을 본 어머니 변태후가 독을 없애려고 물을 먹이려 했지만 조비
는 미리 우물의 두레박 줄을 끊어버렸다. 변태후가 황급히 맨발로
우물까지 달려갔으나 물을 퍼올릴 수가 없었다. 얼마 후에 조창은
숨을 거두고 말았다.
그 뒤로 조비는 하나 남은 동생 조식도 죽이려 하였으나 이를 눈
치챈 변태후가 이렇게 말했다.
"너는 전에 창을 죽이지 않았더냐? 그런데, 이번엔 또 식마저 죽
이려 하니 이게 무슨 일이냐?"

또 이런 이야기도 전해지고 있다.

조비가 병에 들어 어머니 변태후가 그의 병문안을 갔는데, 그때

그를 모시고 있는 궁녀들이 모두 옛날에 조조가 데리고 있던 여자들이었다.

그녀들을 보고 태후가

"너희는 언제부터 여기 왔느냐?"

라고 묻자 궁녀들은 입을 모아 대답했다.

"돌아가신 직후부터였어요."

변태후가 그 말을 듣고는 안에 들지도 않고 소리를 지르며 욕을 퍼부었다.

"개나 쥐새끼들도 먹고 난 찌꺼기를 먹으려 하지 않는다. 그런데 하물며……."

훗날 조비가 죽자, 그녀는 묘소에 가긴 했지만 곡하는 예를 갖추려 하지 않았다고 한다.

위의 세 가지 에피소드는 당시의 명사들의 일화를 담은 「세설신화(世說新話)」라는 책에 수록된 것들로서 모두가 지독한 인물이라는 조비의 이미지를 정착시키는 데 효과를 더해 주고 있다.

이탁오의 「장서」 속에서도 이 세 번째 에피소드를 인용하며 이렇게 결론짓고 있다.

"그러나 비와 같은 마음이 없어진 지 이미 오래다. 또 어찌 나라를 다스리는 걱정이 있으리오."

□ 후계자

그러나 이런 일화가 사실인지 아닌지는 매우 의심스럽다. 현재 정사 「삼국지」나 「자치통감」과 같은 정통 사서에는 이러한 일화들은 기록되어 있지 않다.

그러면 전혀 근거가 없는 헛소문에 그치느냐 하면 또 그렇지도 않다. 조비가 즉위 후 육친인 동생들에게 냉정했다는 것만은 사실이다. 이러한 일화에 나오는 것처럼 냉혹한 살해는 하지 않았다 할지라도, 어쨌든 끊임없이 그들을 경계하고 음으로 양으로 그들을 감시하기에 안간힘을 썼던 것이다. 특히 막내동생인 조식에게는 더욱 그랬다. 앞에서 말한 일화의 신빙성은 충분히 있는 것이다.

정사「삼국지」의 저자 진수가

"만약 여기에 확대의 도를 더하여 공정을 기했다면, 어찌 옛 현주가 그 자리에 오래 머물지 않았겠는가?"

라고 평하고 있는 것은 이런 점을 지적한 것이 아닌가 한다. 뒤집어 말하자면 조비는 도량이 좁은 인물이었다는 평을 면키 어려우리라.

그렇다면 왜 조비는 동생들에게 냉혹했을까? 그것은 조비가 후계자로 지명되기까지의 사정에서 찾아봐야 한다.

조조는 본부인인 변황후와의 사이에 비·창·식 삼형제를 두고 있었다. 제대로라면 장자 조비가 당연히 후계자 지위를 잇게 되어 있었으나 실제 그가 후계자로 지명된 것은 조조가 죽기 3년 전의 일이었고, 그 동안에 막내인 식과의 후계다툼으로 대단한 갈등을 겪어왔던 것이다.

그때 조조의 의향은 장남인 조비를 제치고, 막내인 식에게 후계자 지명을 하고자 했었다. 조조가 특히 막내인 식을 후계자로 지목한 것은, 그의 글재주를 높이 평가하고 있었기 때문이다. 조·비·식 삼부자는 모두 문재에 뛰어나 중국문학사에서 삼조(三曹)라고 일컬어지고 있는데, 그 중에서 조식의 문재(文才)는 특히 뛰어났다.

이에 대해 이런 이야기가 있다.

어느날 조식이 쓴 문장이 조조의 눈에 띄었다. 조조는 식에게 이런 문장을 쓸 만한 재주가 있으리라고는 미처 모르고 있었다.

"너는 이것을 누구에게 써달라 했느냐?"

조식이 무릎을 꿇고 대답했다.

"저는 입을 열면 그대로 논(論)이 되고, 붓을 들면 당장 문장이
됩니다. 이 자리에서 운을 떼어 주시면 제가 문장을 지어 보겠습
니다."

얼마 후 위나라 서울 업(鄴)에 동작대(銅雀臺)가 세워졌을 때,
조조는 공자들 전원을 불러놓고 즉석에서 동작대에 부치는 글을 짓
게 했다. 조식은 붓을 들자마자 단숨에 글을 완성시켰다. 더욱이 그
것은 명문이었으므로 조조는 혀를 내둘렀다는 것이다.

조식은 이러한 뛰어난 문재로서 조조의 눈에 들어 한때 장자인 비
를 제치고 후계자로 지목되기까지 했다. 이때 조비 쪽에서 물론 가만
히 있지는 않았다. 유력자들을 포섭하여 필사적으로 이에 대항했다.
이를테면 이런 이야기도 있다.

조조가 군사를 이끌고 전선으로 나갔을 때, 조비와 조식이 길가로
나와 전송을 한 일이 있었다. 이때 조식이 낭랑한 목소리로 조조의
위엄을 찬양하는 인사말을 했으므로 조조의 측근들은 모두 눈을 휘
둥그레 뜨고 감탄했으며 조조 자신도 크게 기뻐했다. 한편 조비 쪽
에서는 기가 죽어 입을 다물고 있었으므로 그의 심복인 오질(吳質)
이 귀띔을 했다.

"임금님께서 출정을 하시니 울면서 보내드려야지요."

그래서 헤어지는 마당에 조비는 소리없이 눈물만 흘리고 엎드려
있었다. 그 모습이 너무나 애처로워 주위에 있는 사람들도 모두 숙
연해졌다.

이와 같이 쌍방의 심복들도, 자기 주인을 후계자 지위에 앉히기
위해 갖은 술책을 구사하여, 그들의 대립 항쟁은 심각하기 이를 데
없었다.

그러한 와중에서 스스로 무덤을 판 것은 조식이었다. 그는 본디 문인 재사들에게 흔히 있는 방만한 생활을 즐기고 있었다. 정로장군(征虜將軍)에 임명되어 전선으로 출동했을 때도 매일 술에 취해 ‘명령을 제대로 받들지 못했다’는 것이다. 일설에 따르면, 이때 조비가 억지로 술을 권하여 취하게 했다는 말도 있다. 동생의 실수를 더욱 부채질하기 위해 그만한 일은 했음직도 하다. 어쨌든 이런 형편으로는 제아무리 문재가 뛰어나다 해도 한 나라의 후계자로서는 실격이라고 말할 수밖에 없다.

이에 대해 조비는 만사가 빈틈이 없고 실수를 하지 않았다. 결국 그러한 생활 태도의 차이가 명암을 갈라놓고 만 것이다.

“식은 제멋대로 행동을 하며 스스로 면려(勉勵)할 줄을 모르고 술만 마시고 절제가 없다. 비는 꾀로써 모든 것을 다루고 정도 깊고 스스로 위신을 갖춘다.”

마침내 조조는 조식을 단념하고 조비를 후계자로 정했다.

그동안의 이러한 대립극이 조비의 심층심리 속에 잠재되어 있었음은 두말할 것도 없다. 그가 즉위하자마자 곧 조식의 심복들을 죄를 물어 죽이고, 조식·조창을 비롯하여 유력한 여러 후보들을 봉지로 밀어내 버리고 감시체제를 강화했다. 그로부터 조식은 죽기까지 11년간을 세 차례나 바뀐 봉지를 옮겨다녔으며 조정일에는 관여하지 못했다. 조비로서는 후계자 다툼의 쓰라린 체험에서 대항 세력의 형성을 몹시 두려워했던 것이다.

조창도 지방의 봉지로 밀려갔는데 나중에 화병으로 죽었다.

이와 같이 조비의 행위에 대해 냉혹하다, 음험하다고 비난하는 것도 무리는 아니다. 인정론으로 보아서는 당연히 그런 비판도 있음직하다.

그러나 반면, 불필요한 마찰을 피하고 국정을 궤도에 올려놓기 위해서는 이같은 조비의 정치적 판단이 잘못이기는커녕, 오히려 매우 현명한 선택이 아니었겠는가라는 논리도 성립된다.

□ 짧은 수명

조비는 앞에서 말한 두 가지 이유로 허와 실이 뒤범벅된 악행 속에서 살아왔다. 그러나 그것은 정상을 참작해서 생각해야 한다는 건 이미 말한 바 있다. 어쩌면 그의 본뜻은 실무와 관료형의 현실 정치가에 있지 않았나 한다. 그 점은 수성시대의 CEO로서는 오히려 안성맞춤이 아니었던가 한다.

사실 조비는 창업으로부터 수성으로 이행하는 시기의 CEO로서 매우 많은 실적을 남기고 있다. 즉 내정면에서는 인재 등용에 힘썼으며 외교면에서는 손권을 포섭하는 성과를 올렸다.

다만 애석한 건 그의 수명이 짧았다는 점이다. 즉위한 지 불과 7년, 기반을 굳히고 본궤도에 오르려던 참에 세상을 떠나고 말았다.

그의 수명에 대해서 이런 이야기가 전해지고 있다.

조비가 아직 후계자로 지명되지 않아 고뇌의 나날을 보내고 있을 때의 일이다. 당시 고원려(高元呂)라는 관상가가 있었는데 잘 맞힌다는 소문이 자자했다. 어느날 조비가 그를 불러 물었다. 그는 대답했다.

"언젠가는 감히 말하기도 어려운 귀한 자리에 오르게 됩니다."

"그럼 수(壽)는 어떤가?"

"40에 자그마한 시련이 다가오겠습니다만, 그때만 넘기면 나중은 만만세입니다."

이 관상가의 예언대로 조비는 40에 세상을 떠났다.

「위서」 '문제기'에 기록된 이 이야기, 즉 불과 40세에 세상을 떠난 것은 조비 자신은 물론이요, 창업한 지 얼마 되지 않은 위황조에

있어서도 불행한 사태였다. 조비는 실질적으로 2대째로서의 책임을
충분히 이루지 못하고 세상을 떠나버렸기 때문이다.

귀모뤄(郭沫若)도 그의 저서「역사인물」가운데서 조비를 다음과
같이 평하고 있다.

정치적 견해로는 동생인 조식보다 훨씬 고명하고, 정치적 풍도
상(風度上)으로는 선친인 조조보다 뛰어났었다. 이를테면 환관들
의 월권 행위를 금지한 것, 태후가 정치에 관여하는 것을 금한
것, 경력에 관계없이 실질적으로 인재를 등용한 것, 조세를 감면
하고, ……검약에 힘쓴 것 등등…… 이 모두가 옛시대 명군의 전
형이었음을 말해주고 있다. 그러나 애석하게도 너무나도 빨리 이
세상을 떠났다. 불과 40밖에 살지 못하고, 황제 재위도 7년밖에
하지 못했다. 만일 7, 80세까지 살았다면 사마씨(司馬氏)에 의한
찬탈이 없었을지도 모른다.

오래 살지 못하고는 공적을 세울 수 없다. 조비의 최대 불행은 단
명으로 끝났다는 데 있다.

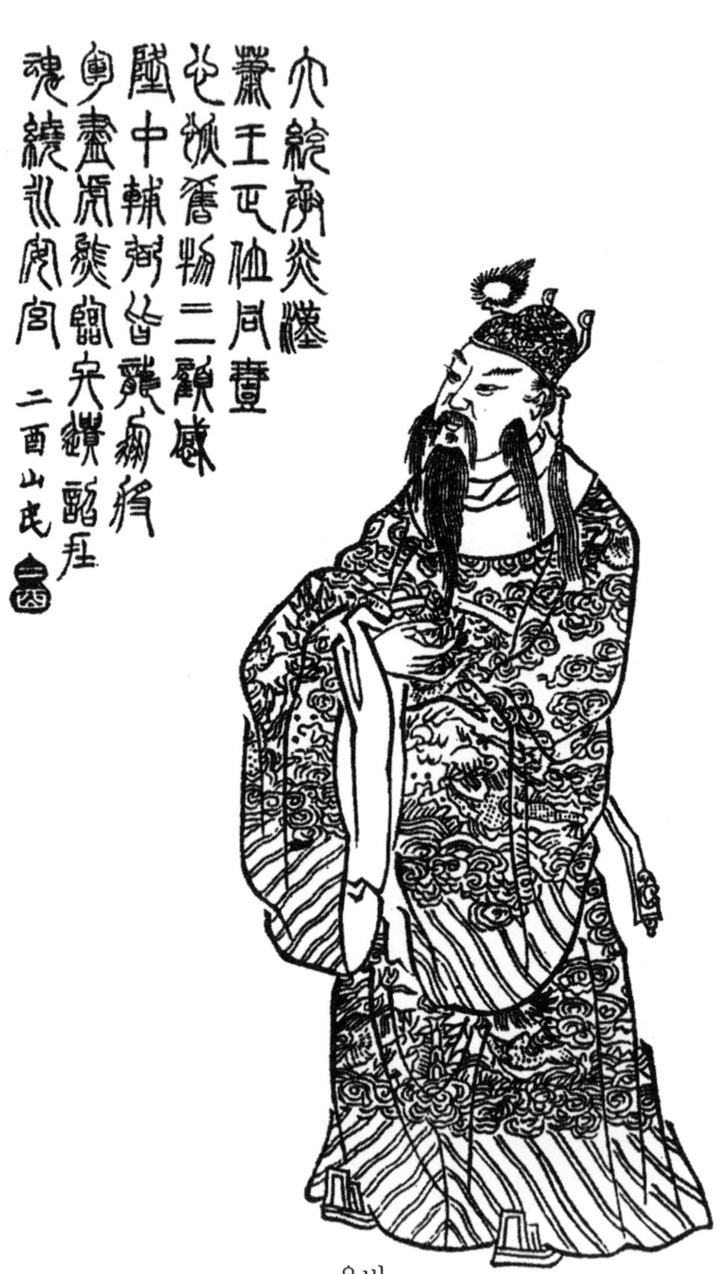

유비

유비

□병법 모르는 통수자

유비(劉備)는 「삼국지연의」에서는 선인(善人)으로 묘사되어 있다. 악인은 말할 것도 없이 조조이다. 이 두 사람의 대결이 「삼국지」 드라마를 이루어 나가는 셈이다. 이 두 사람의 승부가 어떤 경과를 겪게 되는가 하면, 그것은 언제나 유비 쪽이 수세에 몰리는 모습이었다. 유비는 거의 조조 앞에서 전혀 맥을 추지 못하는 형편이었다.

유비의 삶은 부침(浮沈)의 연속이었다. 젊은 시절, 후한 말의 혼란을 틈타 군사를 일으킨 뒤로 20년 동안, 50세에 가까울 때까지 자기 세력을 형성하지 못했던 것이다. 당시는 50세라면 이미 만년에 가까운 나이였다.

"4, 50이 되어도 아직 그 이름이 나지 않는다면, 두려워할 만한 존재가 아니다."

라고 공자는 「논어」에서 말했지만 50세에 가까운 유비의 경우가 이와 비슷했다.

이에 대한 유명한 고사에 '비육(脾肉)의 탄(歎)'이라는 것이 있다.

　라이벌인 조조가 북중국 일대를 제압하여 의기충천해 있을 때 유비는 조조에게 쫓겨 형주 유표라는 호족에게 몸을 의지하고 있었다. 그때의 처지는 한낱 식객에 지나지 않는 것이다.

　그러던 어느 날, 유표의 초대를 받아 술잔을 나누고 있을 때의 일이다. 뒷간에 갔다가 우연히 넓적다리를 보았더니 거기에 살이 통통히 붙어 있었다. 그걸 보고 그는 눈물을 흘리며 자리에 돌아왔는데, 그걸 본 유표가 웬일이냐고 물었다.

　"난 이제까지 늘 안장에 앉아 말을 달렸기에 살이 없었지요. 그런데 오늘 우연히 넓적다리에 살이 붙은 걸 보았소. 세월은 유수같아 벌써 늙었는데도 아직까지 이렇다 할 공적도 없으니 이를 슬퍼하는 거요."

　능력을 발휘할 기회를 얻지 못한 채 불우한 상태에 놓이기만 하여 이를 한탄하는 말로, '비육의 탄'이라는 말이 생겨난 것이다.

　이 에피소드가 말해주듯, 유비의 전반생은 불우의 연속이었다. 모처럼 기회를 잡았다가도 곧 잃게 되고, 이곳저곳에 매달려 비호해 주기만 바라면서 쟁쟁한 군웅들 사이를 흘러다니다가 끝내 독립 세력을 구축하지 못했다.

　그야말로 인생의 쓴맛을 모조리 겪었다고나 할까.

　그러면 어째서 유비는 그런 고생을 하지 않으면 안 되었던가? 거기에는 두 가지 이유가 있다.

　하나는, 인생의 출발점에 섰을 때 거의 의지할 만한 것이 없었다는 점이다. 그의 가문은, 그 조상을 더듬어보면 한황조의 혈통이었으나 그의 대에 이르러서는 거의 망하여 짚신이나 돗자리를 만들어 팔면서 근근이 생계를 꾸려 가는 형편이었다. 따라서 몇몇 동지들을 모아 군사를 일으켰을 때에도 맨주먹으로 무작정 출발했다고밖에 말할 수 없다. 요즘으로 말하면 자본도 지위도 배경도 없이 회사를 설립한 셈이다. 실패만 되풀이한 것도 당연한 일이었다.

그리고 난세를 주름잡으려면 남이 흉내낼 수 없는 비상한 재주를 필요로 한다. 이를테면 라이벌인 조조는 권모라고 하는 강력한 무기를 갖고 있었으므로 그 역시 맨주먹으로 출발했지만 급속히 세력을 뻗쳐 승리를 거듭해 갈 수 있었던 것이다.

유비는 어떠했던가? 「삼국지」의 저자 진수가

"기권간략(機權幹略 : 권모)은 위무(魏武 : 조조)에 비기지 못했다."

고 평하고 있는 것처럼 전투전략이나 정치전략에 있어서 조조와는 천양지차였다.

유비의 전투전략에 대해 이런 이야기가 있다.

어느 해 유비가 대군을 이끌고 오나라 영내 깊숙이 공격해 들어간 일이 있었다. 이것은 「삼국지」에 나타나는 유명한 '이릉 싸움'인데 이때 장강을 따라 공격해오던 유비는 연연 700리에 걸쳐 진지를 구축했다.

이 소식을 들은 위나라 조비는 이렇게 평했다.

"유비는 병법을 모른다. 700리에 걸쳐 진지를 구축하다니 엉뚱한 생각이다. 오나라 군사의 공격을 받게 되면 하루아침에 끝장이 나고 말 것이다. 꼭 문외한이 하는 짓을 그가 하고 있다."

제삼자로부터 문외한이라는 평을 받을 정도이니 유비의 병법이란 뻔한 것이었다. 이래서는 이길 수 없다. 과연 유비는 이 싸움에서 대패의 쓴잔을 마시게 되었다.

이토록 유비가 성공의 영광을 쟁취하지 못한 데에는 위와 같은 두 가지 이유 때문이었다. 이것을 현대에 적용해 보면

① 자본금 제로의 맨주먹으로 출발했다.
② 장사 ·거래에 서툴렀다.

이러한 원인이 두 가지나 겹치고야 어찌 사업의 성공을 바라겠는가!

□ 매력

그러나 유비는 만년에 들어 촉지(蜀地 : 지금의 사천성)에 자기 세력을 구축하는 데 성공했다. 이것은 보통 촉한(蜀漢)이라고 부른다. 조조가 이룩한 위황조를 대기업으로 본다면, 기껏해야 중소기업 정도에 지나지 않는 것이었다. 그러나 자본금 제로로 스타트하여, 더욱이 장사에 캄캄한 유비가 이만한 중소기업의 CEO가 되었다는 것만도 기적적인 성공이라 하겠다.

그러면 그런 기적적 성공을 가능케 한 원인은 무엇이었을까?

한마디로 말하면, 이는 그의 부하였던 제갈량·관우·장비 등이 그를 위해 분골쇄신하여 열심히 버티어 나갔기 때문이다. 역설하면 유비에게 '이 사람을 위해서라면 목숨도 버릴 수 있다'고 생각케 하는 인간적 매력이 감추어져 있었던 것이다. 어쩌면 이야말로 유비의 최대 정치적 자본이었는지도 모른다.

선천적으로 유비에게 감추어진 이와 같은 인간적 매력의 내용을 분석한다면 다음과 같은 두 가지로 분류된다.

① 상대가 훌륭한 인물이라고 여겨지면 서슴없이 그에게 머리를 숙였다.
② 부하를 믿고 깊은 정을 쏟았다.

진수가 '사람을 볼 줄 알고, 선비를 대접할 줄 안다'고 평한 것은 이런 점을 두고 한 말이 아닌가 한다.

이를테면 제갈량을 군사(軍師)로 맞이할 때의 '삼고(三顧)의 예(禮)'는 그 전형이었다고 말할 수 있다. 이때 유비는 47세, 비록 불우하기는 했지만 천군만마의 백전노장이었다. 이에 비해 제갈량은

27세, 일부에 이름이 알려져 있었다고는 하나 아직 백면서생에 지나지 않았다. 유비는 그런 상대를 삼고의 예를 다하여 군사로 맞이했던 것이다. 이건 누구나 할 수 있는 쉬운 일이 아니다.

제갈량은 먼저 유비의 이런 태도에 감격한 것이다. 훗날 그는 「출사표(出師表)」에서 다음과 같은 뜻의 회상을 하고 있다.

"선제(유비)께서 신의 비재함에도 스스로 그를 굽혀 세 번이나 신의 초려(草廬)를 찾아와, 신에게 당세의 일을 물었다. 이에 감격하여 마침내 선제 곁으로 달려가기로 했다."

□ 믿음

또한 유비는 병들어 미리 죽음을 짐작하고 승상을 머리맡에 불러 이렇게 말했다.

"그대의 재는 조조의 10배도 넘는다. 모름지기 나라를 평안히 하고 대사를 이룩하도록 하시오. 만일 내 자식을 도울 수 있으면 도와주시오. 그가 만일 재주 없으면 그대가 그 자리를 이으시오."

내 자식이 보좌할 만한 위인이면 꼭 도와주라, 그러나 가망이 없으면 그대가 대신 제위에 오르도록 하라는 뜻이었다. 중국의 많은 황제 중에서도 이토록 신하를 깊이 믿은 인물은 달리 또 없다.

그때 제갈량은 다음과 같은 대답을 했다.

"신은 힘을 다하고 충정을 다해, 주상의 뜻을 이어받기를 죽음으로써 하오리다."

이 말대로 제갈량은 유비가 죽은 뒤 신명을 다하여 후계자 유선을 떠받들었다. 제갈량이 그렇게 한 것은 말할 것도 없이 유비로부터 받은 두터운 믿음 때문이었다.

유비가 믿음을 기울인 것은 물론 제갈량에만 그치지 않았다. 관우·장비 등에게도 그런 신뢰를 보냈다. 이 두 사람은 군사를 일으킨 뒤로부터 계속 유비와 동고동락해 온 부하였으며 군사 만 명에 필적하는 명장들이었다. 유비가 그들을 대한 태도는 '은혜가 형제처럼 두터운 것'이었고, 언제나 함께 행동하였다.

한때 유비가 조조에게 대패하였을 때 불행히도 관우가 조조군에게 사로잡혀 버렸다. 그때 조조는 관우가 호걸임을 알고 있었기에 그를 설득하여 자기 편으로 포섭하려 했으나 관우는 조조의 각별한 예우에도 유비에게로 돌아갔다. 이와 같이 그는 '주인을 따라, 험난도 마다하지 않겠다'는 신념을 갖고 있었다.

유비는 부하 쪽에서 보면 불가사의한 매력을 가진 인물이었다.

손권

□ 두드러지지 않는 존재

위나라의 조조, 촉나라의 유비와 함께 삼국 정립을 이룩한 사람이 오나라의 손권(孫權)이다. 그런 의미에서 손권도 또한 「삼국지」에서 빼놓을 수 없는 주인공의 하나라고 말할 수 있다.

그러나 손권은 조조나 유비에 비하면 그 인상이 그다지 두드러지지 않는다. 거기엔 세 가지 이유가 있다.

첫째, 손권에게는 창업 드라마가 없다는 점이다. 조조나 유비는 맨주먹으로 일어서서 군웅할거의 쟁패전 속을 주름잡으며 사투에 사투를 거듭하여 지반을 굳혀갔다. 그들의 삶은 부침의 연속이었다. 기복이 뒤범벅된 투쟁을 계속한 것이다. 이에 대해 손권은 아버지 손견(孫堅)과 형인 손책(孫策) 2대에 걸쳐 다져진 기반을 이어받아 처음부터 좋은 조건에서 출발했던 것이다.

그 후의 그에게는 조조나 유비와 같은 파란의 드라마가 거의 없다. 물론 전혀 없었던 것은 아니지만, 조조나 유비가 화려한 드라마를 연출한 데 비해, 손권의 경우는 모두가 돋보이지 않는 것들이었다. 이것이 그의 인상을 흐리게 한 첫째 이유이다.

손권

둘째, 천하 쟁취의 야심이 없었다는 것을 지적할 수 있다. 이것도 조조와 유비와는 매우 다른 점이다.

조조와 유비의 천하다툼의 무대는 중국의 중심인 황하 유역이었다. 조조는 여기서 쟁패전에 승리를 거두고, 실력에 있어 뒤지는 유비를 멀리 촉지로 몰아내는 데 성공했는데, 유비는 끝까지 조조에 대한 대항의식을 버리지 않았다. 이러한 유비의 뜻은 그가 죽은 뒤에, 제갈량에게 이어져서 실력이 상대되지도 않는 조조를 치려 북방 정벌까지 하게 하였다. 위나라와 촉나라의 각축전은 오직 중앙 권력을 둘러싼 싸움이었다.

이러한 점을 볼 때, 손권에게는 중앙무대에까지 진출하여 천하를 호령하려는 적극 경영의 자세가 없었다. 그러나 그도 때때로 군사를 동원하기는 했다. 그것은 천하의 패권을 노리는 군사 행동이 아니라 대개의 경우 위나라나 촉나라의 침공에 대한 방어전이거나, 기껏해야 주변 지역에 대한 영지 확대를 위한 국지전에 그치는 것이었다. 일관하여 그는 제2선인 지방정권으로 만족하고 있었던 것이다. 이것이 손권의 인상이 돋보이지 않은 둘째 이유이다.

셋째 이유로는, 손권의 성격과 관계가 있다.

손권은 위·촉나라와 대항하여 슬기롭게 삼국 정립을 이룩했다. 그 점으로 보면 그도 역시 당대의 영걸임에 틀림없다. 「삼국지」의 저자 진수도

"사람 중의 걸물이다."

라고 그를 평하고 있다. 평범한 인간이었더라면, 그와 같은 격렬한 대립 항쟁의 소용돌이 속에서 감히 나라를 유지하지도 못했을 것이다.

문제는 영걸은 영걸인데 어떤 타입의 영걸이었는가에 있다.

26세의 젊은 나이로 형인 손책이 요절하기 전, 그는 머리맡에 동생 손권을 불러 놓고 인수를 건네주며 말했다.

"강동 대중을 일으켜 양진 사이에서 기선을 잡아 천하를 쟁패하

는 데에는 그대가 나만 못하다. 그러나 현명한 재주로 개인의 능력에 맡겨, 각자가 그 소신대로 할 수 있게 하고 강동을 지키는 데는 내가 아우를 따를 수 없다."

즉 나는 적극 경영을 자랑으로 하는 창업형이지만 그대(손권)는 지키고 유지하는 걸 자랑으로 하는 수성형이라는 뜻이다. 과연 아우에 대한 견해는 형답게 정확했다고 할 수 있다.

손권은 형인 손책이 똑바로 살핀 대로 오랜 삶을 거의 수성에만 그치며 살아갔다. 이것이 조조와 유비에 비해 그의 인상을 흐리게 한 이유 중의 하나다.

□ 인재 등용

손권은 삼국 항쟁시대에 수성에 철저하고 제2선에서 활약하는 것으로 그쳤다. 그래서 조조나 유비에게서 볼 수 있는 파란곡절의 드라마도 없고 인상도 별로 돋보이지 않았다. 그러나 CEO의 지위를 지키고 50여 년, 슬기롭게 위기를 피해가면서 강동의 영토를 보전하고, 격렬한 항쟁시대를 살아가는 데 성공했다. 이것도 하나의 큰 위업이라고 할 수 있다.

그러면 손권이 끈질기게 살아남는 데 성공한 이유는 무엇이었을까? 여기엔 두 가지 이유가 있다.

첫째, 인재등용에 힘썼다는 점이다. 이 점에 있어서는 조조나 유비도 그랬지만 손권의 경우는

"준수한 자를 찾아내고 명사를 맞아들였다."

고 말해지듯이 늘 적극적으로 인재 초빙에 힘썼던 것이다.

그 결과, 그의 휘하에는 주유(周瑜)·정보(程普)·노숙(魯肅)·제갈근(諸葛瑾)·육손(陸遜) 등 쟁쟁한 인재들이 모이게 되었다.

그러나 모처럼 인재를 모았다고 해도 그것을 제대로 쓰지 못한다면 아무 소용이 없다.

부하를 부리는 데 있어 조조는 너무 가혹했고, 유비는 때때로 너무 정에 치우치는 결함이 있었지만, 손권은 그 점에 있어서 매우 원만한 방법을 취했다.

형인 손책도 '현명을 다해서 능력에 맡기고 각자가 소신껏 일할 수 있게 하는 데는 나는 아우보다 못하다'라고 말하고 있듯이 손권은 선천적으로 수성형 CEO으로서의 장점을 지니고 있었던 모양이다.

손권이 부하를 헌신적이게 한 비결의 하나는, 그 자신이 '그 장점을 존중하고, 단점을 잊는다'라고 말하고 있듯이 상대의 단점을 모른 체하고 장점만을 발휘할 수 있도록 의욕을 돋구어 준 것, 그리고 또 한 가지는 끝까지 전적으로 믿는 것이었다. 적벽 싸움에서의 주유의 기용, 이릉 싸움에서의 육손의 발탁 등 모두가 손권 나름의 인재 등용의 전형적인 예였다.

또한 부하를 깊이 믿는다는 점에서는 제갈근에 대한 경우가 가장 좋은 예이다. 제갈근은 제갈량의 형으로서 손권 밑에서 중용되고 있었는데, 어느 날 그가 촉나라 유비와 내통하고 있다는 소문이 들려왔다. 아우인 제갈량이 촉나라의 승상이었기 때문에 그런 소문이 퍼졌던 것이다. 그러나 손권은 이런 소문을 듣고도

"나와 근은 사생을 함께 하기로 맹세하였다. 근이 나를 배반하지 않을 것은, 내가 근을 배반하지 않는 것과 같을 것이다."
라고 말하면서 근에 대한 신뢰를 조금도 바꾸지 않았다.

중국의 속담에 '의심이 가면 쓰지 말라. 쓰게 되면 의심하지 말라'는 말이 있다. 이 말은 사람을 부리는 법의 진수라고 할 수 있는데, 손권은 이를 제대로 실천한 것이다. 부하를 부리는 데 있어서는 조조나 유비에 비해 조금도 손색이 없다. 그가 강동에 확고한 지반을 닦고, 살아남는 데 성공한 첫째 이유가 바로 이것이다.

□ 살아남는 전략

손권이 살아남는 데 성공한 두 번째 이유는, 부드럽고 능란한 외교정책을 구사했다는 점이다.

앞에서도 말했듯이 조조는 야망에 불타 천하의 패권을 목표로 하였고, 유비는 그런 조조에게 격렬한 적개심을 불태우면서 끈질기게 대항했다. 이 두 사람은 명확한 목적의식을 가지고 난세를 살아갔다고 말할 수 있다. 이에 비해 손권에게는 그 같은 적극적인 목적의식이 없었고, 모든 전략은 무엇보다도 강동의 영토를 평안하게 보전하고자 하는 바람에서 발상된 것이었다. 따라서 그 외교전략도 매우 유연한 것이 되어, 때로는 유비와 손을 잡기도 하고, 때때로 조조와 손을 잡는 데에도 거리낌이 없었다.

위나라와 촉나라는 삼국시대를 통하여 내내 적대관계에 있었지만 손권의 외교전략은 어디까지나 유연함 그것이었다. 위와 촉의 대립 투쟁에 손권이 개입함으로써 국제 정국은 더욱 복잡한 양상을 띠게 되었다.

이같이 지그재그 코스를 달린 손권의 외교전략을 좀더 구체적으로 살펴보기로 하겠다.

손권의 첫 위기는, CEO에 오른 지 8년 뒤(208), 80만 대군을 자랑하는 조조 군사의 공격을 받았을 때이다. 손권은 이를 불과 3만의 수군으로써 적벽에서 맞아 기적적인 승리를 거두었는데, 이때는 유비와 동맹하였다.

적벽에서 승리를 거둔 뒤로, 손권은 때때로 조조 군사의 침공을 받아 치열한 방위전을 치러야 했다. 한편 유비와는 기본적인 수교관계가 계속되었으나, 형주의 영주권을 둘러싸고 외교분쟁이 일어나 늘 원활했다고는 말할 수 없다.

217년, 손권은 갑자기 조조와 손을 잡았다. 이것은 거듭되는 침공과 심한 압력에 못이긴 결과였지만, 유비와의 동맹에서도 전적인 활로를 찾기 어려웠기 때문이었다. 그리고 219년, 손권은 조조와 동맹하여 형주에 있는 관우를 쳤다. 이로써 유비와의 관계는 결정적 단절을 가져오게 되었다.

222년, 이번에는 유비의 침공을 받게 되었다. 이때는 저자세로 조비의 신하가 되기를 맹세함으로써 그와 힘을 합쳐 유비를 거뜬히 격퇴하게 되었다.

그 뒤로 촉나라에서 유비가 죽고 제갈량이 국정의 실권을 쥐게 되자, 제갈량의 수교 제시를 받아들여 촉나라와 동맹을 맺고 위나라에 대항했다.

이와 같이 손권의 외교정책은 그때그때의 정세에 따라 변하여 어제의 적과도 서슴없이 손을 잡았던 것이다.

진수가 '몸을 숙이고 굴욕도 참고……'라고 평한 것은 이 점을 지적한 것이다. 그가 겨냥한 것은 물론 정면작전을 피하면서 영토의 평안을 꾀하기 위해서였다. 결과적으로는 그것이 거뜬히 성공하고 있으니, 이야말로 외교전략의 성공적인 사례가 아닌가 한다.

손권이 강적 틈에 끼어 살아남는 데 성공한 두 번째 이유가 이것이다.

□손권이 망한 이유

손권은 서기 200년, 불과 19세로 오나라의 권좌에 앉게 되었으며, 그로부터 71세에 세상을 떠나기까지 52년간이나 CEO 자리를 지켰다. 그 동안, 위나라는 조조로부터 4대째 자리바꿈이 이루어졌다. 그리고 촉나라는 유비와 제갈량은 이미 죽고, 2대째인 유선의 치세도 벌써 말기를 맞이하고 있었다. 그런데 손권만 혼자 이렇게 오랜 치세를 누려 온 것이다.

이것은 어느 시대에나 있는 일이지만 정권이 장기화하고 한 사람이 오래도록 권좌에 앉아 있으면 자연히 권력에 부패가 생기고 여러 가지 부정이 생기게 마련이다. 손권의 경우도 예외는 아니었다. 특히 그의 치세 후반에 접어들어서는, 위나라나 촉나라도 싸움에 지쳤는지 대규모적인 군사 행동은 뜸해지고 국제 정세는 상대적으로 안정된 것 같았다. 그런 상황 아래 손권에게도 정신적인 해이가 생겼던지 그토록 빈틈 없던 그조차도 몇 가지 실정을 드러내고 말았다.

첫째, 외교정책의 실수이다. 232년, 위황조로부터 요동태수에 임명된 공손연(公孫淵)이라는 자가 손권에게 사자를 보내와서는 신하가 되겠다고 맹세하였다. 공손연은 그 전부터 요동반도에 독립 세력을 구축하고 위나라 지배에서 벗어나고 싶어했다. 이때 그는 손권과 손을 잡고 위나라에 대항하기로 결심한 것 같다. 그의 전갈을 받고 크게 기뻐한 손권은 다음해에 많은 답례사절을 보냈다. 이때 승상 이하 모든 신하들이 '공손연은 믿을 수 없다'고 반대했으나 손권은 듣지 않았다. 아니나다를까, 공손연은 손권의 사자를 베어 그 목을 위황조에게 보냈던 것이다.

이렇게 되자 손권의 위신은 말이 아니었다. 화가 난 그는 스스로 군사를 이끌고 공손연을 치려고 했다. 그러나 강동에서 요동까지는 여간 먼 길이 아니었다. 그래서 중신들의 간언을 받아들여 그의 뜻을 굽히기로 하였다. 요동에 있는 공손연과 동맹하여 배후에서 위나라의 동정을 견제한다는 것은, 그때까지 늘 돌다리도 두들기며 건너는 식의, 어떤 의미로는 비겁하리만큼 신중을 기하는 외교정책만 취해왔던 손권으로서는 답답하기 그지없는 선택이었다.

그런 결과가 이렇게 엉뚱하게 나타난 것이다. 수성을 본령으로 하는 인물이 자신의 본령을 잊고 적극책으로 나올 때, 자주 범하게 되는 것이 이러한 잘못이다. 중신들이 걱정한 것도 이 때문이었다. 이때 손권의 실패는, 어쩌면 수성에만 자만하다가 마가 끼어버린 격이라고나 할까.

둘째는 인사 실책이다. 손권은 만년에 들어 여일(呂壹)이라고 하는 재판관을 몹시 신임했다. 이 인물은 '성질이 매우 가혹하여 법을 다스리는 데 있어 너무 엄격했다'는 평이 있는 것처럼 원칙대로만 사건을 처리하는 냉혹한 사람이었다.

이 사람의 기용에 있어서 태자 등(登)을 비롯하여 많은 간언이 있었으나 손권은 전혀 귀기울이지 않았다. 그 결과 '신들은 이로 말미암아 아예 말하는 사람이 없었다.' 즉 그 이후 중신들이 모두 입을 다물고 만 것이다.

냉혹한 벼슬아치가 꼭 나쁜 것만은 아니다. 그러나 여일의 경우, 나중에 그의 간통사건이 발각되어 죄를 물어 죽였으며 손권 자신이 그 문제로 신하들에게 사과를 하는 사태까지 일어났다. 과실을 범하고 신하들에게 사과를 하는 그의 태도도 보통은 아니지만, 그는 언제나 부하의 능력을 이끌어내어 그를 깊이 신뢰하고 그들의 의견에 귀를 기울여 온 인물이었다. 그러나 만년에 들어서면서부터는 그런 장점마저도 흔들리기 시작했던 것이다.

세 번째 실수는 후계자 선정을 둘러싼 집안싸움이었다. 오나라 태자에는 일찍부터 장남인 손등이 책봉되어 있었으나 그가 242년, 아버지 손권에 앞서 죽게 되자 분규의 불씨는 여기서부터 불붙기 시작했다. 손권은 등이 죽은 뒤에 왕부인(王夫人)과의 사이에서 태어난 손화(孫和)를 태자로 책봉했다. 그러나 손권은 그와 동시에 화의 동생인 손패(孫霸)를 노왕(魯王)에 봉함으로써 태자와 동등 대우를 하게 되었다. 그리고 그를 지나치게 남달리 총애했다. 이러한 움직임에 신하들은 미묘하게 반응했고 곧 태자파와 노왕파가 형성되어 서로 중상모략을 일삼고 헐뜯기 시작했다.

그때 오나라 승상은 고옹(顧雍)이라는 매우 중후한 인물로서 그가 버티고 있는 한 그들의 분쟁도 표면에 나타나지 못했다. 그런데 243년에 고옹이 병으로 죽고 명장인 육손이 그 후임으로 임명되었다. 그러나 육손은 행주목 겸 상대장군으로서 전략요지인 형주에 주둔하는 동시에 위나라의 동태를 살피고 있었기 때문에, 승상에 임명되었다고는 하나 임지인 형주를 떠날 수 없었다.

이처럼 그들을 견제할 만한 인물을 잃은 오나라 조정에서는 양파의 파쟁이 더욱 심해갔다. 특히 노왕파는 갖가지 책모를 쓰면서 태자의 실각을 꾀했다. 그 소문이 마침내 형주에 있는 육손에까지 들리게 되자, 그대로 두어서는 안되겠다는 생각에 손권에게 상소하기에 이른다.

"태자는 국가의 정통이오니 이에 반석의 무게를 두어야 마땅합니다. 한편 노왕은 기껏해야 하나의 번신(藩臣)에 지나지 않으므로, 그 처우에 당연히 차이가 있어야 합니다."

그러나 손권은 여전히 그대로였다. 오히려 노왕파의 분노만 샀을 뿐이었다.

"이대로 가만히 있다가는 죽도 밥도 안 된다."

고 판단한 그들은 맹렬한 반발을 일으켜 육손의 죄상을 20가지나 들고 손권에게 제출했다. 그전 같으면 이만한 일에 귀도 기울이지 않을 손권이었지만 이번에는 일부러 그를 문책하는 사자를 형주로 보냈다. 나이가 들어 판단력이 무디어진 탓이었다. 이때 육손은 분한 나머지 죽게 되었다. 결국 손권은 부질없는 집안싸움에 휘말려 명장까지 잃게 되었다. 훗날 손권은 육손의 무죄함을 알고 크게 뉘우쳤다고 한다.

250년, 늙은 손권은 마지막 기력과 지혜를 짜서 한 가지 결단을 내렸다. 즉 태자 화를 폐위케 하고, 노왕인 패에게는 사약을 내렸으며, 그 일당은 모조리 참수하였다. 태자 화의 폐위에 반대한 무리들에게도 엄벌을 내렸다. 그 대신 불과 8세인 손량(孫亮)이 태자에 책봉되었다.

손권의 이때의 결단은 그의 왕년의 기개를 엿볼 수 있는 일이었지만, 너무나도 때가 늦었다. 8년에 걸친 두 파의 싸움은 이미 많은

에너지를 허비하도록 했으며 국력의 쇠퇴를 불러온 원인이 되고 말
았다. 그로부터 2년 후에 손권은 세상을 떠났다.

위에서 말한 세 가지 결점에 공통되는 사실은, 중신이나 참모들의
진언을 듣지 않았다는 점이다. 그러나 적어도 왕년의 손건은 결코
그렇지 않았다. 이것은 너무 오래 CEO 자리에 앉아 있는 인간에게
서 흔히 볼 수 있는 결점이며 일종의 노망이라고 말할 수 있다.

현대의 CEO들도 이 점은 다시 한 번 깊이 되새겨 봐야 할 일이다.

순욱

<h1 style="text-align:center">순욱</h1>

□ 이상형 참모

CEO가 제아무리 영특한 인물인들 그 아래 뛰어난 참모와 보좌역이 없으면 패업을 이루기 어렵다. 삼국시대 때도 유비에게는 제갈량, 손권에게는 주유나 여몽과 같은, 어떤 의미에서는 CEO보다 더 뛰어난 재능을 가진 참모역과 보좌역이 있었다. 유비와 손권이 저마다 자립적인 세력을 갖추고 위나라에 대항할 수 있었던 것도 이러한 인재들에 힘입은 바가 컸다.

그러면 조조에게는 어떤 참모역이 있었던가? 먼저 순욱(荀彧)을 들 수 있다. 순욱은 조조의 참모역과 보좌역을 겸한 최고 실력자였다. 요즘으로 말하면 CEO에 대한 전무나 상무 역할이었다. 조조의 패업 성취는 순욱의 계략에 의한 바가 컸다.

그런데 당시의 중국인이 이상형으로 생각하고 있었던 참모역은 장량(張良), 보좌역은 소하(蕭何)였던 모양이다.

순욱이 맨처음에 모시고 있던 원소와 결별하고 조조 아래로 달려왔을 때 조조는

"우리 자방(子房 : 張良의 字)이다."

라고 기뻐했다고 한다. 즉 장량과 같은 참모가 왔다는 뜻이었다.

소하에 대해서는 진수의 「제갈량평전」 속에

"정치를 아는 재사로서 관중과 소하에 필적할 만하다."

라는 이야기가 있다. 제갈량이 관중이나 소하와 맞먹는 훌륭한 재사라는 뜻이다.

이것만으로도 알 수 있듯이 당시 사람들에게는 장량과 소하가 이상적이 참모·보좌역 상이었다.

장량은 유방의 최고 참모로서 전략계획의 책정을 담당, 훗날 유방으로 하여금

"장막 안에서 계략을 입안하고 천 리 밖에서 승리를 거두는 데는, 내 어찌 자방을 따르겠는가."

라고 말하게 만든 인물이다.

그리고 또 소하는 유방이 전선에서 전투를 지휘하고 있는 동안 후방에 남아 기지인 관중을 지키고 빈틈없는 경영으로서 쉴새없이 전선에 대한 보급을 원활히 했다. 유방이 항우와의 싸움에서 그토록 연전연패했음에도 전선을 새로 정비할 수 있었던 것은 소하의 힘이 컸던 것이다. 훗날 유방이 소하의 공적을 평가하여

"국가를 진정시키고 백성들을 무마하여 식량을 제때에 공급, 보급이 끊긴 적이 없음에 어찌 소하를 따르겠는가."

라고 말하고 전후의 논공행상에서 공훈의 으뜸으로 내세운 것은 이와 같은 활약에 대한 응분의 보답이었다.

장량과 소하 두 사람이 없었더라면 유방의 패업도 없었을 것이다.

그런데 순욱이 조조의 패업에 공헌한 역할은 장량과 소하 두 사람의 몫을 합친 정도의 것이었다.

첫째로 그의 전략 정책인데, 이에 대해서는 조조의 참모였던 종요(鍾繇)의 증언으로도 알 수 있다. 즉,

"총명한 태도였으나 큰일이 있을 때마다 먼저 순욱과 상의하였

다.”

중대사는 언제나 순욱의 자문을 받아 결정했다는 것이다. 이것은 장량이 하던 역할과 같은 것이었다.

다음으로 후방 기지의 경영이다. 조조는 유방처럼 진두지휘형 장군으로서 항상 스스로 군사를 이끌고 최전선으로 나갔다. 그 때마다 후방을 지킨 사람이 순욱이었다. 그는 이 역할을 완전히 해냄으로써 조조로 하여금 후방에 대한 일은 모두 믿고 안심하게끔 하였다. 이는 또한 소하가 한 역할과 같은 것이다.

순욱이 담당했던 역할은 이렇게 컸던 것이다.

□ 조조의 받침기둥

순욱은 전략계획의 수립, 본거지의 경영, 숨은 인재들을 천거하는 등 여러 가지 면에서 조조의 패업 달성에 크게 이바지했다.

여기서는 그 한 예로서 '관도 싸움'을 보기로 한다.

조조에게 북중국의 패권을 놓고 원소와 맞닥뜨린 '관도 싸움'이야말로 운명의 한 판이었다. 동원 병력은 원소 쪽이 10만, 조조 쪽이 2만 정도로 큰 차이가 있었으며 싸움 전에 조조 쪽이 불리하다는 점괘가 나오기도 했다. 결국은 이 싸움이 예상을 뒤엎고 조조 쪽의 대승으로 끝났는데, 처음에는 조조도 전혀 자신이 없었던 모양이다. 그는 싸움이 끝난 뒤 다음과 같이 말하고 있다.

“원소는 하북 일대에 세력을 뻗어, 그 병력은 실로 강대한 것이었다. 아무리 생각해도 나라를 위해 죽어야지, 정의를 위해 신명을 던지자, 그렇게 하면 적어도 후세에 이름이라도 남겠지, 나는 이렇게 생각할 수밖에 없었다. 결과적으로 원소를 격파하기는 했지만 그건 오로지 행운이었다고밖에 말할 수 없다.”

난세의 간웅으로서는 좀 비굴한 술회가 아닌가 하는 감이 들기도 하지만, 어쨌든 그만큼 어려운 싸움을 한 것만은 틀림없다.

그런데 천하 정세가 조조와 원소의 대결로 좁혀졌을 무렵, 웬일인
지 조조는 기가 죽은 듯 기운이 없었다. 순욱이 찾아가자 조조는 한
장의 편지를 내놓으며 이렇게 말했다.

"지금 불의를 치려 하는데, 힘이 모자라니 어찌하면 좋은가?"

그 편지는 원소로부터 온 것이었다. 즉 도전장이었다. 조조로서도
원소를 피할 길은 없다. 죽으나 사나 부딪쳐야 할 판국이다. 그러나
아무리 생각해도 승산이 없었다. 그래서 근심 때문에 자연히 몸과
마음이 무거웠던 것이다.

그때 순욱이 이렇게 말하면서 조조를 격려했다.

"예로부터 이기고 지는 것은 지도자의 기량 여하에 달려 있습니
다. 참으로 지도자의 뜻과 부합되면 비록 약소해도 강대해질 것이
며, 그 기량이 없으면 아무리 강대해도 쇠퇴해 버린다는 것, 이것
은 유방과 항우의 경우를 보더라도 알 수 있습니다.

이제 공과 천하를 다툴 상대는 원소밖에 없지 않습니까? 그러
면 원소는 어떤가요? 그는 의기양양하게 버티고 있지만, 실은 시
기심이 많아 부하들에게 일을 맡기면서도 언제나 그를 의심하기
만 하는 인물입니다. 공께서는 공명정대하셔서 적재적소에 인재를
쓰고 계십니다. 이것이 도량의 뛰어남을 말해주는 증거이지요.

더욱이 원소는 과단성이 없어서 언제나 좋은 기회를 놓치고 있
습니다. 이에 대해 공께서는 대사를 재빨리 결단하시며 응변의 지
략이 뛰어나십니다. 이것은 계략이 우수함을 말해주는 것입니다.

또한 원소는 군의 통제에 서툴러서 군령이 제대로 미치지 못하
고, 비록 병력은 있으나 실전에는 별 소용이 없습니다. 한편 공께
서는 군령을 확립하시고 신상필벌을 하고 계시니 비록 병력은 뒤
지나 전원이 목숨을 걸고 싸우는 용맹스러운 기개를 가지고 있습
니다. 이것은 무략의 우수성을 말해주는 증거입니다.

그리고 원소는 명문임을 내세워 교양이 있는 체 자만하면서 평

판에만 신경을 쓰고 있습니다. 그 결과 그의 곁에 모여 있는 자들은 모두 입만 살아 있을 뿐, 아무런 구실을 하지 못하는 무리들입니다. 그 점에 있어 공께서는 차별없이 부하를 대하시고, 공치사 따위는 하지 않으십니다. 그리고 또 자신께서는 소박한 생활을 하시면서도 공이 있는 자에게는 후한 상을 내리십니다. 따라서 천하의 뜻있는 인물들이 모두 공을 위해 일하기를 바라고 있습니다. 이것이 덕의 뛰어남을 말해주는 것입니다.

위의 네 가지 점에 있어서 더 우수한 자가 천자를 받들어 정의의 싸움을 하는 것입니다. 어찌 이에 따르지 않겠습니까? 원소가 제아무리 강대하다 해도 여기에 손을 뻗칠 수는 없을 것입니다."

주춤하는 조조의 자신감을 회복시키려면 이쪽의 우수성을 강조하는 수밖에 없다. 다른 모든 조건을 묵살하고 우선 지도자로서의 비교론부터 내세운 것은 현명한 설득이었다. 이로써 조조는 완전히 자신을 되찾고 예전 같은 냉정으로 돌아갈 수 있었다.

그러나 막상 싸움을 시작해 보니 병력·물량 면에서 원소 쪽이 훨씬 우세했다. 조조 군사들은 가까스로 관도를 사수하고 있기는 했지만 원소의 대군에게 포위되어 꼼짝할 수가 없었다. 나중에는 군량마저 바닥이 나게 되었다. 조조도 섬뜩해질 수밖에 없었다. 이때, 순욱은 본거지인 허도(許都)에 남아 후방을 돕고 있었는데 조조는 그에게 편지를 보냈다.

"허도로 철수하여 그곳으로 원소를 유인하려 한다."

철수한 뒤 허도에서 농성하고자 하는데 의향이 어떠냐는 물음으로 순욱의 의견을 구한 것이었다.

이에 대해 순욱은 이렇게 대답해 왔다.

"군량 부족으로 고통을 겪으시는 것은 알고 있습니다만, 그래도 초·한이 형양과 성고에서 싸울 때의 고생보다는 덜할 것입니다. 그때 유방이나 항우는 철수는 생각지 않았습니다. 왜 그랬을까

요? 먼저 철수하게 되면 그것이 바로 열세임을 증명하는 셈이 되기 때문입니다. 우리 쪽 병력은 적의 5분의 1밖에 되지 않지만, 굳게 진을 쳐서 더욱 수비를 단단히 하면서 적의 목덜미에 들러붙어 반 년 남짓이나 적의 전진을 막아 왔습니다. 머지않아 교착상태가 풀릴 날이 꼭 올 것입니다. 그때 기계(奇計)를 써서 단숨에 결판을 내야 합니다."

조조는 순욱의 진언을 따라 철수를 보류했다. 그리고 적의 허점을 이용하는 기습작전을 감행, 극적인 역전승을 거두었던 것이다. 이것도 '모두가 욱의 꾀하는 바와 같다'고 순욱이 예상했던 그대로의 전개였다.

두 차례에 걸친 순욱의 진언은 쓰러져가는 조조를 지탱하는 데 커다란 효과를 가져다 주었다. 그런 의미에서 관도 싸움의 승리도 순욱의 존재에 힘입은 바가 크다.

□ 참모의 비극

조조의 패업은 순욱의 전략 구상 없이는 불가능했다. 순욱은 조조에게 큰 공로자였다. 그 사실은 조조 자신이 그 누구보다도 잘 알고 있었을 것이다. 마침내 조조는 순욱을 후(侯)에 봉함과 동시에 자신의 딸을 순욱의 맏아들에게 시집보냈다. 두 사람 사이는 깊은 신뢰 관계로 맺어진 것이다.

그러나 만년에 두 사람 사이의 관계는 갑자기 싸늘해졌고, 그로 말미암아 순욱은 시름 끝에 화로 죽고 말았다. 일설에 의하면, 어느 날 순욱에게 조조로부터 식사가 보내져 왔는데 뚜껑을 열어보니 속이 텅텅 빈 그릇뿐이었다.

'죽으라는 말이로군!'

이렇게 생각한 순욱은 서글픈 마음으로 독약을 먹고 스스로 죽었다고 한다. 그때 그의 나이 50살, 관도 싸움으로부터 12년 뒤의 일이었다.

어째서 두 사람 사이가 이토록 냉랭해져 버렸는가에 대해「위서」 '순욱전'에는 그 계기가 대충 다음과 같은 뜻으로 기록되어 있다.

때마침 동소(董昭)라는 조정의 고관이 조조에게 국공(國公) 작위를 봉하고 구석(九錫)의 수여를 조정에 상신하기 위해 미리 순욱과 상의했다. 작위라면 몰라도 구석에 있어서는 여간한 일이 아니다. 구석이란 특히 공훈이 많은 신하에게 천자가 직접 하사하는 아홉 개의 품(品)인데, 이것을 상신한다는 것은 앞으로 선양(禪讓)에 대한 포석이 될 수도 있기 때문이다.

그때 순욱이 이렇게 대답했다.

"조공이 의병을 일으킨 것은 조정을 돕고 나라의 안태를 기하고자 한 데 있었소. 그러므로 조공은 여태까지 천자에의 충성을 다하면서 겸허한 태도로 일관해온 것이오. 어디까지나 덕을 존중하는 것이 군자의 태도가 아니겠소? 너무 지나치지 않도록 하시오."

이 무렵 조조의 실력과 명성은 이미 조정을 압도하고 있었고 천자는 전혀 실권이 없는 로봇이 되어 있었다. 이런 상황에서 동소와 같은 사람이 나타나 조조에게 점수를 따려 했다고 해서 별로 이상할 것은 없다. 그러나 순욱의 생각은 그들과는 전혀 달랐다. 그는 어디까지나 천자, 즉 한황조를 받들어야겠다는 생각뿐이었다. 그런 생각을 가진 순욱에게 조조를 위해 구석의 수여를 상신하자고 상의해 오다니 턱도 없는 일이었다.

한편 조조는 앞으로 제위에 올라야겠다는 야심이 마음 속 깊이 불타고 있었다. 그러한 그에게 구석의 수여쯤은 별로 고마운 예의도 아니었다.

여기서 CEO와 참모역 사이의 사고방식의 차이가 나타난 것이다. 즉 조조로서는 순욱이 둘도 없는 참모역에서 당장 자신의 앞길을 막

는 장애물로 달리 보이게 된 것이다. 조조가 나중에 동소에게 전한 순욱의 말을 듣고

"이로써 나의 마음에 물결을 일으켰다."

고 말했다 한다.

그로부터 조조는 순욱의 존재를 못마땅하게 여기기 시작했고 국정의 중추적인 지위에서 그를 추방하고 말았다. 이것이 바로 순욱을 비극적인 죽음까지 몰고 간 계기였다.

CEO와 참모역·보좌역 사이의 관계는 매우 복잡하다. 양자가 동일한 목표를 향하고 있을 때는 신뢰 관계가 유지되지만, 그 목적을 이룩하고 나면 그 관계가 묘한 국면으로 빠져들게 마련이다. 특히 CEO로서는 참모역이나 보좌역이 자신의 지위를 위협하는 조심해야 할 존재로 바뀔 때, 양자의 믿음은 허물어지고 오히려 심각한 긴장감까지 생기게 된다. 그래서 결국은 파국으로 빠져드는 수가 많은 것이다. 그것을 피하려면, 참모역이나 보좌역 쪽의 처세에 각별한 신중함이 요구된다. 이를테면 장량이나 소하는 그 좋은 예이다.

유방이 황제에 오르고 천하가 한나라로 정해지자, 장량은 스스로 속세와의 관계를 끊고자

"앞으로 속세를 떠나 적송자(赤松子 : 옛
선인)와 더불어 선계(仙界)에서 놀고자 한다."

라고 말하고, 도인술(導引術)을 쓰면서 선인 수행에 전념했다.

승상으로서 제2의 실권자에 있었던 소하도 CEO인 유방의 경계심을 없애기 위해 그야말로 안타까운 노력을 하지 않을 수 없었다.

과거의 공신들이 하나 둘씩 죽어가는 상황하에서도 유독 장량과 소하만이 여생을 무사히 지낼 수 있었던 것은 그런 신중한 처세 때문이었다.

그러한 점에서 순욱은 어떠했는가?

"욱은 덕행이 두루 갖추어져 있어서 정도가 아니면 마음을 쓰지

않는다."

이런 평판처럼, 그는 어디까지나 시(是)는 시, 비(非)는 비라고 말하는 인물이었다. 너무나도 철저했고, 장량이나 소하같이 어떤 의미로는 부드러운 처세를 잘 할 수 없었던 것이다. 그것이 비극을 가져온 씨앗이었다고 할 수 있다.

가후

가후

□권변 책사

권변(權變)이란 임기응변의 전략전술을 말한다. 이것은 참모역이나 보좌역의 필수조건이며 난세를 살아가는 데 절대적인 조건의 하나이기도 하다. 이것을 몸에 지니지 않고는 참모역도 할 수 없을 것이며, 난세를 헤쳐나가지도 못한다.

가후(賈詡) 이런 권변에 숙달한 인물이다. 도대체 어떤 것이었을까? 그 한 예를 살펴보기로 하겠다.

가후는 무위(武威) 출신이라 했으나 서울인 낙양에서 서쪽에 위치한 지방에서 태어났다. 그는 젊어서 고향에서 추천되어 조정의 관리가 되었으나, 얼마 뒤에 병이 들어 사임하고 고향으로 돌아가려 했다. 그때의 후한황조는 환관과 외척과의 세력 다툼으로 혼란에 빠져 있었으므로, 가후 스스로 서울에서의 관리 생활을 그만두려 했는지도 모른다.

그런데 고향으로 돌아가는 길에 생각지도 않았던 이변이 일어났다. 이민족들의 반란으로 길이 막히고 동행했던 사람 수십 명이 사로잡히게 되었다.

이때 모두 죽임을 당했는데 가후만은 살아남았다. 그는 이민족에게 이렇게 말했다.

"나는 단공(段公)의 조카인데, 나를 죽이지 않고 살려두면 우리 집에서 막대한 몸값을 가져가게 될 것이다."

단공, 즉 단경(段頻)은 조정의 고관이었다. 예전에 변경지대의 사령관으로서 이민족들에게 널리 알려진 명장이었다. 이민족들은 그 이름만 듣고도 벌벌 떨며, 가후를 오히려 정중히 대접하고 돌려보내 주었다.

물론 가후와 단경은 아무 관계가 없는 사이였다. 즉각적인 기지로 그 이름을 대고 슬기롭게 난을 피한 것이다. 진수는 이 에피소드를 소개하면서

"권모로써 일을 처리하기를 모두 이렇게 했다."
라고 말하고 있다.

가후는 이름없는 집안에서 태어났다. 따라서 이끌어줄 사람도 없고 배경도 없으므로 자기 혼자의 재능만으로 출세하지 않으면 안 되었다. 그의 전반생이 파란으로 얼룩진 것은 그 때문이다. 그는 최후에 조조 휘하에서 일을 하게 되기까지 무려 네 번이나 상전을 바꾸었다.

먼저 동탁이 서울을 제압하자 그 밑에서 일을 했고, 동탁이 죽임을 당하게 되자, 그 휘하에 있던 장수 이각(李傕)의 참모가 되었다. 그러다 이각이 별것 아닌 존재라는 사실을 알고 이번에는 장군인 단외(段煨) 밑에서 일하다가 여기서 또 장수(張繡)에게로 옮겨갔다. 그리고 마지막에 장수를 설득한 뒤 조조에게 가서 벼슬을 하며 조비 때까지 살다가 태위(太尉)까지 승진, 수향후(壽鄕侯)에 봉해졌다. 즉 맨손과 재주만으로 성공한 셈이다.

가후가 맨주먹으로 일어서서 모시는 상대를 차례로 바꿔가며 용케도 난세를 살아간 것은 권변이라고 하는 그 무엇과도 바꿀 수 없

는 훌륭한 무기를 가지고 있었기 때문이지만, 그에게는 그보다도 더 중요한 선견지명이라는 처세술이 있었다.

권변이란 씨름으로 말하면 변화기(變化技)이며 그것을 처세에 응용한다면 일종의 변신과 통한다. 그러나 이것을 너무 과용하면 오히려 실책을 불러올 가능성이 있고, 자칫 잘못하면 자멸할 수도 있다. 그렇게 되지 않으려면 정황에 대한 정확한 판단과 슬기로운 처세술을 필요로 한다. 그러한 저력이 있어야만 비로소 권변은 난세에서 살아남게 하는 강력한 요소를 충분히 갖추는 것이다.

진수는 이런 가후를 이렇게 평가한다.

"그는 양, 평(良, 平 : 張良과 陳平) 다음 간다."

장량과 진평은 모두 한고조 유방 밑에서 참모역을 한 사람들이다. 그들은 자신들의 지모를 발휘하여 유방의 천하통일을 도움과 동시에 만년에는 절묘한 처세로 천수를 다하였다. 즉 이 두 사람 다음 가는 사람으로 평하는 것은 참모형 인간에 대한 가장 큰 찬사임에 틀림없다.

□ 판단력

가후의 권변 바탕에는 언제나 정황에 대한 정확한 판단이 깔려 있었다. 그 예를 몇 가지 들어보기로 하겠다.

장안에서 전권을 휘두르고 있던 동탁이 여포(呂布)의 배반으로 모살된 뒤, 전선에 배치되어 있던 동탁 휘하의 군단에 동요가 일기 시작했다. 군단장 이각을 비롯한 모든 장수들이 군을 해산하고 고향으로 돌아가려 했던 것이다. 이때, 토로교위(討虜校尉)로서 종군하고 있던 가후가 다음과 같이 진언했다.

"장안에서는 우리 양주(涼州) 사람들을 모조리 죽일 계획을 세우고 있다고 하오. 지금 우리가 군사를 해산시켜 버리면 곧 잡히고 말 거요. 오히려 똘똘 뭉쳐서 장안으로 쳐들어가 동탁장군의 원수를 갖는 게 낫지 않겠소? 그것만 잘되면 천자를 앞세워 천하를 통일할 수 있소. 실패한다면 그때 도망쳐도 늦지 않을 것이오.”

이각은 그의 말대로 군사를 다시 독려하여 장안을 공격, 여포 등을 격파하고 새로운 실권자가 되었다. 즉 가후의 깊은 판단력이 효과를 본 것이다.

그러나 이각은 CEO로서의 그릇을 갖춘 인물은 아니었다. 실권자 지위에 앉자마자 곧 무능력이 드러나서 장안은 온통 혼란에 빠지고 말았다. 이를 보고 가후는 이각과 결별할 결심을 하고 처자를 거느린 채 같은 고향 출신인 단외장군에게 갔다. 그러나 단외도 그가 생각한 만큼의 큰 그릇은 아니었다. 표면적으로 가후를 정중히 예우하는 체하면서도 속으로는 그의 명성을 두려워하여 나중에는 군사권까지 빼앗기는 게 아닌가 하는 의심까지 품고 있었다.

가후는 그것을 알 수 있었다. 그래서 그는 남양(南陽)에 할거하는 장수와 연락을 하여 그에게 가기로 했다. 그가 단외와 결별하고 떠나가려 할 때, 어떤 사람이

“단외는 그대를 정중하게 대접하고 있지 않나. 그런데 왜 떠나려 하는가?”

라고 묻자, 그는 이렇게 대답했다.

“아니야. 단외는 의심이 매우 많은 위인으로 속으로는 나를 미워하고 있어. 비록 후대를 한다고 해서 만족하면 안 돼. 오래 있으면 반드시 당하게 될 거야. 내가 떠나가면 그는 틀림없이 마음을 놓을 걸세. 그러나 내가 장수와 같은 큰 인물에게 갔다는 소식을 들으면 남기고 가는 내 식구들을 그렇게 푸대접하지는 못할 거야. 그리고 장수는 주변에 좋은 참모역이 없으니 나같은 사람을 바라고 있어. 이 기회에 떠나는 것이 나에게나 내 가족에게 오히려 안전을 가져오게 될 걸세.”

그야말로 냉철한 판단이다. 이와 같이 희망적인 관측에만 그치지

않고 정확하게 사태를 인식하고, 거기서 권변을 구사하는 것이 가후의 행동규범이었다. 그의 권변이 언제나 그때 그때의 상황에서 성공을 거두는 것은 이 때문이다. 과연 그 말대로 가후는 장수로부터 정중한 대접을 받고 남아 있는 가족들은 단외의 소중한 비호를 받았다는 것이다.

가후가 장수 아래서 일한 지도 벌써 10년 가까운 세월이 흘렀다. 그 동안 천하의 정세는 조조와 원소의 대결로 좁혀지고 있었다. 남양에서 독립 세력을 구축하고 있는 장수로서는 어느 쪽에든 붙어야 할 처지였다. 그러던 차에 마침 원소에게서 사자가 왔다.

이제까지 장수는 영토가 인접해 있는 조조와는 적대 관계에 있었으며 두 번이나 치열한 격전을 벌인 일이 있었기 때문에 새삼스럽게 조조와 손을 잡을 수도 없는 일이었다. 그러니 원소가 보낸 사자는 지옥에서 만난 부처님 같은 존재였던 것이다. 장수는 그의 교섭에 응하기로 결정하고 가후와 상의했다. 그러나 가후의 생각은 정반대였다. 조조와 손을 잡아야 한다는 것이다.

그래서 장수가

"아니, 원소 쪽이 훨씬 우세하지 않소. 또 나는 이제까지 조조와는 적대 관계에 있었소. 그런데 조조와 손을 잡으라니 무슨 말이오?"

"그러니까 조조와 손을 잡아야지요. 첫째, 조조는 천자를 등에 업고 천하를 호령하고 있습니다. 그에 비해 원소는 강대한 병력을 갖고 있지요. 이런 상황에 우리가 군을 합세해 준다 해도 그는 별로 고맙게 여기지 않을 것입니다. 따라서 우리가 그쪽과 손을 잡더라도 별로 중히 여겨질 리가 없지요. 한편 조조 쪽은 병력면에서 매우 열세에 있습니다. 거기에 우리가 가세한다면 분명 그는 기쁘게 맞이할 겁니다. 그리고 천하를 제패하려는 생각을 가진 인물이라면 지난날의 웬만한 감정에 사로잡히지 않고 자신의 덕을 널리 천하에 보이려 할 것입니다. 그러니 결단을 내리십시오."

두 사람이 군사를 이끌고 조조에게 달려가자 조조는 가후의 손을 잡으며 무척 기뻐했다.

"천하에서 나를 알아주는 사람이 바로 당신이오."

마침내 조조는 관도 싸움에서 대승을 거두었으니, 가후의 판단 또한 제대로 맞아들어간 셈이다.

□ 조조의 활로 열쇠

가후가 조조 휘하에 있을 때 가후의 뛰어난 지혜는 이미 천하에 널리 알려져 있었고, 조조로서도 크게 기대를 갖고 있었다. 가후는 그런 조조의 기대에 어긋나지 않고 꾸준히 권변을 진언하면서 조조의 세력 확대에 큰 도움을 주었다.

이에 대한 두 가지 보기를 들어 보겠다.

관도 싸움에서 열세에 몰린 조조로부터 반격에 대한 계책을 질문받은 가후는

"공은 명석하기가 원소보다 뛰어나십니다. 용맹에 있어서도 원소보다 낫고, 기회를 잡아 판단하는 데도 원소보다 뛰어나십니다. 이렇게 네 가지나 더 뛰어나시면서도 반 년 동안이나 결판을 내지 못하신 것은 오직 안전만을 기하고 계시기 때문입니다. 기회를 보아 당장 결판을 내리신다면 순식간에 일은 끝나게 됩니다."

즉 '당신은 너무 이것저것 재는 모양이오, 기회만 있으면 당장 결판을 내야 하오, 그렇게만 하면 당장 승리를 거둘 수 있을 것'이라는 뜻이다. 이 말은 열세에 몰려 있는 조조에게 용기를 돋우는 것이기도 하지만, 가후로서는 그 나름의 여러 가지 조건을 감안하고 조조의 승리를 확신한 것이 아니었던가 한다. 과연 조조는 기습작전으로 돌파구를 열고 원소를 거뜬히 격파시켰던 것이다.

또 하나의 예는 조조가 211년, 서쪽 지역에 할거하는 마초(馬

超)·한수(韓遂) 등의 연합세력을 토벌했을 때의 일이다. 이때 조조는 상대의 세력을 송두리째 뽑아 버리고 관중의 점거에 성공하였는데 여기에도 가후의 헌책이 효과를 발휘했다. 가후의 헌책은 어떤 것이었을까?

싸움 중반에 접어들자, 마초 등이 강화를 요청해 왔다. 그때 조조는 그 요청을 들을 것인지의 여부를 가후에게 물었다. 가후는 일단 들어주고 나서 나중에 상대측의 이간을 꾀하면 된다고 진언했다. 그래서 조조는 다음과 같은 이간책을 쓰기로 하였다.

강화 이야기가 진행되던 중에 한수가 조조와 직접 만나자는 전갈을 해 왔다. 이 두 사람은 그전부터 잘 아는 사이였던 것이다. 조조는 그렇게 하기로 하고 저마다 자기 진영에서 말을 달려 어떤 장소에서 둘이서만 이야기를 나누기로 했다. 그런데 조조는 강화에 대해서는 전혀 언급을 하지 않고 상대의 어깨를 두들기면서 지나간 옛 이야기만 하는 것이었다. 두 사람의 모습은 양쪽 진영에서도 확실히 볼 수 있었다. 이때 조조의 몸짓은 상대편 진지에 있는 마초를 노린 연기였다.

마초는 돌아온 한수에게 물었다.

"그래, 조조와 무슨 이야기를 했소?"

"그저 지나간 옛 이야기만 했지요."

이때부터 마초는 한수를 의심하게 되었다.

그리고 조조는 상대에게 또 하나의 쐐기를 박아놓았다. 즉 한수에게 보낸 친서의 글귀를 누구나 알 수 있도록 일부러 고쳐 놓은 것이다. 이것을 본 마초가 한수가 고친 것으로 알게 만들어 더욱더 한수를 의심하게 하려는 속셈이었다.

이런 공작을 해놓고 강화를 결렬시켜 버린 조조는 단숨에 상대측 연합군을 격파하고 관중을 평정했다. 가후가 진언한 이간책이 제대로 들어맞은 것이다.

옛날, 유방 휘하에 있던 진형이 교묘하게 이간책을 써서 항우와 범증을 반목케 하는 데 성공했는데, 가후의 이간책도 그와 맞먹는 것이 아닌가 한다.

□슬기로운 처세

가후는 문제(文帝 : 조비) 때까지 살면서 이름을 날리고 천수를 다했지만, 이는 모두 권변과 함께 슬기로운 처세가 있었기 때문이다.

조조는 후계자로 조비를 세울 것인가 조식을 세울 것인가에 대해 크게 고민했다. 신하들 중에도 조비를 앞세우는 자, 조식을 앞세우는 자, 두 파로 갈라져 옹립 운동을 펼쳤다. 한때는 동생인 조식 쪽이 우세한 것처럼 보였다. 그래서 그는 가후에게 사람을 보내, 좋은 방법이 없는지를 물었다. 가후의 권변에 기대를 건 것이다. 그러나 가후의 회답은 다음과 같았다.

"원컨대 장군, 덕을 닦고 생활을 소박하게 하시며 밤낮으로 열심히 자식의 도리에 어긋남이 없도록 하십시오."

즉 부질없는 걱정일랑 말고, 자신의 덕을 닦고 자식으로서의 할일을 다하도록 하라는 뜻이다. 그야말로 평범한 말이지만 매우 적절한 조언이었다.

그리고 또 그 무렵, 가후는 조조의 은밀한 부름을 받고 후계자 문제에 대해 상의를 하게 되었다. 그때 가후가 입을 다물고 아무 대답도 하지 않자, 조조는

"나는 지금 그대의 의견을 듣고자 하는데 어찌 아무 말이 없는가?"

하고 초초해했다.

"마침 다른 일을 생각하고 있었사옵기……."

"무엇을 생각했는가?"

가후는 대답했다.

"원소와 유표 부자간의 문제에 대한 것이지요."

그러자 조조는 껄껄 웃으며 조비를 후계자로 정하게 된 것이다.

원소나 유표는 모두 장남을 제치고 차남을 후계자로 세워 집안 싸움을 일으키게 한 장본인이다. 아무 말 없이 두 사람의 예를 드는 것만으로 가후는 은연중에 조비를 천거한 것이다. 이런 경우, 신하가 직접 이름을 댄다면 특정인을 억지로 미는 셈이 되어 자칫하면 후환을 초래할 위험이 생기게 된다. 이럴 때는 당연히 간접적인 대답이나 교묘한 응대로 대해야 하는 것이다.

가후는 이런 식으로 조조 집안의 후계자 문제에까지 개입했다. 그야말로 신뢰받고 중용되고 있었다는 증거가 아니겠는가. 그러나 그와는 달리 위험성이 없는 것은 아니었다. 아무래도 조조라는 인물은 별난 성격을 가진 사람으로서 너무 재주가 많은 사람에게는 늘 경쟁심을 갖고 있었다. 이런 인물 밑에서 처세한 가후의 고생도 이만저만이 아니었으리라 짐작하고도 남는다.

"후는 자신이 태조의 옛 신하가 아닌 데다 책모가 뛰어남으로써 시기를 받을까 염려해 문을 굳게 닫고 스스로 자숙하면서 개인적인 교제를 끊고 자손들을 혼인시킬 때에도 자기보다 나은 명문을 택하지 않았다."

이와 같이 그는 신중에 신중을 기한 처세를 했다. 난세에 살아남으려면 이만한 생각이 꼭 필요할 것이다. 이런 가후를 이탁오는 그의 저서 「장서」에서 이렇게 평하고 있다.

"이 사람은 다만 모책에만 뛰어난 게 아니라 대식(大識 : 선견 지명)까지 지녔으므로 그의 나이 77살까지 살았다."

사마의

사마의

□ 진 일이 없는 장군

「삼국지」의 제갈량, 그 상대자 사마의(司馬懿). 이 두 사람은 끝까지 유연하고 신중한 용병으로 시종하면서 유리하면 나아가고 불리하면 물러서며, 결코 적극적인 승부를 걸지 않았다. 이러한 용병은 용맹스런 부하 쪽에서 보면 정말 애가 터질 지경이다. 제갈량은 부하인 위연이라는 맹장으로부터 겁이 많다는 평을 받았으며 사마의도 부하들에게서

"공은 촉나라를 무서워하기를 마치 호랑이 보듯 합니다. 천하가 비웃지 않습니까?"

"이래서는 천하의 웃음거리가 됩니다."

하고 비난 아닌 비난을 받았다는 것이다.

그러나 지지 않는 싸움에는 그 나름의 매력을 가지고 있었다. 물론 화려하지는 않지만 끈질기게 병력을 보존해가면 언젠가는 다시 기회가 오게 마련이다. 실력이 상대가 되지 않을 때에도 억지로 싸우다가 져버리면 그야말로 아무 소용이 없다.

이것은 전쟁뿐 아니라 장사나 처세에도 해당되는 원칙이다. 제갈

량도, 그리고 사마의도 겁쟁이라는 비판을 받으면서도 결코 지지 않
는 싸움에 철저함으로써 지장·명장의 평가를 얻게 되었다는 점을
잊어서는 안된다.

□스승 손자병법

사마의라고 하면 소설 「삼국지」를 읽은 사람으로서는, 제갈량의
화려한 전술 앞에 농락되는 무능한 장수라는 이미지를 품게 될지도
모른다. 그러나 실제로 사마의는 그런 평범한 장수는 결코 아니었
다. 지지 않는 전쟁에 철저하다는 데서 엿볼 수 있듯이, 그는 기만
전술, 즉 위장전술이라는 특별한 재주를 갖고 있었다.

그러면 기만전술이란 어떤 것인가? 「손자」의 '시계편(始計篇)'에
이런 얘기가 있다.

'전쟁이란 결국 서로 속이는 것이다. 그러므로 가능한 것도 불가
능한 척하며, 필요한데도 필요 없는 척한다. 멀리 떠나는 척하다
가도 다시 접근하고, 가까이 갔다가도 다시 떨어진다. 유리한 것
처럼 보여 유인하고 혼란을 일으키게 하여 이를 공격한다. 그리고
강한 적을 보면 이를 피한다.'

무리 없는 유연한 전술은 그야말로 중국식 병법의 원칙이다. 사마
의의 기만전술도 바로 이것이었다. 한 예를 들어보자.

228년, 상용(上庸)에 있는 맹달(孟達)을 공격했을 때에는 강행군
을 계속하여 전광석화처럼 적을 격멸시켰다. 그로부터 10년 뒤 요
동에 있는 공손연을 포위했을 때에는, 태연하기만 하여 언제 공격할
것인지 모를 소극적인 작전을 했다. 보다못한 참모들이

"전에 상용의 맹달을 공격할 때에는 전군이 주야 강행군을 하여
겨우 5일 만에 성을 함락시켰는데, 이번에는 어째서 이토록 태연
하게 계십니까?"

라고 물어오자 사마의는 이렇게 대답했다.

"아니야, 그때와 지금과는 정황이 달라. 전쟁이란 결국 서로 속이는 거지. 정황이 달라지면 작전도 달라져야 해. 지금의 상대는 많은 군사이고 비까지 쏟아지고 있어. 우린 원정을 왔으므로 군량도 모자라. 이럴수록 이쪽에서는 손도 발도 쓸 수 없는 척하여 적을 안심시킬 수밖에 없지. 코앞의 이익에만 끌려 서툰 짓을 하다가는 큰코 다치네. 그야말로 하책 중의 하책이야."

이렇게 기만전술로 상대를 방심케 한 사마의는 마침내 기회를 보아 물밀 듯 맹공격으로 나서서 단숨에 공손연을 격파하였다.

손자병법 그대로 훌륭한 작전이다. 이것이 그가 '권변이 많다'고 평가받는 이유의 하나이다.

□ 오장원의 대결

사마의가 촉한의 정예군을 이끈 제갈량을 오장원에서 맞아 싸우는 장면은, 「삼국지」 후반의 클라이맥스를 이루고 있다. 용맹하고 전략에 뛰어난 두 영웅의 대결, 그야말로 격투에 격투를 거듭하는 처절한 전투가 전개됨직도 한데, 싸움다운 싸움은 한 번도 펼쳐지지 않았다. 그러나 그것도 깊이 생각해 보면 그럴 법도 하다. 그것은 예로부터 명사들끼리의 대결에 있어서는 격투 같은 것이 없었으니 말이다. 그러나 그 대신 배후의 외교채널을 통한 교섭은 불꽃 튀기는 맹렬함을 보였다.

이 대결은 제갈량이 공격 쪽에 있고, 사마의가 수비 쪽에 있는 형태로 이루어졌다. 따라서 사마의는 될 수 있으면 싸움을 피하고 수비만 굳히고 상대가 스스로 물러가도록 하기만 하면 되었다. 쓸데없는 싸움으로 전력을 소모시킬 필요가 없었다. 이에 대해 상대쪽의 영내로 쳐들어온 제갈량은 무슨 수를 써서라도 일대 결전으로 이끌어내어 승리를 얻지 못하면 작전 목적을 이룩할 수 없는 처지에 있었다. 제갈량 쪽은 처음부터 작전 선택의 폭이 좁아서 불리한 상태에 놓여 있었다.

제갈량은 사마의에게 때때로 사자를 보내어 도전을 시도했다. 그러나 사마의는 꼼짝도 않았다.

그러던 어느날, 사마의에게 제갈량의 사자가 찾아왔다. 그러자 사마의는 전쟁에 대해서는 전혀 언급하지 않고 다만 제갈량의 일상생활과 침식에 대해서만 물었다. 그때 사자가

"제갈공께서는 아침에 일찍 일어나시고 저녁에는 일찍 자리에 드시지요. 그리고 20대 이상의 태형에 해당되는 범법자는 언제나 손수 조사를 하시지요. 식사는 아주 조금씩밖에 드시지 않습니다."

사마의는 사자가 돌아간 뒤 이렇게 말했다.

"그래서는 공명의 여생도 그리 멀지 않았군."

사마의의 예언대로 제갈량은 얼마 뒤에 병을 얻어 진중에서 세상을 떠났다. 대장을 잃고는 싸움을 할 수 없다. 촉한군은 진지를 거두고 철수하기 시작했다. 이를 본 사마의는 당장 추격을 명했다. 그러나 촉한군은 금세 군세를 정비하고 반격에 나서지 않는가. 처음부터 싸울 생각이 없었던 사마의는 곧 '철수하라! 철수하라!'라고 후퇴명령을 내리고, 그 이상 추격을 하지 않았다. 사마의가 퇴각할 때 그곳 백성들은 입을 모아,

"죽은 공명이 살아 있는 중달을 도망하게 한대."

라고 비꼬았다는 것이다. 이 소문을 어떤 사람이 사마의에게 전하자, 그는 쓴웃음을 지으며 이렇게 대답했다.

"살아 있는 사람이라면 어떻게 계략이라도 써보련만, 죽어버린 사람을 상대로 하자니 어찌할 수가 없었지."

그 뒤에 사마의가 촉한군의 진지 터를 둘러보고 그 훌륭한 포진에 감탄하면서

"공명이야말로 천하의 기재였구나!"

라고 외쳤다는 것이다.

제갈량을 기재라고 본 사마의는 어떤 의미로는 제갈량보다 더 뛰어난 재주를 갖고 있었는지도 모른다. 훗날 그는 위황조의 원로로서 중용되었는데, 그 정치적 처세도 군략과 같이 노련하기 그지없었다.

상대가 강하다고 보면 곧 위장전술로 상대를 방심케 하고, 기회를 보아 노도처럼 기습을 감행하여, 권력의 자리를 굳혀갔던 것이다.

제갈량

제갈량

□ 용병술

제갈량(諸葛亮)이라고 하면 모르는 사람이 없을 정도로 널리 알려져 있는 인물이지만, 그 인물을 보는 데는 소설로 엮어진「삼국지연의」와 실록인 정사「삼국지」에 의해 살펴야 한다. 소설로 쓰인 것에는 아무래도 등장인물에 허구가 가해지게 마련이기 때문에 실상을 알려면 정사「삼국지」에 의하지 않으면 안된다.

소설에 쓰인 제갈량은 신기에 가까운 전략전술로 적을 농락하는 기략이 종횡으로 뛰어난 군사로서 묘사되어 있지만 사실은 그렇게 신과 같은 인물은 아니었다.

여기서는 정사에 의거하여 그의 용병법을 살펴보기로 하겠다.

촉한의 2대째 황제, 유선에게「출사표」를 바치고 북방정벌군을 동원시킨 제갈량은 우선 한중에 모든 군사를 집결시키고 여러 장수들을 모아 작전회의를 열었다. 이때 진공 루트를 둘러싸고 격론이 벌어졌다. 촉한군 제일의 용장 위연(魏延)이 이렇게 말하면서 제갈량에게 정면으로 맞섰다.

"아무쪼록 저에게 정예군 5000과 보급군사 5000을 주십시오. 그

러면 진령산맥(秦嶺山脈)을 넘어서 단숨에 장안을 함락시키겠습
니다. 공께서는 주력부대를 이끌고 뒤에서 천천히 따라오시면 됩
니다."

한중으로부터 곧바로 장안으로 가려면 먼저 험준한 진령산맥을
넘어야만 한다. 위연의 계획은 전광석화 같은 급습책이었다. 적이
방심한 틈을 탄다는 점에서는 승리의 확률이 높았다.

그러나 제갈량은 위연의 계책을 받아들이지 않았다. 위험성 있는
승부로 보았기 때문이다. 그리고 그는 일부러 서쪽으로 도는 평탄한
길을 진공 루트로 택한 것이다. 이래야만 더욱 높은 확률로 승리를
기대할 수 있다는 것이 그 이유였다.

여기서도 알 수 있듯이 제갈량의 용병법은 단판 승부를 노리는 것
이 아니라, 야구로 말하면 포볼로 나간 주자를 번트로써 2루로 보내
고 나서 다음에 히트를 쳐서 점수를 올리자는 매우 신중하고 빈틈없
는 것이었다.

사실 그는 귀신 같은 기책을 쓰는 그런 인물은 아니었다. 제갈량
이 오장원에서 싸우다가 진중에서 병사하고 촉한군은 할 수 없이 철
수하게 되었는데, 적장 사마의가 촉한군이 버리고 간 진지를 둘러보
고 그 포진의 교묘함에 놀라

"공명은 천하의 기재이다."
라고 외쳤다는 것은 유명한 이야기이다.

이것으로도 제갈량이 용병의 명수였다는 것을 알 수 있지만, 그는
몇 번이나 원정을 했으면서도 결국 목적을 달성치 못하고 끝내 오장
원에서 병사하고 말았다. 결과적으로는 완전한 패배자였다.

「정사 삼국지」의 저자 진수도 그의 용병을 평하면서

"해마다 군사를 동원하였으나 끝내 성공하지 못했다. 어쩌면 임
기응변의 계략이 그에겐 없었는지도 모른다."
라고 의문을 던지고 있다.

과연 결과적으로 보아서는 그런 비판도 있음직하다.

그러나 제갈량의 입장에서 생각한다면 동정할 점도 없는 게 아니다. 제갈량이 몸담았던 촉한과 그 상대 위나라의 국력을 비교해 보면, 거의 5배 가까운 차이가 있었다. 그런데도 그는 물론 전쟁에 승리는 거두지 못했지만 그렇다고 패배한 것도 아니었다. 이 점이 범용한 장수와는 다른 점이다.

그보다도 제갈량의 작전은 처음부터 이기는 싸움이 아니라, 지지 않는 싸움을 하려는 것이었는지도 모른다. 만일 그랬다면, 이기지는 못했으나 그렇다고 지지도 않은 제갈량은 싸움을 자기 계획대로 이끌었다고 말할 수 있으리라. 참패를 당하여 한 나라를 멸망의 위기로 몰아넣는 요즘 장군들과는 하늘과 땅 사이의 차이가 있다 하겠다.

□ 정치가 제갈량

제갈량의 용병에 대해서는 약간 얕은 점수를 준 진수도, 정치가로서의 제갈량을 높이 평가하고 있다.

'정치를 아는 재사였으며, 그는 관중과 소하에 맞먹는다.'

재상으로서의 제갈량은

'나라 안의 모든 사람들이 그를 두려워하면서도 사랑했다.'

이러한 평가는 사람 위에서 지도해야 할 입장에 있는 사람으로서는 최고 찬사인 것이다.

이 점을 요즘 CEO에 비교하여 생각해 보면, 사원들로부터 두려움을 받고 있는 CEO를 흔히 볼 수 있다. 그 중에는 사원들로부터 사랑받는 사람도 없지 않다. 그러나 두려워하면서도 사랑받는 CEO는 그리 많지 않다. 제갈량은 이 두 가지를 한몸에 지니고 있었다.

그렇다면 제갈량이 두려운 존재이면서도 사랑받은 비결은 어디에 있었던가. 그것은 상벌의 적용이 매우 공평무사하고 적당히 처리하는 일이 결코 없었기 때문이었다고 하겠다.

'나라에 충성하고 그때그때 이익을 가져오는 자는 비록 원수라 할지라도 반드시 상을 주고, 법을 어기고 태만하는 자는 비록 육친이라 할지라도 반드시 벌을 준다.'

좋은 예가 '울며 마속의 목을 베다(泣斬馬謖)'라는 고사이다.

첫 번째 원정 때 제갈량은 평소에 아끼던 젊은 참모 마속을 선봉장으로 기용했다. 능력있는 젊은이에게 공을 세우게 해서 그의 의욕을 더욱 돋우어줄 셈이었다.

그러나 경험이 없는 마속은 적의 대군과 맞서게 되자 졸렬한 작전으로 대패하고, 촉한군의 작전계획에까지 차질을 가져오게 했다. 전후에 마속의 책임문제가 거론되자 제갈량은 그 죄를 문책하고 눈물을 흘리면서 사랑하는 부하를 베어 버렸다.

그때 중신 장완이 제갈량을 말리며 이렇게 말했다.

"승상, 설마 초왕(楚王)이 득신(得臣)을 죽여, 진(晉)의 문왕을 기쁘게 한 고사(故事)를 모르실 리는 없을 겁니다. 마속을 단죄하는 것은 무엇보다도 위왕을 기쁘게 해주는 일입니다."

그에 제갈량이 이렇게 대답했다.

"공염, 이 공명이 사려분별을 잃었다는 말이오? 누가 즐겨 자기 나라에서 재주와 슬기가 뛰어나게 훌륭한 자의 목을 치겠소. ……비교해 보면 알 것이오. 마속을 베는 것이 위왕을 기쁘게 해 주는 것인지, 군기를 범한 자를 벌함으로써 장병들 마음을 긴장시키는 일인지. 옛날 손무(孫武 : 孫子)가 능히 천하를 제압한 것은 군법을 바로잡았기 때문이 아니오?"

그러나 제갈량은 이렇게 엄격히 법을 운용하여 마속을 죽였지만, 그 유가족들은 전과 다름없이 예우하고 돌보았던 것이다. 이처럼 그는 인정미도 매우 깊었던 것이다. 이런 점이 제갈량의 커다란 매력의 원천이 아닌가 한다.

□청렴결백한 제1인자

저우언라이(周恩來)가 죽었을 때 중국인들은 '국궁진력'이라는 말로써 그의 죽음을 애도했다. 그 말은 제갈량이 유선에게 바친「후출사표」에 나오는 말이다. 거기서 제갈량은

'신 국궁진력하여 죽기를 맹세합니다.'

라고 분골쇄신의 결의를 말하고 있는데, 제갈량의 삶은 그야말로 국궁진력의 그것이었다.

촉한의 2대 황제 유선은 선친인 유비와는 달리 무능하기 짝이 없었다. 유비가 죽은 뒤로 국정의 실권을 장악한 제갈량은 유비의 유언에 따라, 비록 무능했지만 유선을 열심히 섬겼다.

사생활도 매우 검소했다. 출진에 앞서 유선에게 이런 상주문을 올린 일이 있다.

'저도 성도(成都)에 뽕나무 800그루와 논밭 5경이 있어서 그걸로 가족의 의식은 걱정없습니다. 그리고 저에게는 의식 등 모두를 관에서 지급해주니 별로 사재(私財)를 가질 필요가 없습니다.'

그가 죽은 뒤에 조사해 보았더니 과연 뽕나무 800그루와 논밭 15경 이외에는 아무런 축재도 없었다. 나라를 위해 국궁진력하면서도 자신은 그토록 검소한 생활을 하고 있었던 것이다.

그리고 재상으로서의 제갈량의 집무 태도는 세밀한 장부에까지도 일일이 눈길을 돌리는 열성을 보였다.

「십팔사략(十八史略)」이라는 책에

재상은 사소한 것과는 거리가 멀다.'

는 말이 있는데, 이것은 재상은 그저 높은 데 앉아서 여기저기 대충 눈만 돌리고 있으면 된다는 뜻이다. 어떤 의미로는 중국인들은 그런 태도와 사고를 이상으로 삼아 왔는지도 모른다. 그러나 제갈량의 태도는 그것과는 아주 판이하다.

제갈량에게는 아주 세밀한 데까지 눈을 돌리지 않으면 안될 사정

이 있었다. 작은 나라 촉한은, 요즘으로 말하면 중소기업과 같아서 사실상 CEO인 제갈량에게 모든 책임이 걸려 있었다. 그러한 상황 아래서 제갈량은 오로지 국궁진력하면서 국정에 임했고, 2대째 황제인 유선을 극진히 모셨다. 그런 만큼 중국인들은 그를 고금의 명재상으로 아낌없는 찬사를 보내고 있는 것이다.

관우와 장비

□병사 1만 명에 맞먹는 맹장

관우(關羽)와 장비(張飛)는 모두 유비를 모시던 용장들로 정사
「삼국지」에서도

'관우와 장비는 만인의 적과 맞먹으며 세상에서 호신(虎臣)이라
불리었다.'

라고 그 용맹함을 기록하고 있다.

그들의 용맹에 대해서 다음과 같은 에피소드가 전해지고 있다.

관우가 날아온 화살에 맞아 왼팔이 관통된 일이 있었다. 그 뒤에
상처는 아물었으나 날이 궂으면 그 자리가 쑤시고 아팠다. 의사가
말하기를

"화살에 독이 발라져 있었기로 그 독이 뼈에 스며든 것입니다. 팔
을 절개하고 뼈를 긁어 독을 빼지 않으면 안됩니다."

그러자 관우는 태연하게 팔을 내밀고 절개하기를 명했다. 때마침
관우는 휘하 장수들을 초대하여 연회를 베풀고 있었다. 절개가 시작
되자 피가 쏟아져 그릇에 넘쳤으나 관우는 태평스럽게 술잔을 들고
고기를 뜯으면서 담소를 즐겼다. 과연 이쯤 되면 그의 용맹도 이만

관우와 장비

저만이 아니다.

그리고 장비에 대해서는 이런 얘기가 전해진다.

조조가 10만 대군을 이끌고 남쪽정벌의 길을 떠났을 때, 번성(樊城)을 지키고 있던 유비는, 상대가 되지 않을 것을 미리 알고 성을 버리고 남쪽에 있는 요충지 강릉으로 피하여 전세를 가다듬으려 했다. 그러나 조조는 스스로 기병을 이끌고 유비를 추격하여 불과 하룻밤 사이에 당양(當陽)에 있는 장판(長坂)이라는 데서 그를 만나게 되었다.

유비는 조조의 군사가 바로 뒤까지 쫓아왔다는 소식을 듣고 처자를 버리고 장비에게 기병 20명을 맡겨 후미를 지키도록 명했다. 그러자 장비는 곧 강에 걸려 있는 다리를 끊고는 눈을 부라리며 소리질렀다.

"듣거라. 내가 장비다! 어서 승부를 내자!"

그러자 적은 누구 한 사람 감히 가까이 다가오지 못했다.

이러한 장비의 용맹으로 유비는 추격을 뿌리치고 무사히 탈출할 수 있었다.

이 장면은 「삼국지」의 소설이나 연극에서 유명한 장면으로서 여러 가지로 윤색하여 장비의 용맹을 그리고 있다.

□유협의 동기

젊었을 때의 고향인 탁군(涿郡)에서 군사를 일으킨 유비가 30년 고생 끝에 파촉 지방에다 자기의 나라를 구축하는 데 성공한 것은 거병 당시부터 그의 심복이었던 관우와 장비에게 힘입은 바가 적지 않았던 결과이다. 그 동안에 유비의 삶은 기복과 부침의 연속이었으나 이 두 사람은 변함없이 유비를 섬기며, 유비가 비록 비운에 빠진 경우에도 그를 결코 버리지 않고 끝까지 도왔다.

「삼국지연의」에 따르면 유비·관우·장비는 도원에서 의형제를 맺

은 것으로 되어 있는데 정사에는 그런 기록은 없다. 그러나 정사에
도 그들의 관계가 하나의 주종관계라기보다는 형제와 같은 관계를
갖고 있었다고 기록되어 있다.

　"선주 유비는 두 사람과 같은 이부자리 속에서 잠을 자고, 그들의
　사이는 형제와 같았다. 그러나 사람들과 함께 자리할 때는 언제나
　똑바로 그 예를 지켰다. 선주를 따라 이곳저곳을 다녔으며 갖은
　환난을 마다하지 않았다."

　관우와 장비는 유비를 감싸고, 유비를 위해서는 어떤 고난도 마다
하지 않았다. 거기에는 주종관계 이상의 밀접한 관계가 있었다고 말
하지 않을 수 없다.

　그러면 이 세 사람 사이에 어째서 그러한 관계가 이뤄졌는가. 그
것은 초기의 유비 집단을 살펴보면 알 수 있다.

　유비는 일찍 아버지를 잃고, 소년시대를 어머니를 돕기 위해 짚신
이나 돗자리를 팔아 생계를 꾸려가며 보냈다. 그러나 그가 성장함에
따라 유협(遊俠)하는 무리들과 사귀게 되어 그들과의 우의를 다져
갔다.

　"선주는 독서를 싫어하였다. 말수가 적고, 남에게 교만하지 않고
　희로애락을 겉에 나타내지 않았다. 기꺼이 호협들과 사귀었으며,
　젊은이들이 다투어 그를 따랐다."

　호협은 유협과 같은 뜻으로서 벼슬하지 않고 의협심을 갖고 이곳
저곳을 호연하게 유랑하는 선비들이다. 그런 무리들과 사귀는 동안
에 그는 어느덧 보스 기질을 발휘하여 많은 사람들이 그를 따르게
되었다. 그것은 말수가 적고, 남에게 오만하지 않고 희로애락을 겉
에 나타내지 않은 그 자신의 성격에 의한 것이었다. 이 세 가지 점
은 남의 위에 서는 자로서는 필수조건이 아닐 수 없다.

　관우와 장비는 그러한 유비를 따라 모인 젊은이였던 것이다. 즉
그들을 그렇게 밀접한 관계로 이끌어간 것은 두말할 것도 없이 유협

이 동기였다. 그런 의미에서 소설 「삼국지」에서의 의형제 운운은 전혀 근거가 없는 것도 아니다.

그렇다면 유협의 행동 원리는 어떤 것이었던가. 사마천은 「사기」 '유협열전' 속에 이렇게 말하고 있다.

'유협의 행동은, 이른바 사회규범으로부터 이탈해 있다. 그러나 그들은 한번 약속했으면 반드시 지킨다. 행동은 언제나 과감하다. 일단 맡은 일은 끝까지 해낸다. 신명을 아끼지 않고 남의 위난을 돕는다. 목숨을 걸고 일을 하지만 그것을 내세우거나 남의 신세를 지지 않는다.'

'유협의 무리는 하나의 서민이면서 은혜는 반드시 갚고 맡은 일은 기어코 해내며, 비록 멀리 떨어져 있더라도 그 의리를 변치 않고, 의를 위해서 목숨도 버리며 세평 따위는 돌보지 않는다.'

의(義)로써 맺어진 유협들은 내부 단결도 굳으며 서로 간의 유대도 깊었다.

관우와 장비가 거병 이래 일관하여 유비를 위해 분투한 것도 이러한 행동 원리에 바탕을 둔 것이다. 의장(義將)이라고 불리는 것은 이 때문이다.

□운명적 결점

그러나 관우나 유비에게도 흔히 호걸들에게서 볼 수 있는 결점이 없지 않았다.

관우에 대해서 이런 얘기가 전해진다.

유비가 촉나라에다 본거지를 구축했을 때, 관우는 옛고향 형주에 머물며 위나라와 오나라 두 세력의 동향을 주시하고 있었다. 그 무렵, 촉나라의 유비에게로 마초라는 호걸이 항복해 왔다. 관우는 마초에 대한 소문은 전부터 듣고 있었지만 면식은 아직 없었다. 관우에게는 자기만이 천하의 호걸이라는 자부심이 강했다. 그런 그가 일부러 형주에서 승상인 제갈량에게 편지를 보내어 마초라는 인물이 어떤 사람인가를 물었다. 그러자 제갈량은 이렇게 회답을 해왔다.

"마초는 문무 양면에 뛰어난 사내다운 인물이오. 일대의 영걸로서 가히 경포(鯨布)·팽월(彭越)에 버금하는 인물인데, 장비와는 그 우월을 결정짓기 어렵지만 아마 당신보다는 좀 뒤지지 않을까 하오."

관우는 이 편지를 받고 주위에 있는 사람들에게 보이며 자랑했다. 그야말로 단순하고 귀가 얇은 사람이었다.

이런 사람은 대개 정치적 협상이나 외교전략은 매우 서툴다. 관우도 예외는 아니었다.

거기에 또 관우는, '병사들에겐 인자하지만 사대부에게는 오만하게 군다'와 같은 인간적인 결점이 있었다. 즉 병사들에게는 매우 너그럽고 자상했지만 상급 무관들에게는 자존심을 상하게 하는 행동도 거침없이 하는 수가 많았다.

관우가 형주라는 요충지를 맡고 있을 때 오나라의 여몽(呂蒙)의 계략에 말려들어 자기 편 사대부들의 배반으로 자멸하게 된 것도 이러한 결함 때문이었다.

한편 장비는 관우와는 달리 '군자는 경애하나 소인은 사람으로 보지 않았다'와 같은 인간적 결점을 갖고 있었다. 신분이 높은 사람에게 경의를 표하지만 부하들에게는 소홀히 했다는 것이다.

이 또한 사람 위에 있는 지도자로서는 실격 조건의 하나라고 말하지 않을 수 없다.

유비는 항상 이런 점을 걱정하면서

"장비, 그대 부하들을 사형시키는 게 너무 심하지 않은가. 그러면서도 부하를 혹독하게 부리고 그런 부하를 신변 가까이 두고 있으니, 앞으로 무슨 일이 일어나면 어쩌려고……."

라고 경고했다는 것이다. 그러나 장비는 그것을 고치려 들지 않았다.

과연 걱정했던 대로 장비는 훗날 부하 장수에게 습격당해 어처구
니없는 마지막을 맞이하고 말았다.

정사 「삼국지」의 저자 진수는, 흔히 볼 수 없는 대단한 호걸이었
지만 모두가 그 마지막이 좋지 않았던 장비와 관우에 대해 이렇게
평하고 있다.

"우(羽)는 강직하여 자부심이 너무 강하고, 비(飛)는 포악하여
은혜를 몰랐다. 이와 같이 짧은 기간에 패하게 된 것도 당연한 일
이 아닌가."

오늘날에 있어서도 일을 좋아하거나 일꾼이라는 말을 듣는 사람
들 가운데에서 이런 타입을 볼 수 있다. 관우와 장비, 두 사람의 실
패를 우리는 되새겨 볼 필요가 있다.

여포

여포

□미워할 수 없는 악당

이 세상에는 어딘가 미워할 수 없는 사나이가 있다.

그 수가 많지는 않지만 상당한 출세를 해서 미워할 수 없는 분위기를 지닌 것도 한 가지 재능이라고 할 수 있을 것이다.

'미워할 수 없다'는 것은 이미 '미워할 만한' 일을 저지르고 있다는 반증이 된다. 그렇지만 미워하지 못한 채로 사람들은 용서해 버린다.

이런 인물의 존재는 하늘이 만들어낸 것일까. 그렇게 생각할 수밖에 없는 불합리함이 미워할 수 없는 사나이의 존재에 언제나 모호하나마 희미하게 자리하고 있다.

모호하다는 것은 '왜 미워할 수 없는 것일까' 하는 생각에 잠길 때 일어나는 판단이다. 대개는 미워할 수 없는 상대의 존재 자체가 은연중 자기 속으로 들어와 버리고 있어서 꼼짝달싹할 수 없게 되고 만다.

사람들은 하는 수 없이 '매력이 있는 것이겠지, 역시' 하고 속으로 중얼거리지만 이것은 일종의 속박이다. 매력이란 마력이며, 미워

할 수 없는 사나이란 말하자면 원시적인 '주술'을 사용하는 사람일
것이다.

「삼국지연의」 속에서 가장 '미워할 수 없는 사나이'는 여포(呂布)
가 아닐까. 이 소설 전반부의 재미는 여포로 지탱되고 있다고 해도
좋다.

전형적인, 절조가 없는 악당으로 그리고 있기 때문이지만, 주위의
'영웅'들 쪽이 훨씬 악당으로 보인다. 그것은 작자의 구성상의 착오
였을지도 모른다. 전형적인 악당을 중심에 놓으면 주위의 인물이 돋
보이게 된다고 보았음이 틀림없다.

그 계산은 틀리지 않았지만, 범벅이 되는 군웅들 쪽이 교활해 보
이며, 그 반작용으로 여포는 대범한 악당으로 부각되어 가는 역효과
가 나타난다.

도대체 사실(史實)에 나타난 여포의 모습은 어떨까. 사실이라고
해도 허구를 벗어나는 것은 아니다. 나관중의 「삼국지연의」를 사실
이라고 생각하는 것도 경박한 사람이지만, 진수의 「삼국지」를 사실
이라고 단정하고 의심하지 않는 것도 경솔한 사람이다.

진수의 「삼국지」에는 배송지(裵松之)의 주석이 붙어 있다. 주석이
더 재미있다고까지 한다. 역사가는 아무리 기록에 충실하려고 해도
수집된 자료는 일단 취사선택을 거치게 된다.

의식적으로 자신의 편견은 보태지 않더라도 자연히 그 작업 자체
에 허구의 싹이 트고 있다.

여포가 미워할 수 없는 '악당'으로 묘사되고 이것이 「삼국지연의」
의 전반부를 성공시키고 있는 것도, 본디 원전에 그 요소가 있었기
때문이라고 할 수 있다. 다시 말해서 여포의 실상에도 '악당'적인
요소가 다분히 있었을 것이다.

다만 무서운 것은 마이너스의 레테르이다. 레테르를 붙이지 않으
면 직성이 풀리지 않는 인간들의 습성 때문에 악당이란 레테르가 붙

은 사람은 자손 대대로 원한을 남기게 된다.

여포의 일족은 어떠했을까. 중국인은 상대방의 자손을 살려 두면 나중에 원한을 사 복수를 당하고 후회하게 된다는 관점에서, 혈연 관계가 있는 사람을 모조리 죽이는 일이 있었다. 그렇지만 분서에서 가까스로 남은 책 한 권과 마찬가지로 한 사람이라도 남을 경우 얘기는 달라지니 '멸족'은 그만큼 어렵다.

다만 여포는 '악당'보다는 '배반자'란 레테르가 붙어 있다. 이 레테르가 있는 한 '악당'에서 '미워할 수 없는 악당'으로의 전환도 좀처럼 쉬운 일이 아닌 것이다.

□ 배반할 뜻이 없는 배반자

여포의 죽음은 「삼국지연의」의 제19회에 나온다. 죽음을 당해도 '미워할 수 없는 사나이'다운 행동을 하고 있다.

조조의 군대에 포위당한 여포는, 밤이 되어 적이 일단 공격을 중지하고 물러가자, 망루 뒤에서 한숨 돌리고 있는 사이 그만 꾸벅꾸벅 졸았다. 그것을 보고 배반하기로 작정한 여포 휘하의 장수들이 여포를 꼼짝달싹 못하게 묶었다. 그러고는 항복할 때의 상납품으로 삼으려고 했다.

꾸벅꾸벅 졸면서 꿈을 꾸고 있다는 점이 바보라고도 할 수 있고, 무사 태평이라고도 할 수 있으며, 대인의 그릇이라고도 할 수 있지만, 미워할 수 없는 요소이기도 하다.

생포된 여포는 당장 조조 앞에 끌려 가지만 굴욕이나 공포에 떠는 기색도 없이 고함쳤다.

"너무 단단히 묶지 않았소? 제발 부탁이니 좀 늦추어주오!"

조조가 대답했다.

"호랑이를 묶는 것인데 단단히 묶을 수밖에 없잖은가."

'호랑이'라는 평가를 받았으니 여포도 빙긋이 웃으면서 잠자코 있을 수밖에 없었을 것이다. 그렇지만 응답하고 있는 조조도 미워할 수 없게 되어서 여포의 페이스에 말려들기 시작했다고도 할 수 있다. 그렇다고 해서 포박을 늦추어 주지는 않았다.

여포는 교활한 데 비해서 무사태평한 점도 있었다. 무사태평해도 필요할 때는 머리 회전이 빨랐다. 조조의 등 뒤에 자기의 부하 장수들이 늘어서 있는 것을 보고, 공격의 화살을 그쪽으로 돌린 것도 그 예이다.

"나는 너희들을 귀여워해 주지 않았느냐. 네놈들은 어째서 나를 배반했느냐."

하고 물었다.

'배반'은 여포의 장기라고 할 수 있으므로 이 말은 우습지만, 남을 배반하는 것과 남에게 배반당하는 것은 다른 것이다.

사람은 '배반자'라고 불리는 것을 좋아하지 않기 때문에 부장들도 '배반 상습범이 남을 배반자로 부를 수 있느냐'고 반론할 수 있건만 그 말이 순간적으로 떠오르지 않았으므로, 자신들의 진언을 듣지 않았으면서도 우리를 귀여워해 주었다고 말할 염치가 있느냐고, 요즈음 체험한 불쾌한 기억만을 꺼내고 말았다.

「삼국지연의」에서는 여포가 부하의 반격에 아무 말도 하지 않았다고 적고 있다.

여포에겐 '관념'이 좀 결여되고 있다. 같은 배반이라도 조조 같은 사람은 역동적이다. 몸짓에 있어서는 여포 쪽이 역동적이지만 관념에 있어서는 조조가 더하다.

조조도 은인을 배반한 일이 있다. 「삼국지」 '무제기(武帝記)'의 원주(原註)에 다음과 같은 조조의 말이 있다.

'내가 남을 배반하기보다, 내가 남에게 배반당하는 편이 훨씬 참을 수 없다.'

동탁이 황제를 폐하고 새로 헌제를 세웠을 때, 조조는 낙향해서 고향에 돌아와 있었다. 그 때 은인의 집에 들렀으나 마침 주인이 집에 없었다. 5명의 아들들에게 환대를 받았으나 그 행태에서 불온한 움직임을 탐지해 낸 조조는 칼을 휘둘러서 몰살시켰다.

은인의 아들들을 죽이는 것은 배반이지만, 그 아들들이 자기를 배반하려 하고 있으므로, 아무리 은인의 아들이라 하더라도 죽이지 않으면 안 된다는 논리이다.

조조의 배반이 관념적으로 역동적이다고 말했지만, 그것은 곧 의식적이고 인간적이라고 할 수 있다. 그것에 비해 여포의 배반은 무의식적이고 소박할이만큼 뻔뻔스러운 데가 있으며, 그래서 미워할 수 없게 된다.

□ **과대망상**

호랑이를 묶는 것이니 포박을 늦출 수 없다고 조조가 말하자, 여포는 이 거부에 구애되지 않았고 배반한 부하들이 마침 눈길에 들어오자 그만 그쪽으로 공격의 화살을 돌렸다는 것이 「삼국지연의」의 내용이지만 진수의 「삼국지」는 서술 내용이 다르다.

공격의 화살을 돌리는 것은 같지만, 인물은 여전히 조조에 대해서다. 그 내용이 방향만 전환한 것이다.

"귀공의 눈엣가시는 나 한 사람이오. 지금 내가 항복했으니 이제는 천하에 걱정할 사람은 없어진 거나 마찬가지요. 귀공이 보병 부대를 이끌고 나에게는 기병 부대를 맡기지 않겠소? 그렇게 하면 천하도 순식간에 평정할 수 있지 않겠소?"

생각하기에 따라서는 이 말을 살려 달라고 비는 것으로 받아들일 수도 있을 것이다. 마지막 순간까지 여포는 살기 위한 기회를 엿보고 있었다고 할 수 있다.

그렇다고 한다면 결박을 늦추어 달라고 한 애원도, 아프다며 떼를 쓰는 아이 같은 무의식성을 가장하면서 기회를 노린 것이라고 할 수 있다. 조금이라도 포승이 늦추어지면 괴력으로 상대를 찢어 발길 정도의 자신이 있었을 것이다.

후세 사람들은 이 여포의 태도를 보기 흉하다느니 겁쟁이라느니 한다.

그렇지만 겁을 먹었다고는 생각되지 않는다. 필시 조조도, 여포가 겁을 먹고 있다고는 보지 않았을 것이다. 본디 조조는 여포 이상으로 '대악당'의 이미지를 갖고 있다. 그렇기 때문에 모든 일을 단순히 처리하지 않았다. 배반자이건 투항자이건 쓸모가 있다고 생각하면 기용하는 것을 꺼리지 않는 용기와 과단성을 가지고 있었다. 불충한 신하도 충신이 될 수 있다고 생각하는 것이 조조였으며, 동시에 이것은 요즘 식으로 합리주의라고 말할 것이 아니라, 오히려 실용주의라고 하는 것이 옳다. 아니 인간주의, 천명주의(天命主義)라고 하는 것이 옳을지도 모른다.

「삼국지」에는 '조조는 의심하는 빛이 있었다'고 씌어 있지만, '의심하는 빛'이란 여포의 말을 '진심일까' 하고 의심했다는 의미가 아니다. '그것도 그렇구나. 천하를 평정하기 위해서는 일단 이 사나이와 손을 잡는 편이 빠른 길일지도 모르겠다'고 심각하게 생각하기 시작했다는 것이며, 동시에 '그렇지만' 하는 유보의 기분이 '의심의 빛'으로 나타난 것이다.

여포의 달콤한 말에 속을 리도 없으며, 그의 경력도 성격도 잘 알고 있는 조조로서도 그 감언을 '천하 평정'에 이용할 수 없을까 하고 망설이면서 꿍꿍이셈을 했다고 보아야 할 것이다. 망설이게 된 것은 섣불리 이용하려다가 오히려 위험스럽게 될 가능성이 충분히 있기 때문이다. 처음부터 조조는 여포가 마음에 들기는 했지만 그렇다고 신용하지는 않았다.

이 자리에는 유비도 있었다. 그는 조조의 '의심하는 빛'을 어떻게 해석했는지 모르지만, 몸을 앞으로 내밀고 말했다.

"벌써 잊으셨습니까. 여포는 전에 정원(丁原)과 동탁을 섬겼는데 두 사람 모두를 배반했다는 점을!"

조조는 이 말에 고개를 끄덕였다고 한다. 이것으로 처형은 결정되었으며, 여포의 돌파구를 찾기 위한 노력도 수포로 돌아가지만, 조조가 고개를 끄덕인 것은 그의 배반의 경력을 생각했기 때문은 아닐 것이다.

그런 것은 진작부터 알고 있었으며 오히려 여포의 운도 끝났으니 지금 죽는 것이 천명이라고 결단을 내리는 계기로써 유비의 진언을 이용했을 것이다.

□유비의 생각

그때까지 유비와 여포는 꽤 깊은 관계에 있었다. 여포가 조조에게 패했을 때 그는 유비를 의지했었다. 하긴 유비는 여포를 믿을 수 없다고 보고 신용하지 않았다. "너와 나는 같은 변경 출신이다" 하고 어깨를 두드리며 제멋대로 아우 취급을 하는 여포를 불쾌하게 생각하고 있었다. 자기를 의지해 오자 받아들이면서도 싫었던 것이다.

그 후 반대로 유비는 세력을 회복한 여포에게 의지한 일이 있다. 원술(袁術)의 공격을 받은 유비는 여포에게 구원을 요청했다. 여포는 장수들의 충고를 무시하고 구원하러 달려갔다. 장수들의 주장은, 언젠가 유비는 여포를 죽일 속셈이므로 차라리 원술을 도와 그를 죽이게 하는 것이 좋다는 것이었다.

여포가 그 간언을 일축한 이유는 유비가 지면 당장에 원술은 여러 장수들과 연합전선을 펴서, 그 결과 자기는 포위당하기 때문에 구해 주어야 한다고 했다. 그리고 실제로 구해 주었다.

"아우야" 하고 말하면서도 여포는 책사이기 때문에 허허실실(虛虛實實)의 사이였음은 틀림없지만 여포는 유비를 짝사랑한 것 같은 점이 있다. 이때 원술로 하여금 유비를 죽이게 하지 않았던 것이 결국 파멸을 가져왔다.

그 뒤 두 사람은 서로 싸웠으나, 언제나 싸움은 여포에게 유리하게 펼쳐져 유비는 두 번이나 처자를 인질로 잡혔다. 첫번째는 건안 원년의 일로 유비는 그때 화평을 요청하여 처자를 돌려받았다.

건안 3년에 유비는 여포에게 쫓겨 다시 처자를 인질로 잡힌 채 조조에게 의지했다. 이때 조조의 모신 정욱(程昱)은 유비에게 인심을 장악하는 재능이 있으며 영웅의 그릇이므로 죽이는 것이 좋다고 진언했다. 여포와 마찬가지로 조조도 유비를 죽이라는 진언을 물리쳤다.

"지금은 영웅들을 내 손에 거둘 때다. 그 중 한 사람을 죽여서 천하의 인심을 잃는 것은 어리석기 짝이 없다."

그때는 군웅이 할거하는 시대였다. 서로 이합집산을 되풀이하고 있었다. 조조는 인심을 파악한 사람이야말로 영웅이라는 생각을 견지하고 있었으며, 만약 유비가 영웅의 그릇이라면 그를 죽여 보았자 원한을 살 뿐이고 손해니 일단 구해 주자고 생각했던 것이다.

이런 생각에 사로잡혀 있던 조조에 비하면 여포는 매우 사람이 좋다. '아우야' 하고 일단 맺은 의형제의 인연에 구애되고 있었으며, 모략적인 면에서도 원술에게 자기가 포위당하지 않기 위해서라는 근시안적인 것이었으니, 신하들의 진언을 받아들이지 않았다는 점에서는 같더라도 두 사람의 발상에는 하늘과 땅의 차이가 있었다.

여포가 생포되어 조조 앞으로 끌려 왔을 때 여포에게 처자를 인질로 잡혀 있는 유비의 심중은 어떤 것이었을까. 여포와 조조가 손을 잡으면 처자는 돌아온다 하더라도 유비에는 불리해진다. 천하통일의 야망을 가지고 있으며 여포를 좋아하지 않는 유비에게 가장 나쁜 상태가 일어난다.

그렇기 때문에 당황하면서도, 여포는 배반을 일삼는 인간이라는 것을 환기시켰던 것이다. 조조가 볼 때에는 우스운 간언이었다. 그렇지만 인심을 잘 장악하는 영웅의 그릇이라고 유비를 인정하고 있었던 조조는 그 말을 받아들였다.

이 시기의 영웅들은 서로를 잘 파악하지도 못한 채 싸우고 있었으며, 그렇기 때문에 붙었다가 배반했다가, 또 붙었다 배반했다를 되풀이하며 암중모색(暗中摸索)하고 있었다. 그런 이유로 조조, 또한 여포가 원소나 원술과 함께 당면의 강적이었음에 틀림없지만, 아직 이용 가치가 있다고 생각하고 있었다.

그렇기 때문에 여포의 제의에 잠깐 망설였던 것이지만, 일단 영웅의 그릇이라고 인정한 유비가, 설사 사사로운 원한이나 이익 때문에 부정했다 하더라도 그 부정을 '하늘의 신호'라고 조조는 보았을 것이다.

여기서 여포의 운명은 끝났다.

"이 사나이야말로 가장 신용할 수 없는 놈이다!"

여포는 유비를 가리키면서 외쳤다.

처형 방법은 액살(縊殺)로서 목을 졸라 죽이는 것이었다. 아마도 꽁꽁 묶은 채로 목을 졸랐을 것이다. 장수의 권위를 인정해서 포승을 늦춘다든가 했다가는 그 틈을 노려 어떻게 날뛸지 모르기 때문이다. 처형 후 효수되고 위나라의 서울 허창(許昌)으로 보내졌다.

아마도 여포는, 죽기 직전에는 침착했을 것이다. 그러나 그가 처형당할 때의 광경은 전혀 기록되어 있지 않다.

□ 후한 끝무렵 망나니 셋

희대의 '배반자'라는 레테르를 붙이고 싶어서 사서(史書)는 늘 고심하고 있다. 그 때문에도 깨끗이 죽지 못하는 여포가 필요했던 것이지만, 처형 때의 에피소드가 생략된 것으로 보아서는 당당하게 죽은 것이 아닌가 하는 생각이 든다.

'배반'이 다반사로 되어 있는 시대에 어째서 여포만이 희생양처럼 그런 말을 듣지 않으면 안되었을까. 그 레테르가 그의 죽음을 결정

지었으며, 후세에까지 배반의 챔피언으로서의 악명을 떨친 이상, 그
까닭을 알아볼 필요가 있다.

여포는 오원군(五原郡) 구원현(九原縣) 사람이니까, 변경의 시골
태생인 셈이다. 효무(驍武)의 재능으로 사납고 날쌨다. 자사(刺史)
정원을 섬기고 주부(主簿)가 되었다.

이 정원이라는 사나이도 명문 출신은 아니었고 성격은 거칠었다.
그저 무용이 뛰어나 위험을 피하지 않고 언제나 선두에 섰으며 말 위
에서 활을 쏘는 기사(騎射)를 장기로 삼았다. 관리가 되었지만 침략
자를 추적하는 재능밖에 없었으니, 관리로서의 능력은 거의 없었다고
볼 수 있다. 그렇지만 환관의 횡포로 세상이 어지러웠던 후한 말에는
이런 인물이 때와 장소를 얻어 지위가 높아지게 마련이었다.

여포도 같은 부류였다. 정원이 여포를 총애한 것은 자기와 성격이
비슷하고 여포 또한 궁마(弓馬)와 완력으로 이름을 떨쳤다고 하므
로 능력 면에서도 비슷했기 때문일 것이다. 비슷한 사람끼리는 미워
하든가 귀여워하든가 할 수밖에 없지만, 귀여움을 받는 쪽은 언젠가
상사를 배반하지 않으면 안되는 운명이 된다. 이것은 심리의 역학이
라고 할 수 있는 것이다.

그 무렵 서울에서 세력을 떨치고 있던 것은 하진(何進)이었다.
황태후의 배다른 아우였지만 본디 도살자의 아들이며, 후궁에 들여
보낸 누이동생이 천자의 총애를 받았기 때문에 벼락출세를 했다. 중
평(中平) 원년(184)에 황건의 난이 일어나자 대장군에 임명되었다.
그리고 곧 명문의 자제 원소와 짜고 내정의 암이었던 환관 몰살을
꾀했다.

정원은 이 하진 밑에서 집금오(執金吾)로서 그 계획에 가담했다.
하진은 전국에 환관을 주멸하라는 밀조를 내렸다. 그렇지만 그 계획
은 사전에 누설되어 반대로 환관에게 살해되고 말았다. 화가 난 원
소는 하진을 모살했다는 이유로 환관 주멸을 실천에 옮겼다. 그때

맨 먼저 응한 서량(西涼) 자사 동탁은 어린 황제와 그 동생인 진류왕(陳留王)을 받들고 낙양으로 입성했으며, 그 뒤 제 세상인양 거리낌없이 굴었다.

이 동탁의 갑작스러운 등장을 좋지 않게 생각한 것은 환관 주멸에 공을 세운 원소와 조조였지만, 정면으로 반발한 것은 정원이었다.

정원이 서울의 군사권을 쥐고 있으며, 그것을 떠받치고 있는 것은 여포라는 것을 동탁은 알았다. 그래서 여포로 하여금 정원을 죽이게 하려고 배반을 교사했다.

동탁도 역시 정원이나 여포와 마찬가지로 완력과 기사(騎射)를 가지고 출세한 사나이였다. 비슷한 배경을 가진 3명 중 정원과 마찬가지로 동탁은 여포가 마음에 들었지만 정원과 동탁은 서로 반발했던 것이다.

거칠고 난폭하며 잔학하다는 점에서는 동탁이 정원과 여포보다 앞섰으며 완력과 기사에서는 여포가 두 사람을 능가했다. 정치성에서는 동탁이 가장 뛰어나 야심에 있어서도 으뜸이었지만, 인기면에서는 여포가 첫째, 동탁이 최저라고 할 수 있었다.

비슷한 사람끼리라도 이만큼의 차이가 생기기 때문에 서로 으르렁거리지 않을 수 없었을 것이다. 「삼국지」의 시대는 후한 말기에 등장한 이 3명의 망나니들에 의해 선도되고 막을 내렸다고 해도 좋을 것이다.

□배반의 이유

"여포는 머리를 묶어 금관을 쓰고, 백화(百花)를 수놓은 군포(軍袍)를 입었으며, 사자 무늬의 갑옷 투구에 사자 무늬의 옥대(玉帶)를 매고 창을 치켜 든 채 말을 타고 정원을 따라 진지 앞에 이르렀다."

「삼국지연의」에서 여포가 처음으로 등장하는 대목이지만, 그야말로 스타이다. 「삼국지연의」가 여포를 아무리 무지하고 완력뿐이며 절조가 없는 배반자에 악당으로 취급하더라도 결과적으로는 스타로서 받들고 있는 셈이 된다.

당시 여포가 타고 있던 말은 아직 '적토마(赤兎馬)'가 아니었다. 「삼국지연의」에서는 이 '적토마'가 본디 동탁이 가지고 있던 말이며, 정원을 배반케 하기 위해 동탁이 미끼로 삼은 것으로 되어 있다.

어쨌든 여포는 중평 6년(189)에 동탁의 꾐에 빠져 은인인 정원을 죽였다. 이것으로써 동탁의 서울에서의 세력은 확대된다. '천하의 명사를 발탁해서 두터운 인망을 거두라'고 하는 문관의 진언에 대해, 행정에 무지한 동탁은 고분고분 따르지만 그가 느꼈던 고독은 상상할 수 있다.

중국의 역사는 문관과 무관의 싸움이기도 하다. 무관이 권력을 잡았을 때 언제나 직면하는 것은 문관을 좌지우지할 수 없는 점이었다. 그들은 관료적일 뿐만 아니라 지식이나 정의를 내세우기 때문이며 행동가인 무관 출신은 그것에 대응하지 못해 우울해지고 울화통을 터뜨리며 횡포를 부리게 된다.

"동탁은 성질이 잔인하였다. 일단 권력을 잡자 국가의 갑병진보(甲兵珍寶)를 차지하여 위세가 천하를 덮었으며, 원하는 바 한이 없었다."

이것은 「자치통감」에서 사마광이 한 말이지만 그와 같은 잔인 탐욕스런 행동이 동탁에게 있었다 하더라도 역시 문관의 눈으로 본 것에 지나지 않는다.

문관이 질색인 것은 폭력이기 때문에 보는 눈도 엄해지며, 한편으로는 자기들이 무관들을 그렇게 만들고 있다는 것을 생각하려고 하지 않는다. 그렇지만

"동탁의 친애하는 바는 현직이 아니라 다만 장교뿐이다"라는 말은 과연 동탁의 고독한 면을 잘 파악하고 있다. 여포는 그런 동탁의

고독 속에서 그가 가장 친애하는 인물이었다고 할 수 있다.

초평(初平) 원년(190)에 발해 태수 원소를 우두머리로 하여 산동(山東)의 태수들은 동탁 토멸에 궐기했다. 낙향하고 있었던 조조도 그 가운데 있었다. 동탁은 이들을 치려고 했지만, "정치는 덕(德)에 있지 중(衆)에 있는 것이 아니다"라는 대신의 설교를 듣고 "병(兵)은 소용이 없는가" 하고 슬픈 반문을 했다.

여포는 손권과 싸워서 지기도 하고, 동탁의 명령에 의해 여러 제릉(帝陵)을 파헤쳐 진보를 절취하기도 했으며 자기편인 태수와 사이가 나쁘기도 하여 기록상으로는 그다지 좋은 성적을 남겼다고는 할 수 없다. 그렇지만 항상 동탁에게 복종했으며 동탁 또한 흠뻑 빠져 부자관계까지 맺었다.

도대체 이 무렵 여포는 무슨 생각을 하고 있었을까? 야심 같은 것은 없고 그 나름대로 중랑장(中郎將)·도정후(都亭侯) 등의 화려한 위치에 등용되어 적토마나 타고 다니면서 자족하고 있었던 듯하다.

다만 무사태평인 여포에게도 대수롭지 않은 일로 상처를 입는 순진함은 있었다. 전에 동탁은 조그만 일로 흥분하여 여포를 향해 칼로 치려고 대든 일이 있었다. 몸을 피하자 동탁에게 사과하고 동탁도 기분을 고쳤지만, 이때부터 마음 속에 동탁에 대한 원한이 남게 되었다. 동탁의 시녀와 밀통하고 있었기 때문에 꺼림칙한 점도 있었다고 한다.

여포는 동향인 고관 왕윤(王允)과 친했는데 앞의 처사에 대해 푸념을 한 일이 있었다. 이 말을 듣고 왕윤의 가슴에 동탁 암살계획의 싹이 부풀었다. 왕윤이 밀계를 털어놓자 "부자관계이기 때문에 할 수 없다"고 여포가 대답했다. 그러나 왕윤이 "혈연관계 같은 것은 없지 않느냐. 우물쭈물하고 있으면 당신이 살해된다"라고 설득하자 당장 승낙했다.

두 번째의 배반이었다. 그렇지만 이때도 여포에게는 첫번째 때와 마찬가지로 배반한다는 의식 따위는 왕윤의 설득으로 날아가 버린 것이 아닐까. 정원을 배반했을 때는 적토마라는 명마에 홀딱 빠졌다고 하는 그것만의 이유였다.

이번의 배반도 원한치고는 뿌리가 깊지 않으며, 주인의 시녀를 취했다는 약점이 있었다 하더라도 결정적인 동기로서는 약했다. 필시 목숨이 위험하다는 것이 커다란 요인이 되어서 윤리적 망설임 따위는 생각지 않고 배반했음에 틀림없다. 아니 배반이라는 의식 따위도 없었을 것이다.

□ 만들어진 스타

초평(初平) 3년(192) 4월에 헌제의 병이 낫자 백관이 축하하기로 되었다. 왕윤은 이날을 동탁 암살을 결행하는 날로 정했다.

여포는 같은 고향 출신인 이숙(李肅)에게 명령하여 부하 10여 명을 가짜 위사(衛士)로 만들어 잠입시키고, 동탁이 도착하자 입문을 거부케 했다.

"여포는 어디에 있느냐!"

깜짝 놀란 동탁이 외치자

"천자의 명령이다. 적을 치겠다."

눈앞에 가로막고 선 여포는 이렇게 선언하자마자 손에 들었던 창으로 그의 가슴을 푹 찔렀다. 다시 여포의 신호로 병사들은 일제히 동탁에게 덤벼들어 참살했다.

동탁의 시체는 거리에 전시되었다. 그는 뚱뚱했기 때문에 몸에서 배어 나온 지방으로 풀이 붉게 변색했다는 것과, 저녁때가 되어 시체를 지키는 병사가 커다란 심지를 그의 배꼽에 꽂고 불을 당겼더니 불이 아침까지 꺼지지 않았다고 하는 과장된 이야기도 전해지고 있지만, 이때서야 겨우 여포는 스타로서의 무장의 지위에 대해 비로소

의식을 가지고 확인한 듯 생각된다.

왜냐하면 이 동탁의 죽음은 시민의 환호를 받았기 때문이다. 여포는 동탁을 퇴치한 영웅으로서 숭앙되었다.

이때만 하더라도 배반자의 레테르는 아직 붙여지지 않았을 것이다. 여포의 불충을 책망할 여유도 없이 사람들은 기뻐했을 것이 틀림없다. 그 역시 배반자라는 의식도 없이, 오히려 사람들이 기뻐하는 데 어리둥절하고 있었을 것이다.

권력은 동탁으로부터 암살을 계획한 왕윤으로 옮겨졌으며, 여포는 분무장군(奮武將軍)으로 임명되고 온후(溫侯)의 작위를 받아 군사 통수권을 쥐게 되었다.

아무래도 여포는 작위적인 스타의 길을 걷고 있는 기색이 짙다. 여포에게 배반을 충동질한 사람은 제 얼굴에 침뱉은 것처럼 죽어 가고, 야심이 없는 그는 자꾸 지위가 올라갔다. 왕윤 역시 동탁의 전철을 밟을 운명이 기다리고 있었다.

동탁과 한 고향 출신이면 몰살을 당하고 있다는 정보를 듣고, 그 부장이었던 이각(李催)과 곽사(郭汜)는 불안에 사로잡혀 있다가 결과야 어떻게 되든 군사를 일으켜 장안으로 쳐들어왔기 때문이다. 집권 60일도 지나기 전에 왕윤의 운은 다해 거리에 시체가 내걸리게 되었다.

배송지의 주에 인용된 「한기(漢紀)」에 의하면 이각 등의 역습에 패배한 여포는 장안에서 도망치는데, 그때 왕윤에게 함께 가자고 권했다 한다. 여포를 충동질해 동탁을 배반케 하기는 했지만, 문관인 왕윤은 관념적인 사람이었다. 조정과 어린 황제는 자기를 의지하고 있기 때문에 저버릴 수가 없다고 도망을 포기했다.

여포는 왕윤을 섬기고 있었던 것은 아니므로 배반한 것은 아니지만, 왕윤과 함께 마지막까지 싸우자고 하는 협기조차 보이지 않은 채 그대로 달아나 버렸다. 이때도 물론 왕윤을 버렸다는 의식 같은 것은 없었을 것이다.

분명히 여포에게는 결단력이 있었다. 죽음을 두려워하지 않지만 뻔히 진다는 것을 알고 있다든가, 살해당한다는 것을 알고 있을 때는 지체없이 도망치는 것이다. 여포에게는 국가관도 없었으므로 은의도 없었고 또한 배반도 없었다. 이기는 것만을 좋아했다. 이기기 위해 때로 비정했고, 그러면서도 비정의 의식은 없었다. 그에게 있어 비정은 이기기 위한 기술이었다. 그렇기 때문에 비정하게 산다고 하는 감상은 없었으며 그의 얼빠진 우직함과 비정은 같은 것이다.

□ 소박한 무의식적 인간

여포에 대한 비평을 검토해 볼 필요가 있다.

"무용을 가지고 있되 지모가 부족하다."——순유(荀攸)

"행동할 때 깊은 생각이 없이 경솔하게 결단하고, 실패하면 금방 잘못되었다고 솔직하게 말한다."——고순(高順)

"옛날, 장안에 있었을 때 장군은 나를 버려둔 채 가버린 일이 있습니다. 이번 역시 나를 돌보지 않아도 좋습니다."——여포의 아내

"야만스러운 마음을 가진 이리새끼다."——조조

"배가 고프면 쓸모가 있지만, 배가 부르면 가버린다."——조조

"용감하나 무계획하고 거취를 가볍게 생각한다."——진등(陳登)

"총대장으로 신의 가호가 따른다."——조성(曹性)

"이리 갔다가 저리 붙기도 하니 도의심이 없다."——서중(徐衆)

"장사이며 잘 싸운다."——진궁(陳宮)

"처음부터 검객으로서 여포를 대우했다."——왕윤

이런 평을 읽으면서 느끼는 것은 여포에 대한 일종의 무력감 같은 것이다. 이 의견들은 정확할 것이 틀림없는데 장사 검객으로서의 능력은 인정해도 모략면에서는 깔보고 있으며, 총체적으로는 전혀 무력한 비판으로 보이기도 한다.

왜냐하면 여포가 이 정도의 인물에 지나지 않는다면 어째서 군웅들은 그에게 휘둘렸을까. 왜 사람들이 여포를 따랐을까. 그런 의문이 남기 때문이다.

「삼국지」에서의 진수의 결론도 다른 사람과 다른 것이 없다. 호랑이의 용맹을 말하면서 영웅의 재략을 부정하고 경조부박(輕佻浮薄)·교활·배반·이기주의를 이야기하고 있다.

생각건대 여포는 소박할이만큼 무의식적인 인간이었던 것이 아닐까. 여러 가지 비평은 각기 그럴 듯하면서도 어딘가 헛짚고 있는 것처럼 보이는 것은 바로 여포의 무의식성을 잘 파악하지 못하고 있기 때문이다. 무계획·일관성이 없다는 평은 부정적인 평이지만, 이것을 그대로 소박한 무의식성이라는 뜻으로 파악한다면, 여포에게 배반자의 레테르를 붙이지 않아도 되었을 것이라고 생각한다.

무의식적인 인간은 말하자면 하늘의 아들이다. 의식적인 인간에게는 가장 거북한 존재이다. '미워할 수 없는 인간'이란 대개 이 무의식의 특성을 가진 인간을 말하며, 생각하기에 따라서는 호박에 침 주기와 같아서 반응이 없기 때문에 처치 곤란한 존재이다.

여포의 삶을 보고 있느라면 "도대체 이 사람에게 천하를 노리는 뜻이 있었을까" 하고 생각하지 않을 수 없다. 무장이나 지모가 있는 사람들이 여포에게 언제나 골탕을 먹는 것은 그의 무의식성에 의해서였다.

때로 여포에게서 유머의 재주와 임기응변의 변설을 느끼는 수가 있다. 그렇지만 이것도 '잔혹이나 교활'이라는 평과 마찬가지로 유머나 변설이 아니라 그의 '무의식'이 사람들 마음에 제멋대로 비치는 이미지에 지나지 않았는지도 모른다.

그렇다고 볼 때 조조처럼 배반을 역학화(力學化)하지 못한 것은 당연한 일이다. 일찍이 여포는 유비에게 '나를 편안케 하려는 사람은 없고 모두 죽이고 싶어할 뿐이다'라는 푸념을 한 일이 있었다.

이것은 푸념이라기보다도 소박한 중얼거림, 한탄이었을지도 모른다.

유비에게도 무의식적 인간의 요소가 있기는 하다. 그러나 그는 그 천성을 관념으로 재조직했으며, 조조와 필적하는 '악당'에 속하지만 여포처럼 '미워할 수 없는 악당'은 아니다.

여포라는 이상한 존재를 생각할 때, 그는 보이지 않는 하늘의 명령대로 준비된 코스를 힘껏 산 것에 지나지 않는다고도 느껴진다. 조성(曹性)이 '총대장으로 신의 가호가 따른다'고 말한 것은, 여포를 추켜올리자는 뜻은 아니지만 그대로 받아들여도 좋지 않을까 하는 생각까지 든다.

어딘가 깔보이면서도 중망이 있는 인기 스타였던 것은 그 때문이 아닐까.

그렇지만 사람들은 모두 어중간한 의식의 인간이기 때문에 이 막연한 무의식 인간에게 레테르를 붙이지 않고는 배길 수가 없었다. 배반자의 레테르, 이 레테르는 21세기 초인 지금도 아직 벗겨지지 않고 있다.

장완과 비의

□ 현상유지 인간

제갈량이 진중에서 병사함으로써 촉한의 큰 기둥을 잃게 되자, 국정에 큰 틈이 생기기 시작했다.

제갈량은 국정의 중심을 이루었을 뿐 아니라 몸소 군사를 이끌고 북방정벌을 감행한 군사상의 최고 지도자이기도 했다. 그러나 상대는 국력에 있어서 몇 배나 더한 강적이었다. 촉한으로서는 처음부터 오금을 펼 수 없는 무리한 싸움이었다. 역설하면 촉나라와 같은 작은 나라가 거대한 위나라에게 감히 총력전을 도발하고도 일사불란하게 전쟁을 수행할 수 있었던 것은 제갈량이라는 위대한 지도자가 있었기 때문이다. 더욱이 10년이나 끈 전쟁으로 촉나라의 국력은 피폐될 대로 피폐되어 있었던 것도 사실이다. 그런 만큼 제갈량 없는 촉나라의 동요와 곤욕은 크나큰 것이었다. 이것을 어떻게 안정시키고 수습해야 할 것인가가 다음 후임자에게 지워진 책임이었다.

그때 제갈량의 천거로 이런 곤란한 과업을 이어받은 사람이 바로 장완(蔣琬)이었다. 그리고 장완의 뒤를 이은 사람이 비의(費禕)라는 인물이었다.

장완

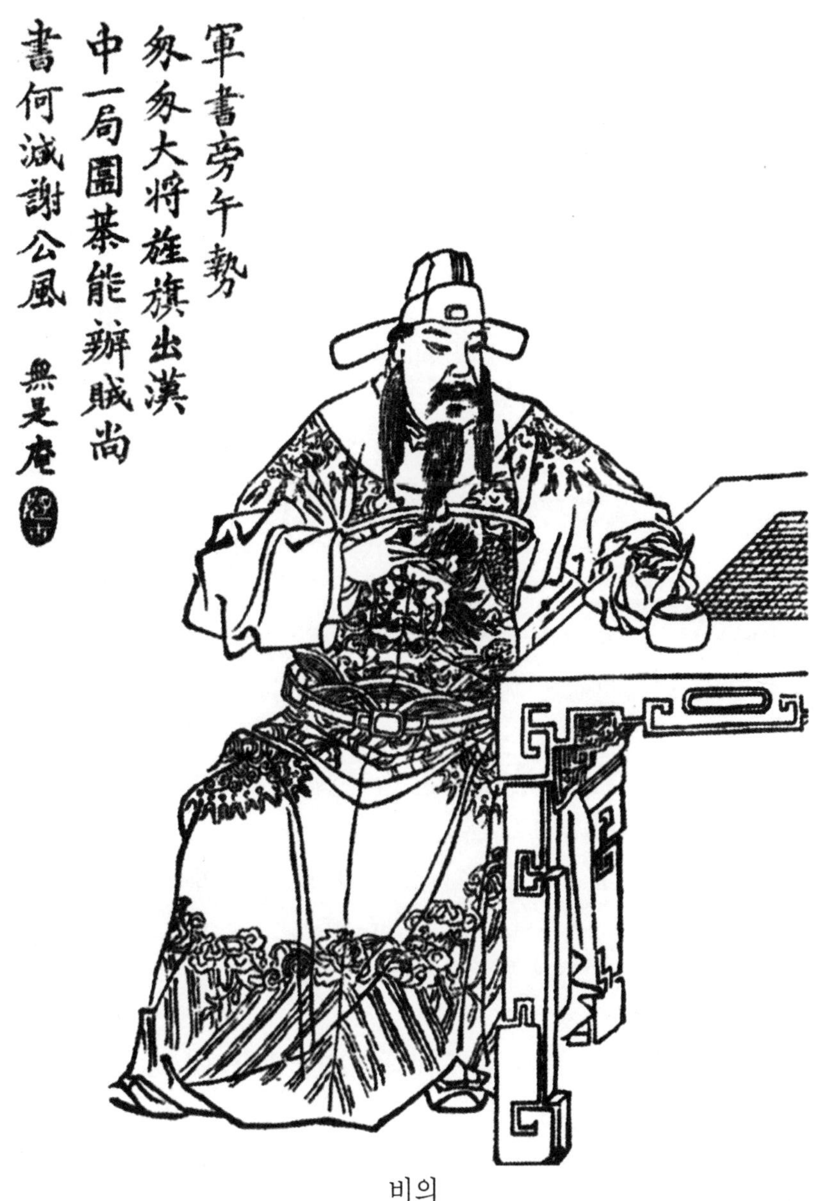

비의

촉한은 제갈량이 간 뒤로도 30년 동안 명맥을 유지했다. 이렇게 삼국이 격동하는 와중에서 30년이라는 세월을 용케도 지탱한 것은 오직 국정을 담당한 장완과 비의의 존재 덕택이었다. 그러나 이 두 사람에게 화려한 활약은 없었다고 말해야 옳을 것 같다. 지도력에 있어서도 제갈량에 따를 수가 없었다. 두 사람은 모두

"제갈량이 정해 놓은 규율을 이어받아 이를 따를 뿐, 어느 하나 고치지 않았다."

이와같이 제갈량이 깔아 놓은 레일 위를 그대로 달렸을 뿐이다.

이런 의미로 보면 좀 마음이 허전하긴 하지만, 그러나 그러한 수성형 정치 태도야말로 격동기의 뒤를 이어받은 당시의 촉한에 가장 적절한 것이 아니었던가 하는 생각이 든다. 왜냐하면, 밖으로 문단속을 굳게 하면서 안으로는 민생 회복을 꾀하는 것이 제갈량이 없는 촉한의 과제였기 때문이다. 이 두 사람은 거뜬히 이런 과제를 실천해 나간 것이다.

장완·비의 두 사람은 수성형 인간의 특색을 유감없이 발휘하였다. 화려한 공적이 없는 대신

"변경지대는 걱정없이 지켜지고 나라 안은 모두 태평하였다."

고 말해지듯이 외교·내정의 모든 국정에 별다른 파탄을 가져오지 않았던 것이다.

다음에는 이들의 정치 태도나 정치 처세를 통하여 수성형 인간의 특색을 살펴보기로 하겠다.

□ **제갈량의 추천**

장완을 후임 재상으로 추천한 사람은 제갈량이었다. 그에 대해 다음과 같은 얘기가 있다.

제갈량이 오장원 싸움에 나갔다가 진중에서 병들어 넘어졌을 때 황제 유선은 비서관 이복(李福)을 시켜 문병 겸 국가의 기본방침에

대한 제갈량의 의견을 듣고 오도록 했다. 그래서 이복은 제갈량을 찾아가서 유선의 뜻을 전하고 자세하게 제갈량의 의견을 들었다.

그런데 돌아오는 길에 이복은 '아차' 하였다. 그만 너무 황급히 나오느라 중요한 것을 잊고 왔기 때문이다. 그래서 다시 말을 제갈량에게로 달렸다. 되돌아온 이복을 보고 제갈량은 이렇게 말했다.

"나는 그대가 다시 되돌아올 줄 알고 있었소. 며칠 동안 얘기를 하느라 그만 그걸 잊고 말았었소. 그대는 그걸 물으러 온 거요. 그대가 묻고자 하는 질문의 대답으로는 장완 외에는 달리 없소."

이복은 탄복하여 머리를 숙였다.

"죄송합니다. 만약에 공에게 무슨 일이라도 생기면 그 후사를 누구에게 맡겨야 할 것인지, 그걸 잊었지요. 기왕 말이 나왔으니 한 가지만 더 여쭈어 보겠습니다. 장완 다음에는 또 누구를?"

"음, 비의가 좋겠지."

이복은 거듭 또 다음 인물을 물었다. 그러나 그에 대해서 제갈량은 묵묵부답이었다.

이 에피소드는 「촉서」 '이손덕전(李孫德傳)'에 나오는 얘기인데 너무 윤색이 짙어 전적으로 믿어지지는 않는다. 「사기」에 나오는 유방과 여후(呂后)의 문답을 인용한 것이 아닌가 한다.

그러나 장완을 추천한 사람이 제갈량이었다는 것만은 확실하다. 「촉서」 '장완전'에 다음과 같은 기록이 있다.

"양(亮)이 늘 말하기를, 공염(公琰 : 장완의 자)은 뜻이 높고 충성스러워 나와 함께 황업을 도왔다고 하며 몰래 후주(유선)에게 상표하기를 신에게 만약 불행한 일이 생기면 후사를 완에게 맡겨야 한다고 했다."

당시 장완은 재상부 사무관으로서 후방에 남아 전선의 보급을 도맡고 있었다. 그만큼 재상인 제갈량의 신임도 두터웠던 것이다.

제갈량은 일찍부터 장완이라는 인물을 높이 평가하고 있었던 모양이다. 이에 대해 이런 에피소드가 있다.

유비가 아직 살아 있을 때 장완이 광도(廣都) 장관으로 임명되었다. 그런데 어느날 유비가 지방순시차 이곳에 들렀는데 장완의 집무 태도가 몹시 못마땅했다. 근무 시간에 술에 취해 있는 것이었다. 그래서 유비는 크게 화를 내고 그를 당장 주살하려 했다. 그러자 곁에 있던 군사 제갈량이 이렇게 건의했다.

"장완은 사직을 지킬 그릇이지 백리를 다스릴 그런 그릇이 아닙니다. 그가 정치를 하는 데 있어서는 모름지기 백성을 평안케 하는 것을 근본으로 삼습니다. 주공께서는 다시 한 번 너그러이 생각하십시오."

즉 그는 국가의 중책을 맡을 만한 뛰어난 인재이지 백리 정도의 작은 지방장관을 지낼 사람이 아니라는 뜻이다. 유비는 다른 사람도 아닌 제갈량의 건의여서 물리치지 못하고 그를 사면해 주었다.

□제갈량이 천거한 이유

어째서 제갈량은 장완을 그토록 높이 평가했을까? 그에 대한 다음의 두 가지 에피소드를 보면 그 일단을 알 수 있다.

장완이 재상이 된 뒤의 일이다. 재상부의 관리에 양희(楊戱)라는 사람이 있었다. 그는 매우 결백하고 솔직하여 뒤가 없는 성격을 가진 인물이었다. 어느날 장완의 부름을 받아 서로 의논을 하고 있었는데 똑똑히 대답을 하지 않았다. 그것을 보고 양희를 모함하려는 어떤 사람이 이렇게 장완에게 고자질했다.

"공께서 의논을 하자는데 이렇다 저렇다 도무지 입을 다물고 있으니 괘씸한 놈입니다."

그러자 장완이 이렇게 대답을 했다.

"아니야, 사람의 마음은 각자 얼굴이 다르듯 모두 다른 거야. 내 말에 그저 '예예'라고 하는 것은 진실이 아니지. 그렇다고 반대만

하다가는 나의 잘못을 탓하는 셈이 되네. 양희는 이렇게 생각했기 때문에 입을 다물었던 거야. 그게 그 사람의 좋은 점일세.”

또 어떤 때는, 농림 책임자인 양민(楊敏)이 장완을 비판했다.

“일을 처리하는 데 그저 답답하기만 하다. 어찌 그전 재상을 따르겠는가.”

어떤 사람이 이 사실을 장완에게 알려, 검찰 책임자가 양민을 체포하여 사실 여부를 규명하려 했다. 그러자 장완이

“아니야, 그 사람이 한 말대로일세. 난 제갈량 같은 분을 따를 수가 없어. 조사할 필요가 없네.”

그러자 검찰 책임자가 그의 처벌을 거듭 주장하였다.

“그렇지만 비방한 것만으로도 엄히 다스려야 합니다.”

이때 장완은 이렇게 말했다.

“능력이 뒤지면 자연히 일의 처리도 답답해지는 법이야. 구태여 문책할 필요가 없다.”

그 뒤에 양민이 어떤 사건에 연루되어 체포되었다. 이젠 할 수 없이 극형을 면할 수 없으리라고 모두 짐작했는데 뜻밖에도 다시 사면되었다. 이것을 보고 사람들은 장완의 공평무사한 태도에 새삼스럽게 감탄했다.

이 두 가지 일화에서 알 수 있는 것은 장완의 유유자적하는 대인의 풍모이다. 한 나라의 지도자로서 너무 박력이 없는 점이 아쉽기는 하지만 어쨌든 수성시대의 수습과 안정을 가져오는 데는 걸맞는 인물이었다. 제갈량은 그런 점을 미리 알고 있었던 것이다.

여기서 또 한 가지 생각해야 할 문제는 제갈량은 신상필벌로써 국정에 임했고 그의 집무 능력이 뛰어났었다는 점이다. 이에 대해 장완은 사람 좋은 호인형이었다. 즉 인간의 타입이 전혀 달랐다. 어쩌면 제갈량은 그런 점에 매력을 느꼈는지도 모른다.

아무튼 장완의 발탁은 성공적이었다.

앞에서도 말했듯이 제갈량이라는 큰 기둥을 잃고 촉나라 조정은 크게 당황했으며 흔들렸다. 그런데 그럴 때에

"장완은, 다른 무리보다 월등하게 빼어나 놀라운 기색이나 기뻐하는 기색이나 걱정하는 기색이 없었으며, 모든 행동거지가 평소와 다를 바 없었다. 이로써 모든 사람들의 신망을 얻었다."

는 말처럼 그는 언제나 담담한 태도였다. 그것을 보고 사람들의 불안감도 가시게 된 것이다.

그로부터 장완은 10년 가까이 재상직에 있었다. 그 동안에 촉나라 국정에는 별다른 파탄이 없었다.

□ 요행을 바라지 말라

장완의 뒤를 이어 재상직에 오른 사람이 비의이다.

비의도 생전의 제갈량에게 신임을 받고 크게 기대된 인물이었다. 제갈량의 명을 받고 때때로 오나라로 가서, 오나라의 제갈각(諸葛恪)과 같은 논객들을 상대로 논리가 정연한 교섭을 펼쳐 손권으로 하여금

"그대는 천하의 덕인이오. 반드시 촉나라 조정의 대들보가 될 것이오. 그러나 앞으로 때때로 들르지 못하게 될 것이 애석하오."

이처럼 혀를 내두르게 했다.

이 일화에서 알 수 있듯이 비의는 장완과는 달리 능동적인 인물이었다. 그리고 그런 적극성을 띠는 데 바탕이 된 것은 그의 예리한 판단력이었다. 서류를 결재할 때에는 한 번만 죽 훑어보면 그 내용을 알 정도였고, 그 민첩함은 남의 몇 배나 빨랐다. 그리고 한 번 본 것은 잊어버리지 않았다. 언제나 아침 식사를 하면서 정무를 처리했고, 틈틈이 내객을 만나보며 담소를 즐겼다. 또 내기와 같은 오락에도 일가견을 이루고 있어서 삶을 즐기기도 했으나, 그렇다고 그것 때문에 정무를 등한히 하는 일은 없었다.

이런 얘기가 있다. 동윤(董允)이라는 사람이 비의의 후임으로 비서실장에 임명되었을 때의 일이다. 그때 그는 비의의 집무 태도를 배우려 힘써 10일도 못되어 정무를 환히 알게 되었다. 즉 비의는 빈틈없이 정무를 정리해 놓았던 것이다. 그러자 동윤은 이렇게 탄식하였다.

"인간의 능력에 어찌 이토록 차이가 있을까? 나같은 건 비의의 발뿌리에도 미치지 못하겠다. 하루종일 책상머리에 앉아 있어도 이 정도밖에 능률을 낼 수 없으니……."

그러나 그런 비의도 재상이 되어 국정을 담당했을 때는 오로지 장완의 정치노선을 답습하여 달리 적극책을 취하려 들지 않았다.

당시 진서장군(鎭西將軍)으로서 서쪽 지역을 맡고 있던 사람이 강유(姜維)였다. 강유는 스스로 서쪽 지역의 풍속을 잘 알고 있다고 자부하고 군사지도 능력에도 자신을 갖고 있었으므로 적극적인 군사행동을 취하면서

"농(隴)으로부터 서쪽 지역은 단 한 치라도 적에게 내줄 수 없다."

호언장담하고 있었다.

그러나 대군을 동원하려 할 때마다 비의의 반대로 불과 1만 남짓의 병력밖에 얻어내지 못했다.

그러던 어느날, 비의는 강유를 붙들고 이렇게 말했다.

"우리들의 능력은 공명의 그것을 따를 수 없소. 그런 공명조차도 결국 중원땅을 차지하지 못하지 않았소? 하물며 우리 같은 사람들이 어찌 그것을……. 그건 무리요. 지금은 오직 훌륭한 정치를 하면서 국가의 존속을 꾀하는 편이 낫소. 대규모 군사행동을 일으키는 것은, 더 유능한 인물이 나타난 뒤에도 늦지 않소. 요행을 바라고 승부를 결정하려 해서는 안되오. 만일 실패한다면 그땐 이미 수습할 길이 없게 되오."

재상으로서의 비의는 그가 재상직에 있는 10년 동안, 이와 같은 정치 자세로 일관하여 촉한의 안정을 꾀했던 것이다.

촉한으로서 더없이 불행했던 것은, 이 비의가 궁중의 새해 연회석상에서 위나라로부터 투항해온 곽순(郭循)이라는 자의 칼을 맞아 비명에 갔다는 사실이다.

이 뒤로 강유가 군사면의 최고 지도자 자리에 앉았다. 그는 적극 전략으로 군사행동을 일으켜, 그 결과 급속한 국력 소비를 가져오게 했으며 촉한 패망의 원인을 만들고 말았다.

장완이나 비의가 채택한 수성형 소극 전략이 적극 전략보다 더욱 적절할 수가 있다. 소극 전략을 무시할 수 없다.

주유

건안 13년(208), 20만 대군을 이끌고 장강을 따라 내려온 조조의 대군과 이를 맞이한 손권·유비의 연합군 사이에 삼국시대 최대의 결전이 벌어졌다. 이때 연합군의 주력은 주유(周瑜)가 이끄는 3만 수군이었으며, 주유는 이 싸움에서 통쾌하게 이김으로써 일약 명장이라는 이름을 얻게 되었다.

적벽싸움은 「삼국지연의」에서는 여러 가지로 윤색되어 재미있는 얘기로 엮어져 있지만, 정사에서는 「오서」 '주유전'의 기술이 가장 상세한 기록이다. 여기서 그것을 근거로 하여 전투 장면을 재현해 보면 다음과 같다.

손권은 마침내 결단을 내렸다. 주유과 정보(程普) 등을 파견, 유비와 연합하여 조조 군사를 맞게 했다.

양군은 드디어 적벽에서 마주했다. 이때 조조 군대 중에는 이미 전염병이 유행하고 있었다. 조조 군사는 서전에서 패퇴하여 장강의 북쪽 언덕에 진을 쳤다. 주유가 이끄는 오나라 수군은 남쪽 언덕에 닻을 내리고 이와 대치했다. 이때 부장인 황개(黃蓋)가 주

주유

유에게 진언했다.

"현재 적은 수가 많고 우리 쪽은 수가 적소. 만약에 지구전을 한다면 이길 가망이 없소. 그런데 적의 함선을 보니 배와 배가 서로 연결되어 있소. 이 기회에 화공법(火攻法)을 쓰는 것이 상책인가 하오."

그래서 주유 군사는 쾌속선 여러 척에 마른 나무를 가득 싣고 거기에 기름을 부어 천막으로 가린 다음 출발하게 되었다. 그런데 그에 앞서 황개는 미리 조조에게 서장을 보내어 항복하겠다고 연락했다. 전함 뒤에는 또 사다리를 실은 배를 따르게 하고는 일제히 발진했다. 조조측 장병들은 이 괴이한 모습을 구경하면서

"저봐 황개가 배를 몰고 항복해오는데……."

라고 야단법석이었다.

그러나 황개 군사는 가까이 가자 일제히 전함을 돌진시켰다. 이와 동시에 조조 쪽을 향해 일제히 불을 뿜었다. 그때 기름 칠한 나무에 불이 붙어 때마침 불어오는 강풍을 타고 물 위에 있는 함선은 말할 것도 없고 뭍에 있는 진지에까지 불이 번져 하늘까지 불길이 치솟았다. 타 죽는 사람과 군마, 그리고 물속으로 뛰어드는 자들, 삽시간에 수라장으로 변하고 사상자 수는 이루 헤아릴 수가 없었다.

이렇게 해서 조조는 완패하고 군을 철수시켜 남군에 진지를 구축했다. 여기에 또 유비와 주유의 연합군이 추격전을 벌였다. 조조는 조인(曹仁)으로 하여금 강릉을 지키게 하고 북으로 돌아갔다.

이 기록에서 볼 수 있듯이 과연 연합군측의 일방적인 승리였다. 그러나 도대체 이러한 극적인 싸움이 있었을까 하는 점이 문제가 된다. 여기에는 몇 가지 부정적 자료를 들 수 있기 때문이다.

먼저 들 수 있는 것이 「위서」의 '무제기'이다.

"공(조조), 적벽에 이르러 비(유비)와 싸웠으나 불리했다. 더욱이 크게 병이 번져 죽는 자가 많았다. 그래서 군을 이끌고 철수하였다."

이렇게만 기록되어 있을 뿐, 주유의 수군에게 대패했다는 말은 적혀 있지 않다.

또 「오서」 '주유전'의 주에 따르면, 뒤에 조조가 손권에게 서간을 보냈는데 그는 여기서 이렇게 말하고 있다.

"적벽싸움이 있을 때 마침 전염병이 유행했다. 나는 함선을 불사르고 스스로 철수했다. 그런데 주유가 제멋대로 승리자라고 일컬었다."

조조는 남에게 지기 싫어하는 인물이었으므로 이 반론을 액면 그대로 받아들일 수는 없지만, 어쨌든 조조는 이 싸움이 있은 다음해에 또 오나라로 진공을 했다. 적벽에서 대패했다면 과연 그만한 여력이 있었을까? 적벽전에서 조조측의 전략적 후퇴라는 견해도 전혀 무리가 없는 것이 아니다.

만약에 이것이 사실이라면, 주유의 수훈도 어느 정도로 받아들여야 할 것 같다. 그리고 불과 3만의 수군으로 조조의 대군을 적벽에서 맞아, 상대를 철수케 했다는 사실만은 엄연한 사실로 남게 된다. 거기까지의 경위를 고려할 때, 그의 수훈은 대단한 것이 아닐 수 없다.

□ 결단의 순간

이보다 앞서 남방정벌길에 나섰던 조조는 형주에 있는 유종(劉琮)을 항복시키고 유비의 군세를 교란, 오나라로 물밀듯이 몰려와서 손권에게 한 통의 도전장을 보냈다.

"이번에 천자로부터 무도(無道)를 치라는 명을 받고 남정을 하게 되었는데 이미 유종은 항복해 왔다. 이제 수군 80만을 이끌고 맞서고자 한다."

이 도전장을 받고 손권이 부하들에게 이 사실을 알린 바 누구 하나 떨지 않는 사람이 없었다. 그것도 당연한 일이었다. 당시 조조는 하늘을 나는 새라도 떨어뜨릴 북방의 패자였으며, 그런 사나이가 더욱이 80만이나 되는 대군을 거느리고 공격해 온다는 것이다. 이에 대해 손권 군사는 겨우 3, 4만이고, 당장 동원시킬 수 있는 병력은 기껏해야 3만 정도였다. 오나라 군신들이 새파랗게 질린 것도 당연한 일이다.

당장 소집된 어전회의에서도 항복론이 단연 우세였다. 중신들이 모두 항복론을 주장한 것이다. 그들의 주장은 이런 것들이었다.

"조조는 호랑이 같은 인물이다. 천자를 업고 있으며, 마치 조정이 옮겨오는 것과 같은 형국에 있다. 여기서 그와 대항하게 되면 장차 반역이라는 오명을 쓰게 될 것이다. 그런데 우리 쪽의 소수 병력으로 조조의 대군과 맞서려면 아무래도 장강을 방패로 삼아야 한다. 그러나 조조는 이미 형주를 평정하고 유표 장군이 오랫동안 이끌고 있던 수군과 쾌속전함 수천 척을 손에 넣었다. 틀림없이 그것을 모조리 장강에 띄워 육상 병력과 합동하여 남하해 올 것이다. 이것은 장강이 이미 적의 손 안에 들어갔음을 말하는 것이다. 그리고 더욱이 병력의 비교는 하늘과 땅 차이, 이런 점으로 보아 깨끗이 항복함이 상책일 듯 싶다."

그때 손권은 26살의 약관으로 혈기방장한 청년 무장이었다. 항복하기를 내세우는 중신들의 의견을 듣지 않았다. 그렇다고 항전할 만한 확신이 있는 것도 아니었다. 그래서 파양(鄱陽)에 출장 중인 주유를 급히 불러서 의견을 물었다. 주유는 신하이기도 하지만, 그의 형 손책과는 친구지간인 인물로서 손권으로서는 가장 믿을 만한 사람이다.

그러자 주유는 철저히 항전할 것을 주장하면서 이렇게 말했다.

"조조는 한나라의 승상으로 행세하고 있지만, 실은 한황실에게 원수를 만드는 역적입니다. 그런데 주상께서는 뛰어난 재능이 있으시고, 더욱이 부군과 형님의 유업을 받들어 강동지역에 할거하고 계십니다. 영토는 무려 수천 리 사방이요, 군사들은 모두 용맹스러운 용사들이고 호걸들도 주상을 배반하려는 뜻이 추호도 없습니다. 이때야말로 천하를 휩쓸어 한황실을 위해 악당들을 소탕할 때입니다. 더군다나 조조는 스스로 무덤을 파기 위해 여기까지 왔습니다. 그런데 그런 자에게 항복을 한다는 것은 말도 안됩니다. 먼저 적의 정황을 분석해 보기로 하겠습니다.

첫째로 조조는 북방을 완전히 평정한 게 아닙니다. 마초와 한수가 여전히 서쪽 지역에 할거하면서 배후에서 조조의 헛점을 노리고 있습니다.

둘째로는, 그들이 자랑으로 삼고 있는 기병전을 버리고 우리가 자랑으로 하는 수상 전투를 하려 하고 있습니다. 더욱이 적의 군사들은 먼길을 왔기 때문에 지쳐 있는 데다, 이 지방의 습기에 적응하지 못하여 전염병에 걸리게 될 것입니다. 이런 것들은 모두 병법에서는 금기에 속하는 일, 그런데 조조는 이런 금기 사항을 스스로 어기고 있습니다. 조조를 사로잡으려면 이번 기회가 아니고는 다시는 없습니다. 저에게 정예병사 3만만 내주시면 하구(夏口)로 진격하여 꼭 그를 격파하겠습니다."

이 말을 듣자 손권은 칼을 뽑아 책상을 쳐서 두 동강이를 내고

"들거라, 두 번 다시 항복이라는 말을 입 밖에 내는 자는 이렇게 될 줄 알라."

하고 군신들을 향해 단호한 결의를 보인 다음 철저 항전으로 들어갔다.

주유의 항전론이 손권을 움직이게 한 것은 그가 적의 약점을 정확

하게 분석해 보였기 때문이다. 호걸다운 의론을 내세웠더라면 오히려 불안만 부채질하고 말았을 것이다. 주유의 항전론은 호걸들이 하는 겉치레 호언장담이 아니라 치밀한 계산에 바탕한 것이었다.

적벽싸움의 승리는 주유의 이러한 냉철하고 적극적인 태도에 힘입은 바가 컸다 하겠다.

□ 적도 감격시킨 인품

손권의 가신 대부분은 지방 호족들로 구성되어 있었다. 주유도 그런 한 사람이다. 그의 선친 주이(周異)는 낙양 현령을 지냈으므로 호족 중에서도 명문이었다.

주유는 명문호족 출신으로서의 인품을 갖춘 인물이었다.

'키도 훤칠하여 장대하고 풍모가 당당했다.'

매우 당당한 미남이었다. 주유는 '공자님'이라는 말을 들으며 자랐으며, 젊었을 때부터 음악에 일가견을 이루고 있었다.

아무리 술에 취해 있을 때라도 곡조에 조금이라도 잘못이 있으면 그 악사를 바라보며 말없이 지적하였다. 그래서 그때 사람들은

"곡이 틀리면 서방님이 돌아다보지."

하고 말했다. 멋있는 청년이었다.

그러나 이 서방님이 그저 멋쟁이만의 인물은 아니었다.

"성품이 괄괄하고 도량이 커서, 그 때문에 많은 사람을 얻는다."

라는 평을 받았듯이 사람을 끌어들이는 매력이 있었다.

그에 대해 이런 애기가 있다. 주유는 그 인품으로 하여 누구에게나 호감을 샀으나 오직 중신인 정보와는 사이가 좋지 못했다. 정보는 손권의 선친 손견 아래에서 벼슬한 뒤로, 공성야전(攻城野戰)에 활약해온 숙장이다. 그는 주유의 지나친 오만이 마음에 거슬렸다. 그래서 그는 자기가 연장이기도 하였으므로 때때로 주유를 헐뜯는 말을 했다. 그러나 주유는 언제나 겸허한 태도로 정보를 대하였고

전혀 대꾸하지 않았다. 이 점에 감탄한 정보는, 나중에 주유와 긴밀한 교제를 맺게 되어 주위 사람들에게 이렇게 말했다.

　"공근(公瑾 : 주유의 자)과 사귀고 있으면 꼭 맛있는 술을 마셨을 때처럼 어느새 취해 버리거든……."

연장자에 대한 겸허한 태도, 이런 인품에서 우러나는 매력이 정보로 하여금 이런 말을 하게 한 것이다.

인품뿐 아니라 그의 인간으로서의 그릇도 컸다. 후에 유비는 주유를 이렇게 평하고 있다.

　"공근의 문무 책략은 만인을 뛰어넘는다. 그 기량의 드넓음을 보아도 그는 오래 신하로만 있지는 않을 것이다."

즉 어느 땐가 한 번은 군주가 될 인물이라는 뜻이다.

주유는 손권의 형 손책과 동갑이며 친구 사이였다. 손책이 죽고 아우인 손권이 불과 19세의 나이로 뒤를 이었을 때 주유는 손책과의 친분으로 이어서 손권을 모시기로 한 것인데, 오히려 손권이 주유를 모시는 것 같았다. 그러나 주유는 그런 손권에게 오직 신하로서의 예의를 깍듯이 지키고 그를 언제나 내세웠다.

　"이때, 권력을 가진 자는 오직 장군이었으므로, 그 자리에 있던 여러 장수와 빈객들은 손권에게 예를 소홀히했다. 그러나 오직 주유 혼자만은 경의를 다하고 신하로서의 예를 지켰다."

인간으로서의 예의를 다한 것이겠지만 이런 점도 그의 인간적 매력의 하나가 아니었던가 한다.

□전략구상

참모로서의 주유는 적극 전략으로 일관하는 사람이었다. 그 점은 이미 적벽대전에서도 뚜렷이 나타났으나 그 뒤로도 변함없이 그러한 강인한 사고방식으로 일관했다. 적벽대전 뒤, 주유는 편장군(偏將軍) 겸 남군태수(南郡太守)로서 강릉에 주둔하고, 그 이웃에 있는 공안(公安)에는 유비가 좌장군 겸 형주목으로서 주둔하고 있었다. 그때 이 두 사람은 서로 생각을 달리하며 암투를 계속했다. 그런 상황에서 먼저 칼을 뺀 사람은 유비였다. 그는 형주 전역의 지배권을 확인하려고 손권을 찾아가서 직접 담판하게 되었다. 그러자 주유는 이런 상주문을 내어 그것을 막으려고 했다.

"유비는 효웅(梟雄)인 데다 관우나 장비 같은 맹장을 거느리고 있습니다. 언제까지나 남의 밑에서 부하로 있을 인물이 아닙니다. 그런 그를 어떻게 대처할 것인지? 제 생각으로는 그를 이대로 오나라에 머물게 하는 것이 상책인 듯싶습니다. 즉 훌륭한 궁전을 지어주고 많은 미녀들을 붙여 놓고 거기에 팔려 꼼짝 못하게 해두어야 합니다. 그리고 관우와 장비를 그로부터 떼어내 버려야 합니다. 그렇게만 되면 저 같은 자라도 능히 그와 대항할 수 있습니다. 우리들의 손으로 천하의 패권을 잡는다는 것이 오직 꿈으로 그치지는 않을 것입니다. 그런데 지금 주상께서는 유비에게 토지를 주어 그의 세력을 넓혀 주시고 그들 세 사람을 우리나라 국경 근방에 모아두고 계십니다. 이것은 용이 구름을 얻어 못으로부터 뛰어나와 날뛰게 하는 것과 같습니다."

라이벌인 유비를 없애야 한다는 이 논리는 얼핏 보면 소극적인 것처럼 보이지만 결코 그렇지 않다. 천하 제패에 나설 첫걸음인 것이다. 그러나 유비와 손을 잡고 조조에 대항하려는 손권은 이 책략을 받아들이지 않았다. 그런 손권 쪽이 훨씬 소극적인 것이다.

이 무렵, 서쪽에 있는 익주(益州)를 다스리고 있는 자가 유장(劉璋)이라는 인물이었다. 그는 북방에 있는 장로(張魯)로부터 늘 위협을 받고 있었다. 이 점을 알아차린 주유가 스스로 상경하여 손권을 설득하기 시작했다.

"지난번 조조는 우리에게 큰 타격을 받아 아직까지 국내 문제 처리에 경황이 없어 우리를 다시 공격하지는 못할 것입니다. 그래서 이건 저의 생각입니다만 이 기회에 촉나라로 진격하여 유장을 치고 촉나라를 수중에 넣어야 할 것 같습니다. 그리고 여세를 몰아 북방에 있는 장로까지 쳐서 그 세력을 쓸어버렸으면 합니다. 그리고 분위장군(奮威將軍)을 촉나라에 남게 하고 관중에 있는 마초와 손을 잡고 조조를 등 뒤에서 위협하게 합니다. 그 틈을 타서 저는 양양으로 출격하여 조조와 대결하겠습니다. 이렇게 하면 틀림없이 북방을 평정할 수 있을 것 같습니다."

이것은 제갈량이 유비에게 진언했던 '천하삼분지계(天下三分之計)'에 맞먹는 웅대한 전략구상이며, 적극성이라는 점에서 어쩌면 그보다도 더 뛰어난 구상이 아닌가 한다. 이와 같은 강인하고 적극적인 전략구상이야말로 주유의 기본적인 본령이었다. 그러나 이러한 구상도 얼마 뒤에 주유가 병으로 쓰러짐으로써 수포로 돌아가고 말았다. 그 뒤로는 손권측에서 이와 같은 천하 제패의 구상이 제시된 일은 한 번도 없었다. 주유는 손권으로부터 원정 허락을 받고 강릉으로 돌아가던 도중에 병들어 세상을 떠났다. 그 나이 36살이었다. 만일 주유가 더 오래 살았더라면 삼국시대 역사도 다른 궤도를 그리게 되었을지도 모른다. 그는 그만한 역량이 있는 인물이었다. 그러나 애석하게도 수명이 짧았다.

손권은 주유의 비보를 듣고 이렇게 한탄하였다.

"아아, 이 어찌된 일이냐. 앞으로 난 누구를 믿고 살아가야 한단 말인가."

나중에 제위에 올랐을 때에는 군신들 앞에서

"오늘의 내가 있게 된 것은 오직 주유 덕택이었다."

이처럼 말했다 한다. 이것은 적벽대전에서의 그의 공적을 평가한 말이었다.

여몽

　당대에 본궤도에 올라선 기업의 경영자나 정치가들과 얘기를 하다 보면, 일에 대한 정열과 그 행동력에서 그럴 만한 이유를 찾아볼 수 있지만, 그걸 더 더듬어 올라가보면 어쩐지 개운치 않은 생각에 젖게 될 때가 있다. 이런 느낌이 드는 것은 중견급 사업가들과 얘기를 나눌 때도 마찬가지이다.

　그런 생각이 왜 들게 되는가? 그것은 시야가 좁다는 것이다. 즉 인간적인 폭이 좁다는 것이다.

　'이 사람은 바다가 넓은 줄을 모르는군!'

하는 인상을 갖게 된다.

　그런 인물을 볼 때마다 여몽(呂蒙)이라는 장군을 떠올리게 된다.

　여몽은 오나라 손권 밑에 있던 모장이다. 처음에는 오직 무용에만 뛰어난 인물이었다. 그런데 나중에 뜻을 세워 학문을 닦고, 지용을 겸비한 인물이 되었다.

　중국에서는 예로부터 아무리 무용에 뛰어나 싸움을 잘 해도, 학문에서 뒤지면 높이 평가하지 않았다. 그것이 중국인들의 기본적인 사고방식이다. 그런데 여몽은 그러한 평가를 받기 위해 슬기롭게 변신

여몽

한 인물이다.

진수는 여몽을 이렇게 평하고 있다.

"처음에는 용기만 있어서 살육을 일삼고자 하는 한낱 무장에 지나지 않았으나 나중에는 고심 노력하여 그 결점을 극복했다. 이미 단순한 무장만은 아니다. 국사(國士)로서의 그릇이 된 것이다."

여몽은 어째서 젊었을 때 학문을 하지 못했던가. 그건 경제적 조건 때문이었다. 집안이 몹시 가난했던 것이다.

여몽은 어렸을 때 어머니와 함께 손책 아래서 벼슬하고 있던 매부인 등당(鄧當)이라는 사람을 따라서 딴 곳에서 강남으로 흘러들어왔다. 그런 형편이었으니 학문을 제대로 닦을 수가 없었다.

그에 대해서는 이런 얘기가 있다.

매부인 등당이 산월(山越)토벌에 종군하게 되었는데, 그때 소년 여몽도 등당 몰래 그 토벌대의 일원으로 끼어들었다. 도중에서 그 사실을 알게 된 등당이 꾸짖어 돌아가기를 타일렀으나 그는 막무가내였다. 토벌이 끝나고 돌아와서 어머니께 인사를 하자 그 어머니도 크게 꾸짖었으며 그를 우리 안에 가두려 했다. 그러나 여몽이

"이런 가난을 견딜 수가 없었습니다. 그래서 전공이라도 세워 부자가 되려 했습니다. 호랑이 굴에 들어가지 않고 어찌 호랑이 새끼를 잡을 수 있겠어요!"

이토록 어린 여몽은 어떻게든 가난으로부터 빠져나가려고 필사적이었다. 이 말을 듣고 어머니는 아들을 측은히 여겨 꾸짖지 않았다는 것이다.

마침내 여몽은 손권에게로 달려가, 무용으로써 큰 공을 세워 대대장급에서 장군급으로 승진해 갔다. 이 무렵까지도 아직 학문에는 눈을 뜨지 못했으나 무용에 있어서만은 어느 누구에게도 지지 않았다.

그런 여몽이 심기일전하여 학문을 하게 된 동기는 손권의 조언이 컸다. 손권은 두각을 나타내기 시작한 그가 학문이 없음을 보고 애

석하게 생각하여 어느 날 여몽을 불러 이렇게 말했다.

"이젠 그대도 중요한 지위에 올랐다. 그러니 조금쯤은 학문을 해서 자기 개발을 꾀하도록 하게."

그러자 여몽이

"군무가 바빠 그럴 틈이 있어야지요."

라고 발뺌을 하려 하자 다시 손권이

"학자가 되라는 것이 아니야. 역사를 배우라는 말이야. 난 그대보다 더 바쁘지 않은가., 그렇지만 난 어릴 적부터「시경」「서경」「예기」「좌전」「논어」등을 읽어 왔어. 아직「역경(易經)」만은 읽지 못했지만……. 임금이 된 뒤에도,「전국책(戰國策)」「사기」「한서」그리고 병법서 등을 통독하여 상당한 도움을 얻었지. 그런데 그대는 재주가 있지 않은가. 공부만 하면 꼭 얻는 바가 많을 거야. 그런데 어째서 배우려 들지 않는가. 우선「손자」「육도」「좌전」「논어」, 그리고「전국책」「사기」「한서」순으로 읽으면 돼. 공자도 '하루종일을 먹지 않고 생각해 봤자 별 도움 되는 게 없다, 오직 배우는 것만 못하다'라고 말씀하시지 않았던가. 후한의 광무제는 군무에 있을 때도 손에서 책을 놓지 않았으며, 조조도 나이가 들어갈수록 더욱 학문을 좋아했다는 거야. 그대도 아직 늦지 않았네."

이것은 군신간의 아름답고 정에 넘치는 에피소드이지만 여몽도 여기서 크게 심기를 전환시켰다 한다. 이때부터 그는 필사적으로 학문과 씨름하여 웬만한 학자 못지않은 공부를 했다는 것이다. 이렇게 하니 진보도 빨라서 여몽의 학식은 깊어 갔다.

□오하(吳下)의 아몽(阿蒙)이 아니다

'오하의 아몽'이라는 유명한 말이 생겨난 것은 이와 같은 여몽의 변신을 배경으로 하고 있다.

여몽의 학문이 상당한 수준에 오르고 난 뒤의 일이다. 어느 날 노숙(魯肅)이 임지로 가던 도중, 여몽이 주둔하고 있는 진지 근방을 지나게 되었다. 그때까지도 노숙은 여몽의 학문이 대단치 않은 걸로 알고, 여전히 무용에만 뛰어난 장수로 여겨 매우 경시하고 있었다. 노숙에게 어떤 참모가 이렇게 전했다.

"여몽 장군의 명성이 날로 높아가고 있습니다. 옛날처럼 대해서는 안됩니다. 좋은 기회이니 지나시는 길에 인사라도 나누시면 어떨지요?"

그래서 노숙은 여몽을 찾았다. 술잔이 오가고 주석은 흥에 겨웠다. 그러자 여몽이 노숙에게 이렇게 물었다.

"귀공께서는 중임을 맡아 촉나라 관우 주둔지와 인접해 있는 곳으로 부임하시게 되는데, 만약 불의의 사태라도 벌어지면 그에 대한 어떠한 대비책을 강구하고 계신지요?"

이 말을 듣고 노숙은 곧 대답했다.

"그때 가서 적당히 대처할까 하오."

그러자 여몽이

"지금 촉나라는 동맹을 맺고는 있지만 관우라는 인물은 보통이 아닙니다. 미리 굳건한 대책을 세우고 가심이 좋을까 합니다."

라고 말하면서 다섯 가지 계책을 제시했다. 그것을 들은 노숙은 자리에서 일어나 여몽의 어깨를 두드리며

"여몽 장군, 정말 죄송하오. 귀공의 지략이 이토록 훌륭한 줄은 미처 몰랐소. 용서하시오."

라고 말하고 나서 의형제를 맺은 뒤에 헤어졌다.

이것은 「오서」 '여몽전'의 본문을 따른 것이지만 본문의 주로 붙어 있는 「강표전(江表傳)」의 내용을 보면 이런 얘기를 알 수 있다.

——노숙이 주유의 후임으로 부임하는 도중에 여몽을 찾아 서로 의견을 교환했는데, 어떤 화제에 있어서나 노숙이 그를 따르지 못했

다. 여몽의 어깨를 두드리며 말했다.

"내가 생각하기는 그대가 오직 무략에만 뛰어난 줄 알았었소. 그
런데 지금 보니 학식이 해박하오. 이미 오하의 아몽이 아니구려."

그러자 여몽이

"모름지기 장군이 이곳을 떠나 3일만 지나시면 또 깜짝 놀라실
것이 있을 것이오."

라고 말하면서 그의 계책을 말해 주었다. 즉 관우를 꼼짝 못하게 할
수 있는 비책이었다.

'오하의 아몽이 아니다'라는 말은 이미 옛 여몽이 아니라는 뜻이
다. 그의 거뜬한 변신에 놀란 말이다.

손권도 나중에 여몽의 향학심과 발전이 빠른 데 대해 혀를 내둘렀
다 한다. 일념을 세운 여몽은 각고면려함으로써 상사나 선배들을 감
탄시킬 정도로 발전했다.

□ 계략으로서의 승리

장군으로서의 여몽은 어떤 점에서 발전했던가. 힘으로 싸우던 무
장으로부터 머리로 싸우는 모장(謀將)으로 탈바꿈한 것이다.

여몽이 손권의 권유로 가까이 한 책은 병법서와 역사서였다. 「손
자」를 비롯한 중국의 병법서는, '싸움이란 결국 서로 속이는 것이
다'처럼 전쟁은 싸우지 않고 이기는 것이 최선의 승리 방법이며 힘
으로 싸우는 공성야전은 가장 얕은 전법으로 보아왔다. 「사기」를 비
롯한 역사서에는 그런 사례가 많이 기록되어 있다. 여몽은 병법서와
역사서를 배움으로써 중국식 병법뿐 아니라 그 구체적인 사례까지
도 익히게 되었다. 본디 무예는 뛰어나 있었고 여기에 학문까지 갖
추게 되었으니 그야말로 금상첨화였다.

진수도

"여몽, 용맹하고 모략이 있어서 군의 계략을 안다."

라고 격찬하면서

　"학보(郝普)를 속이고, 관우를 사로잡음이 그의 묘책의 하나였
　다."

는 두 가지 실전의 실례를 들고 있다. 이 두 가지 예는 모두 형주의
쟁탈전과 관계되는 싸움으로서 어느 것이나 교묘한 모략을 구사하
여 승리를 거둔 것들이다. 싸우지 않고 이긴다는 중국식 병법의 극
치를 이룬 것이다.

　여기서는 후자의 예인 관우와의 모략전을 살펴보기로 하겠다.

　싸움의 무대가 된 것은 형주였다. 이곳은 적벽싸움 이후 위·오·
촉나라의 3대 세력이 할거하고 있었는데, 특히 오촉 간의 분쟁은 그
칠 날이 없었다. 그러나 마침내 둘 사이에 타협이 이루어져 동서로
분할함으로써 일단 소강상태로 들어가게 되었다. 그렇다고 해서 손
권으로서는 전역의 영유를 포기한 것이 아니었다. 그때 촉나라 쪽에
서는 관우가 이 지역의 최고 책임자로서 강릉에 주둔하면서 표면적
으로는 우호관계가 유지되는 것처럼 보였다.

　그런데 얼마 뒤에 노숙이 병사하고 여몽이 그 후임으로 육구에 부
임하게 되었다. 여몽은 부임하자마자 노숙 때보다 훨씬 정중한 태도
로 관우와의 우호관계를 두터이 하는 데 힘썼다. 노숙은 본디 촉나
라와의 제휴론자였으므로 관우와 우호를 다지는 것도 당연한 일이
었지만 여몽의 경우는 기회를 보아 관우를 치기 위한 하나의 복선임
이 분명했다.

　그 뒤에 관우는 군사를 이끌고 위나라 영토인 번성을 포위했다.
그때 상당한 병력을 강릉에 남겨 놓았다. 이것은 배후에서 기회를
노리고 있는 오나라를 견제하기 위해서였다. 이와같이 관우로서도
결코 여몽의 속셈을 모르고 있었던 것은 아니다.

　이것을 보고 여몽이 손권에게 아뢰었다.

　"관우가 북상하여 번성을 포위했는데 많은 병력을 후방에 남겨

놓았습니다. 이것은 제가 후방에서 공격할까 두려웠기 때문입니다. 그러나 역시 저의 계책을 말씀드리자면, 저는 일찍부터 몸에 지병이 있습니다. 병을 치료한다는 명목으로 서울인 건업으로 돌아갈까 하옵니다. 관우가 이 사실을 알게 되면 틀림없이 후방부대를 번성으로 투입하게 될 것이오니 그 기회를 이용하여 대군을 동원하여 주야 강행군으로 장강을 거슬러 올라가 관우가 없는 강릉을 습격하면 강릉을 수중에 넣고 관우도 사로잡을 수 있을 것입니다.”

손권은 이 계책을 따랐다. 과연 관우는 전군을 번성 공략전에 투입했다. 강릉은 텅텅 비게 되었다. 여몽은 손수 선봉부대를 지휘하여 장강을 거슬러 올라가서 물밀듯이 강릉을 기습 점거하였다. 그때까지 전선에 있던 관우는 강릉 함락 소식을 까맣게 모르고 있었다.

그러나 여기까지보다 그 다음의 처지가 얄미울 정도로 슬기로웠다. 강릉에 입성한 여몽은 부하들에게 일체의 약탈 행위를 엄금했을 뿐 아니라, 그곳에 남아 있는 관우를 비롯하여 그 군사들의 가족들을 따뜻하게 돌봐주었다.

그 때문에 관우가 이 변을 알고 반신반의로 철수를 시작했을 때, 그 부하 장병들은 그 가족들이 무사하다는 소식을 듣고 완전히 전의를 상실해 버렸다.

이토록 교묘한 작전이 달리 또 어디 있을까. 단 한 사람의 병력 손실도 입지 않고 강적 관우를 넘어뜨리고 형주의 세력을 쓸어버린 것이다. 이것이야말로 여몽 모략의 승리였다.

□ 사람 부리는 비결

관우를 넘어뜨린 얼마 뒤에 여몽도 드러눕게 되었다. 손권은 팔방으로 손을 써서 그를 낫게 하려 했으나 그 보람도 없이 죽고 말았다. 그때의 나이 42살이었다. 주유도 그랬고, 또 여몽도 일찍 세상을 떠나게 되었으니 손권으로서는 믿고 있던 기둥을 잃은 것 같았다. 여몽이 죽었을 때도 손권은 식음을 전폐하고 눈물로 지새며 그의 죽음을 애도했다.

여몽은 산전수전을 다겪은 사람인만큼 인간관계에 있어서도 이와 같은 함축성있는 일화를 많이 남기고 있다.

한번은 휘하 부대의 어떤 사건으로 강하(江夏) 태수 채유(蔡遺)라는 자로부터 제소당한 일이 있었지만 그를 조금도 원망치 않았다. 그 뒤에 강하보다도 더 격이 높은 예장(豫章) 태수가 죽게 되어, 그 후임에 대해 자문을 얻었을 때 여몽은 채유를 추천하기도 했다. 그러자 손권이 웃으면서

"아니 그대는 원수를 후임으로 천거한 진나라 기해(祁奚)를 따르려는가?"

라고 말하고 채유의 발탁에 동의했다.

또 이런 이야기도 있다.

손권 휘하에 감녕(甘寧)이라는 장군이 있었다. 이 사람은 매우 흉포하여 살육을 좋아하며 여몽과는 정반대였다. 더욱이 때로는 명령을 태연하게 어기기도 했다. 손권은 그를 보고 죽이지도 살리지도 못하여 고민하고 있었다. 그때 여몽이

"천하가 풍란 중에 있는데 감녕만한 맹장도 얻기 어렵습니다. 아무쪼록 모른 체하십시오."

이렇게 달래기 일쑤였다.

손권은 여몽의 말대로 그를 대했던 바, 마침내 감녕은 대단한 활약으로 그의 기대에 보답했다.

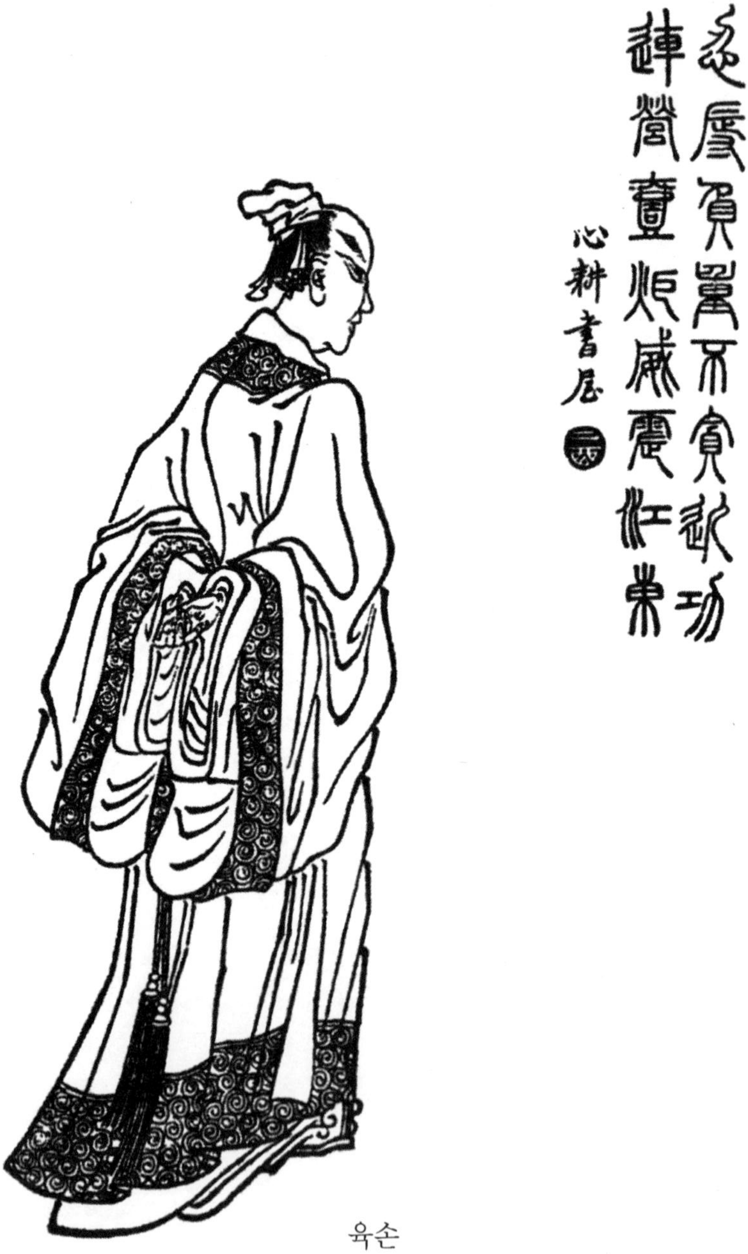

육손

육손

　강동땅을 차지한 오나라는 손권 시대에 두 차례에 걸쳐 외부의 중대한 도전을 받았다. 처음은 208년, 조조의 대군단에게 침공받았을 때인데, 이때 주유의 활약으로 위기를 모면했었다. 두 번째는 222년, 유비의 대군단에게 공격을 받았을 때였다. 그때도 '이릉싸움'에서 치명적 타격을 입혀 퇴각시켰다. 이 이릉싸움의 주역이 바로 육손(陸遜)이었다.

　이때 육손은 오나라 군사의 최고사령관으로서 유비 군단을 맞아 '전력을 보존하면서 적이 지치기를 기다린다'는 「손자」 병법의 기본 원칙에 따라 시원스럽게 큰 승리를 거두었다. 훌륭한 용병이었다. 이 승리로 말미암아 육손의 이름은 널리 알려지게 되었다.

　이릉싸움에서 보인 육손의 전략이란 어떤 것이었던가?

　이 싸움은 관우의 복수를 해주려는 유비의 사사로운 인정에서 비롯된 것이었다. 손권은 사자를 보내어 유비의 번의를 권고했으나 손권을 증오하는 유비는 이것을 단번에 거절했다. 그리고 손권은 불가불, 정면작전을 피하기 위해 위나라에게 항복하기로 맹세함으로써 그와 손을 잡는 한편, 방위군 총사령관에 별로 이름이 알려지지 않은 육손을 기용했다. 그런데 결과적으로 그의 발탁 인사가 들어맞게 되었다. 이와 같이 손권이라는 인물은 사람을 보는 눈이 명석했다. 진수가

"손권이 재사를 알아보는 데는 감탄할 수밖에 없다."

라는 칭찬을 아끼지 않았던 것도 이 때문이었다.

그런데 촉나라를 떠난 유비의 대군단은 장강의 급류를 타고 자귀(秭歸)로 진격하여, 거기서부터 육손은 이릉까지 진출했다. 굳게 지키고 있던 오나라 장수들은 유비의 군사가 침공해 온다는 전갈을 받고 일제히 일어나 맞아 싸우려 했으나 육손만은 움직이지 않고 이렇게 그들을 달랬다.

"기다려. 유비는 군사 전부를 이곳으로 투입해 왔다. 그러니 그들과 맞서기는 어려울 것이다. 더욱이 요충지에다 진을 쳐놓았으니 그걸 공략하기도 어렵다. 설사 공략에 성공한다 하더라도 그들을 전멸시킬 수는 없다. 그런 상황에서 우리가 먼저 공격을 하다가 실패하면 그 뒤는 걷잡기 어렵게 된다. 그러니 얼마 동안 우리는 군사들의 사기를 높여가며 만반의 준비를 갖추어 놓고 정세 변화를 기다려야 한다. 이 근방의 평야라면 군사를 전개시켜 수습할 수 없는 난전으로 몰고갈 수도 있지만, 적은 산을 타고 진격하고 있으므로 군사들을 전개시키기도 어렵다. 그들은 산길을 따라왔으니 지치기도 했을 것이다. 우리는 느긋하게 적이 피로에 지치기를 기다려야 한다."

장수들 중에는 육손의 전략을 이해하지 못하는 자도 있었다. 적의 강력한 세력에 미리 겁을 먹은 것이 아니냐고 쑥덕거렸다.

유비는 간간히 유인작전을 펴가면서 결전을 꾀했지만 육손은 오직 방비에만 힘쓸 뿐 전혀 반응이 없었다. 이렇게 해서 전선은 교착상태에 빠져 몇 달이 지나고 승패가 나지 않았다. 드디어 원정군인 유비 쪽에 피로의 기색이 나타났다.

육손은 그때를 기다리고 있었던 것이다. 그런데 반격 명령을 내리려 했으나 이번에는 모두 입을 모아 반대하는 것이었다. 부장들의 반대 이유는 이러했다.

"공격을 하려면 그들이 처음 나타났을 때 했어야 할 것입니다. 그런데 지금은 적이 이미 5, 600리나 깊숙이 우리 영내로 들어와 곳곳에서 요새지를 함락시킨 지 벌써 7, 8개월이나 지났습니다. 그런데 이제 와서 싸우다니 말도 안됩니다."

이에 대해 육손은 이렇게 대답했다.

"유비는 천군만마의 강자다. 공격해 왔을 그때에는 충분한 작전을 세우고 있었을 것이다. 그런 그에게 대항했다가는 이미 승산은 없다. 그런데 지금은 전선이 교착상태에 빠져 적은 지쳐 있고 사기도 떨어져 있다. 더욱이 별다른 타개책도 없이 날만 보내고 있지 않은가. 적을 섬멸할 기회는 지금밖에 달리 없다."

육손은 당장 한 부대를 이끌고 적의 진지를 향해 공격을 감행했으나 어이없이 패하고 말았다. 휘하 장수들은 이것을 보고 비웃었다.

"거 보라구. 괜히 군사만 죽이지 않았는가."

"난 벌써 적을 격멸할 계책을 알고 있다."

육손은 이렇게 말하고, 이번에는 병사들에게 갈대 한 다발씩을 휴대시켜 화공법을 구사하여 거뜬히 성공했다. 이렇게 되자 유비 군사들은 당황하여 우왕좌왕했다. 육손은 이때를 놓칠까 보냐 하고 전군에 총공격을 명령했다. 적의 진지는 차례로 무너졌다.

유비는 가까스로 백제성(白帝城)으로 도망가고 거기서 유비는 개탄했다.

"아아, 결국은 육손에게 당했다. 천명은 어찌할 수 없는 일……."

□ 선견지명

이 싸움에서 쾌승한 것은 '전력을 보존하며 적이 지치기를 기다린다'와 같은 작전의 묘에도 있긴 했지만 그것을 지탱한 것은 그의 선견지명이었다.

처음에 휘하 장수들이 공격하기를 진언했을 때, 육손은 이에 반대했다. 그리고 다음에는 육손이 공격할 것을 제안하나 이번에는 부장들이 반대했다. 육손과 부장들과는 견해와 판단이 전혀 달랐던 것이다. 그런데 결과적으로 육손의 판단이 옳은 것이 되었다.

육손의 선견지명에 대해서 다음과 같은 이야기도 있다.

오나라의 안동중랑장(安東中郎將) 손환(孫桓)이 별동대를 이끌고 유비의 선봉부대를 이도(夷道)에서 맞아 싸웠으나, 오히려 포위되어 육손에게 구원을 요청해 왔다. 그러나 육손은

"구원에 나설 필요가 없다."

응하지 않았다. 그러자 부장들이

"손환은 공족(公族)이오. 포위되어 궁지에 몰렸는데 어찌 보고만 있으란 말이오."

그에게 반론을 제기하자 육손은

"손환은 부하들의 심정을 충분히 알고 있으며 성의 방비도 완전하다. 그리고 군량도 충분하다. 걱정할 것 없다. 나의 작전계획이 궤도에 오르면 포위는 자연히 풀리게 될 것이다."

드디어 육손의 작전계획이 실행에 옮겨지자 과연 유비의 군사는 궤멸되었다.

손환은 뒤에 육손을 만나서 이렇게 말했다.

"아무리 기다려도 구원군이 오지 않아 그때는 정말 원망스러웠습니다. 그러나 이렇게 되고 보니 귀공의 판단에 감탄할 뿐입니다."

그리고 또 이런 얘기도 있다.

유비가 백제성으로 도망가자 오나라 군중의 부장들은 서로 다투어 손권에게 상주를 내면서 자신들의 공훈을 내세웠다.

"이때야말로 유비는 독 안에 든 쥐입니다. 계속 공격하도록 명해

주십시오."

손권은 이때 총사령관인 육손의 의견을 물었다. 그는 이렇게 대답
했다.

"조비가 대군을 동원시키고 있습니다. 표면상으로는 우리나라를
돕겠다는 것이지만 실은 그렇지 않습니다. 지금은 유비를 추격할
때가 아니라, 오히려 위나라의 동정에 대처해야 합니다. 아무쪼록
철수를 명해 주십시오."

사실 위나라 조비는 이때 대군을 중부 지역에 집결시켜 놓고 전국
의 향방을 지켜보고 있었다. 오나라가 유비와의 싸움으로 전력이 약
해지면, 그 틈을 타서 일거에 오나라를 쳐서 어부지리를 취하려는
속셈이었다. 손권은 육손의 진언을 받아들여 당장 철수하도록 명하
고 위나라의 동향에 대처했다. 육손의 선견지명이 이때에도 오나라
를 위기에서 건졌던 것이다.

육손이 총사령관에 발탁되었을 때 그의 나이 40살이었으며 휘하
에 있는 부장 자리는 모두 손책 때부터의 장군들과 공족들이 차지하
고 있었다. 그들은 젊은 육손을 무시하여 명령에 복종하려 하지 않
았다. 발탁 인사에서는 흔히 있을 수 있는 일이지만 아무튼 발탁된
쪽에서는 그토록 괴롭고 어려운 일은 없다. 그런데 육손은 이에 대
처하는 데 있어서 칼을 빼들고 질타하는 수법으로 했다.

"아는가, 유비는 천하의 호걸 조조조차 두려워한다. 그 유비가 공
격해왔다. 그야말로 강적이다. 여러분은 일치 단결하여 이 강적을
쳐부수어 죽음으로 보답해야 할 일인데, 태연스럽게 명령을 위반
하고 있다니 이건 무슨 일인가. 난 비록 나이는 젊지만 주군의 명
으로 여러분을 지휘하게 되었다. 그건 다름이 아니라 치욕도 견디
면서 능히 중임을 다할 수 있을 것이라 보셨기 때문이다. 아무쪼
록 여러분도 전력을 다하여 각자 자기 임무에 충실하기를 바란다.
앞으로 군령을 위반하는 자는 단호히 처리할 것이니 그리 알라."

드디어 육손은 유비 군사를 물리쳤다. 본디 그 작전계획은 거의 육손이 책정한 것이었다. 이걸 보고 비로소 부장들은 육손에게 심복하게 되었다.

육손의 작전계획은 「손자」의, 군력을 보존하면서 적이 지치기를 기다리는 전략, 즉 ①수비를 굳게 함 ②적의 피로를 기다림 ③약점을 보아 단숨에 치는 것이었다. 그러나 그것은 정황에 대한 깊고 정확한 판단을 바탕으로 했기에 비로소 성공한 것이었다.

□ 모(謀)와 덕(德)

육손은 주유처럼 지방의 호족 출신이었다. 21살 때부터 손권을 모시고 있었는데 손권은 그에게 큰 기대를 걸고 있었다. 그래서 손권의 주선으로 손책의 딸과 결혼하였다.

손권에게 신임을 받은 것은 그의 좋은 가문 때문이기도 했지만 그 것만은 아니었다. 그는 젊었을 때, 단양(丹陽) 산월(山越) 등지의 적들을 평정하여 진수가

"육손의 모략은 교묘한 것이다."

이처럼 탄복할 정도로 그의 모략은 매우 뛰어난 것이었다. 그리고 그 인품에 대해서도 이런 얘기가 전해지고 있다.

단양에 있는 적을 평정하러 갔을 때의 일이었다. 순우식(淳于式)이라는 회계군 태수가 손권에게 상주하기를 육손이 현지 주민들을 못살게 굴고 있다고 했다. 부족한 군사를 현지에서 조달하고 있다는 것을 지적한 것이다. 이런 일이 있었는데 나중에 서울로 돌아온 육손은 손권 앞에서 순우식을 훌륭한 사람이라고 극구 칭찬했다. 그 말을 들은 손권이

"아니 순우식이 그대를 비난했는데 그런 상대를 칭찬하다니 모를 일이군."

그를 조롱하자 육손은

"그는 백성들의 생활을 지키려고 저를 비난했겠지요. 그런데 여기서 제가 또 그를 비난한다 해서 무슨 도움될 일이 있겠습니까."

그 말을 듣고 손권은

"그대야말로 장자가 하는 일을 하는군. 감히 누가 그대를 따르겠는가."

이렇게 감탄했다.

육손은 모략에 뛰어났을 뿐 아니라 인간적으로도 훌륭한 사람이었다. 이 두 가지 요소는 양립하기가 그리 쉬운 일이 아니다. 그런데 그것을 양립시킨 데에 육손의 비범함이 있었던 것이다. 그리고 그것이 손권의 신뢰를 얻게 된 이유이기도 하다.

그런데 이런 싸움이 있은 뒤로 촉나라 유비도 패전으로 말미암아 마음을 상하여 세상을 떠나게 되고 승상이던 제갈량이 국정의 실권을 잡게 되었다. 그와 함께 촉나라와 오나라의 관계도 회복되었으며 그로부터 오나라와 촉나라는 서로 제휴하여 위나라에 대항하기로 외교방침을 세웠다.

육손은 그 뒤로도 여전히 공방의 요충지인 형주에 머물면서 상대 장군 겸 형주목으로서 위나라의 동정을 살폈다. 그의 모략도 여전히 변함이 없었다.

이런 일도 있다. 236년의 일이다. 오나라가 공세로 나가 북정군을 일으켜 육손과 제갈근이 손권의 명을 받아 위나라 양양을 포위한 일이 있었다. 그런데 마침 전선의 육손이 후방의 손권에게 보낸 사자가 적에게 잡혀 버렸다. 그렇게 되니 오나라 군사의 전황이 적에게 탄로나지 않을 수 없게 되었다. 이에 대해 제갈근이 육손에게 급사를 보내어 철수할 것을 진언했다. 그러나 육손은 그 말을 듣지 않고 부하들에게 명하여 진지에다 토란을 심게 하고 자신은 휘하 부장들과 바둑을 두며 조금도 놀란 기색을 보이지 않았다.

그 소식을 듣고 제갈근이,

‘백언(伯言 : 육손의 자)은 지략이 많으니 그럴 만한 이유가 있을 것이다.’

이렇게 생각하고 몸소 어찌된 일인지를 알아보려고 육손을 찾아갔다. 그때 육손은 이렇게 말했다.

“적은 이미 주군께서 철수하실 것을 알았을 것이므로 우리에게 전병력을 동원하여 공격해올 것이오. 작전은 적이 나오는 것을 보고 세워도 늦지 않습니다. 그러나 지금 철수하는 기미를 보이게 되면 적은 틀림없이 밀려올 것입니다. 이렇게 되면 만에 하나도 승산은 없지요.”

그 뒤로 육손은 전군사를 투입하여 공격을 감행, 적을 성 안에 가두어 두고 그 틈에 재빨리 철수를 해버렸다. 그야말로 동(動)과 반동의 역학 같은 작전이었다.

224년, 육손은 병사한 고옹(顧雍)의 뒤를 이어 승상직을 겸하게 되었다. 그런데 다음해 황제의 후계자 문제를 아뢰었다 해서 손권의 문책을 받고 화가 나서 죽었다.

“이때에 그의 나이 63세, 집안에 남은 재산이 없었다.”

이처럼 그는 청렴한 인물이었다.

그의 인품에 대한 다음과 같은 얘기도 있다.

제갈근에게 각(恪)이라는 아들이 있었다. 그는 너무 재주가 많은 인물로서 나중에 국정의 실권을 잡았지만 그 재주 때문에 자멸하게 된다. 어느 날 육손은 이 제갈각을 붙들고 다음과 같이 타일렀다.

“자신의 선배에 대해서는 언제나 그를 받들어 섬겨 함께 발전해가야 하며 자신의 밑에 있는 자는 항상 돌봐야 한다. 그런데 그대를 보건대 마음이 항상 남의 위에 있기를 바라고 밑에 있는 자를 멸시하는 것 같다. 그것은 덕을 기르는 길이 아니야.”

그야말로 육손의 인품을 알 수 있는 인간학의 가장 귀중한 말이라 하겠다.

제갈각

□ 초기의 어려움

삼국시대는 제갈씨의 활약이 두드러진다. 촉나라의 제갈량, 오나라의 제갈근·제갈각(諸葛恪), 위나라의 제갈탄(諸葛誕) 등등. 모두가 그 나라의 정승·재상으로 중용되고 있다. 제갈근은 제갈량의 친형이며 각은 그의 아들이고, 탄도 이 일족 출신이다.

'한 가문이 삼방(三方)의 지도자였으니 천하가 이를 영광으로 보았다.'

제갈씨가 이러한 활약을 보인 것은 삼국시대뿐이 아니다.

본디 제갈이라는 성은 중국에도 그다지 많지 않아 희성으로 꼽혔다. 그 유래에 대해 두 가지 설이 있다. 하나는 본디 그 선조는 갈(葛)이라는 외자 성으로서 낭야현 제군(瑯琊縣諸郡)에 살고 있었다. 나중에 양도(陽都)로 이주했는데 거기에도 갈 성씨를 가진 사람들이 살고 있었다. 그래서 그들과 구별하기 위해서 그곳 사람들이 제군에서 왔다 하여 제갈이라고 불렀다는 것이다.

그리고 또 한 가지 설은, 옛날 진승(陳勝) 아래에서 벼슬하고 있던 장군에 갈영(葛嬰)이라는 사람이 있었는데, 뒤에 그 손자가 한황조로부터 제군의 후로 봉해졌기 때문에 제갈이라는 성을 생겼다는 것이다. 그러나 아무래도 첫번째 설이 더 자연스러운 것같다.

제갈이라고 하면 먼저 제갈량을 생각하게 되고 오나라에 있었던 그의 친형 제갈근에 대해서는 별로 알려지지 않고 있다. 그러나 제갈근도

'비록 지략은 동생에게 미치지 못하지만 덕행은 그보다 더 앞섰다.'

라고 전해지듯이 그의 인물도 여간이 아니었던 모양이다.

제갈근은 본디 손권의 가신은 아니다. 전란을 피하여 고향인 양도에서 강남으로 흘러들어왔다가 그때 추천하는 사람이 있어 비로소 손권을 섬기게 되었다. 그러므로 손권으로서는 외지에서 흘러들어온 외래자에 지나지 않았다.

그러나 제갈근은 손권의 신임을 받게 되어 만년에는 대장군·좌도호(左都護)·예주목(豫州牧)을 겸임하는 요직에 올랐다.

딴나라에서 흘러들어와 무엇 하나 배경이 없었던 제갈근이 이만한 영달을 하게 된 것은 그의 뛰어난 지략 때문이기도 했지만 그보다도 그의 인품 때문이었다.

'그의 인품은 용모가 수려할 뿐 아니라 사려가 깊어 사람들이 그를 따랐다.'

'덕도규검(德度規檢 : 덕이 높고 검소하며 행동이 바름)하여 그즈음의 큰 그릇으로 숭앙 받았다.'

이와 같이 생각이 깊고 착실한 인품에, 상대에 대해 자상하고 인자로웠던 것이다.

정상에 있던 손권에게도 이러쿵저러쿵 간언을 별로 하지 않았다.

"손권과 애기를 나누고 간언을 할 일이 있을 때도, 아직까지 적극적으로 그를 탓하는 일이 없고, 오직 은근히 시사하는 것으로 그쳤다. 만일 들어주지 않으면 곧 화제를 다른 데로 바꾸어 서서히

그와 비슷한 예를 들어 주의를 환기케 했다.”

손권은 영명한 군주였으므로 이렇게 해도 충분히 알아들었겠지만 그런 방법으로 간언을 해야 했을 그의 고충도 여간 어려운 것이 아니었을 것이다. 그러나 제갈근의 이런 식의 간언 태도는 그의 보신책 때문이 아니라 선천적인 온후한 인품의 반영이었다. 그러므로 손권은 그런 제갈근에게 전폭적인 신뢰를 두게 된 것이 아닌가 한다.

요컨대 제갈근은 원만한 인품을 무기삼아 사방팔방으로 절충에 힘쓰고, 음으로 양으로 착실하게 근면함으로써 그만한 영달을 가져온 인물이다. 그런 의미에서 인생의 고행자라고 할 수 있다.

□재기 넘치는 귀공자

그러나 여기서 들고자 하는 것은 제갈근이 아니라 그 아들 제갈각이다.

제갈각은 세상의 산전수전을 겪은 아버지와는 달리 전형적인 명문귀족의 아들로 자랐다. 더욱이 어렸을 때부터 재주가 비상하여 영리하기 그지없는 도련님이었다. 그의 재주에 대해 여러 가지 에피소드가 있다.

어느 날 손권이 군사들을 모아놓고 주연을 베풀고 있을 때의 일이다. 그때 술자리의 여흥으로 뜰 앞으로 나귀 한 마리를 끌고 왔다. 그런데 그 목에는 ‘제갈자유(諸葛子瑜)’라는 푯말이 달려 있었다. 자유는 제갈근의 자이다. 근의 얼굴이 말상이었으므로 그를 놀리려는 것이었다. 좀 지나친 장난 같지만 전국시대에는 이 정도는 늘 하는 장난이었다.

그러자 그때 소년 각이 손권 앞에 나와 무릎을 꿇고

“저 아래에다가 두 자만 더 넣도록 해주시옵소서.”

하고 아뢰고는 ‘지려(之驢)’라는 두 글자를 덧붙였다. 즉 제갈자유지려(諸葛子瑜之驢), 제갈자유의 나귀가 된 것이다. 만장에 폭소가 터지고, 각에게는 상으로 그 나귀가 내려졌다.

또 어느 때 손권이 각에게 이렇게 물었다.

"너는 너희 아버지와 작은아버지 중 어느 쪽이 더 현명하다고 생각하느냐?"

그의 작은아버지는 제갈량을 말한다.

"물론 아버지 쪽이지요."

"오호, 그건 왜?"

"예, 아버지께선 그가 모셔야 할 상대를 알고 계셨지만 작은아버지는 그 점에 전혀 어두웠습니다."

소년치고는 너무나도 어른스러운 대답이었다.

듣고 있던 손권은 크게 기뻐했다고 한다. 또 이런 얘기도 있다.

각이 태자와 놀고 있을 때의 일이었다. 그때 태자는 뭔가 마땅치 않았던지 큰 소리를 지르며

"원손(元遜 : 제갈각의자)아, 말똥이나 먹어라!"

욕을 했다.

그러자 각이 대꾸했다.

"그렇다면 태자는 달걀이나 잡수시오."

곁에서 이 모양을 보고 있던 손권이

"넌 말똥이나 먹으라는 말에 어째서 달걀이라고 대꾸했느냐?"

묻자 각은 이렇게 대답했다.

"예, 나오는 데가 모두 같아서입니다."

이때도 손권은 크게 껄껄 웃었다. 손권은 이와 같은 각 소년의 재치를 사랑하여 어느 날 그 아버지 근에게

"남전(藍田)에서 옥이 나온다더니 그게 헛소리는 아닌 모양이군!"

이렇게 말하면서 그 아들 각에게 큰 기대를 걸었던 것이다.

세상의 어버이들, 이런 영리한 아이를 가졌다면 어떤 생각이 들

까? 아마 그 성장에 기대를 걸 것이다. 그런데 전해오는 제갈근의
반응은 그와는 정반대였다.

"근의 아들 각, 그 시대에 뛰어난 재치를 가졌기로 손권이 이를
매우 큰 그릇이라 칭찬했다. 그러나 근은 늘 그를 미워하여 집안
을 지킬 위인이 아니라고 말하면서 걱정하였다."

즉 저놈은 앞으로 우리 집안을 망칠 놈이라고 아들의 지나친 재주
를 걱정했다는 것이다. 이런 그의 걱정은 단순한 기우는 아니었다.
마침내 현실로 나타나게 되었다.

□ 실수

성인이 되고 나서도 제갈각의 삶은 선천적인 재주와 아버지가 쌓
아놓은 녕방의 후광을 받아 매우 순조롭게 출세길을 달렸다.

그러나 그의 재능은 요즘에 말하는 총무직보다는 영업직에 더 알
맞았던 모양이다. 손권은 그를 군량 관리자에 임명했으나 그는 이런
화려하지 않은 일을 좋아하지 않았다. 그때 오나라는 산월지구를 평
정하는 데 안간힘을 쓰고 있었다. 그때 각은 자원하여 이를 평정하
여 크게 성공했다. 이런 점에서 볼 때, 각의 재능은 군사면에서도
보통이 아니었던 모양이다.

각은 이 공적으로 위북장군(威北將軍)에 임명되어 도향후(都鄕
侯)에 봉해졌다. 그러나 그의 아버지 근은 여전히 그를 못마땅하게
여겼다.

"각은 우리 집안을 크게 일으키기는커녕 오히려 먹칠을 하려 한
다."

그는 이렇게 말했었다.

드디어 군사·정치 양면의 큰 기둥이었던 육손이 세상을 떠나고
그 뒤를 이어 각이 대장군에 임명되어 군사의 대권을 장악했다. 그
리고 7년 뒤에 손권마저 죽었다. 그때 각은 손권의 유언에 따라 정

치 최고책임자가 되었다. 그때 그의 나이 50세, 그야말로 순풍에 돛 단 50년이었다.

제갈각의 평탄하고 순조로운 삶은 또 계속되었다.

국정을 맡게 된 그는 검찰기관 폐지, 부채 면제, 물품세 폐지 등 차례로 인기를 얻기 위한 정책을 펴나갔다. 이것으로 말미암아 그의 인기는 날로 높아져서 그때의 민중들은 각의 모습이라도 한 번 보고자 그가 외출할 때마다 모여들었다.

이와 같이 제갈각의 새 정권은 인기 상승 일로에 있었다. 그리고 거기에 또 금상첨화격인 사건이 벌어졌다. 즉 255년 겨울, 각은 오나라가 국상(國喪) 중인 것을 틈타 쳐들어온 위나라의 대군을 손수 진두지휘하여 동흥(東興)에서 거뜬히 격퇴시켜 버렸다.

이렇게 그는 인기뿐 아니라 실적까지 곁들였으니 그의 콧대도 여간이 아니었다.

그러나 제갈각도 한계점에 이르렀다.

동흥싸움에서 승리를 거둔 그는 그 여세를 몰아, 다음해 초에 부리나케 출동 준비를 서둘렀다. 이쪽에서 공격하려는 심산이었다.

이 작전에 오나라 중신들은 모두 반대했다. 이렇게 자주 일을 벌이게 되면 괜히 군사를 피로하게만 한다는 것이 그들의 반대 이유였다. 그러나 눈이 어두워진 각은 그러한 반대론을 무시한 채 동원령을 내렸다.

제갈각은 20만 대군을 이끌고 위나라 영토인 신성(新城)을 포위했으나 적의 방어가 뜻밖에도 매우 철저해서 2개월이 지나도 함락시킬 수가 없었다. 그 동안 오나라 군사들의 피로는 더욱 겹쳐가기만 했다. 더군다나 혹독한 더위 때문에 장병들은 맹물을 마시며 더위를 이기려 했다. 그러자 설사를 하게 되고 종기까지 생겨, 병들어 죽는 자가 속출했다.

제갈각에게는 날마다 각 부대장으로부터 환자가 속출하고 있다는 보고가 들어왔다. 그러나 각은 그들의 보고를 곧이듣지 않고 오히려 그 부대장을 처단하려 했기 때문에 다시는 그런 보고를 해오지 않았다. 이대로는 이미 작전의 실패였다. 각은 노기가 등등하여 부하들을 질타했으나 때는 이미 늦었다. 장병들의 사기를 만회할 수는 없었다.

그래서 각은 할 수 없이 전군에 철수명령을 내렸으나 그 철수작전도 제대로 이루어지지 못했다. 병든 병사들이 길바닥에 즐비하게 눕게 되고 도랑에 엎드려 움직이려 하지 않았다. 또는 적의 기습을 받은 부대도 있었다. 살려달라는 소리가 먼지가 뿌연 철수 길을 메웠다. 그러나 각은 아무렇지도 않다는 듯이 태연한 태도로 부하들만 질타하고 있었다.

□ 파멸

이 패전이 결국 제갈각의 목숨을 앗아갔다. 수많은 장병들을 잃었다는 점으로 그의 인기는 하루 아침에 땅에 떨어지고 말았다. 그리고 조정 안팎에서 그를 비판하는 소리가 높아갔다.

이때 제갈각의 실패를 보고 야심을 불태우고 있는 자가 있었으니, 그의 무위장군으로서 근위군을 지휘하고 있던 손준(孫峻)이라는 사람이었다. 그는 황제 손량(孫亮)과 모의하여, 어느 날 조정에서 연회를 베풀어 각을 초대해 놓고 그 자리에서 각을 참살했다.

제갈각은 국정의 실권을 잡은 지 불과 1년 만에 자멸하고 말았다. 그것이 화근이 되어 그의 가문은 멸살되었다. 즉 아버지 근이 늘 걱정하던 것이 현실로 나타난 것이다.

제갈각은 단 한번의 실패로 자멸한 셈이다. 도대체 그 원인이 무엇이었을까? 그것은 자기 재주만 믿고 우쭐대다가 미끄러진 것이다. 결국 그에게는 단 한번의 실수를 보충할 만한 덕도 없었다고 말하지 않을 수 없다. 재주만 있고 고생해 보지 못한 2대째는, 그것이 순조로운 때는 좋지만 한 번 벽에 부딪히게 되면 갈피를 잡지 못하고 당장 무너져 버리기 일쑤이다. 제갈각도 예외는 아니었다.

진수는 제갈각을 이렇게 평하고 있다.

"그의 재기간략(才氣幹略)은 세상이 다 아는 바다. 그러나 그의 교만하고 인색함은 주공(周公)도 그렇지 않았었다. 하물며 각 같은 인물에 있어서랴. 자기만을 내세우고 남을 얕보면, 어찌 패하지 않겠는가."

여기서 말한 '교만하고 인색하다'는 말은 「논어」 '태백편(泰伯篇)'에서 공자가 다음과 같이 말하고 있는 것이다.

"주공과 같은 재주를 가졌다 해도, 그가 만일 교만하고 인색하다면 그걸 볼 수 없다."

주공이란 공자가 늘 이상으로 삼았던 인물이다. 그 주공 같은 재주를 가졌다 해도 만일 그 때문에 출세를 하여 으스댄다거나 또 그런 재주를 남을 위해 쓰기를 싫어한다면, 달리 무슨 미덕이 있다고 평하겠는가라는 의미이다.

제갈각은 교만 때문에 스스로 무덤을 판 것이다. 그의 실패는 자기 재주만 믿고 으스대기만 하는 사람에게는 따끔한 일침이 될 것이다.

대권 후계자

□유비의 아들 조조의 아들

건안 8년(203), 관도싸움에서 승리한 조조는 잔적 소탕군을 일으키고 원수인 원소의 남겨진 아이들을 쫓아 기주성(冀州城)으로 쳐들어갔다. 아버지를 따라 군중에 있던 장남인 조비(曹조)는 젊은 무사답게 늠름한 모습으로 원소의 숙소로 돌입했다. 여성들이 사는 안채 문 앞에서 말을 내리자 장검을 힘차게 빼어들고 안으로 들어가려고 했다.

"안됩니다. 정승님의 명령으로 여자들이 사는 이곳에 남자는 들어갈 수 없습니다!"

필사적으로 말리는 측근의 손을 조비는 거칠게 뿌리쳤다.

"비켜라, 정승님의 장남인 나는 다르단 말이야."

어거지로 집 안으로 들어간 조비가 거기서 본 것은 이 세상 사람이라고는 생각할 수 없는 아름다운 여성이었다. 원소의 차남 원희(袁熙)의 아내 견락(甄洛)이었다. 아직 홍안의 미소년인 조비에게는 이 젊은 유부녀가 마치 선녀처럼 눈부시게 보였다. 그가 군율을 범하면서까지 어거지로 여인들이 있는 집으로 들어온 것은, 전부터

대권 후계자

기주에 견락이라는 절세의 미인이 있다는 말을 들었기 때문이다.

이튿날 입성한 조조는 군기를 어지럽힌 것이 자기 아들이라는 말을 듣고 깜짝 놀랐다. 아직 아이이고 불쌍하기는 했지만 군율은 엄정하지 않으면 안되었다. 조조는 자기 아들을 끌어내어 법으로 처단하려고 했다. 그때 측근 무장들이 잘 수습했기 때문에 1등급의 죄를 감해서 조비는 간신히 죽을죄를 면했다.

그로부터 5년 후인 건안 13년(208)에 조조는 서주(徐州)의 영주 유표(劉表)를 치기 위해 남정군을 일으켰다. 그 무렵 유표의 식객으로서 침략군의 요격을 맡고 있던 것이 유비였다. 그는 제갈량·관우·장비·조운 등 휘하의 여러 장수를 이끌고 장강 북안의 장판(長坂)에서 조조군과 싸웠는데, 전투는 조조군의 대승으로 끝나고 유비군은 궤멸 상태가 되었다.

난전이 한창일 때 유비는 처자와 뿔뿔이 흩어지고 목숨만 겨우 살아서 도망쳤다. 이때 후위(後衛)를 맡은 조운은 맹렬한 기세로 분투했다.

그는 감부인(甘夫人)을 도와 갓태어난 아기 아두(阿斗)를 품에 안고, 적의 엄중한 포위를 돌파하여 숨이 거의 끊어질 듯이 유비의 본진으로 뛰어들었다. 피로 새빨갛게 물든 갑옷을 벗고 아두를 유비에게 내밀었다.

"나리, 도련님은 무사하십니다."

유비는 기쁜 나머지 엉겁결에 눈물이 나려고 하는 것을 꾹 참았다. 그리고 갑자기 엄한 표정이 되더니

"이 바보 같은 녀석아, 너 때문에 이 아비는 하마터면 둘도 없는 대장을 한 사람 잃을 뻔했다."

이렇게 말하면서 유비는 갓난아기를 땅바닥에 내던졌다.

이것은 소설 「삼국지연의」에 보이는 명장면의 하나이다. 두말할 것도 없이 끝부분은 픽션이다. 이렇게 씀으로써 작가인 나관중은 유

비가 자기 자식보다도 부하의 목숨을 더 걱정하는 인물이었다고 설명하고 싶었던 것이다.

그와 동시에 픽션이기는 하지만 이 이야기는 아두, 곧 자라서 촉한의 2대째 황제가 되는 유선(劉禪)이 아버지의 애정과 신하의 도움이라는 좋은 운수를 타고 났다는 것을 암시하고 있다.

아무튼 훗날 위나라 문제가 되는 조비와 유선이라는 후계자들의 차이를, 이 두 가지 에피소드는 상징하고 있다고 할 수 있을 것이다.

□ 조조의 아들 3형제

'영웅은 색을 좋아한다'는 말이 있지만 삼국 제1의 영웅 조조는 많은 여성을 사랑했다. 그때의 귀인은 일부다처가 보통이었기 때문에, 조조는 공공연히 애인들을 처첩으로 맞았다.

그에게는 25명의 아들이 있었다. 이 25명의 2세들 중에서 조조가 장래에 자기 후계자로 삼고 싶다고 생각한 아들이 3명 있었다. 변부인(卞夫人)을 어머니로 하는 조비·조식(曹植)과, 환부인(環夫人)을 어머니로 하는 조충(曹沖)이었다.

본디 조조가 제일의 후계자로 지목하고 있었던 것은 조충이었다. 조충의 자는 창서(蒼舒)로 어릴 때부터 신동으로 이름이 높았다. 그가 보기 드물게 영리하다는 것을 보여주는 에피소드가 있다.

오나라 손권이 남국의 코끼리를 조조에게 바쳤다. 처음으로 보는 거대한 동물에 위나라의 여러 신하들은 깜짝 놀랐으며, 도대체 무게가 얼마쯤 될까 하고 수근거렸다. 몸무게를 알고 싶어도 그런 큰 코끼리를 어떻게 해서 달면 좋을지 짐작도 가지 않았다.

모두들 고개를 갸우뚱하고 있자 아직 어린 조충이 이렇게 말했다.

"그건 쉬운 일이지. 코끼리를 큰 배에 태우고 선복(船腹)이 가라앉은 곳에 표를 해 둔단 말이야. 그러고서 나중에 그 표가 있는 선까지 돌을 실어 보고 그 돌을 달아서 합계하면 코끼리의 무게를 알 수 있지.”

조조는 과연 그렇구나 하고 고개를 끄덕이고, 아들이 말한 방법대로 코끼리의 무게를 쟀다고 한다.

조충은 수재에게 있기 쉬운 차가운 마음의 소유자가 아닌, 선천적으로 동정심이 많은 젊은이였기 때문에 부하들의 평판이 좋았다. 더욱이 무예에도 뛰어난 대장부여서 조조도 그를 특별히 귀여워했다.

조조는 자주 신하들 앞에서, 조충이 제일의 후계자라고 거리낌없이 공언했을 정도였다.

나중에 제위에 오른 조비도 이렇게 술회했다.

“만약 조충이 살아 있다면 짐은 제위에 오르지 못했을 것이다.”

그렇지만 재자단명(才子短命)이라는 말대로 조충은 건안 13년(208) 13살의 어린 나이로 병사했다.

조충이 죽은 다음 후계자 싸움은 조비와 조식, 2명으로 좁혀졌다.

조식은 조비의 친동생이다. 이 왕자도 수재란 칭찬을 듣고 있었다. (생존기간이 길기 때문에 오히려 조식 쪽이 조충보다도 수재로 알려져 있다.) 그 중에서도 문재에 있어서는 건안문단(建安文壇)의 제일이었으며 일찍이 제갈량으로 하여금

“천하의 문재를 한 말(斗)이라고 한다면 조식의 문재는 8되(升)를 차지한다.”

고까지 말하게 했을 정도였다.

동작대(銅雀臺)가 낙성되었을 때의 일이었다. 조조는 왕자와 왕녀 들을 대 위에 있게 하고 그 자리에서 동작대를 기리는 시를 짓게 했다. 자녀들이 모두 좋은 생각이 떠오르지 않아 애를 먹고 있는 동안에, 오직 한 사람 조식은 붓을 들자마자 단숨에 써버렸다. 그것이 또 훌륭한 솜씨였다. 전문가라도 좀처럼 쓸 수 없는 명문이었기 때문에 조조는 혀를 내두르고 말았다.

스스로도 문학을 좋아하는 조조는 조식의 이 탁월한 문재를 매우

사랑했으며, 이것이 조비와 조식 형제를 골육상잔의 싸움에 빠져들게 만들었던 것이다.

□ 조비의 어릴 때

조비의 자는 자환(子桓)으로 중평 4년(187)에 조조의 둘째아들로 태어났다. 조조는 변부인과의 사이에 조비와 조창(曹彰), 조식 등 3명의 아들을 낳았다. 조비 위에 조앙(曹昻)이라는 배다른 장남이 있었으나, 이 아이는 일찍 전사했기 때문에 실질적으로는 조비가 조조의 25명이나 되는 왕자 중의 장자로 되어 있었다.

장유의 서열이 까다롭던 그즈음 중국에서는 적출이 장자라는 지위에는 절대적인 무게가 있었다.

따라서 실질적인 장남인 조비도 당연히 태어나면서부터 후계자로서 대우받아야만 했었다. 그렇지만 앞에서 말한 바와 같이 20세 때까지의 조비를 주위 사람들은 다음 대의 후계자로 보지 않았으며 조비 자신은 콤플렉스와 스트레스로 가득 찬 나날을 보내지 않을 수 없었다. 조충이라는 굉장히 뛰어난 배다른 아우가 있었기 때문이다. 그리고 사실 아버지인 조조도 조충을 다음 대의 주인으로 만들 작정으로 있었다. 조비로서도 순서를 말하자면 자기가 후계자라는 것을 알고 있었지만, 결정권을 쥐고 있는 아버지가 조충에게 분명히 점을 찍고 있는 이상 어떻게 할 수가 없었던 것이다.

조비가 22세 때에 조충이 죽었기 때문에 정세는 호전되었다. 그러나 아직 결정적으로 조비에게 유리한 단계는 아니었다. 이번에야말로 장남인 조비가 제일 후보자일 터인데도 아버지인 조조는 태도를 분명히 하지 않고, 오히려 후계자에는 친아우인 조식을 앉히고 싶다고 생각하고 있는 모양이었다. 조충이 살아 있을 때는 단념하고 있었던 조비도 일이 이렇게 되자 후계자 경쟁에 진지하게 덤벼들지 않을 수가 없었다.

장남인 조비에 가담하느냐 3남인 조식에게 편드느냐 하는 것은 위나라의 문무 고관에게 한 가문의 존속에 관한 큰 일이었다. 그리고 어느 쪽이냐 하면 문학적인 천재였던 조식 쪽에는 정의(丁儀) 형제·양수(楊修)·왕릉(王凌) 같은 문인과 고관이 많았으며, 한편 사마의(司馬懿) 형제·하후돈(夏侯惇) 같은 무관과 최염(崔琰)·모개(毛玠) 같은 대대로 조조를 섬겨온 중신들은 정통성을 존중하여 장남인 조비를 옹립하는 쪽에 서 있었다.

양파 모두 자기들이 미는 왕자가 후계자로서는 가장 적합하다고 주장하고, 각기 조조에게 선전하기 위해 권모술수를 최대한으로 발휘했다. 이렇게 해서 조비·조식 형제를 둘러싼 골육상잔의 치열한 싸움은 위나라 왕실을 내부로부터 뒤집는 불씨가 될지도 모르는 형편으로 되어갔다.

과연 조조는 냉엄한 판단력을 가지고 있었다. 끝까지 고민한 끝에 자신의 감정을 누르고 정통성을 채택했다. 건안 22년(217)에 그는 정식으로 장남을 태자로 세웠다. 그때 조비는 31살였다.

건안 25년(220)에 일대의 영웅 조조는 낙양에서 편하게 죽음을 맞이했다. 그 존재가 너무나도 강대한 것이었기 때문에 그 죽음은 당연히 천하에 큰 충격을 주었다.

형제들은 아무도 아버지의 임종에는 입회하지 못했다. 태자인 조비는 업(鄴)에 있었다. 왠지 조조는 자기가 위독하다는 것을 깨달았을 때, 태자인 조비가 아니라 무용에 뛰어난 차남인 조창(曹彰)을 장안에서 불러들였다. 따라서 낙양에는 조창이 먼저 도착했다. 조창은 낙양에 도착하자마자 왕위의 증표인 옥새를 찾아다녔으나 조비파의 중신 가규가 넘겨 주기를 거절했다. 조조로부터 뭔가 분부를 받았는지 가규는 당장 관(棺)을 받들고 태자가 있는 업으로 향했다.

한편 조비는 아버지가 세상을 떠났다는 소식에 허탈 상태에 빠져 남의 눈도 꺼리지 않고 쓰러져 울고 있었다. 보다못해 시종장(侍從

長)인 사마부(司馬孚 : 사마의의 아우)가 직언을 했다.

"왕이 돌아가신 지금 천하의 이목은 태자 전하 한 분에게 모여 있습니다. 집 안의 큰일을 위해서 또 나라를 위해서도 전하께서는 분기하시지 않으면 안됩니다. 울고 계실 때가 아닙니다."

이리하여 조비는 중신들의 재빠른 활동의 도움을 빌려서 아버지의 자리를 이어받아 위왕이 되었다. 그렇지만 곧 본디의 냉정함을 도로 찾아 새 리더로서, 돌아가신 아버지에도 뒤떨어지지 않을 정도의 강대한 힘과 지위를 확보했다.

장례식이 끝난 3개월 뒤에 조비는 선양의 형식으로 로봇화되어 있는 한나라 헌제로부터 제위를 물려받았다.

이렇게 해서 172년간 계속된 후한 황조는 멸망하고 새로 위나라 황조가 탄생했으며, 조비는 문제라고 칭했다.

□ 탁월한 정치감각

제위에 오른 뒤 조비가 행한 것은 자기를 지지해 준 신하들에 대한 논공행상과, 반대파에 대한 철저한 탄압이었다.

조식파의 중진 정의 형제의 일족이 몰살당한 것을 비롯하여 전에 조비에게 비판적인 의견을 말한 자나 후계자 경쟁에서 적 쪽에 섰다고 간주되는 자는 모두 처벌되었다. 가열된 탄압은 육친에 대해서도 가차가 없었다. 차남 조창, 3남 조식도 유형 무형의 압박 때문에 불우한 가운데 죽고 말았다.

후계자로서의 지위의 확립을 꾀하는 한편, 문제는 내정에도 힘썼다. 지나치게 냉혹할 정도로 이성적인 조비는 채찍과 당근을 적당히 구분해서 썼던 것이다. 채찍이란 반대파에 대한 준엄한 탄압이고, 당근이란 자기 파의 우대와 사면이었다.

문제의 재위 기간은 6년밖에 안되지만 사회적으로는 안정과 번영의 시대였다. 아버지 조조 정도로 스케일이 크지는 않았지만, 조비는 정치가로서는 견실한 타입이며 많은 치적을 올렸다. 원정에 의한 군사비 지출도 비교적 적었으며 사회적으로도 안정되었던 것은 조비의 견실한 경륜 덕택이었다.

대외적으로 조비는 당면의 강적인 촉나라와는 될 수 있는 대로 일을 꾸미는 것을 피하고, 한편 약한 오나라의 손권에게는 신하로 복종할 것을 강요했다. 그리고 때로는 소규모적인 군사행동을 일으켜서 오나라를 혼내 주려고 했다. (이 작전은 실패했지만 결과적으로 오나라와 촉나라가 손을 잡는 것을 막는 역할을 했다)

치정의 성공 이외에 조비는 문예 학문상에 큰 발자취를 남기고 있다. 중국문학사에서 말하는 '삼조(三曹)'의 한 사람이라고 일컬어지는 조비는, 성격적으로는 냉정하고 가혹했지만 문학을 좋아한 점에서는 아버지 조조나 동생 조식에 뒤떨어지지 않았다.

귀재 조식이 정열적이고 인간의 슬픔을 노래하는 시부(詩賦)를 잘한 데 반해서, 조비 쪽은 좀더 이지적이고 정감을 숨긴 문학작품을 쓰고 있다.

그는 「전론(典論)」을 비롯하여 100여 편에 이르는 평론과 시부를 남기고 있지만, 그 중에서는 유한한 인생과 무한한 생명을 가지고 있는 문학작품을 대비시킨, 다음 문장이 유명하다.

'생각건대 문장은 경국(經國) 대업이고 불후 성사(盛事)이다. 연수(年壽)는 때가 있어 다하며, 영락은 그 몸에 그친다. 영화는 필지(必至)의 상기(常期)이다. 아직 문장이 끝이 없는 것에 미치지 못한다.'

문장을 짓는 것을 나라를 다스리는 일과 동렬에 두고, 사람의 목숨은 다하는 일이 있어도 문학은 불후한 것이라고 말하는 조비의 이 주장은 어느 시대에도 통용되는 정론일 것이다.

이와같이 문예나 학문을 잘 이해한 조비는 학문을 장려하고 재능 있는 문인과 유학자들을 모아서 후하게 대우하여 많은 업적을 올리게 하고 있다.

이 시기의 이른바 건안문단의 뒤를 이어 중국문학사에서 위진 문학(魏晉文學)이 하나의 금자탑을 만들어 낼 수 있었던 것은 조비에게 힘입은 바가 크다. 그렇지만 조비는 위나라 황초(黃初) 7년(226)에 조야가 애석해하는 가운데 40살의 젊은 나이로 죽었다.

□ 죽음 기록할 가치도 없는 2세 유선

촉나라의 2대 황제가 된 유선(劉禪)은 자가 공사(公嗣), 유명(幼名)은 아두(阿斗)였다. 건안 12년(207)에 유비와 감 부인 사이에서 태어났다. 적자이면서 장남이었다.

유선이 태어났을 무렵에 아버지인 유비는 아직 자기 영토를 가지고 있지 않았다. 형주의 군벌 유표의 객장으로 있었으며, 비육지탄(脾肉之歎)의 세월을 보내고 있었다. 말하자면 실의의 시대였다. 그렇지만 처음으로 적자가 탄생한 데 대해 매우 기뻐했다. 유선은 부모의 총애를 한몸에 받고 자랐다.

그 후 천재적 군사 제갈량의 헌책에 따라 유비는 사천분지(四川盆地)로 진출하여 촉나라라는 새 나라를 만드는 데 성공했다. 이를테면 '천하삼분지계'의 구현이었다.

건안 24년(219) 아버지가 한중왕(漢中王)이 되었을 때, 유선은 13세의 젊은 나이로 태자가 되었다. 조비와는 경우가 달라서 유선에게는 라이벌도 없었으며 후계자 싸움도 없었다.

황초 3년에 유비는 오나라의 장군 여몽의 책모에 의해서 살해된 의제 관우의 복수전을 위해 대군을 이끌고 오나라로 원정했다.

그렇지만 싸움은 대패를 당하고 촉나라와 오나라의 국경에 가까운 백제성으로 도망쳐 돌아왔다.

패전의 충격도 곁들여져 유비는 중병에 걸렸으며 마침내 이듬해 봄 세상을 떠났다. 장례식이 끝난 다음 유선은 성도(成都)에서 제갈량 등 중신의 도움을 받아 촉나라의 2대 황제가 되었다. 그때 나이 17살이었다.

이후 40년이란 긴 세월에 걸쳐서 유선은 제위에 있게 되었다.

위나라·오나라·촉나라의 3국은 각기 독자적인 황조를 만들었으며, 위나라는 5대, 오나라는 4대, 촉나라는 2대를 계속하였다. 다시 말해서 3국 합계하여 11명의 황제를 배출하고 있지만, 재위 40년에 이른 것은 유선뿐이었다.

이유는 그만큼 유선이 좋은 부하를 가지고 있었던가, 아니면 천연의 요새로 둘러싸인 촉나라가 난공불락이며 정치상황도 안정되어 있었던 까닭일 것이다.

그렇지만 역사상으로 유선은 삼국의 황제들 중에서는 가장 범용한 군주로 되어 있다. 예를 들면 위나라의 조비는 문제(文帝), 오나라의 손권은 대제(大帝)라는 식으로 모두 경칭(敬稱)이 붙여져 있지만, 유선에게는 없었다. 그는 다만 '후주(後主)'라고 불릴 뿐이었다. 후주라는 것은 2대이며 마지막 주인이라는 뉘앙스가 있다.

염흥(炎興) 원년(263)에 성도는 위나라의 원정군 사령관 등애(鄧艾)의 공격을 받았다. 위군이 성으로 밀어닥친 것에 깜짝 놀란 후주 유선은 아들인 북지왕(北地王) 유심(劉諶)과 군신 제장의 반대를 물리치고 스스로 몸을 묶어 성문을 열고 항복을 제의했다.

이리하여 촉나라 황조는 멸망했으며, 유선은 멀리 위나라의 서울 낙양으로 옮겨졌다. 그를 겁쟁이라느니 수치를 모르는 사람이니 하고 비판하는 사람도 많다.

이 2세가 언제 어디서 죽었는가에 대해서 정사에는 기록이 전혀 없다. 다시 말해서 죽음을 기록할 가치도 없는 인간이었다는 것일까?

□ 명군(明君)과 우군(愚君)

조비는 아버지를 닮아서 성격이 가혹했지만, 냉정하고 참을성이

있다는 점에서는 아버지 이상이었다. 태자가 될 때까지 그는 꾹 참
고 지냈다. 그렇지만 한 번 권력의 자리에 오르자마자 타고 난 냉혹
성을 발휘했다. 정사「삼국지」의 저자 진수는, 조비는 천하를 얻은
사람으로서는 기량이 작았다고 평하고 있다.
　즉위한 지 얼마 뒤에 조비는 친아우이며 전의 라이벌이었던 조식
에게 이렇게 명령했다.
　"너는 전부터 시재를 자랑하고 있었다. 지금부터 일곱 걸음 걷는
　동안에 시를 한 수 지어라. 만약 짓지 못하면 죽음을 주겠다."
　조식은 일곱 걸음을 걷자마자 시를 한 수 지었다.

　　콩을 볶는 데 콩깍지를 때니
　　콩은 가마 속에서 울고 있다
　　본디 한 뿌리에서 나왔거늘
　　볶아침이 어찌 이다지도 급하뇨?

이것이 유명한 '7보시'이다.
　조비의 비정함과 조식의 필사적인 항의를 잘 나타내고 있는 시이다.
　그렇지만 가혹하다는 결점을 제외하면 조비는 매우 견실하며, 정
치가로서는 언제나 냉정함을 잃지 않는 좋은 점이 있었다. 부하의
간언에도 귀를 잘 기울였다.
　어느 때인가 조비는 기주의 주민을 하남으로 이주시키려고 했다.
마침 하남 주민들은 기근에 고생하고 있었기 때문에 중신들은 모두
이주계획에 반대했다. 대신들이 문제에게 반대안을 건의했다. 성미
가 과격한 문제는 목전에서 반대를 하자 몹시 분노했다.
　"닥쳐라, 군주의 생각에 일일이 반대를 한다는 것은 언어도단이
　다."
　그는 노기를 숨기지 않고 휙 자리를 떴다. 이 때문에 회의는 중단

되었다.

잠시 뒤에 문제는 다시 얼굴을 내밀고 회의를 다시 열었다. 신비(辛毗)를 비롯하여 중신들이 한 번 더 반대 이유를 간곡하게 설명하고 진정했더니, 본디의 냉정함을 되찾아 결국 당초의 절반만을 이주시키는 것으로 타협했다. 그 성격의 일면을 말해 주는 이야기이다.

중국어에서는 '아두(阿斗)'라는 말을 '우군(愚君)'의 대명사로 쓴다. 이것은 범용한 2세라는 이미지가 유선의 인간상에 정착되어 버렸기 때문이다.

백제성에서 중태에 빠진 유비는 머리맡에 정승 제갈량을 불러들여서 이렇게 말했다.

"만일 내 아들인 아두가 보좌할 가치가 있다면 아무쪼록 돌보아 제구실을 하게 해주기 바라오. 그렇지만 그 그릇이 아니라면 그대가 대신 제위에 오르기 바라오."

제갈량은 감격의 눈물에 목이 메면서

"폐하, 무슨 말씀을 하십니까. 저는 황태자 전하의 가장 믿는 신하가 되어 목숨을 바쳐서라도 지켜 나가겠습니다."

라고 대답했다.

이것도 「삼국지연의」에서는 유명한 대목이다. 자기 자식이지만 유선이 한 나라를 다스릴 그릇이 아니라는 것을 그 아버지 유비는 깨닫고 있었던 것 같다.

부모조차도 자기 자식이 범용하다고 생각했을 정도이므로, 세상 사람이나 역사가가 유선을 바보 취급하는 것도 무리가 아니다.

나라를 망하게 하고 위나라에 구속당한 뒤에도, 적도(敵都) 낙양에 사마소(司馬昭 : 사마의의 둘째아들)가 마련한 연회 석상에서 유선 혼자서 들떠 떠들어대고 있었다. 이것에는 사마소도 어이가 없어서 측근에게 말했다.

"일찍이 유선은 멍청이란 말을 듣고 있었지만 이렇게까지 바보인 줄은 몰랐다. 이런 군주 밑에서는 가령 제갈량이 살아 있었다 하더라도 촉나라를 존속시킬 수가 없었을 것이다."

그러자 대신인 가충(賈充)이 이렇게 대답했다.

"옳은 말씀입니다. 그렇지만 유선이 이런 우군이 아니었다면 아무리 뛰어난 전하라 하더라도 촉나라를 쉽사리 항복시키지는 못했을 것이라고 생각합니다."

또 어느 때 사마소가 유선에게 이렇게 물었다.

"당신의 고국 촉나라가 그리우시겠지요?"

유선은 천연스러운 얼굴로

"아닙니다. 귀국에 와서 그런대로 즐겁게 지내고 있습니다. 촉나라의 일은 생각나지 않습니다."

이 이야기를 전해 들은 옛 부하가 당장 찾아와서 말했다.

"다음에는 눈물을 흘리면서 이렇게 대답해 주십시오. '조상 대대의 묘소가 멀리 촉나라에 있습니다. 그렇기 때문에 날마다 서쪽 촉나라를 바라보고는 고향을 그리워하는 생각에 사로잡혀 있습니다'라고."

뒷날 사마소가 또 같은 말을 물었다. 그러자 유선은 옛 부하에게 배운대로 대답했다. 사마소는

"참, 그러고 보니 당신의 신하 중에서 언젠가 그것과 같은 말을 하는 사람이 있더군요."

깜짝 놀란 유선은

"송구스럽습니다. 사실은 그 사람으로부터 지금 말씀드린 것처럼 대답하는 것이 좋다고 배웠기 때문에……."

사마소는 쓴웃음을 지었다.

□ 인간의 행복

이와 같이 유선이 멍청이였다는 것을 말해 주는 일화가 많지만, 아무리 유선이 범용하고 우매했다 하더라도, 뭔가 좋은 점이 없다면 40년 동안이나 제위를 유지하는 것은 어려웠을 것이다. 바보처럼 보이더라도 유선에게는 부하로 하여금 모반을 일으킬 생각을 잊게 하는 뭔가 따스한 매력이 있었는지도 모른다. 그렇지만 역사적인 자료상으로는 이것을 증명할 방법이 없다.

황제로서는 범용했을지도 모르지만, 한 사람의 인간으로서 유선은 남에게 원한을 사는 짓은 하지 않고 살았으며, 항상 자기 스타일대로 혼자 인생을 즐기고 있었던 듯하다.

그는 전장에도 나가지 않았으며, 함부로 신하를 죽이지도 않았다. 수치를 모르는 사람이라고 비판받은 일은 있어도, 그는 지지 않으려고 기를 쓰지도 않고 뽐내지도 않으면서 만족스러운 삶을 보냈을 것이다.

요컨대 유선은 촉나라의 2대 황제로서 태어났기 때문에 나쁜 것이지, 평범한 한 시정인이었더라면 무난한 인생을 보낼 수 있었을 것이 틀림없다.

이에 대해 조비는 40년이라는 짧은 삶을 세차게 살았다.

조비의 삶은 꽃의 생명처럼 아름다웠지만, 그러나 스트레스의 연속이었을 것이 틀림없다.

한편 유선의 긴 삶은 그야말로 취생몽사였다고 할 수 있을 것이다.

세차고 그리고 긍지가 높고 짧은 삶을 보낸 조비와, 멍청이로서 무난하게 긴 삶을 마친 유선. 삼국시대 이들 두 사람의 후계자 중 어느 쪽의 생활태도에 좀더 높은 평가를 내리느냐 하는 것은, 사람과 시대환경에 따라 다를 것이다.

그리고 어느 쪽이 인간으로서 행복했는가? 이것도 경솔하게 말할 수는 없는 일이다.

공손씨 4대

공손씨 4대

□ 역경에 일어난 공손도(公孫度)

중국 본토에서 위·오·촉의 삼국이 중원에서 사슴을 쫓고 있을 무렵, 중국의 동북 지구로부터 한반도에 걸쳐서 한 나라가 있었다.

이 나라는 요동(遼東)의 공손씨(公孫氏)가 세운 것으로, 나중에 자립하여 연(燕)이라고 부르게 되는데, 3세(世) 4대로 멸망했다. 한낱 지방정권에 지나지 않았으며 중앙에서의 대세가 정해지기 시작했을 무렵에는 역사의 무대에서 물거품처럼 사라져 갔다.

그렇지만 이 요동의 지방정권은 치열한 패권싸움이 한창인 중국과 한국 및 일본 사이에 끼어 나름대로 확실한 역할을 한 것이다.

공손씨의 영토는 만주에서부터 압록강 유역에 이르고 있었다. 그 판도는 꽤 드넓었다. 만일 역사의 톱니바퀴가 어긋났더라면 지금의 「삼국지」 아닌 「사국지」가 되었을지도 모른다.

요동의 공손씨에게 비극이었던 것은 중국 본토의 중심부에서 너무나도 멀리 떨어진 곳에 위치하고 있었다는 것이다. 정보가 부족한 가운데서 아무리 발버둥쳐 봤자 패자가 될 수 없는 숙명 아래 있었다.

요동의 공손씨가 역사에서 차지한 역할은 말하자면 「삼국지」의 외전(外傳)에 해당된다. 위·오·촉의 삼국 사이에 틈만 있으면 비집고 들어가려고 하면서, 줄타기와 같은 외교를 펼쳤으나 결국은 스스로 무덤을 파고 자멸해가게 된다. 주인공은 아니지만 역사의 진행에 있어서 시종 필요한 역을 맡았던 것이다. 역사는 때로 이와 같은 촉매 비슷한 존재를 필요로 한다. 그 촉매가 한 역할은 거의 평가되는 일이 없으며, 완성된 결과로서 역사만이 후세에 전해지게 된다.

공손씨는 요동 양양(襄陽) 출신이다. 초대인 공손도의 아버지 연(延)은 '관리를 피해' 현도(玄菟)에 있었다 하므로, 요동군에서 뭔가 좋지 않은 일을 저지르고 현도군으로 흘러온 것으로 보인다.

이 무렵 동북 지구에서부터 한반도 사이에는 한황조의 지배가 미치고는 있었지만, 변경 땅이기 때문에 매우 어지러웠던 모양이다. 한나라 무제가 원봉(元封) 3년(108)에 한사군을 설치했다. 낙랑(樂浪)·진번(眞蕃)·임둔(臨屯)·현도(玄菟)의 한사군이다.

그 중에서 진번과 임둔의 2군은 군으로서의 기능을 상실하고 있었다. 낙랑군은 현재의 평양 부근에 있었다. 또 현도군은 소제(昭帝) 시원(始元) 5년(BC 82)에 요동 방면으로 옮겨졌다. 요동군보다 약간 동쪽에 현도군이 있었던 것이다.

그 무렵 현도 태수는 공손역(公孫域)이라는 사람이었다. 공손도가 아버지 대에 이곳으로 이주해 온 것은 이 사람을 의지하고서였을 것이다. 같은 공손이라는 성을 가지고 있는 먼 일가였던 모양이다. 아무튼 공손도는 처음에는 공손역 밑에 있었다. 현도군의 낮은 벼슬아치로 등용된 공손도는, 그렇지만 먼 일가의 연줄로 손에 넣은 벼슬아치 자리에 안주할 인물이 아니었다.

마침 현도성에 있던 중랑장인 서영(徐榮)이라는 인물에게 접근하기 시작했다. 서영은 삼국지의 전사(前史)라고도 할 수 있는 시대에 권력을 잡고 있던 동탁의 부하였다. 이 무렵이 되면 한황조의 위령(威令)은 땅에 떨어진 상태여서 헌제를 안고 있는 동탁이 권력을 잡고 제멋대로 인사를 집행해도 아무도 시비를 걸지 못했다.

□공손도, 요동후 유주목을 칭하다

공손도는 공손역으로부터 서영으로 후원처를 바꾸고 요동태수의 지위로 올라갔다. 동탁·서영이라는 연줄을 이용했을 뿐만 아니라 본인에게도 그만한 능력이 있었기 때문일 것이다.

아버지 대에는 쫓겨나다시피 떠난 요동으로 태수로서 복귀한 것이다. 아버지가 관리를 피해야만 했던 사정을 잘 알고 있는 사람도 적지 않았을 것이다. 요동군 안에는 불평분자가 많이 있었다. 사람들은 신임 태수를 아무튼 가볍게 보았을 듯하다. 공손도는 부임하자마자 과감한 방법을 택했다.

'군 안의 대성(大姓) 100여 가를 멸해 없애버렸다'고 하므로 대숙청을 한 셈이었다. 그 때문에 군 전체가 순식간에 부들부들 떨었다고 한다.

이렇게 해서 영내의 지반을 다져 놓은 다음 공손도는 군사외교 공세를 펴나갔다. 동쪽의 고구려를 치고, 서쪽으로 오환(烏桓)을 쳐서 그 종녀(宗女)를 부여족(夫餘族)에게 시집보내어 중립을 지키게 하는 등 재능을 발휘했다.

초평 연간(初平年間)(190~193)에는 요동군의 영토가 확대되었기 때문에 요서(遼西)·요중(遼中)의 2군을 분할하고 제멋대로 태수를 두게 되었다. 그 뒤에 발해를 건너가서 작전을 전개, 산동반도까지 손에 넣었다.

한황조가 망해 가고 군웅이 할거하는 중국 본토와는 상관없이 동북 지구에서는 공손도가 제멋대로 행동하고 있었다. 공손도를 요동의 공손정권의 초대(初代)로 삼는 이유가 여기에 있다.

사실 공손도는 요동후 유주목(遼東侯幽州牧)을 스스로 칭하고 아버지 연에게 건의후(建義侯)라는 이름을 추시(追諡)했으며, 이조묘

(二祖廟)를 세워 단선(壇禪 : 황제가 하늘에 제사지내는 곳)을 마련했다. 다시 말해서 황제가 되어 천하를 차지하겠다고 공언한 것이다.

조조가 깜짝 놀랐음에 틀림없다. 쇠퇴했다고는 하지만 명목상으로는 한황실이 존재하고 있었다. 촌놈이 제멋대로 지껄여대고 있다고 생각했을 것이다. 그러나 조조는 경험 많고 교활했다. 무위장군 승녕향후(承寧鄕侯)의 자리를 주어서 공손도를 회유하려고 했다. 그러나 공손도 쪽에서 조조의 봉작을 단번에 물리쳤다. '나는 요동의 왕이다. 어찌 승녕향후 따위를 받을 수 있으랴' 하고 인수를 무기고에 치워 버렸다고 하므로 창업자의 기개를 엿볼 수 있다.

위·오·촉의 삼국이 정립하기 이전에 일개 지방정권에 지나지 않던 공손씨가 이미 패자가 되려고 하는 결의를 품고 있었던 것이다. 작위 받기를 거부하자 조조의 체면은 완전히 손상된 셈이지만, 그런 일로 토벌군을 보낼 만큼 단순한 인물이 아니었다.

이와같이 요동의 공손씨가 자립하고 조조와의 사이에 모호한 관계를 유지하면서도 존재할 수 있었던 것은, 중원의 패권싸움에 바쁜 열강이 동북 지구까지 손이 돌아가지 않았기 때문이다.

후한 건안 9년(204)에 공손도는 죽고 아들인 강(康)이 뒤를 이었다. 공손씨와 조조의 관계는 대립도 아니고 동맹도 아니었지만 그 나름대로 안정되어 있었다.

건안 12년(207)에 조조는 오환을 정벌했다. 오환이라는 것은 요하(遼河) 상류에 살고 있던 동호(東胡)의 일파이며, '용건능리(勇健能理)한 사람을 뽑아 결투를 시켜서 이긴 사람을 대인(大人)으로 삼았다'고 할 정도이므로 활기있는 기마민족이었음이 틀림없다. 이때 오환의 후원자였던 원소의 아들 원상(袁尙)이 요동으로 망명해 왔다. 이때 공손강은 원상을 베어 그 목을 조조에게 보냈다. 정면으로 당당히 조조를 적으로 삼을 생각은 없었던 것이다.

그 일로 진공 지대로 되어 있던 요동은 조조의 토벌을 받는 일 없이 패권싸움의 권외에 있게 되었던 것이다.

그렇다고 그 내부가 안정되어 있었던 것은 아니었다. 공손강 뒤는 동생인 공손공(公孫恭)이 잇게 되었지만 그는 병약했다. 강의 아들 연(淵)은 숙부가 되는 공을 체포하여 실력으로 자리를 빼앗았다.

이런 내분이 있으면 결속이 약해지고 집단의 힘이 감소되고 마는 것은 어느 시대나 마찬가지이다.

□수세 때문에 망하다

건안 25년(220)은 후한이 멸망하는 해가 되었다. 전후 400년에 걸쳐서 중국에 군림했던 한제국은 이로써 사라졌다. 삼국정립 시대의 막이 열린 것이다.

조조는 이미 이 세상에 없었고, 그 아들 조비가 위나라의 문제로 대를 이었다. 그 이전부터 한황실은 이름만 있고 사실은 망한 상태였으며, 조씨의 꼭두각시가 되어 있었으므로 한나라의 영토를 모조리 상속한 셈이었다. 이에 비해 공손연의 요동정권은 초대의 공손도의 시대부터 영토는 조금도 늘지 않았다. 여전히 일개 지방정권에 지나지 않았다. 공손도가 천하를 제패하겠다 공언하고부터 3대는 무위하게 지내온 셈이 된다. 오로지 영토를 지키는 것에 급급했으므로 확장을 도모하는 일이 없었던 것이다.

그럴 때 천하통일을 노리는 위황조가 성립되었던 것이다.

강대한 위나라와 대치하여 요동은 갑자기 땅을 빼앗길 위험에 놓였다. 일찍이 공손도는 조조에 대해서 어디까지나 대등하게, 또는 그 이상의 태도를 보였다. 그런데 대를 이은 공손강이 다른 열강과 동맹해서 조조의 등 뒤를 찌르면 공손도가 공언했던 대로 천하를 빼앗는 것도 꿈은 아니었다. 그러나 공손강도 공손공도 수비로 돌아버렸다. 그리고 공손연의 시대가 되자 일개 지방 군벌에 지나지 않는 상태로 위나라의 위협에 직면하게 되었다.

공손연은 궁지에 몰린 상태에서 곡예사 같은 외교공세로 연명해 나갔다. 연은 아득히 먼 남방의 오나라로 사자를 보냈던 것이다. 위나라의 위협을 받고, 고육지책으로써 외교의 정석인 원교근공책(遠交近攻策)을 실행하려고 생각했던 것이다. 태화(太和) 2년(위나라 연호, 228)의 일이었다.

그러나 이 해에 연은 위나라로부터 요동태수로 봉해졌다. 조조의 봉작을 단번에 물리쳤던 조부 때의 기개는 이미 어디서도 찾아볼 수가 없었다. 한편으로는 위나라로부터 칭호를 받고 다른 한편으로는 오나라와 동맹하자는 것이었다.

오나라에 보낸 표문(表文)에서 공손연은 말했다.

'위나라는 충선(忠善)을 채록하고 공신을 포상할 줄 모릅니다. 그렇기는커녕 유주자사나 동래태수(東萊太守)의 그릇된 말을 신용하여 함부로 주병(州兵)을 일으켜서 신의 군을 해치려고 하고 있습니다. 신이 위나라를 의지하지 않았기 때문에 위나라는 국교를 단절했습니다. 인신(人臣)에는 거취의 분수라는 것이 있습니다. 전요(田饒)가 제(齊)로 가고 악의(樂毅)가 조(趙)로 달아난 고사에서 신도 배우려고 생각합니다. 아무쪼록 폐하는 신의 사모하는 뜻을 받아들여 빨리 대사업을 정하고, 나아가서 하락(河落)을 손에 넣어 성대(聖代)의 창시자가 되어 주십시오.'

연의 표문이 닿은 것은 오나라로서는 마침 좋은 시기였다. 위나라는 문제가 죽고 명제의 치세가 되어 있었는데, 대규모 남진작전을 계획 중이었다. 촉나라에서 유명한 '읍참마속(泣斬馬謖)'의 고사가 있었던 것도 이 해였다. 오군은 남하해 온 위나라 조휴(曹休)의 대군을 석정(石亭)에서 격파했다.

오나라의 손권은 당장 요동과의 동맹을 결심하고 태화 3년에 장강(張剛)·관독(管篤) 두 사람을 사자로 보냈다. 더욱 동맹을 강화하려고 생각하여 장군 주하(周賀)·교위 배잠(裵潛) 두 사람이 요동으로 향했다.

□위험한 외교

오나라 손권은 어디까지나 진심이었다. 전략상 남북으로부터 위나라를 공격하면 유리해지는 것은 확실하지만, 그러나 그는 요동의 힘을 과대평가하고 있었다. 이 기대는 공손연에게 준 손권의 조서에서도 충분히 엿볼 수 있다.

'짐은 부덕하지만 하늘의 명령을 처음으로 받고 밤마다 긍긍해서 잠을 잘 틈도 없을 정도이다. 지금 요동태수 연왕(燕王)이 있다. 오랫동안 위나라에 위협받아 한쪽에 멀리 떨어져 있었다. 즉 나라 일에 마음은 있어도 그 방법이 없었다. 지금 천명에 의해 두 사자를 보낸다. 짐이 요동을 얻은 것은 어떤 기쁨도 이보다 더한 것은 없다. 천하통일은 이에 정해진 거나 마찬가지이다. 특히 요동에는 조은(詔恩)을 받들고 거국적으로 자세하게 이 기쁨을 알려 주도록 명령하는 바이다.'

오나라는 요동을 후원하려고 하고 있었다. 전국시대 연(燕)나라의 옛 땅이며 상당히 국력을 축적하고 있음에 틀림없다고 믿고 있었다.

그러나 공손연은 태도가 분명치 않았다. 양쪽 외교를 하려고 하여 233년에는 위나라로부터 요동공(遼東公)으로 봉해졌다. 오히려 이것은 당연한 일일지도 모른다. 공손연이 위나라와의 전쟁을 시작한 것도 아니기 때문이다. 위나라와의 관계는 악화된 것이 아니었다. 오나라와 동맹을 맺은 것은 오지에 있는 나라로 위나라와 오나라의 어느 쪽이 이기더라도 어떻게든지 존립할 수 있도록 보험을 든 거나 마찬가지이다. 그런 판국에 오나라는 자기 나라와의 동맹을 대대적으로 선전하고 싶다고 하는 것이었다. 공손연으로서는 난처하게 되었다.

그때 오나라는 대규모 사절을 보냈다. 이번에는 단순한 사절이 아니었다. 대상(大常) 장미(張彌)·집금오 허안(許晏)·장군 하달 등 3명의 정사(正使) 외에 장병 1만 명, 금보진화, 구석비물(九錫備物) 등이 오나라를 출발했다. 장병 1만 명은 실수(實數)는 아니겠지만, 아무튼 일대 군사고문단을 파견해서 본격적으로 요동을 지원할 생각이었다. 이만큼 노골적으로 하는데 위나라가 모르고 넘어갈 리가 없었다.

오나라의 대선단은 무사히 요동에 도착하여 양평으로 인도되었다. 그렇지만 요동의 사정은 크게 바뀌고 있었다. 이 일을 위나라가 알게 되어 위나라로부터 배신행위에 대한 문책을 당하고 공손연은 부들부들 떨고 있었던 것이다. 북중국 일대에 군림하고 있는 위나라와 정면으로 싸울 힘이 공손연에게는 없었기 때문이다.

□ 자멸을 재촉한 기책

여기서 공손연은 또다시 기묘한 꾀를 썼다. 오나라 사신인 장미·허안의 목을 베어 위나라로 보내고 말았다. 어처구니 없는 일을 당한 것은 오나라 사람들이었다. 일부러 요동까지 찾아왔는데 이렇게 되고 보니 무엇을 하러 왔는지 알 수 없었다.

그렇지만 정사 2명은 모살했다고 해도 오나라 사람은 일대 집단이었다. 전원을 학살할 수가 없었던 것은 오나라에 걸고 있던 모험에도 이유가 있다. 공손연은 오나라 사람들을 분리해서 여러 현에 가두고 중원의 귀추가 결정되기를 기다리기로 했다.

여기에 진단(秦旦)·허군(許群)·두덕(杜德)·황강(黃疆) 등 4명의 중사(中使)가 있었다. 그들 4명은 현도군에 유치되었다. 현도군은 호수 200, 태수는 왕찬(王贊)이었다. 옛날엔 무제 4군 중의 하나이지만, 삼국시대가 되자 변경의 한촌으로 떨어지고 말았다. 4명은 현도군에 감금되었는데 40일쯤 지나자 마침내 탈출을 결의했다.

그 중의 한 사람인 진단이 말했다.

"우리는 나라의 명령을 욕보이고 지금 멀리 이곳에 버려졌다. 이렇다면 죽은 거나 마찬가지 아닌가. 이 현도군의 형세를 보니 매우 취약하다. 만일 여기서 마음을 합해서 성곽을 태워 버리고, 태수 왕찬을 죽여 나라의 수치를 갚고 그런 다음에 죽으면 더 이상 미련은 없다. 헛되이 살아남아서 죽을 때까지 포로로 되는 것과 어느 쪽을 택하겠는가?"

그래서 함께 행동하자고 결의를 다졌다. 그러나 불과 200호의 한 촌이라고는 하지만 경비가 엄중했으며, 태수를 죽인다는 것은 성공할 것 같지 않았다. 하는 수 없이 4명은 성벽을 넘어서 몰래 탈주했다.

오나라 사람 일행은 산중으로 도망쳐 들어가 산나물을 캐먹으면서 걸어가기를 6, 700리, 이제는 추격대를 무서워할 필요는 없어졌지만, 다음 문제가 생겼다. 허군이 앉은뱅이 걸음을 해서 함께 갈 수가 없게 되었다고 했다. 큰일이었다.

그래도 두덕이 허군을 돌보면서 여행을 계속했다. 그렇지만 험한 산길에 접어들어 더 이상은 전진할 수 없게 되었다. '일동은 풀 속에 누워서 서로 슬피 울었다'고 씌어 있다.

허군이 말했다.

"나는 상처가 심하다. 머지않아 죽을 것이다. 당신들만이라도 빨리 가라. 바라건대 반드시 도달하는 곳이 있기를! 서로 돌보면서 가도록 하라. 골짜기에서 죽어 봤자 무슨 소용이 있겠는가."

이에 두덕이 대답했다.

"다른 나라 땅에 떨어져 있는 동안 우리는 삶을 함께 해왔다. 지금 당신을 버리고 갈 수는 없다."

언제까지 의론해 본들 끝이 없기 때문에, 상처 입은 허군을 그곳에 남기고 두덕이 먹을 것을 가지고 와서 보살펴 주기로 했다. 그리고 다른 2명 진단과 황강은 길을 계속 가기로 했다.

두 사람은 요동의 세력 범위를 탈출하여 동쪽으로 전진하다가 마침내 인가가 있는 곳으로 나왔다. 무슨 목표가 있어서 탈출한 것은 아니지만, 이상한 계기로 중립국 고구려에 도착한 것이었다. 그들은 환도성(丸都城)에서 왕을 면회하게 되었다.

사정을 이야기하고 손권의 조서를 보여주었다. 고구려측은 매우 호의적으로 대해 주고 수색대를 보내어 버려 두고 온 두 사람의 오나라 사자까지 구해 주었다. 다시 4명의 오나라 사자는 25명의 고구려 사자와 함께 담비 모피 1000장과 산새 깃털 10구를 선물받아 가지고 오나라로 돌아갔다.

기적적으로 살아 돌아온 진단 등 4명은 손권으로부터 후하게 보답받았다. 동아시아의 세력 분포는 뜻밖의 방향으로 발전하기 시작했다. 요동의 공손연에게 배반당한 오나라는 고구려와 통교하기에 이른 것이다.

오나라로부터 사굉(謝宏) · 진순(陳恂) 두 사자가 사례품을 가지고 고구려로 건너갔다. 이번에는 오나라도 조심을 했다. 왕과의 회견에서는 실력을 행사하여 30여 명을 인질로 잡은 다음 교섭을 시작했다. 답례로써 고구려는 100마리의 말을 선물했으며, 그 중의 80마리가 오나라에 도착했다고 한다.

□ 멸망

더욱더 궁지에 빠진 것은 공손연이었다. 일단 오나라 사자의 목을 낙양으로 보내어 위나라와 화해하기는 했으나 이합집산은 난세에 흔히 있는 일이었다. 위나라로서도 쉽사리 공손연을 신용해 주지는 않았다. 더구나 이번에는 노나라와 고구려에 의해서 배후를 위협받게 되고 말았다.

오나라는 동맹할 상대를 구하고 있었다. 요동·고구려와의 관계와 병행해서 손권은 황룡(黃龍) 2년(230)에 이주(夷州) 및 단주(亶州)를 찾기 위해 장군 위온(衛溫)·제갈직(諸葛直)에게 무장 병사 1만 명을 주어 출범시켰다.

이 무렵 공손연은 줄타기 외교의 결과 멸망할 지경에 빠져 있었다. 위나라로서도 공손연을 방치할 수가 없게 되었다. 언제 또 배반할지 몰랐기 때문이다. 공손연의 성격은 위나라에서도 잘 알고 있었다. 엉뚱한 기책을 생각해 낼 뿐이며, 좀처럼 실행에 옮기지 못하는 우유부단한 사나이였다. 책사로서는 쓸모가 있지만 한 나라의 왕이 될 만한 인물은 아니었다.

공손연이 자립한 것은 위나라의 경초(景初) 원년(237)의 일이었다. 위나라로부터 문책 사자로서 파견된 유주태수(幽州太守) 관구검(毌丘儉)을 격파하고 스스로 연왕(燕王)이라고 자칭했던 것이다. 이미 오나라와의 교류에서는 공손씨는 전국시대 연나라 이름을 자주 쓰고 있었다. 그러나 연왕으로서의 공손연의 지위는 1년도 계속되지 못했다.

공손씨는 그 이전에 몇 번이나 위나라와 싸울 기회가 있었다. 예를 들면 공손강의 시대라면 한황실을 둘러싼 불화에 참가할 수도 있었다. 또 오나라와 동맹하여 남북으로 협공을 했더라면 이길 가능성도 없는 것은 아니었다.

그러나 창업자인 공손도 다음 대에 걸친 후계자는 자기 영토를 안전하게 지키는 일에만 얽매여 공세로 나가야 할 때에 결단을 내리지 못했다. 그리고 궁지에 몰려서 고립되었을 때가 되어서야 겨우 위나라와 대결하기로 결단을 내렸지만 때는 이미 늦었다.

위나라는 공손연을 공격했다. 공손연은 위군이 출동했다는 말을 듣고 그렇게까지 지독하게 대했던 오나라의 손권에게 구원을 요청했다. 손권은 '적의 적은 우리 편이다'라는 인식 때문인지 이 요청을 받아들이고, 원정군을 보내어 격려했다.
　공손연군은 어이없이 무너지고 공손연은 참수되었다.
　이렇게 해서 요동의 공손씨정권은 3세 4대로써 완전히 멸망했다. 역사의 촉매로서의 역할을 끝낸 것이다.

화타

□천하 명의

중국은 5000년 역사 가운데 매우 많은 명의들을 배출했다. 그중에서도 후한 끝무렵부터 삼국시대에 걸쳐서 크게 활약했던 화타(華佗)는 그 평가가 매우 높다. 특히 그는 마취약을 쓰는 외과의학의 개조로 알려져 있다. 그밖에도 그는 내과·산부인과·소아과·침구·예방위생·건강증진 등 각 분야에서 뛰어난 재능을 발휘했다.
「위서」'화타전'에는 이렇게 기록되어 있다.

그는 양상술(養上術)에 통해 있었다. 세상에서는 그를 평하기를 '저 사람은 나이가 100세나 되는데도 아직 정정하다.'
또 화타는 약의 처방에도 정통해 있었다. 병상에 따라 여러 가지 생약을 합쳐서 달여 먹인다. 그리고 그 조제는 적당히 눈짐작으로 하였으며 저울 같은 건 쓰지도 않았다. 그리고 약을 줄 때 몇 마디 주의를 할 뿐, 그밖에는 아무런 주문도 없었다. 그것으로 병을 낫게 했다.
침이나 뜸을 놓을 때도 몇 군데만 놓으면 그대로 병이 고쳐졌

화타

다. 그리고 화타는 침을 놓을 때면

"여긴 혈(穴)이 되는 곳이니 달리 느껴지면 말을 하시오."

환자가 그렇다고 대답하면 곧 침을 빼고 환자의 개운해하는 모습을 물끄러미 바라보았다.

그 역시 자신의 신기에 놀랐던 것이다.

그리고 그는 만약에 환자의 병이 몸 안에 있어서, 침이나 약으로 치료할 수 없을 경우에는 서슴없이 절개수술을 했다. 마비산(麻沸散)이라는 마취약을 먹이면 환자는 죽은 듯이 잠들어 버렸다. 그 사이에 칼을 들어 병의 자리를 잘라냈다. 만일 환부가 창자 속에 있으면 배를 갈라서 그것을 끄집어 내고는 다시 그 자리를 꿰매고 고약을 발라두었다. 이렇게 해두면 불과 며칠 뒤에는 상처도 아물고 통증도 없어진다. 한 달만 휴양하면 완전히 낫게 된다.

그는 진단과 치료의 구체적인 임상례까지 기록해 놓았다. 그 일부를 소개하면 다음과 같다.

① 이세(伊世)라는 관리가, 수족의 힘이 빠지고 입이 마르며 사람들과 말을 하려면 초조해지고 소변 보기가 힘들게 되었다고 호소해 왔다. 이 때 화타는

"뜨거운 식사를 드시오. 그때 땀이 나게 되면 병은 다 나은 거요. 그러나 만약에 땀이 나지 않으면 앞으로 2, 3일밖에 더 살지 못할 거요."

이세는 뜨거운 식사를 들었으나 땀이 나지 않아 3일 뒤에 죽고 말았다.

② 염독(鹽瀆)이라는 곳으로 왕진 갔다가 마침 어느 잔치 자리에 참석하게 되었다. 그 자리에 엄흔이라는 사람이 참석하고 있었다.

화타는 그의 얼굴을 보고 물었다.

"어떠시오, 몸은?"

"아니 별로……."

"당신 얼굴에는 병증이 나타나 있소. 술을 너무 많이 들지 마시오."

엄흔은 집으로 돌아가는 도중에 수레에서 떨어져 그날 밤 안에 죽고 말았다.

③순시관인 돈자헌(頓子獻)이라는 사람이 병에 걸렸다가 완쾌되었으나 만약을 몰라 화타에게 진맥을 봐 달라고 했다.

"아직 완쾌되지 않았소. 무리하지 마시오. 특히 방사(房事)는 금물이오. 만약에 방사를 하게 되면 죽게 되오."

그러나 돈자헌의 아내는 남편 병이 나았다는 말을 듣고 멀리서 그의 임지로 찾아왔다. 그날밤 잠자리를 함께 했다. 그랬더니 3일 뒤에 돈자헌의 병이 재발하여 화타가 말한 대로 죽고 말았다.

④어떤 군의 태수가 병이 들었다. 화타는 이 병이 환자가 화를 내면 나을 것같이 보였다. 그래서 태수에게 엉뚱하게 많은 치료비만 받고 별로 치료도 해주지 않고 돌아가 버렸다. 그뿐 아니라 쪽지까지 써놓아 태수를 우롱했다.

태수는 마침내 화를 냈다. 사람을 시켜서 돌아가는 화타를 죽이려 했으나 태수의 아들이 화타의 치료법을 알게 되어 그 계획은 취소되었다. 태수는 분통이 터져 새까만 피를 2되나 토했다. 그 순간 그의 병은 거뜬하게 나았다.

⑤어떤 사대부가 화타의 진찰을 받았다. 그때 화타는 이렇게 진단을 했다.

"병근이 깊어서 배를 갈라야겠소. 그러나 수술을 한다 해도 꼭 병근을 완전히 도려낼 수가 없으며, 또 그대로 두면 앞으로 10년밖에 살지 못하오."

그러나 그는 수술해 줄 것을 애원했다. 수술 결과로 통증은 없어졌으나 10년 후에 죽고 말았다.

□ 오금(五禽)놀이

화타는 병의 치료나 외과수술뿐 아니라 병에 대한 예방이나 건강 증진에 대해서도 뛰어난 식견을 가지고 있었다. 유명한 '오금놀이'는 그 좋은 보기가 될 것이다.

그는 제자 오진(吳晉)에게 이렇게 말했다.

"사람의 몸이란 언제나 움직이고 있어야 한다. 지나친 운동은 피해야 하지만 적당한 운동은 소화력을 촉진시키고 혈액순환을 원활히 하여 병을 예방할 수 있다. 그것은 꼭 문짝이 늘 움직이고 있으니 좀이 슬지 않는 것과 같다. 그러므로 옛사람들은 도인술(導引術)이나 유연한 체조를 하며 관절을 움직이고 언제까지 젊음을 간직할 수 있도록 힘썼다. 나에게도 그와 비슷한 것이 있는데 그것을 '오금놀이'라고 하지.

즉 호랑이·곰·원숭이·새 등 다섯 가지 동물의 동작을 흉내내는 것인데, 이것을 하게 되면 병을 예방하고 건강을 증진시킬 수가 있다. 너도 몸이 좋지 않을 때는 한번 해 보도록 하라. 땀이 나고 몸이 개운해지며 식욕도 나아질 것이다."

오진이 그대로 실행해 보았더니 90세가 넘어도 귀나 눈이 어두워지지 않았고 이도 빠지지 않았다.

또 화타에게는 번아(樊阿)라는 제자가 있었다. 그는 침을 잘 놓았다. 보통 의사들이 '등과 허리에 마구 침을 놓아서는 안 된다. 부득이하여 침을 놓아야 할 경우에는 깊이 4푼을 넘어서는 안 된다'라고 말하고 있으나, 그는 언제나 등에는 한두 치, 허리에는 대여섯 치 깊이까지 침을 놓아 그 자리에서 고치곤 했다.

이 제자가 어느 날 화타에게 건강증진 약을 지어 달라고 하자 칠엽청점산(柒葉靑黏散)을 지어 주었다.

이것은 칠엽 부스러기 1되, 청점 부스러기 14되 가량의 비율로 조제한 것으로, 오장을 강화시키고 몸을 가볍게 하며 머리카락을 언제까지나 검게 유지할 수 있는 데 특효가 있었다. 번아가 그 약을 계속 복용했던바 그는 100살이 넘도록 장수했다.

여기에 나오는 칠엽은 도처에서 볼 수 있는 것이지만 청점은 지절 (地節), 또는 황지(黃芝)라는 이름으로 불리는 것으로 특정 지역에서만 나는 약초이다.

□마지막

화타의 높은 평판은 마침내 권력자 조조에게까지 전해지게 되었다. 때마침 조조는 심한 두통으로 고생하고 있었다. 그래서 화타를 불렀다. 화타가 침을 놓자 조조의 두통은 언제 그랬느냐는 듯이 가라앉았다.

그런데 조조는 두통이 자주 일어나게 되어 화타를 한시도 그의 곁에서 놓아 주지를 않게 되었다. 그러나 화타는 선비의식이 강했으므로 한낱 의사로서 대접을 받는다는 점에 불만을 품고 있었다.

어느날 화타는 조조에게 말했다.

"공의 병은 쉽게 고쳐지지는 않을 것입니다. 느긋하게 양생을 하셔야 합니다. 제 집에서 편지가 왔으니 잠깐 다녀와야 되겠습니다."

고향으로 돌아온 화타는 아내가 병들었다고 핑계를 대면서 귀경을 연기했다. 조조로부터는 몇 번이나 귀경하라는 독촉을 받았지만 이 핑계 저 핑계로 돌아가려 하지 않았다.

그러자 화가 난 조조는 부하를 시켜 화타가 어떻게 되었는지 알아보게 했다. 그때 화타의 아내가 정말로 병들어 있다면 콩 40섬을 보내기로 하고, 만약 그것이 거짓말이라면 당장 체포하여 죽이라고 명했다.

이렇게 해서 결국 화타는 체포되어 서울로 호송, 투옥되었다. 그러나 그 당시 서울에는 화타의 의술을 애석하게 생각하는 사람들이 많았다. 그때 순욱이 조조에게 이렇게 말하며 한 번 다시 생각해 보기를 권했다.

“화타의 의술은 세상에 다시 없을 정도로 영험이 있고 뛰어납니다. 수많은 사람의 생명이 그에게 달려 있습니다. 그 점을 생각하셔서 죽이지 말도록 하십시오.”

그러나 조조는

“이런 자쯤은 세상에 넘치도록 많아.”

결국 화타를 죽이고 말았다.

화타는 그가 죽기 직전 한권의 의서를 옥리에게 내주면서 이렇게 말했다.

“이것만 있으면 사람들의 목숨을 건질 수 있을 것이오.”

그러나 그 옥리는 후환이 두려워서 그걸 받으려 하지 않았다. 화타도 억지로 맡기려 하지 않고 불에 태워 버렸다.

화타를 죽이고 난 뒤로도 조조는 여전히 두통 때문에 고생했다.

“화타는 이 두통을 곧잘 고쳐 주었지. 그런데 지금의 주치의는 병만 더 짙게 하고 질질 끌면서 그 지위만 지탱하려고 한다. 그러나 이제 와서 이런 놈들을 죽여 봤자 무슨 소용이 있겠나. 아무래도 내 병을 고치는 자는 없을 것 같다.”

그리고 또 조조는 그가 사랑하는 아들 조충(曹沖)이 중병에 걸렸을 때 몹시 가슴아파했다.

“아아 화타를 죽인 죄로 내 아들까지 죽이게 되는구나.”

좌자와 관로

□ 조조를 농락하다

옛날 중국에서는 의술을 비롯하여 선술·복술·요술 등등 사람이 하는 것으로는 믿어지지 않는 묘한 기술을 통틀어 방술(方術)이라고 불렸으며, 그런 일에 종사하는 사람을 방사(方士), 또는 방술지사(方術之士)라고 불렀다. 화타도 그런 방술지사인 셈이지만 여기서는 요술과 복술의 명인이 보이는 방술을 소개하기로 한다.

먼저 요술사 좌자(左慈)에 대해서 말하겠다.

좌자는 어렸을 때부터 신도(神道), 즉 불가사의한 기술을 알고 있었다. 어느 날 조조가 베푸는 연회에 참석했을 때 일이었다. 조조가 매우 기분이 좋아져서 좌중을 둘러보며

"오늘 잔치는 매우 성대하군. 천하 진미가 다 갖추어졌다. 그러나 섭섭하게 송강(松江)의 쏘가리가 없구나."

송강은 태호(太湖)로부터 흘러내리는 강으로서 이 강에서 잡히는 쏘가리는 맛이 좋기로 이름이 나 있었다.

그때 말석에 앉아 있던 좌자가 앞으로 나서서

"그러시다면 제가 곧 잡아올리겠습니다."

그러고는 구리 대야에 물을 가득 담아놓고 낚시에 미끼를 꿰어 드리우자 웬일인가 쏘가리가 걸려나왔다.

조조는 만면에 희색이 가득하여 손뼉을 치며 좋아했다. 그 자리에 있던 사람들은 모두 어안이 벙벙해지고 눈이 휘둥그레졌다.

"한 마리만으로는 좀 서운하군. 좀더 낚아 보게."

좌자는 다시 낚시를 드리웠다. 그런데 이번에는 3자나 되는 큰 쏘가리를 낚았다. 그것은 곧 그 자리에서 회를 쳐서 잔치상에 올려졌다. 이번에는 조조가 또 말했다.

"이제 쏘가리는 생겼지만 여기에 촉나라에서 나는 생강을 넣어야 제맛이 날 텐데."

그러자 좌자가 대답했다.

"걱정없습니다."

그러자 조조는 이상한 생각이 들었다.

'이놈이 근방에서 나는 생강으로 대용하려는 게 아닐까.'

하고 다시 다짐을 받았다.

"내가 지금 비단을 사기 위해 촉나라에 사람을 보냈다. 네가 거기 가면 그 자를 만나서 2필만 더 사오라고 해라."

얼마 뒤에 좌자는 그 생강을 가지고 돌아왔다. 물론 그 사자의 소식도 갖고 왔다.

나중에 그 사자가 돌아왔을 때, 그때의 좌자의 일을 물어보니 모든 것이 사실과 다름없이 완전히 부합되었다.

그런 뒤의 어느 날, 조조는 100여 명이나 되는 관리들을 데리고 교외에 나갔다.

여기에 동행했던 좌자는 술 한 되와 건포 한 근을 가지고 가서 관리들 한 사람 한 사람에게 나눠주었다. 그런데 거기에 있던 사람들이 모두 그 술을 마시고 취했으며 고기도 배불리 먹었다.

이 광경을 보고 조조는 이상히 여겨 그 사실을 조사해 보도록 명했다. 그랬더니 그 근방에 있는 술집의 술과 건포가 모두 바닥이 나 있었다. 여기에는 조조도 무서운 생각이 들어 그를 잡아 죽이려 했다. 그런데 순간 좌자는 뒤로 몇 걸음 물러서는가 했더니 모습을 감추고 말았다. 그 행방을 찾아 헤매던 관리가 시장에서 그를 만났다. 다시 체포하려 하자 시장에 모인 사람들이 모두 좌자의 모습으로 변해 버려 누가 진짜인지 알 수 없게 되었다.

얼마 뒤에 양성산 위에서 또 좌자를 만났다. 그를 쫓아가자 그는 양떼 가운데로 도망쳐 버렸다.

그를 도무지 체포할 수 없게 된 조조는 양떼를 보고 이렇게 말하라고 부하들에게 일렀다.

"이젠 죽이지 않을 것이다. 그대의 기술을 시험해 봤을 뿐이다."

그 말이 미처 떨어지기도 전에, 한 마리의 늙은 양이 앞발을 쳐들고 말했다.

"그래야지요. 그래봤자 아무 소용 없는 일이오."

그때 관리들이 일제히 달려들어 그를 잡으려 했다. 그러자 수백 마리나 되는 양들이 그 늙은 양으로 변하여 앞발을 들고 소리 질렀다.

"그래야지요. 그래 봤자 아무 소용이 없는 일이오."

그 뒤로는 좌자의 행방을 알 수 없게 되었다.

□미래를 아는 힘

관로(管輅)는 8, 9세 때부터 밤하늘을 쳐다보기를 좋아하고, 사람을 만나면 별이름을 묻느라 밤새도록 잠을 이루지 못했다. 천체에 미쳤다고나 할까. 이것을 보고 매우 걱정이 된 부모는 어떻든지 그를 달래어 그런 일을 그만두게 하려 했다. 그러나 소년 관로는

"닭이나 거위도 때를 알리는데 하물며 사람이 왜 그걸 못한단 말입니까?"

하면서 막무가내였다. 마침내 관로는 성인이 되면서부터 「역경」에
심취하여 점복의 비결을 터득하게 되었다.

관로의 복술은 어떤 것이었을까?

그 보기를 몇 가지 들어 보겠다.

관로가 아버지와 함께 이조현(利漕縣)이라는 곳에서 살고 있을
때의 일이다.

이곳의 곽씨 삼형제가 차례로 앉은뱅이가 되었다. 그 원인을 관로
에게 물어보자 그는 이렇게 대답했다.

"곽씨 대대의 묘소에 여자의 혼령이 있다. 그런데 그것은 곽씨 집
안의 혼령이 아니라 그 어머니의 숙모다. 일찍이 크게 흉년이 들
었을 때 그녀는 가지고 있던 식량을 모조리 뺏긴 데다 우물에 밀
어넣어져 죽었다. 그때 그를 밀어넣은 그놈은 우물 위에서 큰 돌
을 우물 속으로 던졌다. 아무 죄도 없이 죽게 된 그녀의 혼령이
하늘에 이 원한을 호소한 것이다. 그때 식량을 뺏고 그녀를 죽인
자가 바로 그대들 아버지였다."

이 말을 듣고 삼형제는 크게 죄를 뉘우쳤다고 하나 그 후문은 알
려지지 않고 있다.

또 이런 일도 있었다. 광평(廣平)에 사는 유봉림이라는 사람의
아내가 중병이 들어 벌써 관 준비까지 해놓고 그녀의 죽음을 기다리
고 있었다. 때마침 정월이어서 그는 관로에게 점을 치러 왔다.

"부인의 수명은 8월 신묘 정오까지요."

그러나 유봉림은 '이토록 중태에 빠져 있는 아내가 앞으로 8개월
이나 더 살다니' 하면서 그의 말을 믿지 않았다.

과연 그 부인의 병세는 그 뒤부터 점점 나아갔다. 그러나 가을로
접어들자 다시 악화되어 관로의 예언대로 그날 그 시각에 죽었다.

또 열인현(列人縣) 지사였던 포자춘(鮑子春)은 학문이 깊고 덕이
높은 인물이었다. 그가 어느 날 관로를 만나서 이렇게 물었다.

“당신은 유봉림의 부인의 죽음을 정확히 예언했소. 나에게 그 비
법을 가르쳐 줄 수 없소?”

관로는 팔괘의 본질과 변화의 뜻을 설명해 주었다. 그것은 자로
재듯이 이론이 정연한 것이었다.

포자춘은 다 듣고 나서 감탄하여 외쳤다.

“나는 어려서부터 「역」을 논하기도 하고 산대로 점치기를 좋아했
었소. 그러나 그것은 앞 못보는 장님이 색깔을 알아보려 하는 것
이나 귀머거리가 소리나는 곳을 알아보려는 것 같아서 아무리 노
력해도 소용이 없었소. 그런데 오늘 당신의 설명을 듣고 보니 이
제까지의 내가 어리석었다는 걸 알게 되어 부끄럽기만 하오.”

그리고 이런 일화도 있다. 관로의 집안에 관효국(管孝國)이라는
사람이 있었다. 그는 척구(斥丘)라는 곳에서 살고 있었다. 어느 날
관로가 그곳에 놀러 갔다. 마침 손님이 두 사람 와 있었다. 손님이
돌아간 뒤에 관로가 말했다.

“저 사람들은 둘 다 천정(天庭 : ^이_마)과 입과 귀 사이에 흉기가 나
타나 있었다. 반드시 이변이 나타나서 둘 다 죽게 될 것 같다.”

그로부터 10일 뒤에 이 두 사람은 술에 만취하여 수레를 타고 돌
아오다가 도중에서 소가 놀라 장강(漳江)으로 빠지는 바람에 함께
물에 빠져 죽고 말았다.

또 이런 일도 있었다. 청하태수 예(倪)라는 사람의 집에서 머물
고 있을 때의 일이다. 때마침 가뭄이 들어 예는 그에게 언제쯤 비가
올 것인지 점을 쳐보도록 했다.

관로가 대답했다.

“오늘 밤 안으로 비가 올 것 같은데요.”

그런데 그때도 비가 올 조짐은 전혀 보이지 않고 햇볕만 쨍쨍 내
리쬐고 있었다. 동석했던 사람들은 모두 의아해했다. 그런데 저녁때
쯤 되자 갑자기 구름이 몰려들더니 천둥이 울리고 번개가 쳤다. 밤

중에 가서는 장대 같은 비가 쏟아지기 시작했다.

예 태수는 관로의 무서운 예지 능력에 탄복하여 깍듯이 예를 지켜 그를 대접했다.

위와 같이 관로의 점은 가까운 미래를 예지하는 것이 많았다. 먼 앞날은 몰라도 가까운 장래에 대해서는 백발백중으로 알아 맞혔다. 관로의 능력은 어디까지나 자연의 이법에 감응하여 조짐을 파악하는 특수한 기능을 몸에 익히고 있었기 때문이다.

사가인 범엽(范曄)도 「후한서」 '방술서' 서문에서 다음과 같이 말하고 있다.

"때로는 들을 만한 것도 있다."

"때로는 일을 하는 데 도움을 주기도 한다."

이 말은, 관상가나 점쟁이 집을 드나들기를 좋아하는 요즘에도 여전히 통용되는 진리인지도 모른다.

그런데 관로에 대한 소문은 그때의 권력자 사마소에게까지 들려왔다. 그 아우인 관진(管辰)이 관로에게 이렇게 말했다.

"형님, 대장군 사마소께서 형님이 오시기를 기다리고 계시오. 언제라도 좋으니 들르라고요. 어때요? 부귀도 이젠 차지할 때가 아닌가요."

이 말을 듣더니 관로는 길게 한숨을 내쉬며 말했다.

"난 내 일을 누구보다도 잘 알고 있다. 하늘은 나에게 굉장한 재능을 내려주는 대신 수(壽)는 주시지 않았어. 아마 47, 8세 정도의 수명이겠지. 딸아이의 시집가는 모습도, 며느리도 보지 못하게 될 거야. 만약에 그 이상을 살 수 있다면 낙양의 지사를 해보고 싶어. 나에게 범죄도 없고 분쟁도 없는 이상향을 만들 만한 능력이 있으니 말이야. 그러나 나는 태산에 올라 인간을 다스릴 수 없도록 운명지어져 있지. 할 수 없는 일이야."

"그런 걸 어떻게 아시오?"

"나에겐 이마가 약하고 눈에 정기가 없고 콧대가 약하다. 거기다 가 다리의 천근(天根) 등의 삼갑(三甲), 배의 삼임(三任)도 모두 없다. 즉 모두가 단명(短命)의 상이지. 그리고 내가 태어난 건 인 년(寅年)이었고 더군다나 월식이 있던 저녁이었다.

하늘에는 일정한 제도가 있고 인간은 그 궤도에서 벗어날 수 없 다. 다만 인간이 그걸 모르고 있을 뿐이지. 난 이제까지 100명 이 상의 사람들에게 그들의 죽음을 예언해 주었다. 그런데 모두가 그 대로 맞아들었잖지."

과연 관로는 자신의 말대로 그 다음해에 세상을 떠났다. 48살이 었다.

제2부
삼국지 인간경영 50계

제1장 궤계

제1계   만천과해 (瞞天過海) 의 계

하늘을 속이고 바다를 건넌다.

철벽 같은 적진의 포위를 돌파한 명장 태사자의 속임수

하늘은 모든 것을 안다. '하늘을 속인다'고 하는 것은, 백주에 사람들이 보고 있는 데서 무엇인가를 저지르려고 하는 것으로, 이 경우 두 가지 행동이 있다.

하나는, 맨손으로 호랑이를 때려 죽이고, 황하에 다리를 놓고 건너는 것 같은 무모한 용기를 가지고 성사 여부가 불투명한 일을 무턱대고 해보는 것이고, 다른 또 하나는 '습관'이나 관례, 눈의 착각과 같은 인간의 심리를 이용해서 상대방의 의표를 찌르는 행동이다.

전자는 우리가 취할 바 못 된다. 당연히 후자가 될 것이다. 이것은 '위장(僞裝)'이라고 해도 좋다. 상대방의 상식·습성과 같은 것을 역으로 이용하여 방심을 유발, 일거에 일을 성사시키는 것이다.

삼국지 시대에 오나라의 손책(孫策)을 섬긴 명장에 태사자(太史慈)라고 하는 사람이 있었다. 그의 젊은 날의 일화가 있다.

후한 말기, 북해국(北海國)의 재상인 공융(孔融)이 주둔지인 도창(都昌)에서 황건적의 대군에 포위되어 자칫 섬멸될지도 모르는 처지에 몰렸다.

태사자는 한때 공융으로부터 깊은 은혜를 받은 일이 있었으므로 곧 도창으로 달려가 남몰래 성 안으로 잠입, 공융을 만났다.

"우리가 살기 위해서는 긴급을 요하오. 가까운 평원현에 구원을 요청할 수밖에 없는데 이렇게 포위가 엄중해서는 어찌할 수가 없소."

이때의 평원현령은 나중에 촉나라를 일으키는 유비(劉備)였다.

공융의 한탄을 듣고 태사자는 이제야말로 옛 은혜를 갚을 좋은 기회라 여기고 자진해서 사자(使者)의 역할을 맡겠다고 나섰다. 불 속의 밤을 줍는 것과 같았다.

그러나 태사자에게는 나름대로의 승산이 있었다.

우선, 식사를 두둑하게 한 후 새벽을 기다린 태사자는 부하 두 사람을 거느리고 성문을 열었다. 탈출인가? 하고 황건적이 긴장하는 가운데 태사자는 유유히 말에서 내려 성의 참호 안으로 들어가 표적을 땅 위에 세우고 한가하게 활 연습을 하기 시작한 것이다.

이를 보고 적병들은 수상히 여겨 주목을 했으나 태사자는 준비한 화살을 다 쏘고 난 후 곧 성 안으로 돌아갔다.

이튿날도 마찬가지였다. 태사자는 사격 연습을 위해 나타났으나 황건적 가운데에서는 '또 연습인가?' 하고 경계심을 늦추어 대수롭지 않게 여기는 병사까지 나타나기 시작하였다.

3일째.

적군 장병들은 태사자의 사격 연습에는 주의하지 않고 오히려 지연되는 포위에 싫증이 나 제각기 잡담을 하고 있었다. 태사자에게 경계의 눈을 돌리는 사람은 한 사람도 없었다.

이때 태사자는 이러한 적의 상황을 확인하자 느닷없이 말을 채찍질하여 단숨에 포위망을 돌파했다. 평원현으로 달려가서 유비에게 구원군을 요청, 관우·장비 이하 3000명의 정예병을 데리고 와 성공적으로 임무를 수행하였다.

이 일화는 수비가 빈틈없다고 여기는 곳에도 반드시 방심이 생기고, 그 어떤 경우에도 '완벽'한 수비는 없다는 것을 말해준다.

유비의 허를 찌른 육손의 책략

황건의 난 이래, 관우·장비 등 의형제를 연이어 잃은 유비는, 주위의 만류에도 불구하고 이제까지 동맹 관계에 있던 오나라를 공격하기 위해 촉나라군을 직접 이끌고 성도(成都)를 떠났다.

장무(章武) 2년(222) 7월의 일이었다.

노여움에 불탄 유비는 오나라의 최전선인 무성(巫城)을 치고 자귀성까지 노도와 같은 진격을 계속하였다.

이러한 정세에 형주(荊州) 남부의 호족들도 들고 일어나 유비와 합류하였다.

동정(東征)은 한때 촉군의 일방적인 승리의 연속이었다. 이릉(夷陵)·효정(猇亭)의 성을 점거한 유비는 확대일로의 전선을 유지하기 위하여 무성(巫城)에서 이릉에 이르기까지 무려 700리 사이에 목책을 질러 수십 개의 진영을 치고 있었다.

한편, 이러한 유비의 공격에 대해서 오나라에서는 무명에 가까운 육손(陸遜)이 총사령관에 임명되어 유비를 맞아 싸우게 되었다.

육손은 후한의 성문교위(城門校尉)인 육우(陸紆)의 손자로, 구강군(九江郡)의 도위(都尉)인 육준(陸駿)의 아들이다. 오나라의 손권의 인척이 되는 명문 출신으로 키 8척, 미남자의 대장부였으나 이제까지 이렇다할 무공은 없었다.

그래서 함께 출진한 오나라 노장들은 육손의 솜씨를 의심했다. 유비도 그를 얕보고 장병들을 시켜 육손에게 막말을 퍼부었다.

유비는 육손이 화가 나서 치고 나오면 복병을 써서 일거에 결말을 낼 작정이었으나 육손은 도무지 움직일 기색이 없었다.

육손 진영에서도 혈기가 왕성한 장병들은 당장 공격하자고 건의하였으나 육손은 그것을 묵살했다. 산간에 아직도 살기가 감돌고 있다는 것이다.

그러는 동안, 연일 육손에게 욕설을 퍼붓던 촉나라 장병들은 어느 틈엔가 유비와 마찬가지로 적군의 총대장을 일개 겁쟁이로 여기게 되었다. 자기최면에 걸린 것이다. 마침내 복병들까지도 긴장감이 풀리고 장기간에 걸친 포진에서 오는 피로까지 겹쳤다.

'때는 지금이다.'

육손은 장병들을 모아놓고, 40개의 유비군 진영 중 하나씩 걸러 20개를 불로 공격하는 작전을 하달하였다.

촉군은 순식간에 불의 공격을 받아 무너지고 말았다. 이 싸움에서 유비의 수명도 단축되었다.

그러나 '만천과해의 계'는 다른 한편으로는 자신에게도 닥치는 경우가 있다는 것을 잊어서는 안 될 것이다.

허를 찌르면 또 허를 찔리게 된다. 병법의 묘미는 이런 곳에 있다 할 것이다. 이러한 오묘한 작용에 능통하지 않은 자가 어설픈 작전을 구사하면 오히려 적의 책략에 말려드는 결과가 되므로 주의해야 한다.

[포인트]

인간관계에서 말하자면, 사람이나 교섭을 '친숙'이나 '습관'과 같은 것으로 판단해서는 안 된다. '저 녀석은 그런 녀석이니까', '저 사람은 이제까지……' 하는 식으로 넘겨짚으면 돌이킬 수 없는 실책으로 이어진다. 그러나 남을 움직이기 위해서는 상대방이 이쪽을 넘보고 있는 점을 이용하면 좋은 계책이 될 수도 있다.

제2계 이간(離間)의 계

적 사이를 이간시킨다.

항우와 범증을 이간시킨 진평의 계략

이간이란 이중스파이를 말한다.

적을 의심에 빠져들게 하여 판단력을 빼앗는 것이 주안점이다. 이 '이간의 계'에는 허위 정보를 흘려 적 내부의 분열을 꾀하거나 적의 판단력을 현혹시키는 효과가 있다. 이때 정보를 흘리는 것도 적의 첩자를 이용하는 것이 가장 효과적인 것으로 여겨지고 있다.

주유(周瑜)가 옛 친구를 속이고, 적측의 주요 인물을 조조로 하여금 살해하게 한 솜씨는 '차도살인(借刀殺人)의 계'에서 살펴보기로 한다.

여기서는 이 계략을 꾸민 대선배로, 유방의 참모이기도 했던 진평(陳平)의 경우를 살펴보기로 하자.

유방군이 항우의 대군에 포위되어 고전을 면치 못했을 때의 일이다. 진평은 유방에게 하나의 책략을 올렸다.

"항우 아래에 있는 내로라 하는 무장들은 실은 범증을 포함하여 3~4명에 지나지 않습니다. 따라서 이번에는 황금을 준비하여 첩자를 이용, 적의 군신 사이의 이간을 꾀하는 것이 상책입니다. 항우는 감정적이고 중상(中傷)에 말려들기 쉬운 사람이므로 반드시 내분이 생길 것입니다. 이를 이용하여 공격하면 됩니다."

진평의 진언을 받아들여 유방은 결단을 내렸다. 곧 수만의 황금을 준비시켜 진평에게 전권을 맡기면서 말했다.

"자금은 넉넉히 사용하라. 그리고 사용처는 일일히 보고하지 않아도 좋다."

진평은 유방의 이 말에 용기백배했다. 황금을 물처럼 사용하여 첩자를 항우의 진영으로 보내는 한편, 항우 쪽 첩자로 여겨지는 자를 매수하여 세뇌를 한 후 이자들을 항우 진영으로 다시 돌려보내 다음과 같이 선전하게 하였다.

"항우군의 여러 장수들은 이제까지 큰 공을 세워왔다. 그러나 이에 대해 항우는 충분한 보수를 주지 않았기 때문에 유방 쪽의 보수가 좋은 데에 눈이 어두워 항우를 버리려는 움직임이 있다."

이러한 소문을 들은 항우는 자기 부하들을 의혹의 눈으로 바라보게 되었다.

또 항우로부터 온 사자를 맞이한 진평은 호화로운 연회석을 마련하여 환대하면서 새삼 놀란 것처럼 하며 이렇게 말하였다.

"범증님의 사자인 줄 알고 대접을 했는데 당신들은 항우님의 사자였나?"

진평은 준비했던 호화로운 요리를 급히 들고 나가게 하고 다시 허술한 요리로 바꾸게 했다.

사자들은 자기 진영으로 돌아가자 항우에게 자세히 보고하였다. 그렇지 않아도 항우는 자기 장군들에 대해 의심을 품고 있었으므로 이로써 항우는 완전히 범증을 의심하여 그 후부터는 범증의 말에 귀를 기울이려 하지 않았다. 화가 난 범증은 마침내 항우를 버리고 고향으로 돌아갔다.

진평의 '이간의 계'에 빠진 항우가 그 후 서서히 열세에 몰린 것은 두말할 나위도 없다.

[포인트]

대인관계에 있어서 싫은 사람일수록 '이간의 계'로 칭찬하면 어떨까? 연구하면 무궁무진한 수가 있다.

인간 심리를 이용한 최대의 계략

'이간의 계'는 「삼국지」에서 많은 예가 등장한다.

동탁(董卓)의 부장으로 동탁이 죽은 후 세력을 둘로 나눌 정도의 실력을 가진 이각(李催)과 곽사(郭汜)가, 조정의 태위(太尉) 양표(楊彪)에 의해서 이 계략이 사용되어 사이가 갈라졌고, 명군사(名軍師) 가후(賈詡)가 마초(馬超)와 한수(韓遂)의 사이를 이간시킨 것도 '감정의 어긋남'을 이용한 책략이었다.

떳떳치 못한 처사가 아닌가!

그러나 「삼국지」의 세계가 생존을 건 싸움을 긍정하고 있는 이상 당한 쪽이 모자라다고 할 수밖에 없다.

제갈량도 이 책략을 사용하였다.

월준군(越雋郡)의 태수 고정(高定)은 만왕(蠻王) 맹획(孟獲)과 손을 잡은 건녕(建寧)의 태수 옹개(雍闓)의 반란군에게 성을 내주고 만다.

게다가 고정은 반란군과 함께 영창군을 공략하려고 할 때 부하인 악환(鄂煥 : 키 9척, 방천극(方天戟)을 사용한다)이 촉나라 군대의 위연(魏延)에게 사로잡혔다. 제갈량은 악환을 석방하면서 되돌아가서 고정에게 명령에 순종할 것을 설득하게 하였다.

이것이 옹개의 의심을 사게 하였다. 다시 제갈량은 '이간의 계'를 써서 옹개에 살해되는 것을 두려워하는 고정을 이용하여 반대로 옹개를 유인하여 살해한다.

그래도 제갈량은 일부러 의심하는 체하여, 다음에는 같은 반란군 동지인 장가군 태수 주포(朱褒)도 고정으로 하여금 살해하게 하고, 그 공으로 고정을 익주 태수인 아문장(牙門將)으로 임명하였다.

그 밖에도 마속(馬謖)에 의한 '이간의 계'에 의해 조예(曹叡)와 사마의(司馬懿)의 사이가 갈라지기도 하였다.

　인간관계에서 가장 쓸모 있는 전술은 이 '이간의 계'이다. 사람은 상대방이 자기를 의심하면 어떻게 해서든지 자신의 결백을 증명하려고 한다. 때로는 결백을 증명하기 위해 비상 수단에 호소하는 경우도 있다. 이 계략은 손위 사람이나 지위가 있는 사람이, 그렇지 않은 사람에게 사용할 경우 효과가 크다고 할 수 있다.

제3계 치기(治氣)의 계

그 자리의 기를 다스린다.

젊은 조조가 사용한 속임수

후한의 쇠퇴에 따라 많은 명문 자제가 타락하여 정상적인 생활 태도를 잃었다.

중신의 자제였던 조조와 원소는 다같이 불량배 친구로서 세상에서 말하는 '나쁜 친구'였고 엉뚱한 사건을 두 사람은 사이좋게 저질렀다. 어느 날 결혼식에 스며들어 신부를 강탈하려고 하였다. 두 사람은 집안에 잠입하여 정원에 숨은 채 밤이 되기를 기다린다.

한참 후 그들은 소리쳤다.

"도둑이야! 도둑이야!"

축하연에서 술에 취한 사람들은 놀라서 칼을 쥐고 밖으로 나온다.

조조와 원소는 그 틈을 노려 마당에서 신부방으로 침입, 칼로써 신부를 위협하여 밖으로 끌어내었다.

어느 날에는, 도망가는 도중 원소가 숲 속에 발을 들여놓자 오도가도 못 하게 되었다. 그대로 있다가는 발견될 염려가 있었고 붙잡히면 목숨은 날아간다.

조조는 이때 어떻게 했는가?

"도둑은 여기에 있다!"

하고 큰 소리로 외친 것이다.

이것은 정사 「삼국지」가 쓰인 백수십 년 후인 5세기 초엽의 「세설신어(世說新語)」에 나와 있는 이야기이다.

이 말을 들은 사람들은 일제히 소리가 나는 쪽으로 달려갔다.

조조는 원소를 미끼로 하여 무사히 도망 갔느냐 하면 그렇지 않다.

추격을 당해 생명의 위협을 느낀 원소가, '불 난 현장의 저력'을 발휘하여 숲을 탈출, 두 사람은 무사히 도망갈 수 있었다.

이것이야말로 다름 아닌 「손자병법」에서 말하는 '기를 다스린다', 즉 '치기의 계'였던 것이다.

피로에 지친 병사들을 순식간에 소생시킨 조조의 계략

행군 도중에 목이 말라 피로에 지친 병사들을 격려하여 행군의 속도를 올리기 위해 조조가

"앞에 커다란 매화나무 숲이 있다!"

하고 외친 이야기도 원리는 같다.

조조의 목소리를 듣고 병사들은 매실을 상상, 입 속에 침이 분비되어 갑자기 행군 속도가 빨라졌다고 한다.

조조 시대에 매실은 주로 초 대신으로 쓰이는 소중한 물건이었다. 매실은 푸른 열매로는 중독을 일으키기 때문에 익은 것을 따서 가공을 하지 않으면 식용이 되지 않는다. 그 과정에서 나오는 즙이 '매실초'이다. 중국에서는 매실을 먹지 않는다. 매실을 담갔다가 마지막에 소금기를 빼고 설탕에 절이든가 설탕물을 가해서 낱알로 먹는다. 맛은 조금 신맛과 단맛이 있는데 매실을 이용한 것은 삼국지 시대에 이미 있었던 모양이다.

'치기의 계', 이것은 오늘날 식으로 말하자면 '기'의 효능이라 할 수 있다.

[포인트]

사람이 막다른 골목에 이르면 자기도 믿을 수 없는 힘을 발휘한다. 만약에 이 힘을 의식적으로 발휘할 수 있으면 어떤 대인관계나 비즈니스에 있어서 이처럼 강력한 아군은 없을 것이다.

제4계 소리장도(笑裏藏刀)의 계

웃음 뒤에 칼을 숨긴다.

관우를 방심하게 만든 여몽의 묘수

'소리장도'는 우호적인 태도로 접근하면서 상대방이 경계심을 풀면 때를 놓치지 않고 일격을 가한다는 것이다. 유연한 태도는 어디까지나 상대방의 경계심을 느슨하게 만들기 위한 방편임은 물론이다. 이 책략은 마음속으로부터 유연한 태도를 연출할 수가 있으면 진실미가 더하여 성공 확률이 높다.

이 책략에 걸린 쪽에서 보자면 '웃음' 속에 무엇이 숨어 있는가를 재빨리 파악하여 대책을 강구할 필요가 있다. 그렇지 않으면 눈 뜨고 적의 술수에 말려들게 된다.

삼국지에 나오는 영웅 관우는 이 '소리장도의 계'에 보기 좋게 걸린 사람 중의 한 사람이었다.

형주(荊州)의 최고책임자로서 강릉에 주둔하고 있던 관우는 대군을 동원하여 북상, 위나라 영토인 번성(樊城)을 포위하였다. 이때 오나라의 사령관으로서 육구(陸口)에 주둔하여 관우의 동정을 살핀 것이 여몽(呂蒙)이었다. 이 여몽에 대해서는 일화가 있다.

여몽은 여남(汝南 : ^{하남성} ^{평여현}) 출신으로 매부가 오나라 손책의 무장이었던 관계로 오나라로 거처를 옮겨 손권을 섬겼다. 싸움이 시작되자 여몽은 항상 무공을 세웠는데 그것은 모두 힘으로 밀어붙인 승리였다.

그러한 여몽의 용기를 아껴 어느 날 손권은 여몽에게 말했다.

"너의 용기에 학문이 더했다면 금상첨화인데……."

탄식이 섞인 손권의 이 말에 여몽은 분기일신(奮起一新), 그때까지 거들떠 보지도 않았던 학문에 열중한다. 여몽의 과감한 성격은 학문에서도 발휘되었다. 그리하여 마침내 학자에 뒤지지 않는 박식한 사람이 되었다.

그러한 여몽을 주유의 후임으로 부임하러 가던 노숙(魯肅)이 방문하였다. 여몽과 이야기를 나눈 노숙은 경탄하여 말했다.

"귀공은 용감성만 있는 사람으로 알았는데 대단한 교양을 쌓았군. 이렇게 되면 경솔하게 '오하아몽(吳下阿蒙)'이라고 말할 수는 없겠구먼."

'오하아몽'이란 '오나라의 몽씨' 정도의 뜻으로 터놓고 부를 수 있는 인물이라는 것이다. 이때 여몽이 웃으면서 한 말이 후세에 남았다.

"사나이는 3일만 만나지 않으면 괄목할 만한 진보를 이룹니다."

관우가 북상한 것을 본 여몽은 강릉을 탈취할 둘도 없는 기회라고 생각하였다. 그러나 관우도 관우여서 여몽의 존재를 가볍게 보지 않았다. 알맞은 병력을 강릉에 남겨 여몽의 침공에 대비하였다.

여몽은 강릉을 탈취하기 위해서는 이 관우의 경계심을 풀지 않으면 안 된다고 생각하였다

그래서 여몽은 몸이 아프다고 속여 서울로 돌아오자 후임자로서 당시에는 무명이던 육손(陸遜)을 추천하였다. 여몽과 육손은 경력이나 명성으로 보아 비교가 되지 않았다.

관우는 역전의 용장 여몽 대신에 육손이 부임했다는 말을 듣고 마음을 약간 푼 것 같았다.

육손은 나이는 젊고 무명의 무장이기는 했지만 권모술수에는 능한 사령관이었다. 육구(陸口)에 부임하자 맨 먼저 관우에게 편지를 보내어 그의 무용을 칭찬하고 자신의 젊음과 무능함을 낮추었다. '소리장도의 계'였다.

아래로 몸을 낮추어 관우의 경계심을 조금이라도 느슨하게 하려는 의도였는데, 관우는 육손의 책략에 보기 좋게 걸리고 말았다. 육

손을 상대하기 편한 사람으로 보았다. 그 증거로 강릉에 남겨둔 모
든 병력을 번성의 포위전에 투입하였다.

이렇게 되면 오나라에 대한 수비가 없어진 거나 마찬가지였다. 여
몽은 남몰래 병사를 이끌고 강릉으로 향하여 싸움다운 싸움도 하지
않고 관우의 여러 성을 수중에 넣었다.

단순한 성격인 관우는 그 후 어이 없는 최후를 맞는다.

적국을 속인 무왕의 2단 전법

「사기(史記)」의 '노자·한비자전'에 있는 이야기이다. 전국시대에
도 이 계략의 좋은 예가 있다.

정(鄭)나라의 무왕(武王)은 호(胡)나라에 대한 공략을 생각하고
있었다. 그러나 상대방은 무용으로 유명한 나라로 보통 수단으로는
성공할 가능성이 없었다. 그래서 무왕은 우선 자기 딸을 호나라의
왕에게로 시집보내고, 어느 날 신하들을 모아 회의를 열었다.

"어느 나라를 공략하는 것이 좋은가."

무왕의 말에 대신 관기사(關其思)가 진언하였다.

"공략한다면 호나라가 좋을까 합니다."

무왕은 불같이 화를 냈다.

"호나라는 우리 나라와 형제와 같은 나라다. 그러한 호나라를 공
격하라니 무슨 소리인가!"

그리고 그 자리에서 관기사를 죽여버렸다. 이 사건은 호나라에 자
세히 전달되었다. 호나라의 왕은 무왕의 조치에 감동하여 정나라와
우호관계를 유지하는 방침을 믿어 의심치 않았다.

그로부터 몇 년이 지났다. 어느 틈엔가 호나라는 정나라를 완전히
믿어 경계심을 조금도 가지지 않았다.

이윽고 무왕의 정나라는 때가 무르익었다고 여겨 호나라를 기습,
한때의 우호국을 일거에 멸망시키고 말았다.

정면에서 당당하게 적대시하는 자보다 마음속의 적대감을 웃음으로 감싸고 친밀한 체 어깨를 두들기는 자가 훨씬 더 무서운 존재라는 것을 이 일화는 말해주고 있다.

이러한 상대는 이쪽에서 경계심을 풀고 속마음까지 보이면 급속히 변한다. 이렇게 되면 막을 길도 없고, 우호관계를 의심하여 경계한다는 것은 체면을 중히 여기는 사람으로서는 할 수 있는 일이 아니다.

그만큼 이 '소리장도의 계'는 모든 국가·기업·조직 속 깊숙이 상사·동료·부하의 가면을 쓰고 숨어 있다.

[포인트]

대인관계에 있어서도 항상 웃는 얼굴로 당신에게 접근하고, 자기쪽에서 말을 많이 하지 않는 사람이 있으면 일단 주의해야 한다. 당신 편이라고 여기게 하고는 실은 스파이일 공산이 크기 때문이다. 개중에는 당신의 입에서 구체적인 말을 듣기 위해 유혹의 손길을 뻗어오므로 거듭 주의해야 한다.

제5계 이대도강(李代桃僵)의 계

자두가 복숭아 대신 쓰러진다.

손빈의 도박 필승의 계

복숭아는 이슬을 머금고 자라고
자두는 복숭아 옆에서 자란다네
벌레가 날아와 복숭아 뿌리를 갉아먹어도
자두는 복숭아를 대신해 쓰러진다네
나무는 온 몸을 다해 서로를 대신한다네
형제가 모두 돌아간들 어찌 서로를 잊을까.

「고락부」 '닭울음'

중국에서는 예나 지금이나 봄을 장식하는 꽃으로 복숭아와 자두를 나란히 치고 있다.

복숭아꽃의 화려함과 자두꽃의 청순함을 한 쌍으로 생각하고 있는 것 같은데, 이 '이대도강'은 그러한 자연의 풍경으로서가 아니라 군사상의 성어(成語)로서 자두를 희생시켜 복숭아를 손에 넣는 책략을 말한다.

싸움인 바에야 이쪽의 손해도 각오하지 않으면 안 되는 국면이 생기게 마련이다. 아니, 오히려 손해를 계산에 넣은 냉철한 전체의 승리를 생각해야 할 경우가 많다.

그럴 경우 손해를 최소한으로 억제하고 손해를 웃도는 이익을 어디에서 구할 것인가? 이것을 계략하는 것이 바로 '이대도강의 계'인 것이다.

「사기」의 '손자·오기열전(吳起列傳)'에, 손빈(孫臏)이 제(齊)나라

장군 전기(田忌)의 손님으로 초청되었을 때의 일화가 실려 있다.

그 무렵, 전기는 놀음에 열중하여 제나라의 공자(公子)나 왕족들과 돈을 걸고 경마를 즐기고 있었다. 이 경마에 손빈이 초청되어 승부를 보고 있자니까, 제나라의 위왕(威王)이 소유하는 말이나 전기가 가지고 있는 말들이 다같이 상·중·하로 분류되어 있다는 것을 알았다.

시합은 상급·중급·하급의 세 등급끼리 저마다 싸워서 세 번 싸워 이기는 횟수를 겨루고 있었던 것이다.

그래서 손빈은 전체적으로 이기는 필승법을 전기에게 일러주었다.

"이 방법만 쓰면 승리는 장군 것입니다."

전기는 크게 기뻐하여 공자나 왕족뿐만 아니라 위왕(威王)에까지 천금을 투입한 일대 승부를 걸었다. 마침내 경마의 날이 왔다.

손빈은 전기에게 다음과 같이 일렀다.

"이쪽의 가장 느린 마차를 상대방의 가장 빠른 마차와 짝 짓게 하고, 이쪽의 가장 빠른 말을 저쪽 두 번째 말에, 이쪽 두 번째 말은 저쪽 세 번째 말에 부딪히게 하면 됩니다."

결과는 2승1패로 전기의 승리였다.

1패를 각오하는 용기, 둘을 죽일 것을 각오한 승리에의 계산, 이것을 할 수 없는 자는 '소탐대실(小貪大失 : 작을 것을 탐내어 큰 것을 잃는다)'하는 결과를 가져온다.

제갈량이 생애를 걸고 꾸민 계략

무능한 지도자일수록 국면적인 손실에 눈이 팔리기 쉽다. 체면에 구애되어 명예를 잃지 않으려고 한다.

참다운 지휘관이나 경영자는 매사에 이익과 손실의 두 가지 면에서 생각한다.

「삼국지」 이야기 중에서 이 '이대도강의 계'를 가장 큰 규모로 책정한 인물을 독자들은 알고 있을까? 아마도 제갈량이 그 사람일 것이다. 그의 이 책정이야말로 제갈량을「삼국지」유일의 영웅으로 만든 것이 아닌가 하는 생각이 드는 것이다.

그것은 다섯 차례에 걸친 북방정벌이다.

촉나라 건흥 5년(227), 47세였던 제갈량은 그 후 생애를 마치는 54세까지의 사이에 거의 불가능하다고 여겨진 북방정벌을 다섯 차례(실질적으로는 네 차례)나 감행하였다.

이 무렵, 위나라는 9개 주를 지배하여 그 인구는 거의 450만 명에 이르고 있다. 한편, 촉나라는 '파촉(巴蜀)'이라고 불리던 익주(益州) 한 주를 거점으로 하고 있는 데 지나지 않았다. 인구도 약 90만 명이었다.

위나라에 비하면 촉나라는 그 5분의 1이었다.

이 인구 비례는 농업을 비롯하여 많은 산업에도 해당되어 국력으로 본 두 나라의 차이는 아마도 인구 비례 이상으로 컸을 것이다.

병력의 절대수, 경제력의 완전한 열세. 이와 같은 촉나라의 치명적인 약세는 당연하지만 인재 수에서도 턱없이 적었다.

촉나라의 출발점이 되기도 했던 유비의 약소 군벌은, 그래도 중국 각지로부터의 참가자들이 있어서, 형주에 도착한 후 방통(龐統)을 비롯한 형주의 인재를 규합함으로써 큰 활력을 얻었다.

'오호대장(五虎大將)'이라고 일컬어진 다섯 장군——관우·장비·조운(趙雲)·황충(黃忠)·마초(馬超)도 각기 출신이 달랐다.

그러나 '파촉'에 틀어박힌 촉나라에서는 실전 경험이 풍부한 장군은 차츰 적어지고, 관우·장비라고 하는 일기당천의 호걸이 뜻하지 않은 죽음을 맞이한 이래, 황충·마초 등과 같은 명장도 잇달아 세상을 떠나 제갈량이 북벌을 시작했을 때에는 천군만마(千軍萬馬)의 역전의 장수는 조운 한 사람뿐이었다.

더욱이 이 방면은 새로운 인재를 보급하는 데에도 어려운 점이 많았다.

대국인 위나라와 강남의 풍요로운 땅 오나라를 버리고까지 촉나라의 잔도(棧道)를 넘어, 촉한에 참가하는 자는 거의 없었을 것이다. 사라져가는 노장에 비해 새로 참가한 장수는 강유(姜維) 정도였다.

맹달(孟達)과의 사이에 제갈량이 알력을 느끼게 되는 것도, 솔직하게 말하자면 맹달을 제압할 수 있을 정도의 대장군이 그 무렵 촉한에는 없었다는 증거이기도 하다.

이렇게 보면 북방정벌이라는 군사행동이 여러 면에서 얼마나 무리한 계획이었는가는 누가 보아도 자명한 일이었다. 실제로 유비의 후계자인 유선은 여러 차례 제갈량에게 북벌을 중지할 것을 제의하였다. 상식적으로 판단하자면 북벌보다도 국내의 안정, 충실을 꾀하는 것이 우선 과제였을 것이다.

그럼에도 무리한 일이라는 것을 알면서도 제갈량은 북벌을 단행한 것이다.

가난한 나라 사정을 잘 알면서도 전쟁비용을 마련하고 적은 병력을 긁어모으듯이 하여 머나먼 중원에의 진출에 집착하고 있었던 것이다. 왜 그런가? 이것이야말로 '이대도강의 계'가 아니었을까 하는 생각이 드는 것이다.

유비가 세운 촉나라는 분명히 외형적으로는 하나의 국가였으나 내부적으로 보자면 기껏해야 지방 군벌의 영역을 벗어나지 못했던 것이다. 군벌은, 마치 팽이가 돌아감으로써 서 있는 것과 마찬가지로, 전쟁을 함으로써 그 존재가치를 유지할 수가 있었다. 즉, 군벌은 그 성격상 싸우는 것을 제외하고는 자신의 존재이유를 증명할 수 없는 위험을 안고 있었다.

위나라는 당당히 국가체제를 이루고 있었다. 오나라도 손씨 3대의 지반으로 촉나라 등이 미처 따라올 수 없는 굳건함을 지니고 있었다. 오직 촉나라만이 건국의 존재 증명를 가질 수가 없었다. 명분이 있다면 선대의 유비가 전한(前漢) 황실의 혈통이라고 하는 정통론이었으나 위나라나 오나라는 이것을 무시해 버리고 인정하려 하지 않았다. 가령, 정말로 유비가 한나라 황실의 혈통이었다고 해도 부패와 타락 끝에 쇠망한 제국의 혈통을 드넓은 중국의 민중들이 그리워할 이유는 하나도 없었을 것이다. 한황조의 재흥을 마음 속으로부터 바랐던 사람들도 거의 없었을 것이다.

제갈량은 아마도, 촉한이 결국은 위와 어깨를 나란히 할 수 없다, 언젠가는 붕괴할 것이라고 생각하지 않았을까 하는 생각이 든다. 그러나 이 정권싸움을 계속하는 것만으로밖에 존재 이유를 증명할 수 없는 이상, 제갈량으로서는 어떤 손실이 예상된다고 해도 싸우지 않을 수 없었다. 이것은 선왕의 유언이기도 했고, 앉아서 죽음을 기다리는 것보다는 약간의 가능성이 있기만 하다면 가느다란 희망에 운을 걸고 도전한다는 자세가, 삼국지의 웅대한 서사시에서 제갈량을 더욱 돋보이게 한 것이 아닌가 한다.

국가 존속을 위한 군사행동, 그러나 그것은 너무나 큰 책략이었다.

포인트

비즈니스에서 이 책략은 여러 가지 변화를 가능하게 해준다. 예를 들어 거래처에서 교섭의 숫자가 타협이 되지 않았을 때, 손해를 알면서도 상대방이 제시한 숫자에 맞추는 일이 있다. 우선은 손해를 보아도 다음에 이를 만회하고자 하는 생각이다.

제6계   엄목포작(掩目捕雀)의 계

눈을 가리고 참새를 잡는다.

하진을 타이른 진림의 계략

'엄목포작의 계'는 「삼국지연의」에는 '눈을 가리고 연작(燕雀)을 잡는다 해서 '제비'가 추가되어 있다. 그러나 출전이라고 할 만한 「후한서(後漢書)」의 '하진전(何進傳)'에는 그것이 없다.

아무튼 이 계략은 다음과 같은 일화에서 유래되었다.

후한의 영제 때 하진(何進)은 누이동생이 황후가 되어 황태자 변(辯 : ^{후의}_{소제})을 낳음으로써 권세를 한 손에 장악하게 되었다.

환관 건석(蹇碩)의 음모로 죽을 뻔하여 마침내 환관 박멸을 계획했으나 성격적으로 어정쩡한 하진은 누이동생의 제의로 환관 살해를 중지한다. 그 후 다시 환관 박멸의 논의가 일어나지만 누이동생인 하황후(何皇后)의 만류로 결심이 서지 않았다.

그때 하진은 전국의 영웅에 호소하여 환관을 박멸시키는 묘안을 생각해 낸다. 그러나 "만일 그러한 사태가 발생하면 쓸데없이 중앙의 동요를 전국에 알릴 뿐만 아니라 지방에 할거하고 있는 실력자들을 서울로 불러들이는 결과가 된다."

하진의 참모인 진림(陳琳)은 속담을 인용하여 주인을 타일렀다.

"자기가 자기 눈을 가리고 참새를 잡으려 해도 잡을 수 있는 것이 아닙니다. 환관을 박멸하시려면 지금 자신의 손으로 행하시는 것이 좋습니다. 그것으로 충분하지 않습니까?"

하진은 진림의 간언을 받아들이지 않았다. 그 결과 중앙에 동탁이라고 하는 포웅(暴雄)을 불러들이는 결과가 되었고 자신은 어정쩡한 상태로 남겨둔 환관의 역습을 만나 어이없는 최후를 맞는다.

이 일화에 '계(計)'를 붙인다면 어떻게 될까? 그렇게 되면 하진처럼 무덤을 파는 방향으로 인도한다는 능동적인 뜻이 된다. 바꾸어 말하면 '눈을 가리고 참새를 잡도록 하는' 것이다. 물론 참새는 잡힐 리가 없다. 바로 그것을 노리는 것이다.

[포인트]

비즈니스맨의 세계에 이것을 적용해보기로 하자. 어떤 인물이 실력을 가지고 수행할 수 있는 프로젝트가 있다고 하자. 그것을 마치 어려운 일인 것처럼 여기게 하여 많은 사람을 투입하면 이 계략이 될 것이다. 성공을 해도 그 공적은 처음 인물이 아니라 후에 참가한 사람에게 돌아가고, 실패하면 프로젝트 그 자체가 무리였던 것이 되어 처음부터 참가한 사람이 책망을 받는다. 이 인물이 당신의 라이벌이라면 그의 실패는 자동적으로 당신에게 유리하게 돌아온다.

제7계   금적금왕(擒賊擒王)의 계

적을 사로잡기 위해서는 우선 왕을 사로잡는다.

여포를 멸망으로 이끈 조조의 재치

두보(杜甫)의 '전출새(前出塞)'에 이런 말이 있다.

"사람을 쏘려고 하면 우선 말을 쏘아라. 적을 사로잡으려면 우선 왕을 사로잡아라."

적에게 이기고 싶으면 우선 주력 부대를 격멸하고, 대장을 사로잡으면 전군을 괴멸시킨 것과 같다는 것이다.

중국에서 이 '금적금왕의 계'는 '호랑이를 퇴치하기 위해서는 목을 찔러라' '뱀을 퇴치하기 위해서는 머리를 쳐라'라고도 한다.

역으로 말하자면 여러 개의 국지적 승리를 쌓아올려도 그것이 그대로 최종적인 승리로 이어진다고는 말할 수 없다. 오히려 국지적 승리는 상대방에게 재기의 여유조차 줄지도 모르며, 그 결과 반격의 여지를 남겨 이쪽에 위험성을 키우는 결과가 될 수도 있다.

그렇게 되지 않기 위해서는 철저하게 상대방의 '중심부'를 타격해야 하는데 이를 위해서는 어떻게 하면 좋은가? 작은 승리에 만족할 것이 아니라 전체를 고려에 넣은 행동이 바람직할 것이다

복양(濮陽)에 들어앉은 여포를 조조가 공격했을 때의 일이다. 때마침 성 안에 내통자가 생겨서 비밀리에 공격의 안내를 하고 싶다는 뜻을 전해왔다. 조조는 스스로 군을 이끌어 어둠을 틈타 성문에 접근하였다. 그 순간 성 안에 큰 불길이 일어나고 여포의 군이 치고 나온 것이다.

"아차, 속았구나!"

후회했을 때에는 이미 늦었다. 허를 찔린 조조군은 산산이 격파당하여, 당황하는 조조 주위에 적의 기마가 물밀듯 들어왔다. 그들은

창을 휘두르며 제각기
"조조는 어디 있나!"
이렇게 외치면서 다가왔다.
그것을 본 조조는 순간적인 재치로 대구하였다.
"저기다. 보라, 저 노란 말이 조조다."
적의 기마병은 그 말을 듣자 진짜 조조는 거들떠 보지도 않고 노란 말을 타고 있는 사람을 향하여 달려갔다.
여포는 이 싸움에서 통쾌한 승리를 얻었지만 가장 중요한 조조를 처치하지 못했다. 이 때문에 태세를 재정비한 조조에 의해서 4년 후에 토벌되고 만다.
이 계는 바꾸어 말하면 '급소를 공격한다'고 말할 수 있다.
사물에는 반드시라고 해도 좋을 정도로 급소라는 것이 있다. 제아무리 곤란이 예상되는 외교나 상담(商談)이라 해도 이 급소만 잘 장악하면 성공은 손쉽다.
거래처를 확보하는 것도, 좋아 하는 여성을 함락시키는 것도 원리는 마찬가지다.
'적장을 쏘려면 우선 그 말을 쏘아라.'
거래처 회사의 접수 담당 여성이나 담당 이외의 사람일지라도 그 회사 사람들의 호감을 사야 한다는 것을 이 계략은 가르쳐주고 있다.
여성을 내 것으로 만들기 위해서도 본인에 대한 접근도 접근이지만 그녀의 부모를 우선 내 편으로 만드는 것이 성공율이 높은 경우가 적지 않다. 부모의 말을 듣지 않는 세대가 늘어났다고는 하지만 아직은 부모의 영향이 크다.

포인트

　직접적인 공격을 피하고 성의 뒷문으로 접근하는 방법은 현대에도 상당히 효과적인 비즈니스 전법이 될 것이다.

예를 들어, 어떤 회사의 사장에게 접근하고자 할 때, 기회를 봐서 사장의 가족이나 아는 사람에게 접근한다. 즉, 개인적인 관계에서 공적인 장(場)으로 하는 식이다. 이 방법은 가족이나 아는 사람이 사장에 대해 발언권을 가지고 있으면 효과는 더욱 커진다.

제8계   고육(苦肉)의 계

내 몸을 괴롭게 하여 적을 속인다.

적벽싸움을 승리로 이끈 황개의 책략

'고육의 계'라고 하면 흔히 모든 술책을 다한 후 견디지 못하여 두는 수라고 여겨지고 있는데 중국에서는 일종의 속임수로 널리 알려져 있다.

스스로 자기 몸에 상처를 입히는 사람은 없다.

그것을 역으로 이용하여 일부러 자기 몸에 상처를 입혀 그것을 다른 원인으로 믿게 만들면 적을 유인하거나 자기 범주로 끌어들일 수가 있다. 단, 여기에는 다소의 고뇌와 고통, 그리고 연기가 필요하다.

중국의 사전에는 이것이 어렵다는 것을 '살을 오려 상처를 메꾼다'라고 하는 표현을 쓰고 있다. 그만한 희생을 지불하지 않으면 안 된다는 뜻이다.

「삼국지연의」에 의하면 적벽싸움에서 오나라의 노장 황개가 이 책략을 채용했다고 알려져 있는데, 이 책략은 예로부터 많은 성공 예가 있다.

삼국지 시대, 오나라의 대도독 주유가 이끄는 수군이 적벽에서 조조의 대군을 맞아 싸우고 있을 때의 일이다. 건너편 강기슭에 떠 있는 조조의 대함대를 보고 노장 황개가 주유에게 진언하였다.

"적은 지금 대군을 거느리고 있는데 비해 아군은 너무나 열세이오. 이대로 가다가는 오래 가지 못할 것이오. 그러나 건너편에 정박하고 있는 적의 함대는 흔들리는 것을 막기 위해 이물과 고물을 이어두고 있소. 저런 상태로는 즉각적인 행동으로 옮길 수 없을 것이오. 이 기회를 놓치지 말고 화공법(火攻法)을 사용하면 좋을까 하오."

주유의 동의를 얻은 황개는 곧 수십 척의 배를 마련, 화공 준비에 착수하였다. 동시에 남몰래 주유와 짜고 화공을 성공시키기 위한 술책을 두 가지 준비하였다.

하나는, 조조에게 밀사를 파견하여 항복을 하는 일이었다. 그러나 그것만으로는 내로라 하는 조조를 믿게 할 수는 없을 것이다. 그래서 채용된 것이 '고육의 계'였다.

황개는 군사회의 자리에서 항복을 주장하여 양보하지 않자 주유의 노여움을 사서 여러 사람 앞에서 백 대의 태형에 처해졌다. 살점은 찢어지고 뼈가 부러지자 황개는 정신을 잃고 말았다. 그 광경은 오나라의 진영에 스며든 조조측 간첩에 의해 일일이 보고되었다. 처음에는 황개의 항복 제의에 반신반의였던 조조도 이로써 그 진의를 믿게 되었다.

그 결과 조조는 황개의 배들이 접근하였을 때 항복하러 온 것으로 잘못 알고 경계를 게을리하여 손쉽게 화공을 당하고 말았다. 이것이 유명한 '적벽싸움'의 하이라이트가 되었다.

포인트

거래처의 신뢰를 얻기 위해 비즈니스맨이 휴일을 반납하고, 상대방을 접대하고, 개인적인 일을 도와주고, 아첨하는 것은 고전적이기는 하지만 효과적인 방법임에는 틀림없다.

몸을 깎듯이, 때로는 병을 무릅쓰고, 상처를 입으면서 라는 슬로건을 내걸고 접근하면 상대방의 태도는 부드러워지는 법이다.

제9계 무능안시 (無能安示)의 계

무능을 나타내어 적을 안심시킨다.

노망한 노인을 가장한 사마의의 비책

'무능안시'란 무능을 가장하여 적을 안심시켜놓고 단숨에 반전 공세로 나가는 계략을 말한다.

출전은 분명치 않으나 사마의가 가장 애용했던 계략이었다는 것은 틀림없는 일인 것 같다.

명제(明帝)의 임종 때 뒤를 이을 조방(曹芳)을, 대장군 조상(曹爽)과 함께 보좌하라는 특별한 분부가 있었던 사마의였지만, 그의 정권찬탈의 야심이 탄로났는지, 뜻 있는 조신(朝臣)들은 조정의 권력을 조상에게 장악하게 하고 사마의를 명예직에 불과한 태부(太傅 : 어린 황제의 교육 담당)에 두어 모든 실권직에서 멀리하였다.

한편, 조상(사실은 그의 심복 정밀)은 자기 아우를 모두 열후(列侯)로 삼아 권력 기반을 굳히고 적극적으로 인재 등용을 행하여 위나라 정권의 재건을 꾀하였다.

그대로 시간이 흐르면 이제까지 세웠던 촉나라나 연(燕)나라에 대한 사마의의 군공은 과거의 것이 되어 그 영향력은 나날이 쇠약해진다.

사마의는 반격을 꾀하지 않으면 안 되었다. 그러나 조상의 브레인들——즉, 패(沛) 출신인 정밀(황제비서), 남양 출신인 하안(何晏 : 관리 선발 총책임자), 등양(鄧颺 : 황제비서), 동평 출신인 필궤(畢軌 : 경찰총감) 등은 얕잡아볼 수 없는 상대였다.

'일거에 뒤집을 수밖에 없다.'

여기서 사마의가 취한 수단은 '무능안시의 계'였다.

사마의는 병을 구실삼아 집에 머무르면서 말을 줄였다. 정적인 조상의 입장에서 보자면 으스스해서 견딜 수가 없었다. 정말로 병에 걸렸는지, 그렇지 않으면 단순히 구실에 불과한 것인지, 여간 신경이 쓰이지 않았다.

그래서 조상은 형주 자사(刺史)로 임명한 심복 이승(李勝)에게 부임 인사를 구실삼아 사마의를 살펴보라는 명령을 내린다. 이승이 사마의의 집을 방문하자 사마의는 시녀 두 사람의 부축을 받으면서 이승을 맞았다.

어깨에서 옷이 흘러내려도 올릴 수 없고, 목이 마르다면서도 시녀가 바치는 죽 그릇조차 들 수 없었다. 죽을 입에 넣어주면 입가에 흘러내렸다. 어디를 보아도 노망든 노인에 지나지 않았다.

사마의의 연기는 매우 능숙했던 것 같다. 이승은 사마의의 처량한 모습에 자기도 모르게 눈물을 흘렸다.

이승이 형주의 자사가 되어 부임한다는 뜻을 알리자 사마의는 병주(幷州)로 잘못 알고

"그곳은 오랑캐에 가까우니까 주의해서 통치하시오."

하고 노망을 부렸다.

이승은 사마의의 말을 정정하지만 사마의는 자기의 말이 잘못되었다고 깨달은 기색도 없이 동문서답으로 끝났다.

이 사마의의 회견 모습을 이승으로부터 들은 조상은 사마의의 계략에 보기좋게 빠지고 말았다.

사마의는 치매 노인의 행세를 얼마 동안 계속하였다. 조급은 금물이다. 공세로 전환할 바에는 일거에 일을 처리하지 않으면 안 된다.

이윽고 기회가 다가왔다. 정시(正始) 10년(249) 정월, 황제 조방(曹芳)은 조상과 그의 형제인 조희(曹羲)·조훈(曹訓)·조언(曹彦) 등을 거느리고 서울인 낙양을 떠나 아버지 명제(明帝)의 능묘인 고평릉(高平陵)을 참배하였다.

사마의는 이 기회를 놓치지 않았다. 아들 사마사(司馬師)가 중호

군(中護軍)으로서 장악하고 있던 근위병 일부와 심복 사병 2000명을 규합하여 쿠데타를 일으켜 일거에 낙양을 점령한 것이다.

치매 노인을 가장하는 한편 사마의는 반(反)조씨 세력을 끌어안았고, 태위(太尉)인 장제(蔣濟)를 비롯하여 위의 원로나 중신의 지지를 얻어, 사도(司徒) 고유(高柔)를 대장군 대행으로 하여 적의 본거지라 할 수 있는 조상의 군영을 점거했다.

또, 낙양성 안의 무기고를 장악하여 태복(太僕) 왕관(王觀)을 중령군사(中領軍事)로 삼아 조희(曹羲)의 군영을 점거케 하여 조상파의 무장 해제를 단숨에 해치운 것이다.

게다가 낙양성을 봉쇄하고 사마의는 황제 조방에 아뢰어, 조상의 행동은 선제(先帝)의 명령에 위배된 것으로 국법을 문란하게 하고 옛 신하를 배제하고 간신을 두고 권세를 마음대로 휘둘렀기 때문에 할 수 없이 쿠데타를 일으켰다고 해명했다.

대세는 이때 결정되었다 할 것이다.

포인트

현재에도 때때로 기업 내 쿠데타의 소식이 전해진다. 원리는 「삼국지」 시대와 조금도 다르지 않다. 적을 방심하게 하고 그 뒤에서 반격을 착착 준비하여 때가 오면 일거에 들고 일어난다.

제10계   굴갱대호 (掘坑待虎)의 계

굴을 파놓고 호랑이를 기다린다.

유비의 서툰 속셈을 노출시킨 계략의 실패

'굴갱대호'의 갱이란 '함정'을 말하는 것으로 「삼국지연의」에 나오는 계략이다.

장면은 서주(徐州) 공략전——

조조의 참모 순욱이 장치한 '이호경식(二虎競食)의 계'(제22계)와 '구호탄랑(驅虎呑狼)의 계'(제23계)에 의해서 서주를 여포에게 빼앗긴 유비는 여포의 전략적인 배려로 한때 소패(小沛)로 들어가게 되었다. 그러나 한쪽은 서주를 빼앗은 쪽이고 다른 한편은 빼앗긴 쪽이다. 잘 되어갈 리가 없었다.

원술이 유비를 공격하였을 때 여포는 자신의 영토를 보존할 필요에서 쌍방을 중재하기는 했지만 장비에게 군마를 빼앗기자 격분하여 소패를 공격하여 유비를 패주시켰다.

유비는 할 수 없이 조조에 의지하였다. 조조는 유비를 예주(豫州)의 목(牧)으로 보내어 후하게 대접하였으나 원술을 공격할 때가 되자 유비는 조조와 합류하였다. 여포도 여기에 참가한다. 그러나 식량이 부족하여 조조는 목표를 바꾸어 장수(張繡) 정벌에 나선다.

이때 조조는 여포와 유비를 불러 두 사람에게 의리의 맹세를 하고 유비를 다시 소패로 보내라고 여포를 설득하였다. 그렇게 해 두고 조조는 비밀리에 유비를 불러

"현덕을 소패에 두는 것은 '함정을 파고 호랑이를 기다리는 계략이다'" 하고 일러준다. 여포 사냥의 준비였다.

그런데 이 함정 작전은 결과적으로 실패로 끝났다. 왜냐하면 유비가 조조에게 보낸 '대군을 내주면 호응해서 여포를 공격한다'는 밀

서가 여포의 참모 진궁(陳宮)에게 빼앗겼기 때문이었다. 화가 난 여포는 선수를 쳐서 소패로 쳐들어갔다. 유비는 다시 패하여 관우나 장비 등과도 헤어져 단신 조조에게로 도망쳤다.

'이룩하려고 하는 계획은 비밀을 지킴으로써 성취되고 약속은 밖으로 새어나갔을 때 실패한다.' 이것은 「한비자」에 있는 말이다.

[포인트]

나의 사정에 맞게 장치한 것은 대개의 경우 실패로 끝난다. 상대방의 상황에 맞추어서 어디까지나 자연을 가장하는 것이 중요하다.

제2장 모계

제11계 연환(連環)의 계

고리를 이어 적을 매장시킨다.

여포로 하여금 동탁을 치게 한 미녀 초선의 책략

'연환'이란 고리를 연결하여 쇠사슬 모양으로 만든 것을 말한다.

이 '연환의 계'는 강대한 적에 대한 전면전을 피하고 음모를 써서 연속성을 유지하면서 상대방을 농락하고 혼란시키는 책략이다. 심신을 모두 피로하게 해서 적의 힘을 약화시키는 것이 중요하며 이를 성공시킴으로써 승리를 얻는 수법이다.

초평(初平) 원년(190) 정월, 반 동탁 연합군이 일제히 들고 일어났다.

2월에는 이에 대항해서 동탁은 장안으로 서울을 옮긴다.

농서(隴西) 출신인 동탁으로서는 자신의 세력권에서 수비 태세를 갖추는 것이 좋다고 생각한 모양이다.

잘 되어가면 천하를 손에 쥐고, 그렇지 않으면 비축을 가지고 평생을 편하게 살겠다는 뜻인 것 같았으나 너무나 안이한 생각이었던 같다.

동탁의 큰 실패는 그 자신 국가를 다스릴 정책을 가지지 못했고 확고한 방침도 제시하지 않고 무력만을 가지고 권력을 쥔 데에 있었다. 이렇게 되면 주위에서 납득을 하지 않는다.

궁정의 혼란을 염려한 것은 반 동탁 연합군만이 아니었다. 궁중의 관료들도 뜻 있는 사람은 어떤 일이 있어도 동탁을 배제할 생각을 가지고 있었던 것이다.

사도(司徒) 왕윤(王允)도 그 중의 한 사람이었다.

역적 동탁을 토벌하고 싶다, 그러나 한 사람의 병사도 가지고 있지 않은 왕윤으로서는 어찌할 도리가 없었다. 동탁에게는 당대의 쟁쟁한 무사 여포가 그의 신변을 지키고 있는 것이다.

다음은 「삼국지연의」에 나오는 것으로 정사에는 없는 이야기이다.

어느 날 밤, 마당에서 생각에 잠겨 있던 왕윤은 달을 쳐다보며 자기도 모르게 눈물을 흘리고 있었다. 이때 어디선가 여자의 한숨 소리가 들렸다. 왕윤 집안의 가기(歌妓) 초선(貂蟬)이었다.

16세인 초선은 미모와 아름다운 목소리로 알려져 있었고 사려분별이 있는 처녀였다.

"왕윤 나리에게 제가 쓸모가 있다면 저는 목숨도 아끼지 않겠습니다."

왕윤의 머릿속에는 전광이 스쳐갔다. 한 책략이 떠오른 것이다.

우선 여포에게 초선을 소개하여 초선을 준다는 약속을 한다, 그런 다음 초선을 여포의 주인 동탁에게 소개하여 초선을 주어 버린다.

물론 그런 내막을 모르는 여포에게는 동탁이 초선을 일단 맡은 후 여포에게 짝지어주겠다고 하더라고 말한다, 처음에는 가슴이 설레이던 여포도 이미 초선이 동탁의 첩이 되었다는 것을 알면 노여운 나머지 동탁을 죽일 것이다.

다만 이 계략을 성공시키기 위해서는 당사자인 초선의 절묘한 연기가 불가피했다. 또 불에 기름을 부을 필요도 있었다.

계획대로 동탁에게로 보내진 초선은 철저히 헌신적인 태도를 보여, 질투에 불타는 여포가 침실을 엿볼 때면 초선은 동탁이 눈치채지 않도록 슬픔에 찬 모습을 보였다.

그리고 뒷마당인 봉의정에서 여포와 남몰래 만나서는

"이미 이 몸은 더러워진 몸입니다."

하고 연못에 몸을 던지려는 시늉까지 보이는데, 뒤따라 와서 그 현장을 본 동탁이 여포에게 수창(手槍)을 던지고 초선을 나무란다.

여포가 노여움을 참고 떠나는 것을 본 후 초선은

"폭행을 당할 것 같아 연못에 몸을 ……."

하고 호소한다.

이윽고 동탁은 궁정에 유인되어 여포의 창을 맞고 세상을 떠난다.

그런데 초선은 그 후 어떻게 되었는가?

많은 독자들은 자해를 한 것으로 여기고 있으나 사실은 그렇지 않다. 「삼국지연의」에서는 여포가 초선을 맡음으로써 이야기는 끝난다.

여포의 딸에 대해서 말하는 대목에

'여포에게는 두 아내와 첩이 한 사람 있었다. 먼저 엄씨를 정실로 맞고, 후에 초선을 첩으로 삼아 소패(小沛)에 있을 때 조표(曹豹)의 딸을 둘째아내로 삼았으나 조씨는 아이를 가지지 못한 채 죽고, 초선에게도 자식이 없고 엄씨에게만 딸이 있어 여포는 그 딸을 보석처럼 귀여워했다.'

즉 초선은 여포의 첩으로서 살았다는 이야기가 된다. 이것을 마지막으로 초선의 소식은 끊어진다.

여기서 알려지지 않은 초선에 대해 좀더 알아보기로 하자.

「삼국지연의」가 성립되기 이전에 「삼국지평화(平話)」라는 것이 있었는데 여기에는 초선의 태생이 밝혀져 있다.

이것들을 종합해 보면, 초선은 흔주(忻州) 목이촌(木耳村)의 임앙(任昂)의 딸로서 아명을 홍창(紅昌)이라고 했고 후에 영제의 궁정에 들어가자 '초선'(고위고관이란 뜻)의 관(冠)을 담당하는 부서에 있었다. 그 후 영제로부터 정원(丁原)에게 보내어지고, 정원이 여포를 양자로 맞아들였을 때 짝을 지어주었다고 한다.

후에 여포와 헤어진 초선은 왕윤의 귀여움을 받았다.

초선은 「삼국지」 중에서 유일한 여주인공이었다.

방통이 획책한 몰살의 계략

또 하나, 「삼국지연의」에 의하면 적벽싸움 때 제갈량과 어깨를 겨

루던 방통(龐統)이 마음 속의 비책(祕策)을 전수하는 이야기가 나
온다.

적벽싸움은 수상전(水上戰)이었으나 수상 생활에 익숙하지 못한
화북의 조조군에서는 싸움을 앞두고 풍랑이 일고 비가 내리칠 때마
다 장병의 심신을 피로하게 하고 거기에 풍토병까지 발생하여 병마
에 시달리는 사람들이 속출하였다.
　이렇게 되자 조조도 머리를 싸매게 된다. 여기에 착안한 방통은
물 위의 배를 각각 선체의 크기에 따라 배와 배의 고물과 이물을 사
슬로 잇고 고리로 줄을 이어 그 위에 판자를 깔면 육상과 마찬가지
로 쾌적한 생활을 할 수 있다고 제안하였다.
　조조는 이 제안을 들어주고 그 결과 황개(黃蓋)의 화공(火攻)을
당하게 되었다.
　배를 '연환'처럼 연결하면 분명히 육상과 같은 생활을 할 수 있을
지 모르지만, 배의 기능이 완전히 상실되어 행동을 자유롭게 할 수
가 없게 된다.
　방통이 감언으로 이 계략을 권고한 이유도 거기에 있었다.

ᚎ포인트ᚎ
　적의 불안이나 불리함을 이용하여, 마치 그것을 커버하는 것처럼 여
기게 하면서 실은 행동의 자유를 빼앗아 그것을 친다는 것이 방통의
'연환의 계'의 핵심이었다. 이 비계(祕計)는 비즈니스 세계에서도 많이
응용할 수 있을 것이다. 그러나 이를 위해서는 상대방의 약점을 항상
연구해 둘 필요가 있다.

제12계 순수견양(順手牽羊)의 계

손을 따라 양을 끈다.

항우의 틈을 이용한 유방의 계략

중국에 다음과 같은 유머가 있다.

어떤 사나이가 길을 걷고 있는데, 양 한 마리가 목에 맨 끈을 끌면서 길가의 풀을 뜯고 있었다. 도망쳐 나온 것인가, 그렇지 않으면 묶어둔 끈이 풀린 것인가. 사나이는 주위를 둘러보았으나 사람의 그림자는 없었다.

사나이는 틀림없이 하늘이 자기에게 준 선물이라고 제멋대로 생각하여 양의 끈을 잡고 걷기 시작하였다.

사육된 양은 끈을 당기면 따라오도록 되어 있다. 사나이는 힘 들이지 않고 양을 자기 집으로 데리고 올 수 있었다. 그런데 어디선가 양 주인이 소리를 지르며 뛰어들어왔다.

"도둑놈!"

그러자 사나이는 조금도 당황하지 않고

"무엇이 도둑이란 말이오? 나는 길에 떨어진 끈을 주워온 것뿐이오. 그랬더니 양이 내 뒤를 따라온 거요."

적반하장이란 바로 이를 두고 하는 말일 게다. 틈을 보아 아무렇지도 않게 남의 것을 훔치는 일——이것이 이 '순수견양의 계'의 원형이다.

병법에서는 적의 사소한 틈, 부주의를 이용하여 비록 작은 이익일지라도 확실히 주워서 그것을 전체의 승리로 연계시켜 나간다는 생각이다.

「사기」의 '회음후열전(淮陰侯列傳)'에 전영(田榮)이라는 사람이 초나라의 항우에게 반기를 든 이야기가 실려 있다.

전영은 왕에 책봉되지 않은 것을 유감으로 생각하여 초나라에 반역, 제나라 왕 전도(田都)를 쫓아내고 교동왕(膠東王) 전시(田市)를 살해한 다음 스스로 제나라 왕이라 칭하고 왕위에 올랐다.
이것을 안 항우는 전영이 초나라의 영토를 침범할 염려가 있다고 보고 급히 대군을 동원하여 전영의 정벌에 나섰다. 이때 한나라에 갇혀 있던 유방은 이 제·초나라의 다툼을 호기로 삼아 한신에게 명하여 '암도진창(暗渡陳倉)의 계'(제32계)로 삼진(三秦)을 공략, 자신의 세력권으로 만들었다.

항우의 약점을 이용한 것이다.
항우가 서쪽을 돌볼 여유가 없다고 하는 절묘한 타이밍을 잰 것에는 감탄하지 않을 수 없다.

전풍의 진언을 받아들이지 않았던 원소의 어리석은 행동
그러나 이러한 '순수견양의 계'도 최종적으로 최고책임자가 사용하지 않으면 단순한 아이디어로 끝나고 만다.
그 좋은 예가 삼국지의 전반 부분의 주요 인물——원소일 것이다.
원소는 집안·인망·인재가 풍부하여 일찍이 화북에 드넓은 영토를 가졌으나 이윽고 밀어닥치는 조조에 대비하느라고 여념이 없었다.
그러한 원소에게 솔깃한 정보가 들어왔다.
조조가 갑자기 군을 일으켜 당시 서주(徐州)에 근거를 두고 있던 유비의 세력을 치려고 한다는 것이었다. 조조의 입장에서 보자면 앞으로 닥쳐올 원소와의 결전에서 배후를 위협할지도 모르는 유비를 그대로 방치해 두는 것은 바람직한 일이 아니었던 것이다.

그래서 우선 유비에게 타격을 가하여 후한을 없앤다는 것은 전략 상으로 보아 현명한 판단으로 여겨졌다. 그러나 출격을 하면 본거지 인 허창(許昌)은 불안해진다.

"지금이야말로 좋은 기회입니다. 허창을 공략해서 조조의 퇴로를 끊으시지요."
하고 명참모 전풍(田豊)이 진언하였다. 바로 '순수견양의 계'였다.

그런데 때마침 원소의 아들이 병으로 누워 있었다. 원소는 유감스 럽게도 그러한 개인적인 사정으로 이 좋은 기회를 스스로 포기하고 만 것이다. 전풍은 매우 섭섭했을 것이다. 손에 든 지팡이를 땅에 내던지고는 하늘을 보고 한탄하였다.

이윽고 조조는 서주를 공략하여 유비의 세력을 쓸어버리고 허창 으로 돌아왔다.

그러다가 다음에 '관도싸움'을 벌이게 된다. 이렇게 보면 원소의 망국은 단순히 '관도싸움'에서의 패전만이 아닌 것 같다.

포인트

비즈니스 세계에서도 마찬가지이다. 작은 승리를 줍는다는 것은 그것 이 큰 승리로 이어진다는 것을 명심해야 할 것이다. 경쟁자의 사소한 실수를 이용하거나 작은 실패를 틈타서 공격한다. 어찌 보면 무정한 세 상사이지만 싸움이란 결국 먹느냐 먹히느냐인 것이다.

제13계 파부침주(破釜沈舟)의 계

가마를 부수고 배를 가라앉힌다.

항우가 사용한 궁극적인 필승계

이 '파부침주의 계'를 한 걸음 진전시키면 이른바 '배수의 진'이 된다.

원래 이것은 「손자」 병법에도 있는 것으로, 장병의 마음 속에 살아서 돌아가는 것을 단념시키고 필사의 힘을 내게 하는 장치가 필요했다.

유방과 처하의 패권을 다툰 항우는 이 계략으로 크게 승리한 일이 있다.

진나라 군사들에 의해 포위된 거록(鉅鹿)의 반진(反秦) 연합군을 구원하기 위해 갔을 때의 일이다. 전군을 이끌고 황하를 건너자 항우는 타고 온 배를 가라앉히고 식사를 위한 가마솥을 부수게 하고, 병사의 천막까지 태우고 장병들에게는 불과 3일분의 식량밖에 가지지 못하게 했다.

만일 3일 안에 적을 격파하지 못하면 생환은 생각할 수가 없었다. 인간은 누구나 살고 싶은 마음에는 변함이 없다.

과연 항우군은 각자가 일기당천의 활약을 보였다. 그들의 싸움이 너무나 처참하여 적이나 아군들도 숨을 삼켰다고 한다.

이것을 후세 사람들은 항우의 '파부침주의 계'라고 했다.

「오자(吳子)」에는 엄격한 공적 평가법에 의해 공적이 인정되지 않은 자들만 모아 그들의 굴욕감에 호소하여, 보기좋게 50만의 진나라 군사를 5만의 위나라 군사가 격파한 이야기가 실려 있다.

　현대의 기업은 자칫 일을 할 수 없는 자, 성적을 올리지 못하는 자를 배척하거나 체에 걸러 도태시키는 경향이 강하다. 그러나 궁지에 몰려 긴장을 강요당하고 있는 사람일수록 역전의 기회를 노리고 있는 법이다. 인사의 묘는 그러한 힘을 한데 모아 단숨에 활성화시키는 데에 있는 것이 아닐까?

제14계　무중생유(無中生有)의 계

무(無)에서 유(有)를 낳는다.

형주 제압을 가능하게 한 유표의 책략

「노자」에 '천하 만물은 유(有)에서 생기고 유는 무(無)에서 생긴다'라는 말이 있다.

'유생우무(有生于無)'는 '무중생유(無中生有)'와 같은 뜻이다.

'병법 36계'에서는 이 계를 '속임수'라고 말하고 있다.

적을 계속 속임으로써 마침내는 가상이 진짜가 된다. 허(虛)가 실(實)로 변하는 것이다. 선뜻 납득이 가지 않을지도 모른다.

한 예를 들어보자.

북쪽에 조조의 지배권이 확립되고, 동쪽으로 손권의 지반이 확충되는 가운데 마지막까지 독립된 세력을 유지할 수 있었던 주는 형주(荊州)와 익주(益州)였다.

이 두 주에 의해서 제갈량은 '천하 3분의 계'를 기획하게 되는데, 그런 뜻에서 형주의 자사 유표(劉表)는 제갈량의 은인이라고 해도 과언이 아닐 것이다.

유표는 연주(兗州)의 산양군 출신으로 본가는 전한(前漢) 노공왕(魯恭王)에서 이어지는 명가였다. 전임자인 왕예(王叡)가 손권의 아버지 손견(孫堅)에 의해 살해되었다는 말을 듣자 조정을 좌지우지하고 있던 이각(李催)·곽사(郭汜) (모두 동탁
의 부하) 중 이각에게 많은 뇌물을 보내어 무난히 형주의 자사직을 얻었다. 그런데 유표는 각지의 땅을 차지한 군벌처럼 '부곡(部曲)'(사설
군단)을 가지고 있지 않았다. 평상시 같으면 몰라도 시대는 군웅들의 영토 쟁탈전이 한창인 때였다. 임명장 한 장으로 형주로 들어간다는 것은 맨손으로 호랑이를 잡으러 가는 것과 마찬가지였다. 자살행위와 같았다.

아니나다를까, 유표는 형주의 관청이 있는 한수(漢壽)에조차 들어갈 수 없는 형편이었다. 양양(襄陽) 남쪽 의성(宜城)으로 가자 유표는 여기서 이 땅의 '명사'——괴량(蒯良)·괴월(蒯越) 형제나 채모(蔡瑁) 등을 초청하여 형주 평정의 방책을 자문하였다.

여기서 괴월은 무서운 일을 진언한다.

"평화로운 세상에서는 인의(仁義)가 필요하겠지만 난세에서는 우선 권모술수입니다. 병력이 많아야 좋은 것은 아닙니다."

괴월은 유표가 상당한 병력을 이끌고 형주에 들어온 것처럼 가장하여 무력을 과시하면서, 형주 안에 난립한 작은 세력을 개별적으로 불러들여 각 수령을 무조건 속임수로 치고, 그들의 부하를 '부곡'으로 만들면 좋다고 태연하게 진언한 것이다.

유표는 내심 주저하기는 했으나 달리 방법이 없었다. 난세에서는 결백으로는 살아갈 수 없다. 유표는 55명에 이르는 수령을 함정에 넣어 모두 죽이고 그들의 부하를 사설 군단으로 활용하여 다른 영향 아래 있었던 태수나 현령을 사임으로 몰아넣었다.

그야말로 무에서 유를 낳고 허를 실로 전환한 것이다.

만약에 유표가 형주 제압에 성공하지 못했다면 제아무리 제갈량이 지모에 뛰어난 사람이라 할지라도 '천하 3분의 계'를 세울 만한 영역은 남아 있지 않았을 것이다.

또 형주가 안정됨으로써 제갈량은 이 땅으로 이주하였고 그 지연(地緣)이 제갈량의 생애를 결정지었다고도 할 수 있다.

포인트

비즈니스건 대인관계건, 이 계략을 사용하려면 우선 '신용'이라고 하는 보이지 않는 무기를 몸에 지닐 필요가 있을 것이다.

제15계   원교근공(遠交近攻)의 계

먼 곳과 교류하고 가까운 곳을 공격한다.

범수의 진언에서 보는 치국의 묘계

‘원교근공’이란 먼 나라와 동맹을 맺고 가까운 나라를 공격하는 책략을 말한다.

이것은 천하가 크게 혼란하여 전국 난세의 양상을 띨 때 특히 효력을 나타내는 계략으로 알려져 있다. 많은 나라가 대립 투쟁하고 있는 국면에서 어느 나라와 손을 잡고 어느 나라를 공격할 것인가의 선택은 사활의 문제이기도 하다. 그때 이 ‘원교근공’이 매우 효과적인 판단기준이 된다.

먼 나라에는 이익을 주어 사이를 두터이 하고, 가까운 나라와는 깊은 친분을 가져서는 안 된다. 하물며 동맹 관계 같은 것은 어림없는 일이다.

이 ‘원교근공의 계’에는, 가까운 나라에 이변이 생겼을 때 동맹을 맺고 있으면 여기에 말려들 위험이 생긴다. 따라서 변화가 무쌍한 상황 아래에서는 언제 손을 끊게 되어도 영향이 적은 나라 이외는 동맹을 맺어서는 안 된다는 교훈이 들어 있다. ‘원교’는 ‘근공’을 위해서인데, 자기 보신의 사상도 들어 있다.

역사상 이 ‘원교근공의 계’를 천하 통일의 전략으로서 활용한 것은 진나라 시황제이다. 시황제가 대립하는 다른 여섯 개 나라를 순차적으로 멸망시켜 천하 통일을 이룩할 수 있었던 것은 바로 이 ‘원교근공’의 계략 덕분이었다.

이야기는 시황제를 거슬러 올라간 3대 전의 소왕(昭王) 시대부터 시작된다.

이 무렵 진나라는 가까운 곳에 있는 한나라·위나라 두 나라의 머리 너머에 있는 제나라를 공략하려 하고 있었다. 이것을 안 범수 (范雎)라고 하는 사람이 '원교근공의 계'를 진언한 것이다.

범수는 소왕을 설득하였다.

"이전의 제나라의 민왕(湣王) 시대에 남쪽의 초나라로 쳐들어가 초나라 군대를 산산이 격파하고 천리 사방의 영토를 확장한 일이 있었습니다. 그러나 손에 넣은 영토를 결국 모두 포기하지 않으면 안 되게 되었습니다. 왜냐하면 먼 곳에 있는 초나라를 공격하고 있는 동안, 이웃의 한나라와 위나라가 군비를 갖추어 발을 건 것입니다.

이러한 사실에서 알 수 있듯 근교원공은 어리석은 술책이며, 먼 나라와 동맹을 맺고 가까운 나라를 공격하는 것이 득책입니다. 한 치의 땅을 얻으면 그 한 치가, 한 자의 땅을 얻으면 그 한 자가 확실하게 폐하의 영토가 되는 것입니다. 이것을 버리고 먼 곳의 제나라를 공격한다는 것은 당치도 않은 일입니다."

진나라는 범수의 이 전언을 국시(國是)로 삼고 동방계략에 착수하였다. 그리하여 시황제 시대에 우선 한나라를 멸망시키고, 이어 조나라를, 더 나아가서 위나라·초나라·연나라 하는 식으로 가까운 나라를 차례로 병합하고 마침내는 제나라를 멸망시켜 천하통일을 이룩한 것이다.

조조가 사용한 팔방봉쇄 타개책

「삼국지」 시대에 이 '원교근공의 계'를 가장 잘 이용한 것은 역시 조조였다. 아니 조조의 참모들이라고 해야 할지도 모른다.

조조의 힘이 아직 원소에 멀리 미치지 못하여 여포가 제멋대로 횡행할 무렵, 조조의 진영은 사면이 적에게 포위되어 움직일 수 없는 처지에 놓여 있었다.

"여포를 처치하지 않으면 하북 공략은 쉽지 않다. 그렇다고 원소를 타도하려고 해도 원소는 관중(關中 : 섬서성과 호북성 북부)에 침입하여 강족 (羌族)이나 호족(胡族)의 반란을 선동할지도 모른다. 또, 남쪽의 촉나라와 한중(漢中 : 호북성)을 자기편으로 삼을 염려도 있다. 그러나 팔방이 막힌 채 그대로 있다가는, 연주(兗州)와 예주(豫州)의 두 주에 의지하여 천하의 6분의 5를 적으로 돌리게 된다. 이렇게 되면 멸망을 기다리는 것과 같다. 좋은 방책이 없을까?"

조조는 막다른 골목에 몰리고 말았다. 이 사면초가의 상황을 보기 좋게 극복한 것이 참모인 순욱이었다. 순욱은 상황을 자세히 분석하고 연구하였다. 그 결과 다음과 같은 결론에 이른다.

"관중에서는 작은 인원수의 군벌이 각기 독립해 있어서 도저히 하나의 세력으로는 규합되지 않을 것입니다. 그 중에서도 한수 (韓遂)와 마초(馬超) 두 사람은, 우리가 동쪽의 여포와 싸우면 어부지리를 얻으려고 병력 보존책을 꾀할 것이 틀림 없습니다. 따라서 이번에는 이들 두 명에게 은덕을 베풀어 그들과 손을 잡으면 장기간의 우호관계는 무리일지라도 이쪽이 동쪽을 평정할 때까지는 그들의 움직임을 충분히 봉쇄할 수 있을 것입니다."

순욱은 이 교섭을 종요(鍾繇)에게 일임하도록 권했다.

종요는 낙양에 서울이 있었던 무렵부터 후한 제국의 헌제를 섬겨 황제 정무비서로 있으면서 헌제가 장안을 탈출했을 때에도 헌제를 섬겼다. 한수나 마초와도 면식이 있었을 것이다. 관중을 방문한 종요는 교묘하게 한수와 마초를 설득하여 아들을 인질로 헌제에 내놓게 하여 우호관계의 수립에 성공하였다. 이 동맹에 의하여 후에 조조가 원소와 백마에서 싸웠을 때 관중의 한수·마초로부터 서량(西涼)의 명마 2000필을 공출하게 하는 데에도 연관되었다.

동맹 체결 직후인 건안 3년(198년)에 조조는 순욱의 의견에 따라 남쪽으로 장수(張繡)를 무찌르고, 동쪽으로는 여포와 배반자 진궁 (陳宮)을 격파하여 이를 체포, 처형함으로써 서주를 평정하였다.

　모든 것은 한수·마초 등과의 동맹 성공에 그 근원이 있다고 해도 과언이 아니었다.

　이러한 '원교근공의 계'는 오늘날 사회에서도 흔히 볼 수 있다.

　예를 들면, 기업광고 모델이다. 인기 절정에 있는 인물을 쓸 경우 기업은 결코 경쟁회사가 채용하고 있는 인물을 쓰지 않는다. 동업자는 물론 관련업계도 피한다. 그러나 모처럼의 인기 인물을 쓰는 것이므로 그 파급 효과도 버릴 수가 없다.

　그래서 다른 업종의 기업과 유대해서 쓰는 경우가 자주 있다. 하루 동안에 같은 모델이 여러 개의 광고에 나오는 것을 보면 '원교근공의 계'의 구조를 알 수 있을 것이다.

　또, 이 계략은 국제 정치를 생각하는 '지정학'의 기본이라는 것도 덧붙이고 싶다.

포인트

　현대의 국제사회에 있어서도 가까운 동맹국(동일주의국)은 좀처럼 없는 법이다.

제16계   욕금고종(欲擒姑縱)의 계

잡기를 원하면 잠시 내버려둔다.

제갈량이 맹획에게 사용한 묘계

힘에 호소하여 퇴로를 차단하고 단숨에 공격하면 상대방도 있는 힘을 다해서 저항한다. 그렇게 되면 이쪽 손해도 가볍게 볼 수가 없다. 그보다는 도망가게 내버려 두면 어떨까? 상대방의 기세도 어느 정도 누그러질 것이다.

추격을 한다 해도 철저하게 한다는 것은 바람직하지 않다. 적의 체력을 소모시키고 투지를 상실하게 하고 체포하면 힘을 적게 들이고도 승리의 가능성이 높아진다. 요컨대 침착하게 때를 기다리면 좋은 결과를 얻을 수가 있다는 것이다. 촉나라 건흥 원년(223년) 6월, 지금의 쓰촨성 남부 지구에서 위난성·구이저우성에 걸쳐 흔히 말하는 '남만(南蠻)'이라고 일컬어지는 이민족이 반란을 일으켰다.

2년 후, 제갈량은 반란군을 진압하고서 남방정벌군을 일으켰는데 이때 참모인 마속(馬謖)은 제갈량에게 권했다.

"용병의 길은, 적의 마음을 공격하는 것이 상책이고 적의 성을 공격하는 것은 하책입니다. 반드시 상책을 가지고 적의 마음을 공격하도록 하십시오."

제갈량이 이에 따른 것은 물론이다.

아래는 「삼국지연의」 이야기이다.

제갈량은 세 방면으로 남하하여 남만의 반란군을 추격했을 때 마지막 보루에서 제갈량군을 저지하려는 남만왕 맹획(孟獲)이 있다는 것을 알자 제갈량은 전군에게 포고하였다.

"맹획을 죽이지 말고 생포하라."

격전 끝에 맹획은 생포되어 제갈량 앞으로 나왔다. 제갈량은 맹획에게 자기 군대의 모든 진영을 샅샅이 안내하고 진형(陣形)도 다 보인 후

"어떻소? 우리 군의 전투태세는……."

하고 말을 걸었다. 여기에 맹획은 다음과 같이 대답하였다.

"앞서의 싸움에서 이쪽의 진형을 몰랐기 때문에 뜻하지 않은 실수를 저질렀소. 그러나 이렇게 내용을 안 이상 이번에는 꼭 이길 수가 있을 것이오."

제갈량은 웃으면서 맹획을 석방하였다. 맹획은 장담한 대로 다시 제갈량에게 도전하였으나 다시 패배하여 마침내 일곱 번 석방되고 일곱 번 붙잡혔다. '칠종칠금(七縱七擒)'이란 고사는 여기서 나온 것이다.

일곱 번째로 붙잡혔을 때 제갈량이 또다시 석방하려고 하였으나 맹획은 이번에는 제갈량을 떠나려 하지 않았다.

"당신은 살아 있는 신과 같은 분입니다. 남쪽 사람들은 이제 두 번 다시 당신에게 대항하지 않겠습니다."

하고 제갈량에게 심복하였다.

제갈량은 무력 행사와 병행해서 '욕금고종(欲擒姑縱)의 계'를 잘 써서 이민족의 마음을 완전히 사로잡은 것이다. 이 계략은 많은 인간 관계를 원만하게 유지하면서 충분히 응용할 수 있을 것이다.

포인트

예를 들어, 맹획을 신인이나 세대가 다른 부하로 바꾸어 놓아보자. 일을 만족스럽게 하지 못한다, 이해하는 노력을 하지 않는다고 해서 꾸지람만 하면 그다지 능력 있는 상사는 못된다.

제갈량이 된 기분으로 관용을 베풀어 얼마 동안 풀어놓았다가 상대방의 자각을 기다리는 것도 하나의 방법이다. 귀찮게 간섭하여 고집으로

굳어지면 어떻게 할 도리가 없다. 참을성 있게 상대방에게 자신의 책임
이나 능력을 스스로 깨닫게 하는 것이 좋은 경우가 많다.

제17계 관문착적 (關門捉賊)의 계

문을 닫고 도둑을 잡는다.

여포를 오래 살게 한 유비의 어리석은 계략

우리나라 속담에 '독 안의 쥐'라는 것이 있다.

'관문착적의 계'는 바로 이것을 말한다. 그러나 '병법 36계'에서는 '약한 적군은 이를 봉하라'라고 되어 있다.

이것은 어디까지나 약한 적군을 포위하여 섬멸하는 경우에 하는 일이라고 명심하여야 한다.

궁지에 몰린 적은 필사의 각오로 저항하므로 이의 처리에는 매우 신중을 기해야 한다. 자칫 잘못하면 '궁지에 몰린 쥐, 고양이를 무는' 반격을 받을지도 모른다.

때릴 때에는 철저하게 때려서 장차의 후환을 남겨두지 않는 것이 '관문착적의 계'의 발상이다.

「삼국지」 안에서는 실로 많은 인물이 등장하는데 그 중에서 여포만큼 배반을 되풀이한 사람도 드물다.

여포는 북쪽 변두리 땅인 오원군(五原郡)에서 태어나 처음에는 병주(幷州) 자사 정원(丁原)의 부관으로 있었다. 그런데 동탁의 선동을 받아 정원을 죽이고 동탁 아래에서 부자 관계를 맺을 정도로 후한 대접을 받았으나, 왕윤(王允)의 사주를 받아 동탁도 살해한다.

한때는 서울을 좌지우지했지만 동탁의 부하였던 이각(李催)이나 곽사(郭汜)에 쫓기어 허망하게 서울을 떠난다. 그 후 원소(袁紹)나 원술(袁術)에게 몸을 의탁하려고 하였지만 '주인 살해'라는 낙인이 찍혀 어디에서도 받아주지를 않았다. 각지를 전전한 끝에 연주(兗州)의 목(牧)이 되었다가 조조에게 패배하여 도주하였다.

마침내는 당시 서주의 목이었던 유비에게 하소연하여 보호를 구했다. 사람이 좋은 유비는 미축(麋竺) 등의 반대를 무릅쓰고 이 불쌍한 인물을 맡았다.

그런데 여포는 얼마 후 출진한 유비가 없는 틈을 타서 서주를 차지한다.

이윽고 여포는 유비를 습격했다. 유비는 조조를 의지하여 망명하지만 결국 여포는 조조에게 살해된다.

「삼국지」의 세계에는 이합집산과 인간 세계의 복잡한 관계가 수없이 나온다.

그 중에서 여포가 특히 혐오되는 것은 그에게는 구원할 만한 여지가 전혀 없었다는 점이다. 여포는 자기 부하로부터도 돌봄을 받지 못했다. 확고한 신념이나 이상도 없고 시기심만은 남보다 강했다. 가신을 통솔하는 기량도 없이 이따끔 부장이 하는 말에 좌우된다면 어쩔 수 없는 것이다.

그래도 악명이나마 후세에 이름을 남길 수 있었던 것은 여포의 무력=궁마술·도창(刀槍)·완력 등이 남달리 뛰어났기 때문이었다. 「삼국지」 중에서 사람들이 가장 싫어하는 사람은 여포였지만 「삼국지」 중에서 가장 무용이 뛰어난 사람도 또한 여포였다.

아무튼 '은혜를 원수로 갚는다'는 말이 있듯 유비가 만일 여포를 받아들이지 않았더라면 천하의 행방도 매우 달라졌을 것이다.

'물에 빠진 개는 두드려라' 이것은 중국 속담이다.

기운이 빠진 적, 치기 쉬운 상대는 일찍 해치우는 것이 좋은 것이다.

훗날의 유비와의 장기전을 초래한 조조의 실수

앞에서 본 '욕금고종의 계'(제16계)는 비록 적을 놓칠지라도 해는 되지 않는다. 오히려 이쪽의 플러스로 작용하는 면이 있다.

이에 대해 '관문착적의 계'는 놓아두면 커다란 마이너스밖에 되지 않는다. 따라서 때가 늦기 전에 과감하게 상대방의 숨통을 끊으라는 것이다.

그러나 약한 적이 머리를 숙이고 항복해 오면 승리자는 그 적을 쉽사리 칠 수 있는 것이 아니다.

'쫓겨서 도망갈 곳을 잃은 새가 품안으로 뛰어들면 사냥꾼도 이를 죽이지 않는다'는 말이 있다.

그래서 이를 이용하려는 계략도 있으나 여기서는 '관문착적의 계'를 재확인해 보자.

여포에게 서주를 빼앗긴 유비는 한때 소패(小沛)에 주둔하고 있었는데 이윽고 여포의 공격을 받아 패주하여 유비는 공교롭게도 조조에게로 도망친다.

갈 곳 없는 새가 품 안으로 들어온 것이다.

참모인 순욱(荀彧)과 정욱(程昱) 등은 다같이

"유비를 죽여야 합니다."

라고 조조에게 권했다.

"지금 처리를 하지 않으면 훗날 후회하실 겁니다."

라고도 진언하였다. 그러나 조조는

"받아들여서 천하의 인심을 얻는 것이 상책입니다."

라고 하는 곽가(郭嘉)의 말을 받아들여 유비를 예주의 목으로 임명하여 임지로 부임케 하였다.

그러나 그 후의 전개는 조조의 생각과 크게 벌어지게 된다.

우여곡절을 겪어 조조의 전횡에 크게 노한 헌제가 '조조를 주살하라'는 조(詔)를 내리자 유비는 그 연판장에 서명하고 자신도 조조를 치려 한다.

'천하 삼분의 계'로 유비를 옹립한 제갈량 때문에 조조의 천하 통일의 야망은 사라지고 만다. 유비의 목숨을 살린 것은 너무나 값비싼 대가가 아니었을까?

비즈니스 세계에서도 이것을 명심할 필요가 있을 것이다.

「한비자」에 '두 가지 자루란 형(刑)과 덕(德)이다'라는 말이 있다. 주군이 되는 사람은 두 개의 자루를 가지고 있다는 것이다. 형벌과 은상, 엄격과 관용인데, 서툰 관용은 대개의 경우 상대를 조장시키는 결과를 가져온다.

오늘날의 비즈니스 세계는 형이 주이고 덕은 종의 관계에 있는 것만 같다.

제18계 부저추신(釜底抽薪)의 계

솥 밑에서 장작을 뺀다.

우세한 원소군을 격파한 조조의 발상

물이 끓는다. 이것은 불에 의한 것이다. 불이 세차게 타면 탈수록 세차게 끓는다. 이 세력을 어떻게 막으면 되는가? 끓는 물에 손을 대는 것은 위험하고 지금 한창 타고 있는 불에는 접근할 수가 없다.

방법은 없는가? 그렇지도 않다. 불에 넣을 장작은 타고 있지도 않다. 접근하기도 쉽다. 이 장작을 빼냄으로써 불기운은 시들고 끓던 물도 이윽고 처음의 물로 돌아간다.

이 계략은 강력한 적을 상대했을 때 대응하는 방법으로 생각해도 무방할 것 같다. 정면에서 싸우는 어리석음을 피하고 방향을 바꾸어 때를 기다렸다가 자신의 역량 범위에서 무너뜨릴 수 있는 포인트를 찾아서 일거에 친다.

원소에 맞서 조조가 사용한 것도 바로 이 '부저추신의 계'였다.

「삼국지」 전반의 클라이맥스인 조조와 원소의 화북 패권을 건 싸움, 즉 '관도 싸움'은 알려진 바와 같이 조조가 쾌승하여 중국의 북반부를 지배하에 넣어 일약 「삼국지」를 리드하는 주역으로 올라섰다.

그러나 이 싸움도 싸우기 전의 세상의 평판에 의하면 압도적으로 원소측의 우세라고 했다. 왜냐하면 이때의 동원 병력은 하늘과 땅의 차이——조조군의 2만에 대해 원소군 10만——이 병력의 차이는 어떻게도 할 수 없는 일로 일반은 보고 있었다.

아이러니컬하게도 조조와 원소는 젊었을 때부터 불량배 패거리였으나 집안이나 인망으로 볼 때 조조는 원소의 아래에 있었다. 또 '황건의 난' 이후 동탁 타도에 군웅이 들고 일어났을 때에도 맹주의 자리에 있었던 것은 원소였다.

당당한 관록이지만 사람을 대할 때에는 검허하게 했으므로 그의 주위에는 많은 인재가 모였다고 전해지고 있다.

더욱이 원소에게는 유비의 제갈량에 필적하는 참모 저수(沮授)와 전풍(田豊)이 있었다. 명문에 태어나 인품도 좋고 인재가 주위에 넘치고 영토도 넓었던 원소——.

그럼에도 항상 그의 아래에서 겨우 북부의 4개 주를 얻은 데에 지나지 않은 조조와 '관도 싸움'에서 패배를 당하고 말았다.

왜 그랬을까? 조조의 명참모인 순욱은

"겉보기는 담이 클 것 같지만 실은 그릇이 작다. 부하에게 일을 맡기면서도 그를 의심한다."

원소의 성격을 날카롭게 평하고 있다. '부하는 많아도 다룰 수가 없다'는 것이다.

확실히 원소는 우유부단하고 '소심'한 데가 있었다.

조조가 자신의 암살에 가담한 유비를 토벌하기 위해 본거지인 허도(許都)를 비웠을 때 전풍은 원소에게 허도를 기습하도록 진언하였으나 원소는 아들의 병을 이유로 움직이지 않았다.

중원 일대는 이제 천자를 옹립하는 조조의 세력권이었다. 그러나 기주(冀州)·유주(幽州)·병주(幷州)·청주(靑州) 등, 지금의 하북성과 산동성 북부, 황하 이북의 드넓은 지역은 여전히 원소의 지배하에 있었다.

병력·경제력에서 원소가 조조를 앞서는 가운데 마침내 원소의 대군이 남하를 시작하였다.

조조의 진영에서는 이미 패색이 짙어져서 싸우기 전부터 승패는 결정된 것 같았다.

이때 조조는 원소의 인물됨을

"야심은 크지만 실현하기 위한 지력(智力)이 없다. 잘난 체는 하

지만 담은 없다. 남에게 이기려는 마음은 강하나 남의 존경을 살
수는 없다.”
조조는 또
“병력은 많지만 조직이 갖추어지지 않았다. 휘하의 장군들은 뽐
내기만 할 뿐 명령은 제각각이다.”
대조직 치고는 근원적이고 치명적인 결함이라고 할 수 있다.
조조는 원소의 ‘강(强)’ 속에서 ‘약(弱)’을 발견함으로써 자기편의
‘약’=‘불안’을, ‘승리에의 확신’=‘강’으로 바꾼 것이다. 또 조조의
이러한 이론은 결전에서도 유감 없이 발휘되고 있다.
병력은 이쪽이 적어도 적의 힘을 분산시키면 대등하게 싸울 수 있
다고 조조는 말했다. 이것이야말로 ‘부저추신의 계’였다.
원소군과 대치한 조조군은 국지적인 싸움을 승리로 이끌면서도
병력의 절대차로 인하여 후퇴하여 간신히 ‘관도’에서 머물러 태세를
정비하였으나 열세는 여전했다.
그때 조조에게로 허유(許攸)가 항복해 왔다. 허유는 가공할 만한
정보를 알린다. 원소군의 식량 기지 오소(烏巢)가 허술하다는 것이
다.
여기를 함락시키면 국면은 크게 바뀐다. 바로 ‘부저추신의 계’였다.
조조는 모략이 아닌가 하는 여러 장수의 말에 귀도 기울이지 않고
야습을 감행하여 장작=오소를 빼서 솥=원소군을 들뜨게 만들어
국면을 역전시켰다. 원소군은 대혼란에 빠져 눈사태처럼 패주했다.
이 싸움을 평해서 조조의 참모 순욱은
“매우 열세한 군대를 이끌어 최대 최강의 군대와 싸웠다.”
고 했는데, 이것이 후세에 ‘약소’가 ‘강대’에 대항할 경우의 금과옥
조가 되었다.

반란군을 진압한 설장유의 일갈

송나라 때의 일이다. 한주(漢州)의 감독관으로 설장유(薛長儒)라
고 하는 사람이 있었다.

어느 때 주병(州兵)이 처우에 대한 불만에서 반란을 일으켜 여세
를 몰아 그들은 무장을 하여 관청 앞에 진을 치고 주지사와 군 사령
관을 해임하라, 아니 죽이라고 외쳤다.

그것을 눈으로 보고 귀로 들은 주지사나 군 사령관은 무서워서 한
발자국도 밖에 나가려 하지 않았다. 그것을 본 반란군들은 더욱 기
가 나서 한주 전체를 제압할 것 같은 세로 불어났다.

이때 위태로운 사태를 차마 볼 수가 없었던 설장유는 혼자서 주병
들 앞에 섰다.

"여러분, 당신들에게도 부모나 처자가 있을 것이다. 어찌하여 이
렇게 어리석은 짓을 저질렀는가. 아무것도 모르고 명령에 따랐을
것이다. 처벌은 하지 않겠다. 주모자 이외는 해산하라."

설장유의 한 마디로 불타올랐던 궐기의 불꽃도 시들고 부화뇌동
한 자들은 투항하고, 주모자 8명은 도망갔지만 민가에 잠복한 것을
전원 체포하였다. 이 이야기를 들은 당시 사람들은

"장유가 없었더라면 반란군은 한주를 제압했을 것이다."
고 말했다 한다. 반란 병사의 사기를 순간적으로 분쇄한 설장유가
취한 것도 '부저추신의 계'였다.

포인트

기업 안에서 어떤 프로젝트를 기획했다. 그런데 반대파가 많았다고
하자. 그러면 그 프로젝트는 실행 불능인가? 그렇지 않다. 반대파 중
심 인물을 떨어뜨리든가, 반대파의 연대, 단결을 단절시키든가, 반대파
의 기세를 꺾든가, 방법은 얼마든지 있다. 그 다음에는 응용이 있을 뿐
이다.

제19계   칭천(稱薦)의 계

칭찬하여 추천한다.

조조를 내쫓은 칭찬 살인의 비책

조조의 본적은 패(沛)의 초현이다.

아버지 조숭(曹嵩)은 '매관(賣官) 제도'——뇌물이나 헌금 1억 전을 가지고 후한의 태위(太尉)까지 오른 사람이고, 양조부는 4대의 제왕을 섬겨 '대장추(大長秋)'가 되어 열후(列侯)에 든 환관의 거두 조등(曹騰)이었다.

조조는 좋은 환경에서 아무런 부자유도 없이 자라 장차 유능한 인재라는 말을 들은 반면, 방종한 성질에 고집이 세고 권모술수를 부리는 그 성격이 많은 사람에게 두려움의 존재가 되었었다.

그런데 후한 말기, 관리의 채용 시험인 '과거'는 아직 없었다. 그러나 그 원형이라고 여길 만한 제도는 있었다.

그것은 '선거(選擧)'라고 했다. 이것은 여섯 가지 덕목——'현량방정(賢良方正)'·'직언(直言)'·'명경(明經)'·'유도(有道)'·'무재(茂才)'·'효렴(孝廉)'——에 의해서 군의 태수나 재상, 중앙의 대관이 이렇다고 여겨지는 '인재'를 중앙에 추천할 수 있는 제도였다.

'효렴'='효심이 깊고 청렴한 선비'로서 추천을 받아 중앙 정부의 관료가 된 조조는 임관되자 곧 낙양현의 북부위(北部尉)에 기용되었다.

조조는 부임하자 관청의 문을 보수하고 범죄자의 처벌용으로 사용되는 오색의 봉(棒)을 나란히 세워 단속을 강화하는 선언을 하였다.

조조는 미지근한 일은 하지 않는 사람이다.

당대의 유명한 환관의 거물로 건석(蹇碩)의 숙부에 해당하는 인물이 어쩌다가 야간 통행 금지령을 위반했을 때에도, 체포하러 출동한 조조는 이 인물을 붙잡자 용서 없이 매질을 하여 마침내는 때려 죽이고 말았다.

조등의 손자, 조숭의 아들이 아니었다면 아마도 이내 역습을 받아 살해되었을 것이다. 장안은 충격을 받아 법령 위반자는 격감하였다.

조조를 마땅치 않게 생각하는 사람은 많았으나 그 배후 관계를 보면 어찌할 수도 없었던 것 같다. 그때 반 조조파가 사용한 것이 '칭천의 계'였다.

유력자들은 제각기 조조를 '칭천'하여 좀더 유능한 수완을 발휘할 수 있는 직책을 주고 싶다고 해서 조조를 돈구현의 현령으로 영전시킨 것이다. 허울 좋은 추방이었다.

도저히 당할 수 없는 상대와 대치했을 때 정면으로 다투어도 이길 수 없으면 아래로 몸을 낮추어 상대방을 추켜세워 기분 좋게 만든 후 추방하는 전법이 있다. 고도의 경원 작전이라고나 할까?

하지만 조조의 경우 이윽고 의랑(議郞)으로서 중앙으로 돌아오자 시대는 '황건의 난'으로 옮아 관료 생활로부터 멀어져 갔다.

이 수법은 예부터 여러 가지로 활용되었다.

포인트

상대방을 추켜올려, 티끌만큼도 불신을 느끼게 하지 않고 체면을 유지하면서 자기 앞에서 떠나게 하는 것이다. 그것이 결과적으로 상대방의 영전이라 해도 이쪽의 눈 앞에서 사라져 주기만 하면 불만은 없다.

제20계 미인의 계

미인으로 적을 농락한다.

오월의 관계를 역전시킨 계략

'미인의 계'는 가장 직선적인 모략이라 할 수 있다.

거대한 적, 도저히 상대가 되지 않는 상대방과 대치했을 때, 그 강대성을 약화시키는 것이 이 비계(祕計)인데 '미인의 계'는 여성으로 상대방을 농락하여 마음을 꺾는 것이다.

이것을 역사상으로 유명하게 만든 것은 춘추시대 말기 오나라 왕 부차(夫差)에 패하여 회계(會稽)에서 굴욕적인 항복, 화의를 맺게 된 월왕(越王) 구천(句踐)이었다.

구천은 슬픔에 잠겨 부차의 허락을 받아 귀국했지만 항상 곁에 말린 쓸개를 놓고 자고 일어날 때마다 그 쓴 맛을 맛보면서

"구천이여, 회계의 치욕을 잊지 말아라."

자신을 매질하며 타일렀다.

이때 구천의 오른팔인 범려(范蠡)는 월나라를 재건하기 위해 두 가지 정책을 썼다.

하나는 국내 정치의 개혁이었다. 널리 인재를 초빙하여 초심으로 돌아가서 국정을 다시 세움과 동시에 군사력의 증강에 노력하였다.

또 하나는 부차에 대한 공작이었다.

국력의 충실을 꾀하기 위해서는 부차를 방심시키지 않으면 안 된다. 그 공작의 일환으로 범려는 여성으로 하여금 부차를 연약하게 만드는 책략을 쓰기로 했다.

온 나라에 영을 내려 미녀 중의 미녀를 구해서, 저라산(苧羅山) 기슭에 사는 나무꾼의 딸인 '서시(西施)'라는 미녀를 구할 수가 있었다.

범려는 서시를 서울로 불러 예의범절을 가르치고 기초적인 교양도 쌓게 하여 3년 후에 서시를 오나라에 보냈다. 부차는 예상했던 대로 한 눈에 서시가 마음에 들어 측실로 삼아 총애하였다.

'미인의 계'에 빠진 부차가 서시에 넋을 잃고 있는 동안 구천과 범려는 필사적으로 월나라를 재건하여 이윽고 오나라의 방심을 틈타 부차를 멸망시켰다.

이 서시는 「삼국지」 속의 초선(貂蟬)과 함께 중국 절세의 미인으로 여겨지고 있다.

초선이 시도한 '연환의 계'(제11계)도 '미인의 계'의 하나라고도 할 수 있다.

'미인의 계'는 상대방을 농락하는 것만이 그 목적이 아니다. 가능성으로 보면 적의 정보를 수집(스파이 공작)하는 일과 경우에 따라서는 상대방을 암살할 수도 있다.

포인트

현대의 기업 사회에서 '미인의 계'가 어떤 성공을 거두고 있는가. 여성 스캔들에 의해서 지위를 잃고 패가망신하는 사례를 이따금 신문 지상에서 볼 수 있다. 조심보다 더 중요한 일은 없는 것 같다.

제3장 간계

제21계　차시환혼(借屍還魂)의 계

시체를 빌려 혼을 돌려준다.

조조와 원소의 명운을 가른 일계

'차시환혼'——산 송장에 다시 혼을 불러들인다는 것은 무엇을 말하는가?

자립을 하고 있는 사람은 남이 조종하려고 해도 어렵고 조종도 할수 없다.

그러나 남에게 의존하고 있는 사람은 항상 남을 의지하고 도움을 기다리고 있는 것이다. 그것을 이용해서 상대방을 조종하는 책략이 '차시환혼'이다.

그러나 상대방의 이용 가치가 없어지면 쉽게 버리는 일에도 관련이 있다.

「삼국지」 명참모 저수(沮授)에 의해 화북에 드넓은 영토를 가질수 있었던 원소였지만, 결단력이 없고 막상 중요한 단계에서 스스로 자기의 발목을 잡아당기는 꼴이 되었다.

화북의 지배권을 걸고 원소가 조조와 싸웠을 때에도 실은 저수의 제안에 대하여 단 하나의 결단을 할 수 없었기 때문에 쇠망의 길을 걷게 된다.

"천자(헌제)를 장안으로부터 맞아 낙양에 한황실의 종묘를 재건하는 겁니다. 천자를 받들어 천하에 호령하여 그래도 귀순하지 않는 자가 있으면 이를 치면 됩니다."

저수는 '차시환혼의 계'를 알고 있었던 것 같다.

원소는 어리석게도 그것을 거부하였다. 이유는 쇠퇴한 황실을 부흥시킨다는 것은 매우 어려운 일로 상의(上意)에 따르면 이쪽 위신이 떨어진다는 것이었다.

게다가 거역하면 역적의 오명을 뒤집어쓸 수도 있는 것이다. 쇼평의 값이 높아지자 값을 따져보고 주저한 것이다.

한편, 조조도 헌제를 영입하는 마이너스에 대해서는 원소와 마찬가지로 계산을 하고 있었으나 그러면서도 저수가 원소에게 한 말과 같은 말을 부하인 모개(毛玠)로부터 듣고, 참모인 순욱으로부터도 '지금 결심하지 않고 후에 후회해도 아무 소용이 없습니다'고 하는 결단을 재촉받자 마지못해 그들의 말에 따른 데에 기량의 차이를 엿볼 수 있다.

이 무렵까지 조조는 각지에 군웅할거하는 호족의 한 사람에 지나지 않았다. 화북에 약간의 영지를 소유하고는 있었지만 원소에는 훨씬 미치지 못하고 공손찬(公孫瓚)과 싸워도 이겼을지 의문이다.

그런데 조조는 헌제를 얻음으로써 쇠퇴 일로에 있었던 후한이기는 했지만 관직의 임면권·법령 발포의 실행 권한을 한 손에 장악하는 입장이 되었다.

이 명목이용의 가치는 조조의 패권을 결정지었다고 해도 과언이 아니다.

헌제는 동탁의 위협을 받아 낙양에서 억지로 장안으로 움직이기는 했지만 흥평(興平) 2년(195)에는 장안의 정치사정의 불안을 두려워한 나머지 이 땅을 탈출하여 옛 서울 낙양을 향하였다. 도중에 동탁의 부장 이각(李傕)의 추격으로 할 수 없이 황하를 건너 진로를 북으로 변경하여 하동군 안읍으로 피난하였다가 이듬해 7월 마침내 낙양에 도착하였다.

그러나 낙양의 황폐는 차마 눈으로 볼 수 없었다. 헌제가 낙양을 비운 6년 동안에 부흥이 불가능할 정도로 황폐가 심했다.

그래서 조조는 낙양의 동남쪽 약 120킬로미터 지점에 있는 영천군(潁川郡)의 허(許)라는 고을로 천도할 것을 결단하고 널리 그 뜻을 알리게 하였다.

만약에 조조가 헌제를 받들지 않았더라면, 그 후 원소와 싸운 일
대 결전 '관도싸움'(^{건안 5년}_{=200년})에 이르기까지 수적으로는 압도적으로 우
세였던 원소에 틀림없이 먹혔을 것이다.

촉나라를 손에 넣은 유비의 책략

마찬가지로, 의지할 영토도 없이 천하를 떠돌아다녔던 유비가 간
신히 자립할 수 있는 지반=촉나라를 얻은 방법도 '차시환혼의 계'
에 해당하는 것이었다.

유비는 형주의 남부를 한때 점령했지만 이것은 어디까지나 오나
라로부터 맡은 것에 지나지 않았으므로 자신의 세력권을 원하고 있
었다.

당시에 위나라나 오나라에 속하지 않은 땅이라고 하면 '촉나라의
잔도(棧道)'로 대표되는 육지의 고도(孤島)라 할 수 있는 익주(益
州)=촉나라밖에 없었다. 그러나 이 땅에는 2대에 걸쳐 세력을 길
러온 유장(劉璋)이 있었다.

제아무리 익주가 탐이 나도 대의명분이 없으면 군세를 가지고 쳐
들어갈 수는 없었다.

"어떻게 하면 좋은가?"

유비가 생각에 몰두하고 있을 때 상대편에서 구원을 요청해 왔다.
북쪽의 한중(漢中)에 신흥 종교 국가 '오두미도(五斗米道)'를 수립
하고 있던 장로(張魯)가 남하할 조짐을 보이고 있다는 것이다.

유장은 넋이 나간 산 송장과 같았다. 유비라고 하는 장로보다도
더 위험한 인물을 영입하고 만 것이다.

유비군이 유장에게 트집을 잡아 그의 익주를 빼앗은 것은 그 후
얼마 안 가서였다.

비즈니스 특히 기업간의 다툼에서 이런 수는 곧잘 쓰인다. 크게는
기업끼리의 합병, 작게는 프로젝트 팀. 도움을 요청받은 인물이 어

느 틈엔가 실권을 쥐고 도움을 요청한 사람을 쫓아낸다.

　행랑살이가 안방을 차지하는 경우이다. 비즈니스맨은 항상 주의를 게을리하지 않음과 동시에 틈을 보아 치고 들어가는 것도 하나의 전술임을 알고 자신에게 기회가 오면 주저하지 않고 주객을 전도시켜 점령한다. 실제로 여기까지 가지 않더라도 상대방을 조종하는 대의명분에서 배워야 한다.

제22계 이호경식(二虎競食)의 계

두 마리 호랑이를 다투게 하여 서로 자바 먹게 한다.

장애가 되는 적끼리 서로 물어뜯게 하는 계략

조조가 헌제를 옹립하여 후한 제국의 실권을 잡았을 무렵 유비는 서주(徐州)의 태수로서 소규모로나마 세력을 구축하고 있었다.

더욱이 그 세력권 안의 소패(小沛)에는 여포가 있어서 유비는 무용(武勇)이 뛰어난 이 사나이를 먹여살리고 있었다.

"만일 유비의 기량과 여포의 무용이 결합되면 장차 재앙을 가져 올지도 모른다."

이렇게 염려하는 조조에게, 자신의 손을 더럽히지 않고 두 사람을 말살하기 위한 모략을 진언한 것은 순욱이었다.

순욱은 조조가 천도를 비롯한 여러가지 일에 막대한 돈을 쓴 것에 유의하여, 한 사람의 병사도 동원하지 않고 외교에 의해 두 사람을 자멸로 몰아넣을 술책을 생각하였다.

"예를들어 두 마리 호랑이가 있다고 할 때, 두 마리는 모두 풍운을 기다리고 있습니다. 이 두 마리 굶주려 있습니다. 거기에 밖으로부터 먹이를 던지면 어떻게 되겠습니까? 둘은 본성을 들어내 서로 물어뜯을 것입니다. 아마도 사투 끝에 한 마리는 쓰러지고 나머지 한 마리는 비록 이겼다고 해도 상처투성이로 제3의 적과 싸울 기력은 남아 있지 않을 것입니다. 그렇게 되면 두 호랑이의 가죽을 얻는다는 것은 매우 손쉬운 일이 될 것 아닙니까."

순욱이 말하는 '이호경식의 계'는 두 영웅이 함께 할 수 없다는 원칙을 말한 것이다. 보는 관점을 달리 하면 유능한 인간, 자부심을 가진 자일수록 이 계략에 빠지기 쉽다고 말할 수 있다.

유비는 서주를 차지하고 있기는 했지만 아직 정식 조칙을 받지 못했다. 이 정식 조칙을 순욱은 먹이로 하자는 것이었다. 칙사를 내려 정식으로 서주의 태수로 하고 그 대가로 여포를 죽이라는 밀령을 내린다.

조조측에서 보자면 유비가 여포를 살해해도 자신의 한쪽 팔을 자르는 것과 같았고 반대로 실패하면 여포의 무용이 유비를 용서할 리가 없었다. 어느 방향으로 굴러도 손해는 없었다.

곧 조조는 사자를 파견하여 유비에게 여포를 죽이라고 속삭이게 했다.

이때 유비는 어떻게 했는가? 이 모략에 말려들지 않았던 것이다.

'도망갈 곳이 없는 새, 품안에 날아들면 사냥꾼도 이를 죽이지 않는다'라고 한다. 자기를 의지해 온 여포를 죽여 의롭지 못한 사람이라는 말을 듣기 싫었던 것이다.

곁에 있던 장비가, 그렇다면 내가 대신 여포를 치겠다 하고 몸을 숨기고 있다가 여포에게 덤빈다.

한편, 여포는 말 없이 칼을 받을 사람이 아니다. 두 사람은 큰 싸움을 벌였으나 유비가 장비를 말려 여포에게 사죄시킴으로써 사태를 수습하였다.

한편, 유비는 여포를 초청하여 자초지종을 숨김없이 말하였다. 조정으로부터의 밀서도 여포에게 보였다. 여포는 이로써 의혹을 풀고 유비의 성의에 감사하여 두 사람의 결속은 한층 굳어졌다고 한다.

「삼국지연의」에서는 '이호경식의 계'는 실패로 끝나지만 만약에 유비에 확고한 견식이 없었다면 이 책략은 크게 위력을 발휘하였을 것이다.

비즈니스에 있어서도 경합하는 타사와의 싸움을 유리하게 펼치기 위해 강적끼리 서로 다투게 하여 어부지리를 얻는 것은 매우 효과적인 수단이라 할 수 있다.

제23계 구호탄랑(驅虎呑狼)의 계

호랑이를 몰아 이리를 삼킨다.

세 사람의 적을 삼파전으로 싸우게 하는 책략

'구호탄랑'의 비책은 '이호경식의 계'에 실패한 조조가 다시 참모 순욱을 불러 그의 지혜를 빌린 책략이다.

'제2의 계'로서 순욱은 다음과 같은 책략을 조조에게 바쳤다.

전과 마찬가지로 힘을 들이지 않고 유비와 여포를 매장하는 것을 목표로 하였으나 앞서의 '이호경식의 계'가 양자의 싸움이었다면 이번에는 세 사람으로 구성한 것이 다른 점이다.

세 번째 인물로, 순욱은 원소의 배다른 동생으로 독자적인 세력을 가지고 있는 원술을 등장시킨다.

우선 원술에게로 사자를 보내어 유비가 최근 황제에게 청하여 남양을 칠 것을 계획하고 있다고 알렸다. 다른 한편으로는 유비에게도 사자를 보내어 원술이 황제의 명령을 어긴 행동을 하였다고 알려 남양 정벌을 명한다.

유비에게는 황제의 명령을 배반할 수 없다는 약점이 있었으므로 이것을 틀림없이 받을 것이었다.

"표범에게 호랑이를 달려들게 하여 호랑이 굴을 비우게 합니다. 그러면 비운 호랑이 굴에 먹이를 노리고 이리가 나타나는 것입니다."

표범은 원술, 호랑이는 유비, 이리는 여포가 된다.

이번 작전의 요체는 여포였다. 지난 번에는 유비의 덕성이 위기를 눈치채고 이를 비껴났으나, 만약 그 계략을 여포 중심으로 했었더라면 여포는 유비를 쳤을지도 모른다.

두 번째 황제의 사신을 맞아 서주성(徐州城)은 출진할 것인가의 여부를 놓고 시끄러웠다. 미축(麋竺) 등은 이것은 분명히 조조의 음모라고 간파하였다. 그럼에도 유비는 칙명에 거역할 수 없다 하여 남양을 향하여 출진하고 말았다.

유비도 뒷날의 염려가 없는 것은 아니었다. 그러나 장비를 남겨두고 온 것은 역시 실수였다. 장비는 여러 장수 앞에서 술잔을 깨고 금주의 서약을 했으나 술의 유혹은 이길 수가 없어서 부하들을 위로하기 위해 내놓은 술통에 한 잔쯤이야 하고 입을 댔다가 녹초가 되어 버린다.

그 결과 소패(小沛)의 현성(縣城)에 있었던 여포에게 허를 찔려, 기습을 받고 서주성이 함락될 처지가 되었다

여포는 본성을 들어낸 셈인데 그 '이리의 성격'은 예측할 수 없는 것은 아니었다. 그런데도 유비는 여포에게 보기좋게 성을 빼앗겨 목숨까지 잃지는 않았지만 서주라는 모처럼의 근거지를 잃고 떠돌게 된다.

이 비책은 행할 상대방의 성격을 파악하는 것이 포인트이다. 꼼꼼하고 황제에 충성을 다하는 유비에게는 칙명, '이리의 마음'을 가진 여포에게는 체면이란 먹이를 내건다. 등장인물 성격을 잘못 알면 성공의 가망은 없다.

[포인트]

한편 '구호탄랑의 계'는 제3자를 성공적으로 끌어들일 수 있는지의 여부가 성공의 열쇠가 된다는 점도 잊어서는 안 된다. 겉보기에 굳건하게 보이는 조직이나 팀이라도 예상 외의 외부 접근으로 분리, 반목하기 쉽다. 이 모략의 요령을 잘 이해하면 당신도 힘들이지 않고 난적을 쓰러뜨릴 수 있다.

제24계   진화타겁(趁火打劫)의 계

화재에 편승하여 강도짓을 한다.

조조의 솜씨 좋은 화재 현장의 도둑 같은 계략

진화타겁이란「경세통언(警世通言)」에 있는 말이다.

「손자병법」에 주석을 단 두목(杜牧)은

"적에게 혼란이 있으면 이에 편승하여 쳐라."

이렇게 말하고 있다. 싸움은 모략을 사용하여 적을 속이는 일이다. 정상적인 길은 아니다.

「삼국지」의 전반전, 화북의 지배권을 걸고 싸운 것은 조조와 원소였는데 이 두 사람은 다같이 그 출발 시점에서 자신의 세력을 가지지 못했다.

어떻게 해서 자신의 군단을 손에 넣을 수 있었던가?

그것은 바로 '진화타겁의 계'에 의해서였다.

우선 조조의 경우를 보자. 조조는 환관의 양자로 1억 전의 뇌물을 모아 삼공(三公)의 지위를 손에 넣은 조숭(曹嵩)의 아들로서 그다지 칭찬할 만한 것은 못되었다.

경쟁자인 원소에 비하면 집안 계통이 환관이었다는 것은 씻을 수 없는 치명적 결점이었다고 해도 과언이 아니다.

환관 집안이라는 것에 10대의 조조는 고민을 했을 것이다. 그리하여 불량배로서 한 시절을 보낸다.

그러나 조조는 천하에 뜻을 두자 방탕 생활을 딱 끊고 자신이 문무 양도를 갖춘 인재로서 거듭나기 위하여 목숨을 건 노력을 하였다.

조조는 온종일 무엇인가를 하고 있었다.

'효렴(孝廉)'으로 뽑혀 중앙관료 코스로 나아가 서울의 경비대장에서 돈구현 지사, 궁정 건의관(建議官)이 되고, 황건의 난 때에는 근위 기병대장, 이어 제남의 집정관이 되었다가 다시 동군태수에 임명되었으나 이를 거절하고 고향으로 들어앉았다. '서남팔교위(西南八校尉)'의 하나인 전군교위(典軍校尉)가 된 것은 그 후의 일이다.

그러나 원소의 환관 소탕 계획에 가담하지 않았던 조조는 동탁도 섬기지 않고, 입은 옷만 걸치고 서울을 탈출하여 도망가는 도중에 중모현(中牟縣)의 검문소에서 체포되어 살해될 뻔한 일도 있었다.

고향인 진류군의 초에 간신히 도착한 조조는 서울의 혼란을 과장해서 한집안에게 호소하였다. 이윽고는 그것이 불씨가 되어 난세가 된다는 뜻의 연설을 하고 다녔다.

평온한 마을을 열변으로 일시에 화재 현장으로 만든 것이다.

다행히 경제적으로 넉넉했던 조조는 사촌인 조홍(曹洪)·조순(曹純)을 비롯하여 외사촌 하후돈(夏侯惇) 등을 규합하여 5000명의 의용군을 편성하였다.

이것이 타도 동탁의 거병으로 이어진다. 이때 조조 나이 35세였다.

그 후 조조는 몇 차례의 패전을 경험하지만, 한편으로는 이미 이전의 세력을 상실한 황건적의 잔당을 무찔러 닥치는 대로 자신의 군단으로 흡수하였다.

그 중에서도 하북에 전개하고 있던 저비연(褚飛燕)이 이끄는 흑산적의 정벌과 청주(靑州)에 모여 있던 황건적 잔당의 정신적 기둥을 잃은 곳을 집중적으로 공격하는 등 마침내 제북(濟北)으로 몰아 항복하게 한 공적은 컸다.

청주의 황건적 군세를 조조는 '청주병'이라 이름 짓고 자신의 주력군으로 키웠다. 만일 이 '청주병'을 가지지 않았으면 조조는 천하평정의 싸움에서 탈락했을지도 모른다.

불난 집의 도둑이었으나 실로 값싼 쇼핑을 한 셈이다.

이 시점에서 조조는 실로 30여만 명의 병력을 가지게 되었으니 이때 나이 38세였다.

요컨대 적의 약점을 이용하여 대군으로 공격함으로써 일거에 승패를 결정한다. 이것은 강자가 세를 몰아 약한 적을 격파하는 계책이다. 독자 중에는 이 불난 집의 도둑이란 말에 얼굴을 찌푸리는 사람이 있을지 모르나, 싸움은 그 어떤 경우에도 승기(勝機)를 놓쳐서는 안 된다.

기반이 없는 원소가 사용한 의표를 찌른 계책

한편, 원소는 어떻게 되었는가?

이 책사는 하진(何進)의 심복으로 환관 박멸을 꾀하면서 동탁에게 어부지리를 빼앗기자 기주(冀州)로 피하여 이윽고 반동탁 연합군을 조직하여 그 우두머리가 되었다.

그 약싹빠른 움직임은 후한 말기에는 단연코 돋보이는 처사였다.

그 수법의 좋은 예는 기주로 도망갔을 때의 처사를 보면 수긍이 갈 것이다. 그야말로 '진화타겁의 계'의 본보기라 할 수 있을 정도로 뛰어난 솜씨였다. 원소는 기주에 확고한 기반을 가지고 있었던 것은 아니었다.

그는 중앙의 명문 출신이기는 했으나 기주에는 지연(地緣)이라는 것이 없었다. 구태여 말하자면 기주의 풍요로운 토지에 이전부터 눈독을 들이고 있었을 정도였다.

이 무렵, 기주는 자사(刺史)였던 한복(韓馥)의 지배하에 있었는데, 병력을 가지지 않은 원소는 힘으로 이를 공격할 수가 없었다. 그래서 북쪽에 자리잡은 공손찬(公孫瓚)을 부추겨서 기주에 진격하게 하는 한편, 한복에게 사자를 보내어 원소에 의지하는 것이 가장 좋은 방법이라고 타이른 것이다.

한복은 반동탁 연합의 일원으로서 참가는 했지만 난세에 자립할 수 있을 만한 재주는 없었던 것 같다. 공손찬을 두려워하는 나머지 스스로 원소를 불러들이고 만 것이다.

원소는 한복과 교대하자 기주의 실권을 장악하였다.

원소가 보통 사람이 아니었다는 것은 기주의 관리였던 저수(沮授)를 막료에 참가시킨 일로 미루어 알 수 있다.

저수는 그의 비범한 구상력으로 제갈량과 나란히 일컬어지는 인물이었다.

"장군은 이미 천하에 그 이름이 알려져 있습니다. 동탁에 의한 천자 폐립 때에는 의연하게 충의의 입장을 관철하셔서 동탁까지도 떨게 했을 정도입니다. 다시 화북에 진출하여 발해군을 복종케 하고 이제 기주도 지배하에 넣어 그 이름은 천하에 울려 퍼지고 있습니다."

저수는 전체 병력을 가지고 동방으로 향하여 황건적의 잔당이 있는 청주를 소탕하고 여력으로 흑산적을 치고 더 나아가 전군을 북으로 돌려 공손찬을 치도록 진언하였다. 조조와 같은 전략을 취한 것이다. 그 수확은 조조를 훨씬 능가하였다.

북쪽의 흉노를 노려보며 기주·유주·청주·병주의 4개 주를 병합한 원소는 천하에 인재를 구하여 100만의 병력을 양성하게 된다.

원소는 저수의 건의책에 따라 행동하였다. 최초의 난관이었던 공손찬과의 싸움에 있어서도 저수는 '위위구조(圍魏救趙)의 계'(제34계)에 해당하는 북방의 이민족과의 공동 전선을 주장하고 군 사령관에는 그 전법에 능한 국의(麴義)를 임명하여 강적 공손찬을 완벽하게 무찌른 것이다.

제25계   차도살인(借刀殺人)의 계

칼을 빌려 사람을 죽인다.

힘들이지 않고 적인 채모와 장윤을 매장한 주유의 계략

‘차도살인의 계’는 「홍루몽」(1750년쯤)으로부터 인용된 것이다.

자기의 힘을 들이지 않고 제3자를 이용해서 적을 쓰러뜨리는 책략이다.

「병법 원기(圓機)」에는 이런 말이 있다.

‘자기 힘이 부족하여 적을 쓸어뜨릴 수 없을 때에는 적의 칼을 빌려라.’

요컨대 아군의 병력은 그대로 유지하면서 적의 세력을 약화시키는 것이 목적이다.

이 계략을 적벽싸움 직전에 보기 좋게 활용하여 자기편 군대를 유리하게 전개한 사령관이 있었다.

오나라의 대제독 주유(周瑜)이다. 그는 대담하게도

‘적을 아는 것은 싸움에 이기는 제1의 요체’라 하여 어두운 밤에 남몰래 조조군의 수군 요새를 정찰하였다. 거기에는 훌륭한 전투 진지가 짜여져 있었다. 화북 출신자가 대부분을 차지하는 조조군은 수상전에는 별것이 없을 것이라고 얕잡아 보고 정찰을 한 주유였으나 뜻밖이어서 편치가 않았다.

생각건대 조조의 군문에 항복한 형주(荊州)에도 우수한 수군이 있었다. 채모(蔡瑁)와 그의 조카 장윤(張允)은 다같이 수군의 지휘자로서 유명하다. 그들이 조조 수군을 지휘하면 오나라 군대는 고전을 면치 못할 것이었다.

워낙 동원 병력수, 기동력에 있어서 조조군은 압도적 우위에 있다. 거기에 수군까지 활약하게 되면 오나라로서 싸움의 조건은 더욱

더 불리하게 될 것이다.

'어떻게 해서든 채모와 장윤을 처치할 방법은 없을까?'

주유는 생각하지만 이 두 사람은 엄중한 조조군의 본진에 있었다.

그럴 때 조조의 막빈(幕賓) 장간(蔣幹)이 갑자기 나타났다. 주유와 장간은 고향도 가깝고 소년시대는 학창의 벗이었다.

장간은 조조의 뜻을 가지고 주유에게 항복을 권고하러 온 것이다. 주유는 웃으면서 고개를 흔들고 상대를 하지 않았다.

그러나 두 사람은 술상을 사이에 두고 언제 끝날지 모르게 앉아 있었다. 주유의 옛 친구로서 대접을 받아 술에 취한 장간은 주유의 진지에 머무르게 되었다.

깊은 밤에 장간은 잠이 깨어 눈이 책상으로 가자 진중 왕래의 문서가 눈에 띄었다. 장간은 주유의 숨소리를 살피면서 그 중의 하나를 들어 읽어보고 깜짝 놀랐다. 그것은 장윤으로부터 온 편지로, 거기에는 주유와 내응하여 조조를 친다는 뜻이 적혀 있었다.

장간은 흥분하는 가슴을 억누르면서 다시 잠자리에 누웠다. 꾸벅꾸벅 졸고 있을 때 나직하게 문을 두드리는 소리가 나더니 누군가가 들어오는 것 같아 장간은 눈을 감고 귀를 곤두세우고 있었다. 침입자는 가볍게 주유를 흔드는 기색이 나더니 채모와 장윤의 이름이 간간히 들렸다.

날이 새기 전에, 한숨도 잠을 이루지 못했던 장간은 주유가 잠들어 있는 것을 보고 일부러 크게 기지개를 켜며 화장실로 용변을 보러 가는 척하고 편지 한 통을 책상 위에서 훔쳐 그대로 조조의 진영으로 돌아갔다.

주유를 설득하지 못해 면목을 잃은 장간은 채모와 장윤이 오나라에 보낸 통보를 명예회복의 재료로서 알린다. 몹시 분노한 조조는 채모와 장윤을 불러내어 사유도 물어보지 않고 두 사람의 목을 베어 버렸다.

이것이 주유의 '차도살인의 계'였음은 물론이다.

  기업 내부에서 가끔 파벌 다툼에 이 계략이 쓰이는 경우가 있다. 적의 파벌 실력자를 마치 스파이나 되는 것처럼 만들어 적에게 믿게 하여 마침내에는 적의 파벌로 하여금 처리하게 만든다. 교묘한 함정에 빠뜨리는 것인데 이것을 읽는 독자들은 평소부터 대비하고 있으면 문제는 없을 것이다.

제26계 혼수모어 (混水摸魚)의 계

물을 뒤섞어 물고기를 찾는다.

조상을 없앤 사마의 계략

'혼수모어의 계'는 일반적으로 혼란을 틈타 승리를 얻는 계략의 비유로 쓰인다.

'진화타겁의 계'(제24계)와 비슷하지만 '혼수모어의 계'는 기회가 주어지는 것을 기다리는 것이 아니라 물을 섞는다는 적극적인 면을 지닌 것이 조금 다르다.

좋은 예를 들어보자.

사마의가 낙양을 점거하여 쿠데타를 일으켰을 때 한 가지 실수를 저질렀다.

대사농(大司農)인 환범(桓範)을 놓쳐 낙양으로부터 탈출하게 한 일이다. 더욱이 환범은 군량을 조달할 때의 인증(印證)까지 가지고 갔다. 환범은 조상에게로 급히 달려갔다.

환범은 서간(徐幹)의 「중론(中論)」과 어깨를 겨루는 위진(魏晉)의 법가사상의 대표로 「세요론(世要論)」의 저자이자 조상파의 참모라 해도 좋을 인물이었다.

환범은 조상이 모든 형제를 데리고 고평릉(高平陵)에 참배한다는 말을 들었을 때 이에 반대하고 있다.

"만일의 경우 성문이 닫히면 누가 성 안으로 당신을 인도하겠습니까?"

그러나 정적 사마의의 재기 불능을 믿는 조상은

"병마의 대권은 나의 수중에 있다. 그 누가 모반을 할 수 있을 것인가."

이렇게 상대하지 않았다.

그러나 변란이 생겼다. 환범은 동요를 감추지 못하는 조상에게 다음과 같이 진언하였다.

"이대로 황제를 받들어 허창으로 돌아가서 널리 천하에 병사를 모집하여 끝까지 사마의와 싸워야 합니다."

하남성의 허창까지는 거리가 얼마 안 되고 성 안에는 무기 저장고까지 있었다. 식량도 환범이 인증을 가지고 나온 덕분에 조달에 불안은 없었다.

환범의 진언은 정확했다.

이 환범의 책략을 채용했더라면 어쩌면 진(晉)은 그 탄생이 저지되었을지도 모른다. 그런데 조상도, 그 아우인 조희(曹羲)까지도 우유부단한 태도를 취했다. 조상은 대장군의 증거인 보도(寶刀)를 내던지며 말했다.

"사마의는 나의 권력을 거두어들이려 하고 있을 뿐이다. 신분이 보장된다면 나는 낙양으로 돌아가서 평생을 부옹(富翁)으로서 한가하게 지내고 싶다."

이때 이미 조상은 '혼수모어의 계'에 빠진 것이었다.

사마의는 조상의 인물됨을 보고 쿠데타가 성공하자 한시의 지체도 없이 조상에게로 사자를 보내어 생명·재산·신분과 그의 생활을 보장하며 낙양으로 돌아오라고 설득하였다. 조상은 간단히 사마의의 계략에 넘어가고 말았다.

원래 이 인물은 양가의 혈통이라는 것 외에는 그다지 보잘 것이 없는 고관으로, 제갈량의 북방정벌에 대사마(大司馬)로서 활약한 조진(曹眞)의 아들로 태어나 조조의 조카라고 해서 귀여움을 받아 젊어서 황족 못지않은 처우를 받은 데에 지나지 않았다.

특히 명제(明帝)는 조상에게 주목하여 즉위한 후로는 황제 시종장·무위장군으로 파격적으로 승진시켰고 죽음에 임해서는 대장군으로 임명하여 군사대권을 줌과 동시에 상서성(尙書省) 소관인 황제

비서관 직책까지 총괄시켜 조정의 중심에 앉혔다.

조상은 사마의가 얼마나 무서운 사람인지 알지 못했던 것이다.

이것을 보고 한탄한 것은 환범이었다.

"나는 어떻게 해서 이와 같은 돼지만도 못한 패거리와 어울렸는가. 한집안이 몰살당할 것이다."

낙양으로 돌아온 조상 일족은 관직에서 쫓겨나 집에 연금되었다. 얼마 후 석방되리라고 기대하고 있었는데 '모반의 기도'가 있다 해서 삼족 몰살의 극형이 기다리고 있었던 것이다.

조상의 브레인이었던 정밀(丁謐) 이하의 관료도, 환범도 함께 처형되고 말았다.

사마의는 조상을 없애자 승상(丞相)의 높은 자리로 올라 사실상 조위(曹魏)정권의 지배자가 되었다.

사마의가 왕릉 토벌에 사용한 또 하나의 책략

'이대로 가다가는 사마의가 조위정권을 빼앗을지도 모른다.'

뜻 있는 조정 대신들 중에는 지금 사마의의 독재를 막지 않으면 큰 일로 번질 것이라는 위기의식을 갖는 자들이 적지 않았다.

그 중에서도 동방정벌 장군으로서 양주에 주둔하는 왕릉(王凌)은 초왕(楚王)이 된 위나라 무제의 아들 조표(曹彪)를 등에 업고 이전의 삼국시대처럼 이 인물을 천자로 삼고 독립된 군벌정권을 수립할 구상을 품고 있었다.

그런데 불운하게도 준비 완료 직전에 기밀이 사마의에게 새어나갔다.

사마의는 여기서도 '혼수모어의 게'를 사용하고 있다.

곧 조서(詔書)를 받은 사마의는 왕릉이 모반을 꾸민 사실을 천하에 공표하고 대군을 동원하여 진압에 나섰다. 한편으로는 왕릉에게 정중한 친서를 보내어 사마의와의 공존공영의 기대를 갖게 하면서 궐기를 둔화시켜 생각을 바꿀 것을 재촉하는 방법을 사용하였다.

그야말로 왕릉의 머리를 교란시켜 정확한 반응을 저지한 것이다.

왕릉은 사마의의 대군을 앞에 놓고 제정신이 들었으나 이제는 싸울 혈기가 식고 사마의의 친서에 기대하는 마음으로 기울었다.

감성(甘城)으로 입성하는 사마의를 무구(武丘)에서 마중한 왕릉은 스스로 자기 손을 뒤로 묶어 딴 뜻이 없음을 보이고 사마의의 진영까지 가겠다는 연출까지 했다.

곁에서 보기에 왕릉처럼 우습게 보이는 사람도 없었을 것이다. 사마의는 물을 뒤섞어 제발로 온 물고기를 무난히 건져올렸다. 왕릉을 구속하여 서울로 이송하자 극형에 처했다.

포인트

상대방(또는 적)의 내부를 교란하여 그 혼란을 틈타 승리를 거두는 이 '혼수모어의 계'는 오늘날의 비즈니스 사회에서도 흔히 볼 수 있다.

예를 들어, 일을 잘 하는 부하가 거래처 리스트를 그대로 가지고 경쟁 회사로 전직하려 하고 있다는 것이 알려졌다고 하자.

상사는 우선 뜻을 바꾸게 하기 위해 여러 가지로 설득을 하게 된다. 그러나 이것은 시간을 벌면서 국면을 호전시키기 위한 방편일 경우가 적지 않다.

제27계 가도벌괵(假道伐虢)의 계

길을 빌려 괵나라를 친다.

대의명분을 써서 약자를 삼키는 계략

'가도벌괵의 계'는 「한비자」나 「좌전」에 일화가 실려 있다.

'괵(虢)'은 춘추시대에 있었던 나라이름이다. 기원전 658년, 진(晉)나라의 헌공(獻公)은 이 괵나라를 토벌할 생각을 하였다. 그러나 한 가지 문제가 있었다. 괵나라에 들어가기 위해서는 도중에 있는 우(虞)나라를 지나가지 않으면 안 된다.

그러나 다른 나라 군대를 자기 나라 영토에 넣거나 지나가게 하는 나라가 있을 리가 없었다. 그렇다고 괵나라에 더하여 우나라까지 적으로 돌려 싸우기에는 부담이 너무 컸다.

헌공이 고민하고 있는데 대부(大夫)인 순식(荀息)이 다음과 같이 진언하였다.

"곡산(曲産)의 좋은 말과 수극(垂棘)에서 나는 구슬을 우나라로 보내어 영내 통과를 묵인해 받으면 어떨까요?"

두 가지 보물을 주라는 말에 헌공은 머뭇거렸다. 만일 보물을 보냈다가 통행을 허락받지 못하면 커다란 손실이 아닌가!

"우나라에는 궁지기(宮之奇)라는 충신도 있다. 생각대로 되지 않을 것이다."

헌공은 진언을 물리치려고 하지만 순식은 물러나지 않았다.

"확실히 궁지기는 훌륭한 사람이지만 성격적으로는 약한 곳이 있는 사람입니다. 결코 얼굴에 나타내면서까지 자기 의견을 주장하지 않을 것입니다. 게다가 그는 우공(虞公)과 소꿉친구라고 합니다. 집안의식이 강하면 우공은 아무런 염려 없이 궁지기의 충고를 물리칠 것입니다."

헌공은 그 의견을 받아들였다. 순식을 우나라에 사자로 파견한다. 우공을 찾아간 순식은 두 가지 보물을 바치고 우공을 설득하였다.

　"앞서 기(冀)나라는 우나라의 전령(顚軨)·명지(郋地)를 침략하여 대역무도한 행동을 하였습니다. 그러나 영민하신 우공께서는 곧 기나라 군대를 격파하시고 질서를 회복하셨습니다. 지금 괵나라가 기나라와 마찬가지로 영토 확장의 야심을 노골화시켜 우리나라 남쪽을 시끄럽게 만들고 있습니다. 이를 치기 위한 것이오니 부디 우나라 영토를 통과하게 해 주십시오."

　우공은 보물에 눈이 멀어 영내 통과를 허락했을 뿐만 아니라 우나라의 군대를 지원군으로 내는 친절까지 베풀었다. 궁지기는 그 위태로움을 타일렀으나 우공은 듣지 않았다. 진우(晉虞) 연합군은 그해 여름 괵나라를 공격, 하양(下陽)을 함락시켰다.

　3년 후, 진나라는 다시 우나라에 괵나라를 다시 칠 구실로 영내 통과의 허가를 구했다. 궁지기는 전번 이상으로 집요하게 간언하였다.

　"괵나라는 우리나라 성벽과 마찬가지입니다. 괵나라가 건재하기 때문에 진나라는 우리나라에 야심을 나타내지 않고 있습니다. 만일 괵나라가 멸망하는 일이 있으면 우나라도 망할 것입니다."

　그러나 우공은 이러한 간언에는 귀를 기울이지 않고 또다시 진나라 군대의 영토 통과를 허락하고 만다. 궁지기는 이제는 끝장이라고 생각했는지 가족을 데리고 국외로 망명하였다.

　"우나라는 내년을 기다리지 못하고 멸망할 것이다."

　궁지기의 예언은 적중하였다. 그 해 괵나라를 토벌한 진나라 군대는 여세를 몰아 돌아오는 길에 안심하고 무방비 상태에 있었던 우나라를 순식간에 멸망시키고 말았다.

　"구슬은 그대로 돌아오고 양마는 살이 쪄 돌아왔다."

　헌공은 미소를 지었다고 한다.

이 계략은 비록 사소하기는 하지만 남에게 구실을 주면 돌이킬 수 없는 일이 된다고 하는 교훈이다. 강자가 약자를 병합하는 책략이라고 해도 좋다. 더욱이 이 '가도벌괵의 계'는 대의명분을 세움으로써 효과적으로 약자를 삼킬 수 있다는 교훈을 주고 있다.

촉에게 배우는 약자의 영토 경영술

그렇다면, '가도벌괵의 계'에서 빠져 나올 수 있는 방법은 없는가? 제갈량은 이 모계를 보기 좋게 물리치고 있다. 적벽싸움 이후의 일이다. 혼란한 전국의 틈을 타서 형주(荊州)를 점령한 유비에게 오나라의 손권은 되풀이해서 반환을 요구해 왔다.

유비로 말하자면 이 땅을 잃으면 의지할 곳이 없어진다. 유표(劉表)의 대물림 아들인 유기(劉琦)를 구실 삼아 모면한 일도 있었으나 그 유기도 허망하게 병사하였다. 다음에는 손권의 누이동생을 아내로 삼았으나 그래도 오나라의 닦달은 그치지 않았다.

무리도 아니었다. 오나라는 막대한 군대를 투입해서 적벽싸움에 이겼지만 형주를 획득하지 않으면 실제의 전과를 올린 것이 되지 못했기 때문이었다.

유비에게로 자주 사자로 갔던 노숙(魯肅)은, 「삼국지연의」의 세계에서는, 사절로 갈 때마다 제갈량의 계략에 걸려, 오나라의 대도독 주유에게 그의 경솔함을 충고받는데, 그 과정에 다음과 같은 대목이 있다.

손권의 누이동생과 혼인한 유비에게 새삼스럽게 노숙이 형주 반환문제를 꺼내자 유비는 울기 시작했다. 이것은 제갈량이 시킨 일이었는데, 소리를 내어 우는 유비에게 노숙이 어찌할 바를 모르고 있는데 제갈량이 나타난다.

제갈량은 유비가 우는 이유를, 형주를 반환하기 위해서는 촉을 공락해야 하는데 촉의 유장(劉璋)은 한나라 황실과 동성이고 보면 까닭 없이 군사를 들여놓았다가는 주군 유비의 부덕에 세상 사람의 비난을 받게 되므로 어찌할 바를 모르기 때문이라고 설명하였다. 노숙은 '과연' 하고 일단은 납득하여 빈손으로 돌아갔다. 그러나 도중에 시상(柴桑)에 머물고 있던 주유에게 들러 이 이야기를 하였다.

그러자 주유는 또다시 제갈량에게 속았다고 말하고, 유비의 눈물은 단순한 지연책으로 형주를 오나라에 반환하지 않기 위한 변명이라고 간파한다. 얼굴이 파랗게 질린 노숙에게 주유는 하나의 비책, 즉, '가도벌괵의 계'를 일러주었다. 노숙은 그 길로 다시 유비를 찾아, 유비의 이름으로 촉에 쳐들어가는 것이 어색하면 오나라의 대군을 가지고 촉에 침공할 테니 그 때에는 형주를 통과한다는 것과 다수의 군수품과 식량을 보급한다는 뜻을 확약해주면 좋겠다고 말하였다. 이때 유비 대신에 제갈량은 이 제의를 쾌히 승낙하고 있다.

이윽고 주유가 5만의 대군을 거느리고 시상(柴桑)에서 형주의 하구(夏口)로 상륙해 왔다. 마중나온 미축은 군수품과 식량을 준비하고, 유비도 형주의 성을 나와 도착을 기다리고 있다고 알린다.

그러나 선발대인 미축이 돌아간 후 형주에 이르기까지 그 어디에도 마중하는 병사의 모습이 보이지 않았다. 이상하다고 생각하면서도 주유는 유비가 형주를 내주고 도망갔다고 생각하였다. 그런데 유비군은 형주로 깊숙이 주유 군대를 끌어들이자 완전히 포위하는 태세를 갖추고 있었던 것이다. 형주성을 지키고 있던 조운(趙雲)은 주유를 내려다 보고 말했다.

"우리 군사 공명께서는 일찍부터 도독의 '가도벌괵의 계'를 알고 계셨기 때문에 그대를 여기에서 멈추게 하신 것이다."

그 후 주유는 이것을 듣고 너무 분해서 화살로 입은 상처가 도져 목숨을 잃게 된다.

제28계   포전인옥(抛磚引玉)의 계

벽돌을 던져 구슬을 끈다.

'사국지'의 주인공이 되었을 사나이에게 건 책략

적의 중요한 성, 영지를 빼앗으려고 한다면 우선 자국의 생명에 지장이 없는 작은 땅을 적에게 주고 자국의 부국강병을 꾀한 후에 강국이 되면 크게 힘을 과시하고 입장이 바뀐 상대방으로부터 큰 도시나 기름진 땅을 자진해서 할양케 한다.

「삼국지」 이야기 중 항상 조역으로 만족한 사람으로 공손강(公孫康)이 있었다.

아버지 공손도(公孫度)는 후한의 영제 재위 중인 중평 6년(189)에 요동군 태수가 되었다.

후한 말기의 중국 대륙은 그야말로 난세였는데 그 와중에서 공손도는 오직 한반도 침략에 심혈을 기울이고 있었다.

산동반도의 북쪽 반을 점령하고 청주에 자사(刺史)를 두고 건안 9년(204) 이후에는 고립된 낙랑군의 남쪽 반을 대방군이라 하여 독자적인 지배권을 확립하였다.

이런 점에서 보면 삼국의 정립은 실은 공손씨를 더하여 4국 병립, 즉, '사국지'라고 해도 좋았을 것이다.

공손도의 아들 공손강은 위나라로부터도 우대되었으나 '관도싸움' 이후 조조에 쫓긴 원소의 차남 원희(袁熙)와 삼남 원상(袁尙)이 영토 안으로 도망 왔을 때에는 이들 두 사람을 살해하여 그들의 목을 조조에게 보내 환심을 샀다.

그런 일이 있고 해서 조조는 공손강에게 양평후(襄平侯)·좌장군의 지위를 주었을 뿐만 아니라 공손강의 관심을 위나라로 돌리게 하기 위해 공손강을 추켜세웠다. 바로 '포전인옥의 계'였다.

공손씨는 공손강이 죽은 후 그의 아들들이 어렸기 때문에 한때 아우인 공손공(公孫恭)이 뒤를 계승하였다. 위나라에서는 조비(曹丕) 시대에 해당한다. 공손공은 새삼 거기(車騎)장군·양평후에 봉해졌으나 이러한 사정은 이후 공손강의 차남 공손연(公孫淵)이 공의 자리를 이어받은 후에도 마찬가지였다.

한편, 오나라의 경우는 공손연의 환심을 사기 위해 유주(幽州)나 청주의 지배권을 인정하고 연왕(燕王)으로 봉해서 '사지절(使持節; 특정지역에서의 형벌 실행권)'의 자격까지 부여하였다.

먹이로서는 너무나 큰 먹이였지만 이것도 공손연이 가진 드넓은 영토를 빼앗기 위한 것이었다면 이해 안 되는 바는 아니다.

위나라=낙양 또는 업(鄴)
촉나라=성도(成都)
오나라=건업(建業)
연나라=양평(襄平)

이 4개국이 이 무렵에 병립하고 있었던 것이다. 만일 이대로 공손연이 오나라와 손을 잡고 있었더라면 중국의 역사도 크게 달라졌을 것이다.

청룡 2년(234), 촉나라와 오나라는 총력을 다하여 위나라를 공격하여 동서에서 단숨에 위나라를 찔렀다. 촉나라의 승상 제갈량이 오장원싸움에서 전사한 것은 이때였다.

대국인 위나라는 이 공격을 간신히 막았으나 이 싸움에서 오나라의 손권과 짜고 공손연이 바닷길로 공격했다면 세 방면에서 동시에 적을 받은 위나라는 크게 고전했을 것이다. 경우에 따라서는 제갈량은 오장원을 빼고 위나라 서울 업(鄴)에 이르렀을지도 모른다.

그러나 공손연은 태도를 명확하게 하지 않은 채 그러면서도 표면상으로는 위나라를 따르는 태도를 취했다. 전후에 공손연은 팔짱을 끼고 있었음에도 불구하고, 소극적이나마 위나라에 공헌했다고 생각하여 틀림없이 명제(明帝)가 은상(恩賞)을 내릴 것을 기대하였다.

위나라의 입장에서 보자면 최대의 위기를 넘은 것이다. 또 제갈량의 죽음으로 서부 전선에서의 위협도 없었다. 이제까지와 같이 공손연의 기분을 맞출 필요도 없는 것이다.

새우라는 먹이는 도미 먹이를 기다리는 동안 시간 벌기였던 것이다.

그래도 위나라는 일단은 대사마(大司馬)의 작위를 주었다. 그러나 이번에는 공손연이 불만이었다. 공손연은 이전에 오나라의 손권이 인정한 '연왕(燕王)'의 호칭을 공개적으로 사용하며, 가신 가범(賈範)이나 윤직(倫直)의 간언도 듣지 않고 더욱 독립국가의 위엄을 나타내기 시작한다.

위나라는 사마의를 시켜 공손연을 공격하게 하였다. 수상전이라면 몰라도 공손씨가 육상전에서 위나라를 적으로 삼아 단독으로 싸워 승리할 리가 없었다.

새우로 도미를 낚으면서 위나라는 시간을 크게 벌고 있었던 것이다.

달콤한 말에 솔깃하여 나중에 후회하는 일이 많다는 것을 알아야 한다. 그와 같은 경우 중국식 인간학에서 보자면 먹이를 놓은 사람보다도 먹이에 덤벼든 쪽에 큰 책임이 있는 것으로 본다.

포인트

이익에 솔깃하여 마음이 움직이더라도 그 뒤에 숨은 손해를 생각할 수 있는 냉철함을 잊어서는 안 된다.

제29계 반객위주(反客爲主)의 계

손님을 바꾸어 주인으로 만든다.

「삼국지」에 자주 나오는 인정 무용의 계략

'반객위주'란 주인의 손님에 대한 대접이 서툴러서 오히려 손님으로부터 대접을 받는 모양새가 되는 것을 말한다. 손님의 위치에 있는 사람이 주인 자리에 앉는 것을 뜻한다.

또 '주(主)'에는 공격·유효·주동이란 뜻이 있고, '객(客)'에는 방어·불리·수동이란 군사상의 뜻이 들어있다. 즉, 수동적인 입장에 있던 사람이 반대로 주도권을 차지하는 것이다.

이 '반객위주의 계'는 「삼국지」에는 자주 등장한다. 두 차례의 의부(義父) 살해로 왕따가 된 여포를 구하여 이를 받아들였기 때문에 본거지인 서주(徐州)를 잃는 처지가 된 유비도 말하자면 이 계략에 걸린 것과 같았다. 또, 유비에게 구원군을 의뢰하여 익주를 빼앗기는 결과가 된 유장(劉璋)도 이 계략에 빠진 피해자라고 할 수 있다.

싸움에 임하여 「손자」는 주도권의 확보야말로 중요하다고 말했다. 손님의 위치에 머물러 있기만 하면 언제까지나 주도권을 잡을 수가 없다. 기회를 엿보아 일거에 그 입장을 역전시킨다.

포인트

절차로서는 우선 손님으로서의 자리를 잡으면 주인의 약점을 살핀다. 그런 뒤에 행동을 시작하면 일거에 권력을 탈취할 수 있다(시기상조라고 여겨지면 경거망동을 하지 않는다). 권력을 잡으면 서둘러 그 권력을 굳히는 것이 현명한 처사이다. 현대의 기업에서도 CEO의 교체에 따라 흔히 볼 수 있는 움직임이다.

제30계   투량환주(偸梁換柱)의 계

들보를 훔쳐 기둥으로 바꾼다.

시황제가 철저하게 사용한 모략전술

알맹이나 본질을 바꾸어놓으면서 마치 전과 같게 보이게 하는 것이 '투량환주의 계'이다.

싸움터에서는 적이 알 수 없게 아군의 주력부대를 이동시키는 전술로 나타나는데, 들보나 기둥과 같은 가옥을 구성하는 뼈대를 바꾼다는 것은 그것을 잘못 실행하면 국가·기업, 그밖의 조직 그 자체의 패망으로 이어진다.

이것을 응용하여 국가의 뼈대를 외부로부터 바꾸어 버리는 계략이 고안되었다.

진(秦)나라 시황제(始皇帝)는 차례로 대항 세력을 궤멸시켜 기원전 221년에는 마지막에 남은 제(齊)나라를 토벌해서 마침내 천하통일의 사업을 완성한다. 그때 시황제가 사용한 것이 '투량환주의 계'였다. 시황제는 제나라에 대해서 철저한 모략공작을 해서 상대방의 사기를 저하시켜 전의를 상실하게 하였다.

우선 제나라의 재상 후승(后勝)에 눈을 돌렸다. 후승은 제나라 국정의 실권을 쥐고 있었기 때문이다. 시황제는 이 후승에게 많은 금품을 보내어 매수하기에 힘썼다.

꽤 비싼 선물이었던 것 같았다. 이윽고 후승은 시황제의 요청을 받아들여, 자신의 부하와 많은 손님을 진나라로 보냈다. 진나라에서는 그들을 세뇌하여 친진파(親秦派) 요원, 또는 첩보요원으로 양성하여 응분의 금품을 주어 제나라로 다시 돌려보냈다.

시황제의 뜻을 품은 그들은 귀국 후 오로지 진나라가 대국이라는 것, 제나라로서는 적대할 수 없는 존재라는 것을 선전하고 다녔고, 또 입을 맞추어 전쟁을 한다는 것은 어리석은 일이라는 것을 제나라 왕에게 진언하였다. 제나라는 이윽고 온 나라가 전의를 상실하고 만다.

이윽고 진나라 군대가 제나라의 서울 임치(臨淄)에 육박했다. 이때 제나라의 인사는 단 한 사람도 저항하는 사람이 없었다고 한다. 세뇌를 받고 돌아온 사람들의 공작에 의해 나라 전체가 뼈를 제거당하여 저항하는 의지조차 없었던 것이다.

오나라를 붕괴시킨 내부계략

진나라 시황제의 경우는 적극적으로 외부에서 작용한 '투량환주의 계'였지만 역사상에는 오히려 내분에 의해서 자멸하는 예가 많았던 것 같다.

삼국지시대, 위·촉·오 중에서 마지막까지 남은 나라는 오나라였다.

수성(守成)에 전념한 오나라의 손권은 모험하는 일도 적고 촉나라가 위나라에 공세를 가하고 있는 동안에도 오직 내정의 충실을 꾀하였다.

그런데 오나라는 손권의 장기 집권 동안에 어느 틈엔가 자승자박(自繩自縛), '투량환주의 계'에 빠진 것이다. 사건의 발단은 적오 4년(241), 손권의 장자로 황태자였던 손등(孫登)이 33세의 젊은 나이로 죽었기 때문이었는지도 모른다.

오나라 정권이 눈에 띄게 흔들리기 시작한 것은 이 무렵부터였다. 그즈음 오나라는 주유(周瑜)에서 여몽(呂蒙)·육손(陸遜)으로 이어지는 독립국가 구상에 입각하여 위나라의 압력에 반발하면서 틈이 있으면 형주를 탈환하고 기회가 허용하면 때를 놓치지 않고 중원을 노리는 전략을 세우고 있었다.

그러나 이 안정된 지방정권은 제갈량과 같은 공세책을 취하지 않았던 한편으로 궁정 예식의 정비, 관직·신분이 정연하게 정해지기는 했지만 그 반면 국내의 유력자 간에 파벌이 생기고 여기에 후궁들의 다툼이 가세하여 사태는 혼미를 심화시키고 있었다.

그럼에도 표면상으로는 평온을 유지할 수 있었던 것은 손등이 차기의 군주가 된다는 것이 확실했기 때문이다. 신분이 천한 어머니를 가진 손등이었지만 그는 손견(孫堅)의 누이동생의 손자 즉, 손권의 사촌인 서부(徐夫)를 양모로 두었기 때문에 파벌 다툼도 표면화되지 않았었다.

그러한 손등이 죽은 것이다. 봉쇄됐던 파벌 다툼이 한번에 표면화되었다.

손등이 죽었기 때문에 낭야의 왕(王)부인이 낳은 손화(孫和)가 19세로 황태자가 되었다. 손등이 죽은 이듬해의 일이다.

오나라의 혼란에는, 손권의 장남 손등과 삼남인 손화 사이에 15세나 되는 나이 차이가 있었고 또 차남인 손려(孫慮)가 일찍 죽은 데에도 원인이 있었던 것 같다. 물론 손화에 반대파가 있었다는 것이 분쟁을 심각하게 만든 것은 물론이다.

반대파의 흑막은 손권의 7명의 정부인 중에서 가장 총애를 받았던 보(步)부인이 낳은 전공주(全公主)였다. 그녀는 처음에는 주유의 아들 주순(周循)에게 시집을 갔으나 후에 우군사마(右軍司馬)·좌군랑(左軍郎)인 전종(全琮)에게 재가한 경력을 가진 여인으로 그녀가 뒤를 밀어준 것이 손화의 바로 아래 아우 손패(孫霸)였다.

손화와 손패는 이복형제였다. 손권은 손패를 총애하여 손화를 황태자로 삼자 곧 손패를 노왕으로 하였다. 이러한 사정으로 많은 궁정인이나 호족이 황태자 손화파와 노왕 손패파로 크게 분열한 것은 무리가 아니었다.

이들 파벌의 움직임을 있는 힘을 다하여 봉쇄하려고 한 것이 오나라의 명재상 고옹(顧雍)이다. 고옹은 냉정침착·엄정중립의 인물이었으므로 손권도 이 승상에게 전적인 신뢰를 두었다.

고옹은 19년이나 장기에 걸쳐서 오나라의 내정을 다스렸을 뿐만 아니라 별다른 실정도 없었다고 하니 그의 사람됨을 짐작할 수가 있다.

그런데 오나라의 비극은 손등의 죽음에서 채 2년도 지나지 않아 이 고옹이 타계한 데에 있었다. 후임자로는 인망이나 업적 면에서 육손이 가장 적임자로서 선출되었다. 육손은 한때 유비를 완전할 정도로 타도한 오나라의 구세주였다. 이 인사 자체는 매우 잘 된 것이었다.

그러나 육손은 오나라의 생명선이라고 할 수 있는 형주의 지방장관과 상대장군을 겸임했을 뿐만 아니라 멀리 형주에 있었으므로 승상에 임명되었어도 형주를 떠날 수가 없었다.

말하자면 북벌을 계속하는 촉나라의 제갈량과 같은 입장에 있었던 것이다.

이렇게 되자 오나라는 손을 댈 수가 없었다. 특히 전공주는 왕부인에 대한 미움으로 있는 일, 없는 일을 들어 손권에게 일러바쳤다.

어느 때, 손권이 병에 걸려 종묘에서의 제례를 손화가 대행하게 되었다. 무사히 역할을 끝낸 손화는 왕비의 친척 장휴(張休)의 집이 가까웠기 때문에 그의 초청을 받아 돌아가는 길에 들렀다. 그것이 전공주를 통해 손권의 귀에 들어가자

"손화는 종묘에는 가지 않았습니다. 왕부인의 친정에 틀어박혀 무엇인가 꾸미고 있었던 것 같습니다."

이런 처지가 되었다.

화가 난 손권의 책망을 받아 왕부인은 화병으로 세상을 떠나고 말았다. 왕부인의 뒷받침을 받고 있던 손화의 지위는 위태롭게 되었다.

이러한 국내의 혼란에 육손은 형주 땅에서 손권에게 여러 차례 글을 올렸다.

"황태자는 국가의 정통입니다. 여기에 반석의 무게를 주어야 합니다. 한편, 노왕은 서자입니다. 기껏해야 황실의 중신에 지나지

않습니다. 당연히 대우에 차별이 있어야 합니다."

육손은 정론을 되풀이해서 손권에게 진언했으나 손권은 듣는 귀를 가지지 않고 노왕 손패를 총애하여, 직접 진언하겠다고 하는 육손의 뜻도 각하하는 형편이었다.

이러한 육손의 존재에 위기의식을 느낀 손패파는 20개조에 이르는 죄상을 날조하여 육손의 모략에 착수한다. 믿을 수 없는 일이었지만 늙어서 판단력이 둔해졌는지 손권은 오나라의 공신 육손을 의심하여 문책의 사자를 보냈다.

육손은 유배의 명을 받고 분노 끝에 세상을 떠났다. 후에 손권은 육손의 결백을 알고 후회하였으나 이미 오나라의 내분은 국가 그 자체를 와해시키는 단계에 몰렸다.

황태자파 숙청이 도를 더해간 것은 육손의 후임으로 노왕파의 보즐(步騭)이 승상으로 취임하고부터였다.

적오 13년(250), 손권은 마침내 결단을 내려 황태자 손화를 폐하고 노왕 손패에게 자해를 명하였으나 이때 이미 오나라는 '투량환주의 계'에 깊이 빠져 움직일 수 없는 상태가 되어 있었다.

위나라에서 진나라로 모양을 바꾼 정권에 오나라의 뼈대를 잃은 정체가 탄로되어 멸망한 것은 그로부터 30년이 지난 후였다.

보인트

오늘날 기업간의 병합도 기본적으로는 '투량환주의 계'를 사용하는 것과 조금도 다를 바가 없다. 우선 상대 기업에게 자금 원조를 하고 그에 따라 인적 원조도 한다. 이윽고 임원을 보내고 사내에 파벌이 생겨 영향력을 키워간다. 사태를 알아차렸을 때에는 회사 이름은 그대로이지만 전혀 다른 체질과 내용을 가진 기업이 되어 있는 것이다.

제4장 기계

제31계 금선탈각(金蟬脫殼)의 계

금매미가 껍질을 벗는다.

'공성(空城)의 계'를 일보 전진시킨 제갈량의 계략

뒤에 말하는 '공성의 계'(제36계)와 표리일체의 관계에 있다.

매미는 성충이 될 때 껍질을 벗는다. 이 껍질에 관점을 두면 '공성의 계'가 되지만 껍질을 남긴 채 빠져 나온 것이 이동하면 이것이 곧 '금선탈각의 계'가 된다. 「삼국지연의」에는 '공성의 계'로 보기 좋게 사마의를 속인 제갈량이, 그 직후에 북산으로 길을 택한 사마의군을 관흥(關興)·장포(張苞) 등의 촉군(蜀軍)으로 습격하게 하여 완벽한 정도로 격파했다고 기록하고 있다.

자칫 '공성의 계'의 기발함에 눈을 빼앗기기 쉽지만, 당연히 거기에 있었어야 할 촉군의 병력은 텅 빈 채 어디로 갔을까? 우리는 이 점을 잊어서는 안 된다. 놀려둔 것은 결코 아닐 것이다. 제갈량은 재빨리 다음 행동으로 옮겨 보기 좋게 사마의군을 교란하여 귀중한 일승을 올림과 동시에 적이 버리고 간 수많은 병기와 식량을 거두어 철군하였다. 이것이야말로 '금선탈각의 계'의 진수일 것이다.

장판교에서 장비가 사용한 묘계

유비의 의제(義弟) 장비도 「삼국지연의」의 명장면에서 '금선탈각의 계'를 사용하였다. 장판교의 1막이 그것이다.

형주 자사 유표(劉表)의 죽음과 이에 따른 차남 유종(劉琮)의 후계, 그리고 조조에의 항복 등, 형주의 정세가 급박하게 변화하는 가운데, 그 형주에서 식객으로 있었던 유비는 대군을 몰고 남하하는 조조에 대패하여 도망가는 도중에 부인과 아들(아두)과 헤어지는 참상에 빠졌다. 이 유비의 도망을 간신히 막은 것이 장비였다.

부하 20기를 다리 동쪽에 잠복시켜, 각각의 말 엉덩이에 나무 가지를 매고 숲 속을 이리저리 다니게 하여 복병이 마치 400～500기나 있는 것처럼 여기게 한 후 장비는 혼자 장판교 위에 말을 세웠다.

구름처럼 몰려드는 조조군과 대치하였는데 눈 앞의 다리가 유비들에게는 최후의 일선이 되었다.

적측에서 보자면 여기를 방위하기 위해 틀림없이 많은 군대를 투입했을 것이라고 예상하고 공격해 왔으나 다리 주위에는 사람의 그림자라고는 하나도 없고 다리 위에는 단 한 사람이 있을 뿐이었다.

조조군의 장수들은 고개를 갸웃거렸다. 다리 위에 있는 사람은 이윽고 장비라는 것이 판명되었다. 눈썹도 눈초리도 머리끝도 모두 거꾸로 선, 하늘을 찌를 듯한 형상을 하고 있었다. 순간, 그 위세에 눌린 듯한 조조군은 적이 단 한 사람이라는 것을 확인하자 서로 격려하며 말머리를 나란히 하여 다리 위로 달려드는 순간, 뒤에서

"기다려라!"

하는 날카로운 소리가 났다.

조조였다. 그는 이것을 계략이라고 보았다.

"섣불리 나가면 안 된다. 다리 위의 사람은 유인물이다. 건너편 숲 속에 복병을 숨겨두었을 것이다."

조조군은 결국 군을 후퇴시켰다. 그 사이에 유비의 패잔병들은 결집하여 관우의 별동대와 유기(劉琦 : 유표의 장남)의 군사를 합류하여 후에 적벽싸움에서 일익을 담당하게 된다.

⬚ 포인트

상담(商談)에서 가령 실패했다 해도 100% 손해를 받을 필요는 없다. 마지막의 마지막에 적기는 하지만 만회할 기회는 있는 법이다.

제32계　암도진창(暗渡陳倉)의 계

남몰래 진창을 건넌다.

항우를 안심시킨 유방의 계략

'암도진창'의 진창은 지명이다. 현재의 섬서성 보계현에 있다.

이 책략의 출전은 「사기」의 '회음후열전(淮陰侯列傳)' 등이다.

진짜 공격할 지점을 상대방이 깨닫지 못하게 하고 다른 공격목표를 설정해서 적을 유인, 기습적으로 본디 목적을 이룩하는 전술이다.

원리는 '성동격서(聲東擊西)의 계'(제33계)와 그다지 다르지 않다.

이 책략의 출전인 '명수잔도(明修棧道) 암도진창(暗渡陳倉)'의 성구는 항우와 유방의 싸움에서 유래되었다.

진(秦)나라를 멸망시킨 후 함께 싸웠던 항우와 유방은 서로 사이가 어긋나, 유방의 장래성에 일말의 불안을 느낀 항우는 논공행상의 명목으로 유방을 한중왕(漢中王)으로 봉하여 벽지인 한중에 주둔시키려고 했다.

관중에서 진령산맥을 넘어 한중으로 가기 위해서는 촉의 잔교(棧橋 : 절벽에 구멍을 뚫어 통나무를 질러 그 위에 판자를 깐 다리)를 건너지 않으면 안 되었다.

즉, 중앙으로 유방이 다시 진출하기 위해서 이 '촉의 잔도'를 건너야 하고, 항우로 말하자면 이 잔도만 망보고 있으면 유방의 동정을 알 수 있었던 것이다.

그런데 유방은 한중으로 진주하면서 이 잔도를 모조리 태워 버린다.

이렇게 되면 두 번 다시 관중으로 돌아갈 의사가 없다는 것을 만천하에 알리는 것과 같았다. 항우는 유방에 대한 경계심을 풀었다. 관중의 통치를 다른 장군에게 맡기자 자신은 동방의 본거지로 철수하였다. 1년 후, 유방은 항우에 도전할 의사를 굳히고 한신(韓信)을 원수로 임명하여 다시 관중으로 출격하였다.

그때 한신은 우선 인부를 보내어 잔도의 보수공사를 하였다. 잔도로 출격한다는 자세를 보여 적의 주의를 이쪽으로 집중시킨 것이다.
그렇게 해 두고 다른 한편으로는 그 고장 주민밖에 모르는 옛길로 우회하여 군을 진격시켜 적의 수비군을 순차적으로 격파함으로써 관중을 손에 넣었다.
'암도진창' 앞에 '명수잔도'가 있는 것은 이 때문이다.

공손연을 친 사마의의 만전 전법

제갈량이 오장원에서 싸우다 죽고, 촉나라의 북벌에 일단 종지부를 찍은 사마의는 얼마 동안 계속해서 장안에 주둔하여 촉나라를 주의 깊게 관찰하고 있었다. 그런데 그 후 동북의 요동태수 공손연이 공공연하게 위나라에 반기를 들었기 때문에 위나라의 명제는 급거 사마의를 불러 요동 평정의 임무를 주었다.
명제의 마음고생은 심각했다. 경초 원년(237), 공손연은 노골적으로 위나라에 반역하는 태도를 보였다.
위나라는 7월에 유주 자사 관구검(毌丘儉)에게 문책의 군을 인솔시켜 공손연의 진의를 알아보려고 하였다. 그러나 그는 관구검의 군대에 대항하여 이를 물리치자 스스로 연왕을 칭하였다.
공손연의 행동을 묵인하면 위나라 체면이 말이 아니었다.
제갈량이 죽었다 해도 촉나라는 아직 건재하며 오나라의 위세도 시들지 않았다. 한시 바삐 공손연을 치지 않으면 안 되었다.
그러나 공손씨는 대대로 그의 땅에 근거를 두었기 때문에 지리에 밝고 중요한 요새를 차지하고 있었다. 때가 늦으면 반란의 불똥이 언제 튈지 몰랐다.
명제는 사마의에게 물었다.
"귀공에게는 어떤 책략이 있는가."
사마의는 우선 상대방이 나오는 태도를 철저하게 연구하였다. 공손연의 인물성격으로부터 그를 따르는 무장들을 상세히 조사했을 것이다. 그러고 나서 이듬해 정월 사마의는 4만의 보병과 기병을 거느리고 서울을 출발하였다. 공손연은 요수(遼水)의 동쪽 물가에 방어선을 구축하여 대기하고 있었다.

사마의는 어떻게 하였는가? 지체없이 '암도진창의 계'를 쓴 것이다. 깃발을 수 없이 내세우고 유인 병력을 적의 남쪽에 펼쳤다. 공손연은 적의 대군이 남하했다고 여겨 주력을 남쪽으로 이동시켰다.

다시 신중을 기한 사마의는 그 틈을 타서 주력을 북쪽으로 돌려 요수 도강에 성공하자 닥치는 대로 배나 다리를 불질러 위군의 존재를 크게 인상지웠다. 그리고 그 이상은 적진에 들어가지 않고 동쪽 강가에 방책을 쳤다.

사마의의 신중함에 다른 의견을 내는 무장도 있었다. 그러나 사마의는 상대방은 우리 진영이 피로해지기를 기다린다고 지적하고, 마침내 요수에 집결한 적군을 제치고 본거지 공략작전을 시작한다.

공손연군의 입장에서 보면 사마의군의 배후로 우회할 수 있다고 여긴 참이었다. 급히 수비 진영을 풀고 사마의의 뒤를 쫓았다. 사마의는 이때를 기다리고 있었던 것이다.

공손연의 군세를 맞아 크게 이를 격파하였다.

3전3패 후에 공손연은 전선을 포기하고 양평성으로 들어가고 만다. 그러나 두 사람의 승패는 이미 결판이 나 있었다.

포인트

라이벌에 대해 이쪽 계략을 알리지 않고 엉뚱한 정보를 상대방에게 흘려 그쪽으로 주의를 돌려놓고 목적을 이룩한다. 비즈니스맨의 상투수단이라 할 수 있다.

제33계 성동격서(聲東擊西)의 계

동에서 소리지르고 서를 친다.

'관도싸움'에서 본 조조의 계략

당나라 때의 두우(杜佑)가 지은 「통전(通典)」의 '병전(兵典)'에 '성언격동(聲言擊東) 기실격서(其實擊西)'(동쪽을 공격한다고 소문내고 실은 서쪽을 공격한다)라고 하는 병법이 있는데 이것이 성동격서의 출전이 아닌가 여겨진다.

또 다음과 같은 것이 있었다.

"영토를 확장하려면 우선 축소하는 것처럼 보이게 한다. 서쪽을 향하고 싶으면 우선 동쪽을 향하는 체한다."〔회남자(淮南子)〕

요컨대 양동 작전의 하나이다.

건안 5년(200) 2월, 군웅이 각지를 차지한 가운데 세력이 강했던 화북의 원소는 하남을 손에 넣은 조조와 황하를 사이에 두고 중원의 패권을 다투어 전면 무력충돌을 하기에 이르렀다.

먼저 움직인 것은 원소군 10만여 명으로 본거지인 업(鄴)을 출발한 대군은 남하하여 여양(黎陽)에 진을 쳤다. 다시 선봉인 안량군(顏良軍)은 황하를 건너 조조의 전선기지 백마성에 밀려든다.

백마성을 쉽게 빼앗기면 조조군 전체의 사기에도 영향을 미칠 것이다. 조조는 자신이 주력을 이끌고 구원을 위해 가려고 하지만 이때 참모 순유(荀攸)가 다음과 같이 진언하였다.

"병력으로는 도저히 원소를 상대할 수가 없습니다. 요컨대 적의 병력을 분산시켜야 합니다. 우선 연진으로 향하여 황하를 건너 적의 배후로 도는 것처럼 여기게 합니다. 원소는 당황해서 서쪽으로 군을 이동시켜 싸우려고 할 것입니다. 그 틈을 타서 가벼운 무장을 한 기병을 이끌고 백마로 급히 가서 적의 허를 찌릅니다. 적은 우왕좌왕하게 되고, 아군은 승리할 것입니다."

조조는 순유의 말을 따라 이 책략을 채용하였다.

과연 원소는 조조군이 연진(延津)을 건너 공격해 온다는 말을 듣고 곧 군사를 둘로 나누어 한쪽을 이끌고 대항하였다. 이것을 본 조조는 전군을 즉시 철수하여 백마로 급히 가서 원소측의 포위군을 산산이 무찔렀다.

이 책략은 상대방의 착각이나 착오를 이용해서 그 판단력을 어긋나게 하는 것이 요점인데 문제는 상대방 지휘관이 어느 정도의 인물인가를 사전에 잘 알아둘 필요가 있다.

냉정 침착하고 적절한 판단력을 갖춘 적장이라면 아마도 오히려 이쪽의 허를 찔러 승리할 것이기 때문이다.

신모귀재의 제갈량이 건 일계

촉나라 건흥 6년(228), 제갈량은 제1차 북벌을 감행하여 검각(劍閣)의 험산을 넘어 한중의 남정(南鄭)으로 진출하였다.

그 후 서쪽의 석마(石馬)로 본거지를 옮겨 장안으로 공격할 체제를 갖추었다.

위연(魏延)이 작전회의에서 한중 서쪽에 있는 포중(褒中)에서 곧장 진령(秦嶺)을 넘어 장안을 기습하는 작전을 제안했을 때 제갈량으로부터 거절당한 것은 이때의 일이다.

제갈량은 기산성(祁山城)의 공략을 염두에 두고 있었다. 위수(渭水)와 가릉강(嘉陵江)의 분수령에 있는 곳으로 이 땅을 확보할 수 있으면 위수를 따라 동진하여 장안을 배후에서 공격할 수 있다.

기산을 공격할 때 제갈량은 '성동격서의 계'를 사용한다.

노장 조운(趙雲)으로 하여금 기곡(箕谷)으로 별동대를 진주시키고 사곡도(斜谷道)를 통과한 다음 북상하여 장안에 가까운 미(郿)라는 곳으로 가는 것처럼 하였다.

"장안이 위태롭다!"

이렇게 생각한 위나라의 조진(曹眞)은 군세를 이끌고 사곡도로 급히 갔다. 제갈량은 이 틈을 타서 손쉽게 기산 주변의 남안(南安)·천수(天水)·안정(安定)의 세 군을 무혈 입성케 하였다.

공격의 상대가 군사 대국인 위나라가 아니었다면 제갈량의 북벌은 쉽게 성공했을 것이다. 제갈량의 신모귀재(神謀鬼才)에 겁을 먹은 위나라의 궁정은 곧 장합(張郃)에게 5만의 병력을 주어 기산 구원에 출격시키고 명제는 스스로 장안으로 행차하여 군대를 독려하였다.

촉군은 위나라의 구원군이 도착했다는 것을 알고 기산에 포위군의 일부를 남겨두고 나머지는 기산 북쪽 약 200리의 가정(街亭)에서 장합군을 맞아 싸운다. 그러나 선봉으로 발탁한 참국(參軍) 마속(馬謖)의 명령 위반이 화근이 되어 촉군은 참담한 패배를 맛보고, 이 때문에 제갈량의 본부대도 무너지고 말았다.

5차(실은 4차)에 걸친 북방정벌 중에서 그나마 승산이 있었던 것은 이 제1차 북벌 때가 아닌가 여겨진다.

포인트

동이라고 여기게 하여 서를 친다, 오른쪽이라고 여기게 하여 왼쪽을 취한다. 이 전법은 모든 비즈니스의 기회에서 활용할 수 있을 것이다.

제34계   위위구조(圍魏救趙)의 계

위나라를 포위하여 조나라를 구한다.

손자병법의 진수

'위위구조의 계'는 「사기」의 '손자·오기열전'에서 나오는 것이다.

전국시대 중기에, 위나라는 왕성한 확장정책으로 다른 나라를 병합하고 있었다. 기원전 353년, 위(魏)나라가 조(趙)나라의 수도를 포위하자 조나라는 황급히 제(齊)나라에 구원을 요청하였다.

이때 제나라의 군사(軍師)였던 손빈(孫臏)은 제나라 위왕(威王)의 명에 의해 장군 전기(田忌)를 따랐다.

손빈은 조나라의 수도 감단(邯鄲)을 노리는 척하다가 갑자기 위나라의 수도 대량(大梁)을 기습하도록 진언하였다.

전기는 그 진의를 손빈에게 묻는다.

"예를 들면, 엉킨 실타래를 푸는 데 무턱대고 잡아당기면 어떻게 될까요? 싸움을 돕는 것도 마찬가지입니다. 치고 패는 데에 한몫 끼면 해결이 잘되지 않습니다. 상대방의 허를 찌를 때 비로소 대세는 이쪽에 유리하게 됩니다.

지금 위나라는 조나라와의 싸움에 정예부대를 모두 투입하여 국내에는 적은 인원수의 병사밖에 없습니다. 이 틈에 위나라의 서울 대량(大梁)을 일거에 찌릅니다. 그렇게 하면 위나라는 황급히 감단의 포위를 풀고 돌아올 것입니다. 이것이야말로 상대방으로 하여금 포위를 풀게 함과 동시에 상대방을 피로하게 만드는 일석이조가 아니겠습니까?"

위군은 손빈이 생각한 대로 움직였다. 서울이 위태롭다는 것을 안 위군은 감단의 포위를 풀고 돌아왔지만 때는 이미 늦어서 제나라 군대는 위의 거점을 모두 점령한 후였다.

집중하고 있는 적에게 공격을 가하는 것보다 우선 적의 병력을 분산시킨 후 공격한다. 이때 적을 피로하게 만들면 더욱 좋다. 이쪽에서 먼저 달려드는 것보다는 상대방의 움직임을 기다렸다가 적을 제압하는 것이 훨씬 편하다.

관우가 목숨을 잃은 가공할 계략

유비가 한중왕(漢中王)으로 즉위한 지 얼마 안 되어 형주를 맡고 있던 관우는 대군을 동원하여 위나라의 정남(征南)장군 조인(曹仁)이 지키는 번성(樊城)을 공략하기 위해 군에 명령을 내렸다.

이보다 전 해(216) 10월, 남양군 완성(宛城)의 수장(守將) 후음(侯音)이 위군에 반란을 일으켜 관우에게 귀순 의사를 전달한 일이 있었다. 이 모반 자체는 조인에 의해 진압되었으나 관우의 번성 공격은 이미 이때부터 면밀하게 준비된 것으로 여겨진다.

관우는 남도 태수 미방(糜芳)에게 강릉의 뒷일을, 장군 부사인(傅士仁)에게 공안의 수비를 맡기고 자신은 북으로 군대를 진격시켜 번성을 포위하였다.

서쪽으로 향한 유비의 영토 확장에 따라 관우는 형주 북부의 땅을 유비 정권으로 탈환하려고 하였으나 조조는 이를 놓치지 않았다.

조조는 노장 우금(于禁)과 방덕(龐德)을 보내어 번성의 북쪽에 포진시켜 안팎에서 관우군을 협격하려고 하였다. 그러나 때마침 내린 큰비로 홍수가 져서 우금 등의 구원군은 탁류 때문에 전진이 불가능하게 되었다. 관우는 이 홍수를 예기하고 있었을까? 미리 준비해 둔 배로 우금 등을 공격했으니, 이때 우금을 포로로 하고 방덕을 쳤다.

번성은 관우군의 선단(船團)에 의해 포위되어 풍전등화가 되었다.

그런데 이보다 조금 전 육혼현(陸渾縣)의 손랑(孫狼)이라고 하는 사람이 관리를 살해하고 모반을 일으켜 관우군에 귀순하였다. 관우는 이 손랑을 등용하여 육혼현령으로 임명하여 유격전을 펼쳤더니 위나라의 허도(許都) 이남의 각지 백성이 이에 호응해 일제히 조조에게 반기를 들었기 때문에 관우의 용명은 중원에 울려퍼졌다.

지원 부대는 궤멸하고 후방은 교란되어 번성은 함락 직전 상태에 있었다. 내로라하는 조조도 이때만은 황제를 허도(許都)에서 업(鄴)으로 옮기려고 했을 정도였다.

이 절박한 천도를 만류한 것이 승상부 주부(主簿)였던 측근 사마의였다. 사마의는 파죽지세로 판도를 확대하는 유비 등에게, 아무리 동맹국이라 할지라고 오나라도 속으로는 좋게 생각하고 있지 않을 것이라고 판단하였다. 그래서 사마의는 조조에게 진언하여 오나라의 손권에게 사자를 보내어

"장강 이남을 봉지(封地)로서 오나라에 준다. 그 대신 관우군의 배후를 공격하라."

오나라는 이를 승낙하였다. '위위구조의 계'였다.

오나라는 관우의 경계심을 풀기 위해 전선의 장수 여몽(呂蒙)을 병이라고 속여 경질하고, 손권의 본거지인 건업으로 철수케 하였다. 이어 후임은 전혀 무명이었던 육손(陸遜)을 지명하였다. 이때 육손은 37세였다. 관우는 이 육손을 가볍게 보고 본국 수비대의 태반을 번성 공격으로 내보낸다.

관우가 불운이었던 것은 위·오나라 동맹의 밀약을 전혀 모른 채 새로 증원된 위나라 서황(徐晃)이 이끄는 군세와 대치한 일일 것이다. 그렇지 않아도 조조는 가능하면 오군과 관우를 싸우게 하여 위나라는 어부지리를 얻으려 하고 있었던 것이다.

조조는 오나라와 손을 잡고 있으면서 한편으로는 손권이 여몽을 대장으로 하는 기습부대를 강릉·공안에 밀파했다는 편지를 화살로 쏘아 관우의 진지로 보냈다.

그러나 모략 외교에 익숙하지 않은 관우는 편지의 참뜻을 알 수가 없어 오히려 의심이 들어 움직일 수가 없게 된다. 이 틈을 타서 여몽의 기습부대는 강릉을 습격하였다.

성을 지키고 있었던 미방과 부사인은 관우로부터 후방 수비의 불충분함에 대해 질책을 받았을 뿐만 아니라

"돌아가면 응분의 처리를 하겠다."

는 말에 완전히 전의를 상실하여 여몽과는 한 번도 싸우지 않고 항복하고 말았다.

이렇게 해서 강릉과 공안을 점거한 여몽은 이어 항복한 장병과 주민을 후하게 대접하여 그 상황이 전선에 있는 관우군에게 전달되도록 꾸몄다. 위군과 대치하는 관우군은 본거지가 함락되었다는 것을 알고, 또, 여몽의 공작도 있고 해서 완전히 전쟁혐오증에 사로잡히고 말았다.

고립의 위기에 빠진 관우는 급히 번성의 포위를 풀자 철수를 시작하지만 때는 이미 늦었다. 돌아갈 본거지가 함락당했을 뿐만 아니라 당양(當陽) 동남쪽에 있는 맥성(麥城)까지 철수하기는 했지만 주변은 오나라의 대군이 경비하고 있었다. 원군을 구하려 해도 방책조차 서지 않았다.

손권은 관우에게 투항하라고 권했으나 자존심이 강한 관우가 응할 리가 없었다. 관우는 양자 관평(關平)을 비롯하여 수십 명의 부하와 함께 포위망의 돌파를 꾀하지만 맥성 근교의 담향(潭鄕)에서 체포되어 마침내 참수당하고 말았다.

건안 24년(219) 12월 일이었다. 관우는 이때 50대 중반이었다고 한다.

포인트

인간관계에 이 계략을 적용해 보기로 하자. 묘한 오해가 생겨 당신이

궁지에 빠졌다고 하자. 어떻게 해서든지 오해를 풀려고 열심히 변명을
해도 일단 꼬인 인간관계는 잘 풀어지지 않는다. 어떻게 하면 좋은가?
제3자에게 도움을 청하면 된다. 측면에서의 공격을 부탁하는 것이다.
그 제3자가 덕망이 있는 사람이라면 오해는 곧 풀릴 것이다.

제35계 지상매괴 (指桑罵槐) 의 계

뽕나무를 가리키며 회화나무를 꾸짖는다.

유선을 은근히 꾸짖기 위해 사용한 제갈량의 묘계

복종을 하지 않지만 유능한 부하가 있다고 하자. 이러한 부하를 데리고 싸움에 임하면 명령에 따르지 않을 뿐 아니라 전군을 위태롭게 할지도 모른다. 그렇다고 주의해서 귀를 기울일 그가 아니다.

그렇다고 해서 금품이나 주어가며 길들여도 오히려 그런 성향을 조장시키게 되고 또 이와는 반대로 시기심을 일으키게 할지도 모른다. 그래서 이러한 부하가 실책을 저질렀을 때에는 직접 나무라지 않고 주위 사람을 꾸짖어 간접적으로 반성을 촉진하는 것이 '지상매괴의 계'이다. 신분이나 지위가 있는 상위자에게도 사용법은 마찬가지이다.

뽕나무와 회화나무는 다른 나무이다. 회화나무를 꾸짖으려면 회화나무를 가리켜야 하지만 그렇게 하지 않고 옆에 서 있는 뽕나무를 가리킨다는 것이다.

「삼국지연의」에 북벌 도중에 연전연승을 하여 장안에 거의 육박한 제갈량이 급거 성도(成都)로 소환되는 대목이 있다.

이것은 군량을 수송할 임무를 맡고 있던 도독 순안(苟安)이 술에 취한 끝에 도착 기일을 10일이나 늦어, 제갈량의 질책을 받아 벌봉(罰棒) 80대가 주어진 데서 발단되었다. 자신의 잘못을 반성하지 않고 제갈량을 원망한 순안은 남몰래 적장 사마의에게로 갔다.

사마의는 순안에게 말했다.

"진격을 계속하는 제갈량을 성도로 소환할 수만 있다면 그대의 공으로 알고 위나라의 상장(上將)으로 해주겠다."

순안은 성도로 달려가 환관들에게 제갈량이 공을 내세워, 조만간 반드시 촉한을 빼앗을 것이라는 거짓선전을 하고 다녔다. 환관들은 놀라서 이 말을 유선(유비의 후계자)에게 알렸다.

유선은 곧 조칙(詔勅)을 내려 제갈량을 서울로 소환한다.

제갈량은 칙사를 맞아 '간신'의 짓이라고 간파하지만 의심을 받은 채 계속 진군을 계속하면 의심이 더욱 커질 것이라고 생각하여 할 수 없이 이기는 전쟁을 버리고 성도로 귀환하였다.

유선을 찾아뵌 제갈량은 유선을 꾸짖지 않았다. 아무리 우둔하다고는 하지만 주군인 것이다. 그래서

"신이 두 가지 마음을 가지고 있다고 폐하의 귀에 들어오도록 말한 자가 있을 것입니다."

하고 유인한 후 유선의 입에서

"환관들의 말을 믿고 불러들였소. 미안하오."

라고 말하게 하였다.

제갈량은 그 후 환관들을 모으고 철저하게 따져 뜬소문의 출처가 순안이라는 것을 안다. 그러나 순안은 이미 위나라로 도망간 후였다.

제갈량은 유선에게 함부로 아뢴 환관을 죄를 물어 죽이고 이에 부화뇌동한 자를 조정에서 추방하고 더 나아가서 후사를 맡겼던 장완(蔣琬)과 비의(費禕)를 엄하게 나무랐다. 바로 '지상매괴의 계'의 본보기라 할 수 있다.

실은 유선을 책망하고 싶었으나 주위의 이목도 있고 정면으로 주군을 나무랄 수는 없었다.

제갈량 「출사표」에 숨은 또 하나의 뜻

촉나라의 건흥 5년(227) 3월, 제갈량이 주군 유선에게 바친 「출사표」에도 '지상매괴의 계'가 유감 없이 발휘되어 있다.

널리 알려진 제갈량의 '천하 3분의 계'는 형주(荊州)와 익주(益州)의 두 방면에서 관중(關中)을 쳐서 위나라를 타도한다는 기본

전략에 의해 성립되었으나, 관우가 죽고 유비가 '이릉싸움'에서 대패하고 형주가 완전이 함락됨으로써 이 전략은 사실상 그림에 그린 떡처럼 되어 버린다.

이 무렵 중국 대륙은 크게 17주로 나누어져 있었다. 다소의 이동은 있으나 대체적으로 위나라는 12개주〔기주·연주·유주·청주·병주·서주·예주·사주·옹주·양주(梁州)·진주·양주(涼州)〕를 지배하고, 오나라는 4개주〔양주(揚州)·광주·교주·형주〕를 차지하고 있었는데 촉나라는 겨우 익주만을 지배하는 데에 지나지 않았다.

주내 군의 수는 오증근(吳增僅)이라고 하는 사람의 「삼국군현표」에 의하면 위나라는 93개군, 오나라는 42개군, 촉나라는 22개 군으로 되어 있다.

한편 호수와 인구를 보면, 위나라의 호수는 66만 3000, 인구는 443만 2000명, 오나라의 호수는 52만3000, 인구는 230만 명, 이에 대해 촉나라의 호수는 28만, 인구 94만밖에 되지 않았다. 이렇게 보면 위나라는 전체의 약 80%를 차지하고 있다

일찍부터 문명이 열리고 인재도 풍부하여, 농업·상업이 발달하여 여러 산업의 발전이 현저한 화북(중원)을 차지한 위나라의 역량은 우세했다. 위나라에 비하면 오나라나 촉나라의 영토는 한(漢)나라 이후에 개발된 지역들이다.

아직도 원주민(소수민족)에 대한 한인 비율은 낮았다. 영토로 12배, 국력으로 거의 7배 이상, 위나라는 촉나라에 비해 우세했다.

그러면서도 촉나라는 위나라 타도를 국시로 하여 유비가 죽은 후 그 대행자인 제갈량은 충실하게, 거의 불가능에 가까운 어려운 문제에 도전하였다. 국시라고는 하지만 국력(인재·경제·지세·인구 등)에 큰 차이가 있음에도 제갈량이 왜 북벌을 감행했는가에 대해서는 앞에서 말한 바 있다.

그러나 험준한 산에 둘러싸인 익주의 지리로 보아서도 백성을 충

분히 쉬게 하여 국력을 높이는 데에 전념해야 할 것이 아니냐고 하는 반론은 당연히 그 무렵의 촉나라 사람들의 마음 속에도 있었을 것이다.

그러한 북벌에 대한 의심이나 반대에 대해 쓰여진 것이 실은「출사표」이기도 했다. 내용은 익주의 국력이 쇠퇴하면서도 어떻게든 유지되고 있는 것은 안으로는 문관이, 밖으로는 무관이 죽음을 각오하고 싸우고 있기 때문인데 이것은 선제(先帝)로부터 입은 은혜를 모두가 폐하(유선)에게 갚으려 하고 있기 때문이다.

따라서 폐하도 신하의 진언에 귀를 잘 기울여 선제의 유덕을 빛내고 뜻있는 신하를 격려해야 하며 경박한 언동으로 충신의 간언을 방해해서는 안 된다고 제갈량은 말하고 있다.

그때 유선은 20세. 이 젊은 후계자는 아버지 유비처럼 전란을 지내온 경험이 적고 철이 들었을 때에는 많은 신하의 정점에 있었다. 그만큼 세상 물정에 어두웠다. 제갈량은 이것을 씹어서 넘겨주듯이 타일렀다.

따라서「출사표」는 유선에 대한 훈계서라는 일면도 지니고 있다.

'선제는 내가 신중한 성격이라는 것을 알고 돌아가실 때 나에게 천하평정의 대사를 이룩하도록 부탁하셨다.' 제갈량은 이 유명(遺命)에 거스르지 않도록 밤낮으로 심신에 새겨 마침내 이제 그 때를 맞았다고 말하고 있다.

상주문을 앞에 놓고 눈물을 흘린 제갈량은 동시에 북벌이 선제의 유명이라는 것을 거듭 강조하여 그 정통성을 호소함과 동시에 반대 의견을 봉쇄하여 촉나라 전체에 긴장을 강요했다. 그 때문에 이 북벌에는 아무도 '시기상조'라고 이의를 말하는 사람이 없었다.

즉,「출사표」는 단순히 선제의 영전에 바치기 위한 것만이 아니라 그 형식을 취하여 유선을 암암리에 타이르고 아울러 촉한을 구성하는 모든 사람들에게 결의를 표명하여 정통성을 호소한 것이었다.

이 연출의 효과는 절대적이었다. 5차에 걸친 제갈량의 북벌에 국력·경제력을 쏟아 많은 희생을 무릅쓰면서도 촉나라에서는 마지막까지 소란이나 모반이 일어나지 않았다.

이런 종류의 계략은 일상 생활에서도 흔히 볼 수 있다. 어머니는, 사실은 아버지를 나무라고 싶은데 아이들에게 화풀이를 하고, 기업에 있어서도 부장은 과장을 문책하고 싶은데 그것을 할 수가 없어서 과원을 야단치는 식이다.

성공한 조직에 대해 조사된 바에 의하면 통풍이 잘되는 기업에서는 반드시 꾸지람을 당하는 역할을 하는 사람이 있다는 사실이 판명되었다. 진원을 꾸짖는 깃이 아니라 단 한 사람에게 잔소리가 집중된다.

제36계 공성(空城)의 계

성을 빈 것처럼 하여 적을 속인다.

사마의를 깜짝 놀라게 한 제갈량의 기계

아군 병력이 아주 적을 때 일시적으로 대군의 적의 움직임을 멈추게 하기 위해서는 어떻게 하면 좋은가? 새삼 이쪽의 무방비를 적에게 보여, 적이 혼란에 빠지게 하는 계략이 있다.

병력이 열세일 때 이 책략을 쓰면 적은 용병을 주저하여 오히려 시기를 놓치게 되다. ——이 구체적인 예가 「삼국지연의」에 묘사된 제갈량의 '공성의 계'이다.

제1차 북벌에 촉나라는 미처 계산하지 못했던 마속(馬謖)의 대패에 의해서 큰 혼란이 일어났다.

제갈량은 곧 전군을 장악하자 신속한 철수를 명함과 동시에 자신은 서성현의 성문을 열라고 명령하고 도로를 청소시키고 망루에 올라가자 향을 피우고 거문고를 연주하였다.

그 사이에도 전령들은 끊임없이 위나라 병사 15만(주장은 사마의)이 서성으로 육박하고 있다는 것을 알린다. 제갈량의 행동에 주위의 참모들은 전원 얼굴빛이 변했다.

성 안에는 불과 2500명의 수비병이 있을 뿐이었다. 도망갈 수 있을지 알 수 없는 일이다. 초조했으나 멋대로 행동해서는 안 된다, 큰 소리를 내면 안 된다고 제갈량으로부터 엄명을 받은 터라 이에 따르지 않을 수 없었다.

이윽고 사마의 등의 대군이 밀어닥쳤다. 병사들은 아직 성 밖에 있었다. 사마의는 고개를 갸웃거렸다. 이윽고

"철수! 철수하라!"

하고 전군에 철수를 시켰다. 곁에 있던 차남 사마소(司馬昭)가

"아버지, 공명은 대비가 없어서 일부러 저렇게 하고 있습니다. 적의 계략에 틀림없습니다. 철수를 재고하심이 어떻겠습니까?"
하고 진언하였으나 사마의는 듣지 않았다.

"아니다. 공명은 원래 신중한 인물이다. 이제까지 한번도 위험을 저지른 일이 없다. 지금 성문을 열고 저렇게 하고 있는 것은 우리를 화나게 하여 끌어들이려는 계책이다. 복병이 있다는 증거다. 여기서 한시바삐 철수하여야 한다."

이리하여 사마의의 군대는 썰물처럼 물러갔다.

어이가 없었던 성 안의 촉나라 병사들이 이 의외의 사태에 대한 이유를 묻자 제갈량은

"내로라하는 중달도 나의 계략에 속은 것이다. 중달은 내가 단순히 조심성이 있고 위험을 저지르지 않는 사람이라고 믿고 있기 때문에, 너무나 속이 들여다보이는 '공성의 계'에 복병을 의심하여 군대를 철수시킨 것이다. 나라고 해서 즐겨 위험을 저지른 것은 아니다. 불가피한 일이었다."

당시의 상황으로 판단하자면 실제로는 있을 수 없는 일로 허구에 지나지 않는다. 그러나 이 이야기에는 '공성의 계'와 그것을 성공시키는 세 가지 조건이 암시되어 있다.

'공성의 계'에 절대로 필요한 세 가지 조건

세 가지 조건을 보기 전에 「삼국지」에는 '공성의 계'를 사용한 것으로 여겨지는 무장이 제갈량 외에도 두 사람이 더 있었다는 것에 대해 말해 보고자 한다.

한 사람은 위나라의 문빙(文聘)이다. 원래 형주의 장으로 채모파(蔡瑁派)의 무인이다. 조조가 형주에 들어왔을 때 문빙은 나오지 않고 재차의 호출에 응해 조조가 그의 마음을 묻자

"나라를 지키지 못한 데에 가책을 받아 나오지 않았습니다."

하고 말하자, 그 충성심에 감동한 조조에 의해 위나라의 장으로 중
용되었다.

이 문빙은 적벽싸움에도 출격하여 조조가 죽은 후 조비(曹丕)로
부터도 신임을 받았다.

위나라의 황초 5년(224) 8월의 일이었다. 촉나라와 오나라의 동
맹을 안 조비는 오나라를 치기 위해 조진(曹眞)·장료(張遼)·장합
(張郃)·서황(徐晃) 등과 함께 문빙에게도 출격을 명령하였다.

그러나 싸움은 오나라에 선수를 빼앗겨, 오나라의 손권은 수만 대
군을 이끌고 문빙이 지키는 성채에 밀어닥쳤다.

그런데 운 나쁘게도 성벽은 그때까지 내린 비로 무너져서 아직 보
수도 되지 않은 상태에 있었다. 이렇게 되면 밀려드는 오나라 군대
를 도저히 막을 수는 없다는 것을 알고 문빙은 하나의 책략을 생각
해 냈다.

성안 병사들에게 모습을 감추고 소리를 내지 말라고 하여 텅 빈
성처럼 보이게 하였다. 성 밖에 이른 손권은 조용한 성안의 모습에,
틀림없이 무슨 계략이 있을 것이라고 생각하여 공격을 멈추고 전군
을 철수시켰다고 한다.

또 한 사람은 의외에도, 제갈량의 마음에 들었던 부장 조운(趙
雲)이다.

어느 싸움에서 조운의 군세는 조조군에 포위되어, 부장 장저(張
著)는 부상당하고 동료인 황충(黃忠)과의 연락도 닿지 않았다. 남
은 병력은 불과 수십 기(騎)였다. 조운은 할 수 없이 진영으로 돌아
와 성문을 열고 소리를 죽였다.

병법에 능한 조조는 이것을 복병의 계략으로 간주한 것이다.

퇴각하는 조조군이 과병(寡兵)을 눈치채지 않도록 징을 요란하게
울리면서 조운군은 역습으로 돌아섰다.

'공성의 계'에는 이를 행함에 세 가지 조건이 있었다.

　우선 궁지에 몰려 사느냐 죽느냐의 일대 승부로 나가는 외에 전멸의 염려가 있는 상황에서 일을 꾸민다는 것이다.

　다음에는 행할 인물은 평소에 신중하게 방어를 굳힌 전통적 공격에 능하며 상대방도 그것을 알고 있는 것이 바람직하다.

　그리고 계략을 행하는 대상이 상당한 병법 수준에 있지 않으면 성공하기 어려울 것이다.

　가까이 있으면서도 적이 조용하고 움직일 기색이 없는 경우에는 험준한 지형을 이용하고 있기 때문이다. 또 멀리 있으면서 요란스럽게 도전하는 것은 이쪽의 진출을 기다리고 있는 경우이다. 다 같이 방심하면 안 된다는 교훈이다. 병법이란 이상한 것이어서 알면 아는 대로 그 반대를 생각하고 다시 그 반대의 반대를 생각하여 자기도 모르는 사이에 상대방의 계략에 빠져버리는 것 같다.

<u>포인트</u>

　이 '공성의 계'를 비즈니스 현장에서 어떻게 사용할 수 있을까? 영업 성적이 오르지 않고 마감시간이 닥쳐올 때 초조한 마음을 감추고 여유 있는 태도를 취해 보인다. 마치 할당량을 완수한 것처럼. 그렇게 해두고 여유있게 선배나 동료들의 업적을 보여달라고 한다. 상대방은 이쪽 속셈을 모르고 당신보다 뒤쳐졌다고 여겨 정보교환을 제의해 올 것이다. 어쩌면 여기에 기사회생의 길이 있을지도 모른다.

제37계　패면와구(敗面喎口)의 계

얼굴을 찡그리고 입을 삐죽인다.

잔소리가 많은 숙부의 입을 봉한 조조의 기책

'패면와구의 계'란 사람의 신용을 실추시키기 위한 모략이다.

조조가 젊었을 때 그의 방탕은 꽤나 유명했던 것 같다. 「세설신어」에는 결혼식을 덮친 이야기가 나오는데 살인을 포함하여 위험한 일만 저지르고 다녔다.

어느 때, 숙부가 그의 행동을 차마 보지 못하여 조조의 아버지 조숭(曹嵩)에게 주의를 한 적이 있었다. 조조를 애지중지하고 있던 조숭은 아들의 행동을 듣고 놀라 곧 조조를 불러 심하게 꾸짖었다.

숙부에 반감을 가진 조조는 그 후 우연히 지나가는 숙부를 만났을 때 일부러 얼굴을 찡그리고 입을 삐죽거려 마치 추남과 같은 표정을 지었다.

놀란 숙부가 왜 그러냐고 묻자

"왜 그런지 이런 얼굴이 되었습니다. 아마도 나쁜 감기에 걸린 것 같습니다."

조조가 대답하였다. 걱정이 된 숙부는 형인 조숭에게 이 이야기를 하였다. 그런데 조숭이 조조의 얼굴을 보았으나 평소와 다름이 없었다. 아들의 얼굴에 고개를 갸웃거린 조숭은

"아니, 숙부의 이야기로는 너의 얼굴이 비틀어져 있었다고 하던데 이제 괜찮니?"

조조는 기다렸다는 듯이 말하였다.

"아뇨, 별로……. 숙부는 왜 그런 말씀을 하셨을까요. 제가 마음에 들지 않으신 모양입니다. 있는 일 없는 일 모든 것을 아버지에게 일러바치니까 말입니다."

그렇지 않아도 아들이 귀엽기 짝이 없는 조숭이었다. 보기 좋게 아들 조조의 계략에 빠지고 말았다. 그 후부터 조숭은 아우의 말을 상대하지 않았다고 한다.

이것은 다분히 지어낸 이야기 같은데, 인간관계에서 선입관은 금물이라는 것을 가르쳐준다. 또 조금 더 들어가서 보면 이 계략을 잘 이용하면 남의 신용을 실추시킬 수도 있다는 것을 말해준다.

조조가 군세를 거느리고 행군하는 중에 식량이 모자란 일이 있었다. 어찌할 수가 없어서 쌀되를 작게 하라고 하자 그것을 불만으로 여긴 장병들이 떠들어대기 시작했다. 그리고 그 불만의 대상이 조조에게로 향할 것 같았다.

조조는 식량 담당자를 목 베어 죽이고 쌀되를 작게 한 것은 담당자 개인의 짓이었다는 풋말을 세웠다. 그리고 곧 쌀되의 크기를 원상복구시켰다.

포인트

비즈니스 세계에서도 이 계략은 가끔 사용되고 있다. A와 B 양쪽에 신용이 있는 C가 A에게는 B의 마이너스를, B에게는 A의 마이너스를 불어넣어 AB 쌍방을 다투게 해서 어부지리를 얻는다. 그러나 이 계략을 자주 사용할 수는 없다. 일단 탄로나면 이미 사용한 것은 반영구적으로 신용을 회복할 수가 없기 때문이다.

제38계   수상개화(樹上開花)의 계

꽃이 피지 않는 나무에 꽃을 피운다.

제갈량이 꾸민 전격적인 양동작전

'병법 38계'에서는 이 수상개화의 나무는 꽃이 피지 않는 나무를 전제로 하고 있다.

꽃이 피지 않는 나무에 꽃을 피게 하는 것은 무엇을 뜻하는가? 이른바 위장이다. 정교한 조화는 멀리서 보면 진짜와 다름이 없다. 자칫 속고 만다. 전체를 훌륭한 꽃나무라고 착각하게 하면 성공이다. 의병(擬兵)의 계략이라고 생각하면 된다.

제갈량은 이것을 제1차 북벌 때 사용하였다. '농우(隴右)'의 점거를 작전목적으로 삼고 있던 제갈량은, 익주를 빼앗는다 해도 그것은 서남 한쪽 구석에 틀어박히는 결과밖에 안 되고 언젠가는 위나라의 압도적인 국력으로 멸망하게 될 것이라는 위기의식을 강하게 가지고 있었다.

그래서 판도를 농우로 확대함으로써 막힌 '출구'를 넓히려고 한 것이다.

제1차 북벌에 앞서 제갈량은 조운과 등지(鄧芝)에게 별동대를 주어 기곡(箕谷)으로 파견하였다.

한중과 관중을 남북으로 잇는 산길＝포사도(褒斜道)에서 유역을 따라 미현으로 향한 출격태세를 취하게 한 후, 촉나라가 전군을 동원하여 미현 점령을 노리고 있다는 허위 정보를 위나라 쪽으로 흘린 것이다. 즉, 양동작전이었다.

제갈량은 주력군을 이끌고 근거지인 양평관(陽平關)을 출발해 가릉강(嘉陵江) 지류인 서우강(犀牛江)을 거슬러 올라가 기산(祁山)으로 출격하였다.

제갈량은 장안 서쪽으로 세력을 뻗어 가끔 위나라의 명령을 위반하는 강족(羌族)과도 연락을 취한 흔적이 있다. 제갈량의 용의주도하고 전격적인 작전은 보기 좋게 승리로 이끌었다. 위나라의 남안·천수·광위의 태수는 불의의 습격을 받아 관중과의 연락이 차단되어 도망치고 백성은 모두 촉군에 항복하였다.

유비가 싸움에 져서 죽은 뒤 얼마 되지 않은 기간에 촉나라는 한번도 군세를 북으로 향한 일이 없었다. 따라서 전적으로 무방비 상태에 있었다. 거기에 '소문에 듣던' 제갈량이 손수 대군을 거느리고 온 것이다. 그야말로 공황 상태였다.

오직 롱서군의 태수 장초(張楚)는 성문을 굳게 닫고 항복하지 않았고 끝까지 철저항전의 태세를 보였다. 그러나 기산 점령=농우 점거는 거의 달성되었다고 해도 좋았다.

제갈량은 다시 선봉군을 천수(天水)에서 가정(街亭)으로 진격시켰다. 가정은 농석과 관중 중간에 위치하는 요충지이다. 여기를 점거하면 농석을 탈환하기 위해 관중에서 달려올 것으로 여겨지는 위군을 맞아 싸우는 것은 쉬운 일이었다.

주위는 요새여서 어떤 대군이라도 펼칠 수 있는 병력은 한정되어 있었다. 병력에 열세인 촉나라로 보자면 '소(小) 능히 대(大)를 제압'하는 이상적인 싸움을 할 수 있을 것이었다.

가정에서 위군을 격파하고 기회를 보아 별동대를 진출시키면 제갈량의 두 방향 동시 진공의 마스터플랜을 원칙적으로 답습하는 것으로 되어 있었을 것이다.

오나라와의 유대는 비밀리에 이루어졌을 것이므로 마속(馬謖)이 실책을 하지 않았으면 촉나라는 위나라의 영토 안으로 크게 침입할 수 있었을 것이다.

'수상개화의 계'의 위장, 양동작전은 비즈니스 전략에서도 효과적인 계략이라 할 수 있을 것이다. 뒷일은 사용자의 연구에 달려 있다.

□ 제1차 북벌

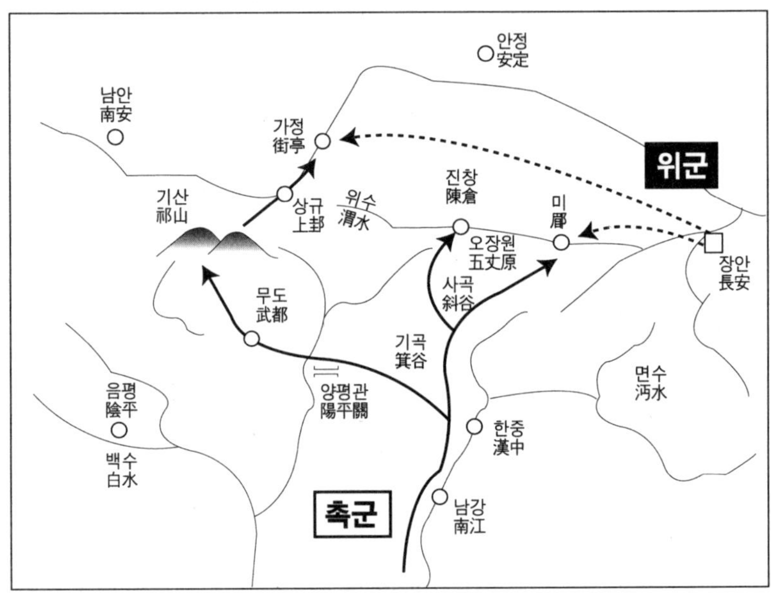

제39계 십면매복(十面埋伏)의 계

십면에 복병을 둔다.

무세를 능히 대세로 보이게 하는 기계

'십면매복의 계'는 조조의 참모 정욱(程昱)이 세운 계략이다.

정욱은 동군 동아(東阿) 사람으로 산에 틀어박혀 난세를 피하여 학문에 전념하고 있다가 순욱의 인정을 받아 그의 추천으로 조조를 섬겼다.

아직 지방의 일개 세력에 지나지 않았던 조조를 도왔고, 조조의 아버지 조숭(曹嵩)이 죽었을 때에는 격노한 조조가 서주에 출병할 때 순욱과 함께 정욱은 3만의 병력으로 견성·범현·동아의 세 현을 굳게 지켰다.

조조가 없다는 것을 안 진류 태수 장막(張邈)은 여포를 선동하여 연주(兗州)·복양(濮陽)을 차지하게 하였으나 정욱과 순욱이 지키는 현만은 함락시킬 수 없었다.

그 후 헌제를 옹립하여 후한의 실권을 장악한 조조는 정욱을 동평 국의 책임자로 임명하여 그의 충성에 보답하고 있다. 정욱은 여포에 쫓겨 도망온 유비를 살해하도록 진언한 사람이기도 하였다.

"지금 제거하지 않으면⋯⋯."

하고 말한 정욱의 선견지명은 대단하다 하지 않을 수 없다.

'십면매복의 계'는「삼국지」전반의 클라이맥스인 '관도싸움' 후 패해 도망친 원소가 재기의 군을 일으켰을 때 정욱이 장치한 책략이었다.

75만이라고 하는 대군으로도 크게 패한 원소는 본거지인 기주(冀州)로 철수했지만 외부와의 전쟁에서 입은 상처는 내정의 우환을 일으켜 장사(將士)의 이반과 민중의 원망을 샀다.

　그러나 장남 원담(袁譚)은 청주에 있고 차남 원희(袁熙)는 유주에, 조카인 고간(高幹)은 병주에서 각기 건재하였으므로 원소는 곧 권토중래의 군세──4주(州) 30만의 병사를 거느리고 다시 창정(倉亭)으로 진격하였다.

　한편, 압도적인 승리로 여세를 몬 조조는 적을 나아가 맞받아쳤지만 전과는 달라진 원소군의 병력에 연일 고전을 면치 못하고 있었다.

　"어떻게 하면 좋은가?"

　고민하는 조조를 본 정욱은 '십면매복의 계'를 바쳤다.

　우선, 갑자기 퇴각을 시작하여 황하를 뒤로 하는 위치까지 후퇴, 포진한다, 그러고 나서 군세를 10으로 나누어 각기 긴밀하게 연락을 취하면서 병사를 매복하여 원소군을 맞아 싸운다.

　그러나 원소도 예사로운 사람은 아니었다. 정찰병을 내어 적이 배수의 진을 쳤다는 것을 알자 깊이 추격하는 것은 피하고 멀리 포위하여 30만의 군세로 진을 쳤다.

　그런데 이 대군에 갑자기 조조군의 부장 허저(許褚)가 야습을 감행한 것이다.

　병력은 소수였다. 원소군은 도망가는 적을 쫓아 마침내 황하 강변까지 왔다.

　원소의 본진으로부터는 적을 깊숙이 추적하지 말라는 전령이 끊임없이 나갔으나 이때 이미 원소군은 사방 200리에 걸친 야산에 병력을 포진하고 있었다. 그때 갑자기 함성을 지르면서 조조군 10만의 복병이 달려들었다.

　당초의 원소군에는 병력의 여유가 있었던 것 같았다. 길게 늘어진 대열이라고는 하지만 아군의 군세는 많고 뚫고 들어오려 해도 대열은 두터웠다. 병력이 부족한 조조군이 무엇을 할 수 있을 것인가 하고 생각하던 참이었다. 그러나 원소군은 중요한 일을 잊고 있었다. 이 싸움이 밤에 이루졌다는 사실이었다.

어둠은 실체를 감추고 허상을 만들어낸다.

10만의 복병 조조군은 어둠 속에서 크게 소리를 지르고 마치 대군이 습격온 것처럼 연출하였다. 원소군에게 냉정하게 판단할 틈도 주지 않고 30만의 대군을 혼란의 소용돌이 속으로 몰아넣었다.

원소군은 당황하였고 테세를 다시 세울 총대장 원소는 남보다 먼저 도망하고 말았다. 도망가는 적처럼 약한 것은 없다. 오합지졸이 된 그들은 눈사태처럼 패해 도망치고 말았다. 30만의 원소군은 '십면매복의 계'에 의해 불과 1만 명이 남았다고 한다.

이 싸움에서 원소는 완전히 패권쟁탈의 실리를 잃었다. 이 계략은 10만의 병사를 매복시키는 일 자체에 중요성은 없다. 요컨대 열세를 대세처럼 보이게 하여 실력 이상의 허상을 어떻게 연출하느냐에 달려 있었다.

포인트

비즈니스 세계에 적용할 경우, 당신이 자기자신을 연출하여 실력을 실제 이상으로 보이게 할 일이다. 그것이 가짜라 할지라도 실력을 붙일 때까지의 시간 벌이라면 좋은 일이 아닌가. '십면매복의 계'는 심리전으로서 그 용도가 많다.

제40계 　조호이산(調虎離山)의 계

호랑이를 길들여 산을 떠나게 한다.

다세를 격파한 한신의 '배수의 진'

'조호이산'이란 적을 본거지에서 유인하는 책략을 가리킨다. 호랑이=적, 산=유리한 장소라고 이해하면 된다.

항우와 유방이 천하 패권을 다툴 무렵 유방을 섬기는 한군의 원수 한신은 1만도 안 되는 병사를 이끌고 20만이라고 호언하는 조군(趙軍)을 공격한 적이 있었다.

더욱이 적은 굳건한 성에 들어 있어서 정면으로 싸워서 이길 방책은 어디에도 없었다.

본디 '조호이산의 계'는 유리한 조건(자연·입지)을 지니고 있을 때에는 그것을 이용해서 적에게 고통을 준 후 먹이를 뿌려 본거지에서 유인하는 일이다.

정면에서 공격하면 위험이 예상될 때에는 일부러 틈을 보여 상대방으로 하여금 공격하게 해서 그것으로 생기는 상대방의 허를 찌르는 것이 이 책략의 포인트이다.

한 가지 계략을 생각해 낸 한신은 우선 200명의 경기병(輕騎兵)을 선발하여 병사 각자에게 붉은 깃발을 들리고 조군의 성채를 내려다보는 산에 잠복시키기로 하였다.

"알겠나, 내일 싸움에서는 우리 한군은 가짜 패주를 단행한다. 그러면 적들은 기회다 하고 성을 비우고라도 추격할 것이다. 그때 너희들은 적의 빈 성채로 들어가 조군의 백기를 한군의 적기로 바꾸어 세우는 거다."

이렇게 작전을 설명하였다.

한신은 작전을 설명한 후 남은 주력군의 진지를 이동하여 조군의 전면을 흐르는 강을 뒤에 두고 포진하였다.

이튿날 아침, 한군의 이동을 알아챈 조군은, 적의 총대장은 병법의 정석도 모르는 녀석이라고 비웃었다고 한다.

과연「손자」이하의 병법서 어디를 보아도 강을 배후로 포진하라는 말은 쓰여 있지 않다. 그와 같은 일을 하면 병사들은 도망갈 길을 잃으므로 위축되어 혼란만 가져올 것이다.

그러나 한신은 아랑곳하지 않고 한 부대를 이끌고 강 앞의 진지에서 성으로 진공하였다.

조군은 수가 적은 한군을 가볍게 보고 있었다. 겁 없는 녀석들이라 하여 성을 나와 응전하였다. 한신은 적이 성을 열고 나오자 깃발을 던지고 도망가기 시작하였다.

보통의 싸움이라면 그 후의 한군은 조군의 기세에 몰려 패주했을 것이다. 그러나 후퇴를 하기는 했지만 한군의 앞길에는 강이 있었다. 원래 한신의 군세는 강을 등에 두고 있었으므로 도망갈 길은 없다. 병사들은 도망갈 길이 없다는 것을 알고 전원이 필사적으로 싸웠다. 우세했던 조군도 고전했던 모양이었다.

그렇게 하고 있는 동안에 산에 숨어 있던 한군의 별동대가 적의 성채로 잠입하여 점거하였다.

성채에 나부끼는 적기를 알아차린 조군에게 동요가 일어났다. 여기를 한신의 군세가 앞뒤에서 공격하여 조군을 격파한 것이다.

한신의 유명한 '배수의 진'은 필사의 힘을 내게 하는 것으로만 강조되고 있는데 사실은 아군 병사의 사력을 끌어내고 '조호이산의 계'로 상대방을 성으로부터 유인하는 데에 주안점이 있었다.

사마의가 제갈량에게 꾸민 계략

위나라 청룡 2년(234) 2월, 제갈량은 제5차(실제로는 제4차) 북벌군을 일으켰다. 한중부(漢中府)로부터 사곡(斜谷)을 빠져, 장안을 노리자는 작전이었다.

진령(秦嶺) 계곡을 무난히 넘은 10만여 초군은 장안평야에 이르자 무공수(武功水)를 따라 내려가 위수 남쪽 물가에 보루를 구축하였다. 여기서 위수를 따라 동진하면 장안까지 불과 200리 길이다.

이를 우려한 위나라의 명제는 곧 진랑(秦朗)에게 2만여 병력을 주어 장안에 있었던 사마의 구원군으로 파견하였다.

사마의를 둘러싼 작전회의에서 대부분의 위나라 장수들은 위수 북쪽에서 촉군을 맞을 것을 진언하였다. 그러나 사마의는 이를 무시하고 위수를 건너 촉군보다 동쪽으로 치우쳐 촉군과 같은 물가에 진을 쳤다.

배수의 진이었다. 사마의가 위수 남쪽으로 건너가 진을 친 것은 이 땅이야말로 식량을 에워싼 쟁탈의 장이 될 것이라고 판단했기 때문이었다.

제갈량은 이 경우 위군이 진을 치기 전에 주저하지 않고 단숨에 위수의 남쪽 들을 진격하여 적진에 밀어닥쳐 위병을 위수로 몰아넣어야 했을 것이다.

그런데 제갈량은 '배수의 진'이 갖는 무서운 에너지=병사가 사력을 다해서 싸우는 힘을 알고 있었다. 그 때문에 동진을 하지 않고 서쪽으로 나아가 오장원(五丈原)으로 올라간 것이다.

재빨리 유리한 땅을 차지하고 상대방을 불리한 지형으로 몰아넣은 사마의의 지휘는 훌륭했다고 할 수 있다.

⌐포인트⌐

비즈니스의 장에서도 선수를 치고 교묘하게 상대방을 주특기 영역에서 벗어나게 하는 방법은 충분히 이용할 수 있을 것이다. 그리고 내가 잘하는 영역으로 유인하면 필승은 틀림없다.

□ 제5차 북벌

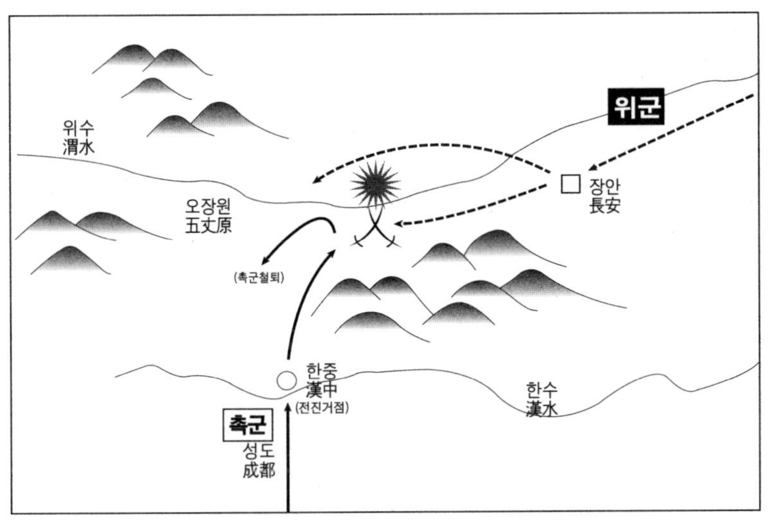

제5장 비계

제41계 금낭(錦囊)의 계

비단 주머니에 맡긴다.

죽은 뒤 위연을 친 제갈량의 비책

'금낭의 계'란 「삼국지연의」에 나오는 제갈량이 남긴 계책이다.

오장원 진지에서 죽음을 깨달은 제갈량은 뒷일을 각 장수에게 맡기고 강유(姜維)에게 병법의 모든 것을 전수한 후 양의(楊儀)를 불러오라고 했다.

양의는 촉나라 장군으로 특히 유비가 죽은 후 제2대 황제 유선(劉禪) 시대에 활약한 인물이다. 제1차 북벌 때에는 제갈량 곁에 있었고, 한중에서 제갈량이 「후출사표」를 바쳤을 때 사자의 역할을 하였다.

양의가 급히 머리맡으로 달려가자 제갈량은

"위연은 반드시 모반할 것이다. 그 용맹은 존중해 주어야 하지만 그 성격에는 난처한 면이 있다. 대책을 강구하지 않으면 해를 끼치게 될 것이다. 내가 죽은 후 위연이 모반하면 그때에는 이것을 열어보아라. 대책을 얻을 수 있을 것이다."

이렇게 말하고서 문서를 담은 비단 주머니를 양의에게 주었다. 이후 양의는 승상의 대리로서 촉나라의 군권을 맡게 되었다.

과연, 제갈량이 죽자 위연은 양의에 복종하지 않고 마대(馬岱)에 동조를 강요하여, 잔도(棧道)를 불태우고 양의가 모반했다는 가짜 상주문을 성도로 보내고 자신은 양의가 가는 길을 가로막고 섰다.

한편, 양의도 급히 사자를 보내어 위연의 모반을 알린다.

그리고 남곡에서는 촉나라의 선봉 하평(何平)이

"위연을 따르는 장병들이여, 역적을 섬기지 말고 고향으로 돌아가 은상(恩賞)을 기다리는 것이 좋을 것이다."

하고 호소하였기 때문에 위연군 병사들은 거의 도망가고 말았다. 움직이지 않은 것은 마대가 이끄는 300기뿐이었다고 한다. 위연은 병력의 저하로 마음이 약해져 한번은 위나라에 투항할 생각도 하지만 마대로부터 한중의 남정성 공격을 권유받아 일로 남정성으로 육박했다.

이때였다. 양의는 제갈량으로부터 임종 때 받은 비단 주머니를 열었다. 속에는 문서가 들어 있었다.

양의는 그것을 읽었다. 그의 가르침을 따라 작전을 변경했다. 닫은 성문을 열어제치고 강유와 함께 2000명의 병사를 데리고 성 밖으로 나갔다. 위연군이 왔다.

위연과 대치하고 양의는 말했다.

"위연이여, 승상께서는 네가 모반할 것이라는 것을 살아계셨을 때부터 알고 계셨다. '나를 죽일 자가 있는가'라고 세 번 외쳐보이면 나는 한중(漢中)을 너에게 넘기겠다."

위연은 웃으면서 대답하였다.

"공명이 죽은 지금 나의 상대가 되는 사람은 없다. 세 번이 아니라 3만 번이라도 외쳐주겠다. '누가 나를 죽일 자가 있느냐?'"

그러자 위연 바로 뒤에서 이에 대답하는 소리가 들렸다.

"내가 죽여주겠다."

소리와 동시에 뒤를 돌아본 위연은 한 칼에 두 동강이가 났다. 위연을 벤 것은 전부터 오늘이 있을 것이라는 것을 예상하고 제갈량이 지시를 하여 위연에게 붙여둔 마대였다.

세 번 외치게 한 것은 신호이기도 했다.

제갈량이기 때문에 위연을 부릴 수가 있었지만 후계자들에게는 무리라고 판단한 제갈량은, 촉나라에 큰 재앙을 가져오기 전에 이를 제거할 것을 생각했던 것이다.

  '금낭의 계'는 죽은 후에 자기라면 할 수 있었어도 후계자로는 할 수 없는 일을 명확하게 구분한 점이 중요하다. 이 유계(遺計)는 유능한 부하도 가장 무서운 적이 된다는 것을 가르치고 있다.

제42계 면종복배(面從腹背)의 계

앞에서는 순종하고 마음속으로는 배반한다.

독재자 조조가 가장 두려워했던 계략

많은 사람을 통제하여 세상을 다스리는 사람에게는 보좌역을 중용하기 위해서 무엇보다도 그 인물의 '면종'에 대해 경계하지 않으면 안 된다고 조조는 말하고 있다.

건안 11년(206), 조조가 아래 사람들의 진언이나 간언을 구했을 때 포고한 글 중의 한 구절이다.

'면종'이란 글자 그대로 상대방의 면전에서는 온순하고 아첨하는 사람을 말하는 것으로, 예부터 중국에서는 '면종후언(面從後言)' (겉으로 따르고 뒤에서 헐뜯다) 또는 '면종복배'와 같은 숙어로 사용되는 일이 많았다.

조조에게는 유비의 제갈량과 같은 탁월한 군사(軍師)나 참모가 없었다. 당당히 목숨을 걸고 간언한 사람도 없었을 것이다.

"아무도 아무 말도 하지 않는 것은 내가 부덕한 탓일까?"

조조는 문무 관리들에게 매월 1일에 날을 정하여 고언을 해달라고 부탁하였다. 조조는 독재자가 빠지기 쉬운 독선을 극력 회피하기 위한 노력을 하고 있었던 것이다.

이듬해(207), 조조는 북벌＝유주 동부의 오환족(烏桓族) 정벌을 위한 군을 일으켰다.

유주는 지금의 허베이성(河北省) 북부, 베이징시·톈진시로부터 동북 지방의 랴오닝성(遼寧省), 나아가서 한반도의 서북부까지 포함하는 드넓은 지역이다. 오환족은 몽골계의 소수 민족이었으나 그들에게로 원소의 둘째아들 원상(袁尙)과 셋째아들 원희(袁熙)가 도망갔기 때문에 이것을 치기 위해 출동한 것인데 많은 가신들은 그 계획을 반대하였다.

워낙 먼 곳이고 날씨나 풍토도 염려되는 만큼 무모한 원정이라는 것이었다. 그러나 조조는 타고난 성질로 이 원정을 단행하여 결과적으로 두 아들의 숨통은 끊었지만 자연의 맹위를 만나 겨우 겨우 목숨만 살아 돌아왔다. 조조는 원정에서 돌아오자 우선 출진에 반대한 자들의 이름을 조사하게 하였다. 사람들은 불안한 눈으로 이를 지켜보았다. 그러나 조조는 출두한 반대 의견 제출자들에게 은상을 주고 다음과 같이 말하였다.

"위험한 처지에 귀국할 수 있었던 것은 행운에 지나지 않는다. 앞으로는 여러분의 말에 귀를 기울일 것이다."

이와 똑같은 일을 제갈량도 부하들에게 요구하고 있다.

제갈량은 제1차 북벌에 실패한 직후 촉나라가 병력면에서 적보다 우세함에도 불구하고 격파할 수 없었던 것은 오로지 최고사령관인 자기 책임이라고 말하고

"그래서 여러분에게 부탁하고 싶은 것은, 나라를 위해 힘을 다하고 싶은 사람은 거리낌없이 나의 결점을 지적해주기 바란다."

이것은 신상필벌로 치국에 임하고 있던 제갈량이, 실은 그 몇 배 되는 엄격성을 가지고 자신과 대치하고 있었다는 점을 말해준다. 또 제갈량은 조직은 바람이 잘 통하지 않으면 부패한다고 말하고 있다.

보인트

각 섹션의 세력이 강해지고 각자가 파벌을 이루어 서로 감싼다. 그리고 쓸모없는 사람만 보신을 위해 추천한다. 이렇게 되면 조직은 스스로 망할 수밖에 없다.

제43계 상옥추제(上屋抽梯)의 계

지붕에 올려놓고 사다리를 치운다.

유비가 유기에게 전수한 비계

'상옥추제'란 지붕 위에 올려놓고 사다리를 치운다는 뜻이다.

의식적으로 틈을 만들어 놓고 적을 유인한 다음 후속부대를 차단해서 포위 섬멸하는 전술이다.

형주 자사 유표(劉表)에게는 두 아들이 있었다. 큰아들은 유기(劉琦), 둘째아들은 유종(劉琮)이라고 했다. 유기의 어머니는 이미 이 세상에 없고 유종은 배가 다른 아우였으나 이 유종의 어머니가 형주의 실력자 채모(蔡瑁)의 누님이었기 때문에 유기는 후계 자리를 항상 위협받았고 생명의 위험에도 처해 있었다.

유기는 참을 수 없었던 모양이다. 어느 때 유비에게 상의하였다.

유비는 제갈량으로부터 지혜를 받도록 권고하였다. 그러나 귀찮은 일을 싫어하는 제갈량이 피해 도망가지 못하도록 이층으로 제갈량을 안내하고 사다리를 치워 내려오지 못하도록 하는 것이 좋을 것이라고 조언하였다.

또, 만약에 제갈량이 도와주지 않으면 여기서 배를 갈라 죽겠다고 말하게 하였다.

제갈량도 여기에는 질렸던지, 춘추시대 진(晉)나라 중이(重耳)가 국외로 피하여 천명을 다했다는 고사를 인용하여 국경에 가까운 강하(江夏)의 수비 근무를 기화로 잠시 양양을 떠나 있을 것을 권고하였다.

유기는 제갈량의 충고에 따랐고, 이때 유기가 강하로 데리고 간 1만의 군세가 후에 유비의 궁지를 구하고 제갈량의 '천하 3분의 계'의 단서를 만들게 된다.

이 작전을 비즈니스 세계에 적용하면 우선 상사가 피하지 못하도록 만들고 상담 상대로 삼을 경우에 적용할 수 있을 것 같다. 상대방이 할 수없이 체념하면 이쪽의 의도대로 된 것이다. 두 사람 사이에 생긴 비밀은 상사와의 거리를 가깝게 하는 효과도 있다.

제44계 타초경사(打草驚蛇)의 계

풀을 쳐서 뱀을 놀라게 한다.

왕로가 혼이 난 계략

당나라 때 단성식(段成式)이 쓴 「서양잡조(西陽雜俎)」에 다음과 같은 이야기가 실려 있다.

당나라 때 도현(塗縣)의 지사에 왕로(王魯)라는 사람이 있었다. 이 왕로는 지사라는 지위를 내세워 사욕을 챙겼다. 뇌물은 예사였고 공금을 물쓰듯 사용했으며, 그 결손을 세금으로 메꾸는 악덕 지사였다. 사리사욕만이 사는 보람이었던 모양이다.

어느 날 왕로의 부하가 뇌물을 받았다 해서 체포되었다. 아이러니칼하게도 왕로가 이 사건을 재판하게 되었다. 이때 왕로의 판결문이 가관이다.

소송인에 대해 왕로는 이렇게 말했다.

"당신은 풀을 두둘겼으나 나는 뱀에 놀랐다."

부하의 뇌물이라고 하지만 자신도 경고를 받은 것처럼 받아들인 것일까.

후한 말기, 환관의 주멸을 슬로건으로 여러 나라의 군웅에게 내건 원소는 결과적으로 제국 내의 부패를 폭로하여 제국의 약체화를 노출시키는 결과가 되었다.

[포인트]

이 계는 본래는 A를 응징하려던 것이 결과적으로 B를 응징하게 되었다는 뜻을 지니고 있었다. 또 노리는 상대를 잘못 보지 말라는 교훈도 포함하고 있다. 특히 비즈니스 세계에서는 세심한 주의가 필요하다.

제45계 이도(二桃)의 계

복숭아 두 개로 세 사람이 다투게 한다.

제갈량이 애창한 노래에 숨은 천하 3분의 필살 병법

광화 4년(181) 낭야군 양도에 태어난 제갈량은 3남 1녀의 차남이었다. 아버지 제갈규(諸葛珪)는 태산군의 승(丞)으로 있던 지방귀족 출신으로 일설에 의하면 선조는 사예교위(司隷校尉)인 제갈풍(諸葛豊)이었다고 한다.

만일 제갈량의 부모가 건재하여 오래 살았다면 제갈량의 삶도 전혀 달라졌을지도 모른다.

어려서 부모를 잃은 제갈량은 14세에 동생 제갈균을 데리고 전화(戰火)를 피하여 숙부 제갈현(諸葛玄)의 임지인 양주 예장군의 남창(南昌)으로 갔다. 이 전화(戰火)는 조조에 의한 서주의 목(牧) 도겸(陶謙)에 대한 공격으로 생긴 싸움이었다.

초평 4년(193) 조조는 39세, 제갈량은 13세 때의 일이다.

조조의 아버지 조숭(曹嵩)은 중앙 정계에서 물러나 낭야에 살고 있었다. 사건의 발단은 이 노인을 도겸의 속 없는 부하가 돈에 눈이 어두워 살해한 데에 있었다.

남달리 성질이 격한 조조는 화가 나서 보복의 군대를 일으켰다. 서주(徐州)의 10여 개 성을 함락시키고 그래도 모자라 이듬해에 거듭 공격을 해서 5개 성을 점령하고 여세를 몰아 동해(황해연안)까지 침공하였다. 그들이 지나가는 고을이나 마을에서는 약탈과 폭행이 자행되어 수십만의 죄 없는 사람들이 학살되었다(「후한서」 '도겸전').

제갈량을 숙부가 맡은 시기와 일치하고 있다.

아마도 제갈량 형제는 전쟁의 참상을 보았을 것이다. 그렇다고 하면 제갈량의 조조에 대한 미움은 10대부터의 개인적인 원한도 없는 것은 아니었던 같다.

예장(豫章) 태수에 임명된 제갈량의 숙부 제갈현은 부임한 지 얼마 안 되어 또 한 사람의 태수 주호(朱晧)를 맞이하게 된다.

여기에는 사정이 있었다. 후한 끝무렵, 조정은 이름만 있을 뿐 아무런 실권을 가지지 못하고 지방에 자리잡은 군벌이 중앙의 인사를 좌우하고 있었다.

제갈현은 양주 군벌을 이끄는 원술에 의해서 횡사한 원술의 부하 주술(周術)의 후임으로 앉은 것이다. 그러나 이것은 조정을 무시한 사적인 것이었다.

이윽고 정식 임명을 받은 주호가 취임해 온 것이다.

배송지의 주석에 의하면 제갈현은 주호를 묵살하였다. 그래서 원술의 정적인 양주의 목(牧) 유요(劉繇)로부터 군세를 빌려 남창으로 쳐들어가 힘으로 제갈현을 쫓아냈다고 한다.

「헌제춘추(獻帝春秋)」에 의하면 그 후 서역에 주둔했던 제갈현은 주민의 반란으로 살해된 것으로 되어 있다. 그러나 「자치통감」에는 유요의 부하인 작융(筰融)이 독단으로 주호를 살해하고 태수의 지위를 차지하자 화가 난 유요에 의해 추방되었고 이윽고 주민에 의해 살해된 것으로 되어 있다.

제갈량은 형주의 도성, 양양에 가까운 융중(隆中)의 산 속에 거처를 정하고 청경우독(晴耕雨讀)의 생활을 시작하였다. 이때 제갈량의 나이 17세였다. 이때 제갈량은 자주 노래 하나를 불렀는데 '양부음(梁父吟)'이란 노래였다.

　　걸어서 나가는 제(齊)나라 성문
　　멀리 탕음(蕩陰) 고을이 보이고
　　고을 안에는 세 무덤이 있다
　　포개진 듯이 있어서 서로 비슷하다

묻건대 그 무덤들은 어느 집 것이냐
전개강(田開彊)과 고야자(古冶子)의 것이다
힘이 세어 남산(南山)을 없애고
글에 빼어나 지리에 통달하였다
하루아침에 참언의 말을 들으면
두 복숭아로써 세 용사를 죽임과 같도다.
누가 감히 이런 꾀를 꾸밀 수 있겠느냐
바로 제나라의 재상 안자(晏子)가 아니고서야.

뜻은, ‘옛날 춘추시대 강대국이었던 제나라의 서울을 나와 멀리 남쪽의 탕음이란 고을에 가면 세 개의 큰 무덤이 나란히 있다. 누구의 것인가 하고 물으니 전개강·고야자·공손접의 무덤이다(노래에는 공손접이 생략되어 있다). 그들은 문무에 뛰어난 사람들이었으나 어느 날 갑작스런 일로 중상을 받아, 두 개의 복숭아를 세 사람이 서로 빼앗으려고 싸우다가 결국 세 사람 모두 죽었다. 이 모략을 누가 저질렀는가? 제나라의 명재상 안영(晏嬰)이었다’이다.

여기에 나오는 ‘두 개의 복숭아로 세 사람을 죽인다’는 책략에 대해서 이를 실행한 장본인 안영은 언행록「안자춘추」를 남겼다.

이에 의하면 제나라의 국왕 경공(景公)을 섬긴 세 사람의 호걸은 모두가 문무에 뛰어난 일기당천의 장군들이었으나 제각기 자기들의 무공을 내세워 방약무인(傍若無人)의 행동이 많았다.

이 세 사람이 사리사욕으로 나아가 서로 협력하면 제나라의 국정이 위태롭다. 오늘날 문민의 통제가 듣지 않는, 말하자면 쿠데타의 위험을 재상인 안영은 예단하였다. 기업의 경우 본업을 망각하고 파벌항쟁에 지새우는 꼴이었다.

그러나 세 사람은 모두 실력가로 군벌을 형성하고 병사를 배후에 거느리고 있다. 재상이라고는 하지만 병사 한 명의 동원 실력도 없는 안영의 입장에서 세 사람을 친다는 것은 불가능에 가까웠다. 가령 한두 사람 속여서 친다고 해도 남은 한 사람이 반격을 가하면 국정은 중단되고 대혼란이 일어날 것은 뻔한 일이었다.

그렇다고 그대로 두고 볼 수만은 없었다. '나쁜 싹은 빨리 따내야 한다.'

어떻게 하면 좋은가? 여기서 안영이 생각해 낸 것이 필살의 '이도의 계'였다.

안영은 경공과 짜고 세 사람이 모인 석상에서 두 개의 복숭아를 하사품으로 보이면서 말했다.

"세 사람 중 나야말로 공이 뛰어나다고 생각하는 사람은 서슴지 말고 이 하사된 복숭아를 받으시오."

호걸은 세 사람, 복숭아는 두 개밖에 없다. 안영은 세 호걸의 자존심을 부채질하여 서로 결투를 하도록 꾸민 것이다.

우선 호랑이를 쳐죽이고 용맹을 날린 공손접이 재빨리 하나를 집었다. 공손접도 바보는 아니다. 이것이 안영의 모략으로 세 사람 사이를 이간시키기 위한 것이라고 순간적으로 깨달았다. 그러나 공손접은 그래도 자신의 체면에 구애되고 말았다.

이어 삼군을 거느려 빛나는 무공을 세운 전개강이 남은 한 개를 집었다.

그것을 보고 화가 머리끝까지 치민 것은 고야자였다. 고야자의 말을 빌리면 이러했다.

"나는 이전에 주군을 따라 황하를 건넜을 때 헤엄을 칠 수 없었음에도 물속으로 들어가 커다란 거북을 포살하여 하백(河伯 : _{황하의 신})이라는 말을 들었다. 나야말로 복숭아를 먹을 자격이 있다."

고야자는 칼을 빼고 일어섰다.

세 사람은 각각 한 가락씩 할 수 있는 인물들이다. 복숭아를 사이에 두고 서로 죽였는가 하면 그렇지가 않았다. 고야자의 말을 들은 두 사람은 갑자기 부끄럽다는 얼굴빛이 되더니 말했다.

"과연, 우리들의 용기는 고야자에 미치지 못할지도 모른다. 그러나 여기서 복숭아를 양보하지 않으면 탐욕이라고 할 것이고, 복숭아를 손에 넣지 않으면 무인으로서의 면목이 서지 않는다."

결국 공손접과 전개강은 다 같이 복숭아를 되돌리고 진퇴양난이 되어 자살하고 말았다. 이것을 옆에서 보고 있던 고야자도 이윽고

"두 사람을 죽게 한 채 내가 남으면 불인(不仁)이 된다. 쓸데없는 일을 큰 소리로 외친 것은 불의(不義)였다. 이것을 수치스럽게 여기고 죽지 않으면 용기가 없다고 비웃음을 받을 것이다."

복숭아를 손에 들지도 않고 그 자리에서 자해하고 말았다.

제갈량은 이 계략을 꾸민 안영에게 한 없는 동경심을 품고 있었다. 그러나 무명시대 제갈량이 책략만 생각하고 있었다면 그 모습은 처량했을 것이다.

나이가 어렸을 때 밀어닥치는 조조의 군세에 고향이 유린되는 것을 보고 있던 제갈량은 마음속으로 조조에 대한 복수를 맹세했는지도 모른다.

순욱을 자살로 몰아넣은 조조의 비계

조조의 참모 순욱은 조조가 위공(魏公)의 자리에 앉는 것을 반대하여 마침내 죽음을 맞이하지 않으면 안 되었는데, 이것도 모습을 바꾼 '이도의 계'에 의한 것이라 할 수 있다.

순욱은 조조가 황건적을 토벌하여 이름을 올린 뒤 널리 현사(賢士)를 모집하고 있다는 말을 듣고 조조야말로 기울어가는 후한을 재건해 줄 영웅이라 믿고 조카인 순유(荀攸)와 함께 조조의 막하로 달려간 인물이다. 조조는 천하제패에의 꿈을 순욱의 헌책에 의해서 한걸음 한걸음 실현시켜 갔다. 그 뒤 화북에 절대적인 지배권을 확립한 조조는 장사(長史) 동소(董昭) 등이

"위공의 자리에 올라 구석(九錫)을 더하셔야 합니다."

이런 말을 듣고 그렇게 할 마음이 생겼다.

공(公) 위에 왕이 있고 왕 위에 황제가 있다. 일이 이에 이르자 순욱은 조조의 야심을 간파했는데 이미 때는 늦었다.

"승상 각하, 그것은 안 됩니다. 각하는 원래 천하를 구하기 위해 의용군을 일으키셨고 한황조를 보좌해 오셨습니다. 앞으로도 황조에 충성을 다하여 겸양의 절조를 유지하셔야 합니다. 군자된 사람은 사람들을 덕으로 다스리는 것입니다. 신하로서의 분을 넘는 신분을 원하는 것이 아닙니다."

그러나 순욱의 간언도 소용없이 조조는 위공이 되었다. 두 사람 사이에는 결정적인 틈이 생긴다.

건안 17년(212) 10월, 조조로부터 순욱에게 남방정벌에 동행하라는 명령이 떨어졌다. 순욱은 이것을 자기를 살해하기 위한 덫으로 보았다. 아프다는 핑계로 출진을 거부하자 다음에는 조조로부터 위로품이 전달되었다.

복숭아가 아니라 뚜껑이 있는 그릇이었다.

조조의 친필로 봉해져 있었다. 봉함을 뜯고 뚜껑을 열어보니 안에는 아무것도 들어 있지 않았다. 순욱은 끝장이라고 여겨 음독 자살하였다.

알맹이가 없으면 조조에게 사례의 말을 할 도리가 없다. 뒷날 조조로부터

"위로품은 도착했나? 어땠소?"

물어도 대답할 도리가 없다. 적당히 사례의 말을 하면 조조는

"그것은 알맹이를 잊고 봉한 것이다. 적당히 꾸민 이유는 무엇인가?"

트집을 잡을 것이 틀림없었다. 답례를 하지 않으면 결례를 책망받을 것이다. 천하의 명참모도 마침내 단념한 것이다. 이때 순욱의 나

이 50세였다.

한비자는 '사물의 상황이 다르면 그에 따른 준비도 바꿔야 한다'
고 말하고 있다.

포인트

기업 내의 파벌다툼에 대해 말하자면 한 발 뒤로 물러나서 대응하는
자세가 현명할 것이다. '이도의 계'는 뜻하지 않게 닥쳐온다. 이것을 피
한다는 것은 매우 어려운 일이다.

제46계 격안관화(隔岸觀火)의 계

강 건너 불을 본다.

조조가 원소 집안 토벌에 사용한 부동의 계

'격안관화'란 강 건너 불 구경을 뜻한다.

이것을 인간학에 비유하면 어떻게 되는가?

비록 병력에서 이쪽이 우세하다 하더라도 무턱대고 몰아붙인다고 좋은 것이 아니다. 싸우면 반드시 이쪽에도 출혈이 있기 마련이다. 그렇게 되면 이긴다 해도 바람직한 승리는 되지 못한다.

이럴 경우에는 역시 강 건너 불 구경을 하는 것이 좋다. 상대방의 자멸을 기다리는 것이 이 책략의 본질이다.

상대방의 내부투쟁·분열·내홍(內訌)은 상대에게 파고들어갈 절호의 기회이다. 그와 같은 경우에는 지체없이 그 틈으로 뚫고 들어가 상대방을 타도하라는 것이 '진화타겁의 계'(제24계)였다.

'격안관화의 계'도 상대방의 내부항쟁이나 내부모순을 전제로 하고 있다. 그러나 이쪽은 어디까지나 정관(靜觀)해서 움직이지 않는 계략이다.

이 책략으로 숙적 집안과 후계자를 몰살시킨 것이 조조였다.

'관도싸움'에서 원소에게서 승리를 거두어 화북 일대를 지배하에 둔 조조는 이 숙적의 숨통을 끊으려고 하였다. 그런데 당사자인 원소는 얼마 후 병사하고 만다.

그러자 세 아들 중 장남과 삼남이 후계자 자리를 다투어 대대적인 내분이 일어났다.

조조는 이것을 계속 정관했다. 공격하면 오히려 내분이 가라앉아 외적에 대해 일치단결할지도 모른다고 생각한 것이다.

이윽고 장남이 세상을 떠났다. 때가 좋다고 본 조조는 단숨에 원소 가문의 영토를 제압한다. 그들에게는 이제 싸울 여력은 남아 있지 않았다. 쫓긴 차남 원상(袁尙)과 삼남 원희(袁熙)는 북방의 이민족 오환(烏桓)에게로 도망쳤다.

그러자 조조는 207년, 오환 정벌에 착수하여 이를 격파하였다. 원상과 원희는 다시 요동의 공손강을 의지하여 피신하였다. 공손강은 이 무렵 요동에 한 세력을 유지하고 있었다.

원 형제는 사태가 여의치 않으면 공손강을 제거하고 요동에서 조조에게 대항하려고 한 흔적이 있다.

조조의 막료들은 사태가 복잡하게 얽히기 전에 군을 요동에 진격시켜 공손강을 토벌하고 아울러 원 형제를 없애야 한다고 진언하였다. 그러나 조조는 움직이지 않았다.

"일부러 군을 움직일 필요는 없을 것이다."

그들은 철수한다. 그러자 이게 어찌된 일일까? 얼마 후 공손강으로부터 원상과 원희 두 사람의 목을 보내온 것이다.

왜 이렇게 되었는가? 막료들은 이해하지 못한 것 같았다. 그래서 조조에게 그 까닭을 물었더니 그는 이렇게 대답하였다.

"공손강은 원소의 세력을 받아들이기는 했지만 속으로는 자기가 거세되는 것을 두려워하였다. 그러나 내가 대군을 이끌고 성급하게 공격하면 그들은 억지로 힘을 합해 대항했을 것이다. 그러나 방관하고 있으면 서로 사이가 갈라지는 것은 자연 이치이다."

바로 '격안관화의 계'의 극치라 아니할 수 없다.

[포인트]

비즈니스 세계에서 특히 파벌의 힘이 팽팽할 때 한쪽을 편들면 화상을 입을 수가 있다. 통찰력을 기르는 것도 이 계략의 중요한 대목이라는 것을 잊어서는 안 된다.

제47계 이일대로(以逸待勞)의 계

일(逸)을 가지고 노(勞)를 기다린다.

싸우지 않고 이기는 사마의 궁극병법

'이일대로'란 아군을 '일(逸)' 즉, 휴식을 충분히 취하게 하여 여유가 있는 상태로 유지하면서 한편으로는 적의 '노(勞)'=피로를 기다리는 책략을 말한다.

「손자」병법에

"유리한 장소에 포진하여 멀리서 오는 적을 기다리며 충분한 휴식을 취하여 적의 피로를 기다린다."

이렇게 되어 있다.

단, 적을 기다리는 동안에도 실천해야 할 계략은 철저하게 이를 준비하면서 한편으로는 영기(英氣)를 길러 힘을 축적하고 수비를 굳건히 하면서 상대방의 피로를 기다린다. 그리고 상대방에 피로가 보인다고 판단하면 단숨에 이를 공격, 승리를 얻는 전법이다.

'만천과해의 계'(제1계)에서 본 유비의 '이릉싸움'에서의 패전도 이 '이일대로의 계'의 원칙에 들어맞는다.

촉한의 승상 제갈량이 5차에 걸쳐 북벌을 감행했을 때 수비를 철저히 하여 적극적으로 공격하지 않고 마침내는 오장원에서 제갈량을 죽음에 이르게 한 사마의 전법도 이 '이일대로의 계'였다고 할 수 있다.

겉보기에는 수비 일변도여서 전혀 돋보이지 않는 사마의이지만, 그의 군세는 끝까지 상처를 입지 않은 채, 싸우지 않고 제갈량을 위나라 영토로 들어오지 못하게 했던 것이다. 사마의는 제갈량이 죽은 후 위나라에서 중용되었고 이윽고 그의 손자 사마염(司馬炎)에 의해 제국을 빼앗기에 이른다.

만일 제갈량과 자주 무력으로 충돌했더라면 병력에 우세한 사마의가 승리했다 해도 그의 명성에는 다소의 상처를 입고 병력의 손실도 있었을 공산이 크다.

사마의의 탁월함은 단기 결전을 바라는 제갈량의 마음을 읽고 결코 그 책략에 걸리지 않고 자신이 싸움의 주도권을 장악하면서 항상 여유를 갖고 싸움에 임한 데에 있었다. 사마의는 그러면서도 아군이 수비 일변도에 익숙해서 전투력이 저하하지 않도록 배려하고 있었다.

제48계   가치부전(假痴不癲)의 계

바보를 가장하되 미치지 않는다.

'죽림칠현'이 생존을 건 처절한 책략

전기(戰機)가 무르익기도 전에 잘난 체하여 경거망동을 하는 것은 어리석은 일이다.

오히려 바보가 된 체하여 얌전하게 있으면서 행동을 극력 피하는 편이 훨씬 더 좋은 일이다. 실수로라도 난폭한 행동을 해서는 안 된다.

'가치부전'의 '치'와 '전'은 언뜻 보기에 비슷한 상태이지만 '치'는 이른바 얌전한 바보이고, '전'은 미쳐서 광포성을 지닌다. 양자에는 '정(靜)'과 '동(動)'의 차이가 있다.

제9계의 '무능안시의 계'에서, 쿠데타를 모의하는 사마의가 치매를 가장하여 보기 좋게 정적인 조상(曹爽)과 그 일파를 속이고 그들의 경계심을 푼 이야기는 이미 말한 바 있다.

여기서는 그러한 '치'의 연기가 얼마나 어려운가를 보기 위해 다른 예를 인용해 보고자 한다.

조조·조비 부자는 무인으로서 탁월하면서도 글에도 밝아 본거지인 업(鄴)에서는 이 부자의 보호로 문화 살롱과 같은 것이 꽃을 피워 많은 뛰어난 시인과 문학자를 배출하였다.

그중에서도 공융(孔融) 이하 완우(阮瑀)·서간(徐幹)·진림(陳琳)·응탕(應瑒)·유정(劉楨)·왕찬(王粲)을 대표로 내세워 그들을 '건안의 7자'라고 사람들은 불렀다.

이들 7인은 다같이 힘차고 원숙한 시풍을 지녔고 정신은 매우 활달하였다. 정감의 분출은 상상력을 유감 없이 발휘하여 분방하고 독자적인 미의식을 만들어냈다.

그런데 위나라가 건국되어 조조가 '공(公)'에서 '왕'이 되어 조비의 대에 헌제로부터의 양위가 이루지는 과정에서 '건안의 7자'는 의기소침하였다. 개중에는 공융과 같이 권력에 의해 죽임을 당하기도 하였다.

그런데 '건안의 7자' 다음 대에 나타난 것이 '죽림칠현'이라고 하는 문화인들이었다〔완적(阮籍)·혜강(嵇康)·산도(山濤)·유령(劉伶)·완함(阮咸)·향수(向秀)·왕융(王戎)의 7인〕.

그 중에서도 완적은 대표적 인물이라 할 수 있다.

완적의 아버지는 '건안의 7자'의 완우로서 그의 직책은 조조의 비서관이었다.

그는 자람에 따라 마음이 맞는 친구와는 보통〔청안(靑眼)〕으로 대했으나 마음에 들지 않는 사람에게는 '백안(白眼)'으로 대하였다.

그런데 완적은 분명히 '가치부전의 계'를 사용하고 있었다. 그 증거는 다음과 같다.

완적이 어머니의 부음을 들었을 때의 일이다. 그는 그때 바둑을 두고 있었는데 부음을 듣고도 그대로 바둑을 계속하여 두었다. 그는 이윽고 술 석 되 가량을 마시고 통곡하면서 피를 서너 되나 토했다는 이야기가 전하기도 한다.

상중에도 술과 고기를 먹고 속세의 관습에 따르지 않았다. 주위 사람들은 그를 이상한 사람으로 다루었다. 그렇다면 완적은 정말 이상한 사람이었는가? 그렇지만은 않은 것 같다.

완적은 그때 '영회시(詠懷詩)'에서 독백하고 있다.

"평생 살얼음을 밟는다. 어느 누가 알랴, 내 마음속의 초조함을 ……."

술에 취하고 무절제한 나날을 보내어 곁에서 보기에는 자유방종한 생활을 보내는 것처럼 보였지만, 완적 자신은 매일 살얼음을 밟는 기분으로 지내고 있었다는 것이다. 다시 말하면 그는 살아남기 위해 이러한 자세를 취하고 있었던 것이다.

위의 실권은 이미 조씨에서 사마씨에게로 옮겼고 조씨에 가까운 사람은 무장이건 문인이건 언제 어떻게 숙청당할지 모르는 처지에 있었다.

당시의 문무관료, 사대부는 망해가는 위제국의 뒤를 따르든가, 그렇지 않으면 실권자인 사마씨의 군문에 항복하든가 하지 않으면 안되었다. 상급자일수록 결단을 내리기가 어려웠을 것이다.

이러한 정치 정세하에서 위를 적극적으로 지지하고 사마씨에게 대항할 힘은 없다고는 하지만 마음속으로 사마씨의 비위를 맞추고 추종하는 것을 싫다고 여기는 사람들도 있었다.

'죽림칠현'은 바로 이런 사람들의 대표로, 그들은 눈 앞에서 벌어지는 정권다툼을 피하고 자기의 재능을 감춤으로써 소극적이나마 저항의 의사를 표시하였다.

권력자의 비위에 조금이라도 거스르면 곧 처형되었다. 그래서 '가치부전의 계'에 의한 연기는 매우 어려웠다. 조금이라도 허점이 나타나면 숙청의 대상이 되었다.

실제로 완적과 같은 '죽림칠현'의 한 사람인 혜강은 조조의 증손에 해당하는 여성을 아내로 두었기 때문에 천수를 다하지 못했다.

"임관도 하지 않고 아무 하는 일 없이 세상을 지내는 것은 당치 않은 일이다."

그래서 처형된 것이다.

완적은 집에 틀어박혀 여러 달 동안 독서에 열중하는가 하면 산 속으로 들어가 돌아오지 않는 일도 흔했다고 한다. 가끔 갑자기 생각이 나서 마차를 몰았는데 이 '치'를 가장하는 사람은 길이 있든 없든 마차를 달려 더 이상 마차가 갈 수 없는 데까지 이르면 큰 소리로 울면서 집으로 돌아왔다.

사마소(司馬昭) 시대에 대장군 참모로 임명된 완적은 자진해서

이 영직(榮職)을 고사하고 한직인 이궁(離宮) 경비사령관의 취임을 원했다. 이유를 묻자 완적은

"저항하고 있는 거다."

이처럼 말하지 않았다.

이궁 경비대의 요리인에 술을 잘 만드는 사람이 있어서 그 술 창고에 300석의 술이 담궈져 있다는 말을 들었기 때문이라고 했다. 완적은 임무에 앉자 '죽림'의 동료인 유령을 불러 연일 술을 마시면서 삶을 마쳤다.

술 잘 마시기로 이름이 높았던 유령은 그 후 행방불명이 되었고 음악의 명수로 완적의 조카였던 완함도 마찬가지로 행방을 알 수가 없었다.

포인트

공격을 받고서 당황해서 몸을 지키려 해도 때는 이미 늦다. 사전에 평소부터 대책을 강구해 두지 않으면 안 된다. 대인관계에 있었서나 비즈니스 세계에서나 평소의 연구와 대비가 필요하다.

제49계 주위상(走爲上)의 계

도망가는 것이 가장 좋다.

도망에 철저했던 유방의 책략

'주위상'이란 '도망이 최상'이라는 뜻이다. 싸우지 않고 도망가는 것이 다른 어떤 책략보다도 효과적인 경우를 가리킨다. '병법 36계' 중 36번째이다.

원래 중국의 병법서에는 승산이 없는 싸움은 하지 않는 것이 기본적 인식으로 되어 있다. 체면에 구애되어 무모한 싸움을 하여 패배한 예는 고금의 전쟁사에 셀 수 없을 정도로 많다.

평범한 장군일수록 나아가는 것만 알고 후퇴의 중요성을 모르는 경우가 많다. 이른바 '만용'이다.

그렇다면 후퇴로 얻을 수 있는 이익은 무엇인가? 우선은 승리는 할 수 없지만 패배도 없다. 바꾸어 말하면 타격을 받는 일이 없다. 둘째, 전력을 저장했다가 다음 전투에 대비할 수 있다.

항우를 토벌해서 천하를 수중에 넣은 한나라의 유방이 그 좋은 본보기일 것이다.

유방이 항우의 패권에 도전했을 당초에 막강한 항우에 밀려 고배를 마실 뿐, 유방은 한번도 이기지 못하고 지기만 했다. 그런 후로 안 되겠다 싶으면 일찍 퇴각하여 항우의 예봉을 피했다.

그러나 유방이라고 해서 무턱대고 어두운 구름 속을 도망다니고 있었던 것만은 아니다. 전술적으로는 패배하면서도 동시에 장기전을 생각하여 보급의 확보나 포위망의 완성 등 몇 가지 계략은 짜고 있었던 것이다.

그렇게 2년, 3년 지탱하고 있는 동안에 어느 틈엔가 우위에 서서 역전의 승리를 거둔 것이다. 유방의 중국통일 사업은 항우와의 불리한 싸움을 피하고 도망 다니기만 해서 얻어진 것이라고도 말할 수 있다.

조조가 중얼거린 '계륵책'

「삼국지연의」 속에 위나라의 조조가 한중을 둘러싸고 유비와 사투를 한 이야기가 나온다.

항상 유비에게 이기기만 하던 조조가 보기 드물게 고전에 빠졌다. 유비가 요새에 포진하고 목숨을 걸고 지켰기 때문인데, 그대로 두면 쓸데없이 상처를 키울 뿐이라고 판단하면서도 퇴각을 하지 못하고 있었다.

어느 날 밤, 보초로부터 암호를 댈 것을 요구받은 조조는 갑자기

"계륵(鷄肋)"

이렇게 중얼거렸다. 거기에 있었던 사람들은 그 뜻을 알 수 없었다.

그런데 양수(楊脩)라는 머리의 회전이 빠른 참모만이 그 뜻을 이해하여 곧 철수준비에 착수하였다. 다른 사람들이 그 뜻을 묻자 그는 태연하게 대답하였다.

"계륵이란 닭갈비를 말합니다. 이것은 버리기는 아깝고 먹자니 먹을 것이 없습니다. 이번 싸움은 바로 계륵. 나는 각하가 철퇴하고 싶다고 생각하고 있는 것으로 이해한 것입니다."

조조는 자기 마음을 읽은 지나치게 재주가 많은 참모를 처형하였으나, 곧 한중을 포기하고 서울로 돌아왔다.

만일 이때 프라이드나 지위, 경력에 구애되었다고 하면 조조군의 손해는 얼마나 늘어났는지 모른다.

비즈니스 세계에서도 공격하는 것보다는 물러나는 것이 훨씬 어렵다. 사람은, 특히 자존심이 있는 사람일수록 체면에 구애되어 물러나는 결단을 내리기 힘든 법이다.

국제전략을 내세우고 해외에 대규모 네트워크를 갖는 기업일수록 불황으로 해외 거점을 줄여야 한다는 것은 견디기 어려운 일이다. 그러나 철퇴가 곧 끝이 아니다. 다음 전략의 시작이라고 생각하면 된다.

제50계 진퇴(進退)의 계

앞으로 나아갔다가 물러난다.

적벽싸움에서 본 유비의 보신책략

「삼국지연의」에서는 제갈량이 대활약을 해서 적벽싸움을 오군의 승리로 이끌지만 유감스럽게도 이것은 허구에 지나지 않는다.

실제의 싸움에서 제갈량이나 그의 주군 유비는 어떻게 하고 있었던가?

유비가 이끄는 1만 2000의 병사는 당초에 장강의 하구(夏口)에서 약간 하류에 해당하는 악현(鄂縣)의 번구(樊口)에 주둔하고 있었다.

오나라의 대제독 주유가 함대를 이끌고 오자 유비 등은 여기에 합류했는데 유비군은 오군의 후방, 약간 떨어진 지역에 진을 쳤다.

즉, 유비는 적벽싸움에서는 동맹자인 오군의 승리를 확신하지 않고 있었다는 이야기가 된다. 상황에 따라 오군이 승리하면 진군하고 반대로 패배하면 맨먼저 도망갈 계산을 하고 있었던 것이 된다.

그러나 이 유비의 어정쩡한 자세는 웃어넘길 수 없다.

작은 것, 약한 것은 항상 몸의 보전을 맨먼저 생각하게 마련이다. 완패하면 재기는 불가능하므로 신중히 처신하는 것이다.

[포인트]

비즈니스 세계에서도 젊은 사람들은 그 업계에 밝아질 때까지 매사에 이 '진퇴의 계'를 사용하는 것이 무난할지 모른다. 또, 기업 내의 파벌 다툼도 가능한 한 이 계략으로 중용 노선을 걷는 것이 좋다. 다소 출세가 늦어지더라도 긴 눈으로 보면 그렇게 한 것이 결국 좋았다는 사례가 많다.

제3부
삼국지 제갈량병법

제1장 장원 (將苑)

이것은 옛날엔 「심서(心書)」 또는 「제갈심서(諸葛心書)」로 불리었다. 제갈량의 이름을 갖다붙인 뒷사람의 위작(僞作)이라는 말도 있으나, 그것이 참인지 아닌지는 알 수 없다. 모두 50편으로 약 반은 장수론(將帥論)이다. 여기서는 그 요점을 간추려 엮었다.

□ 군권 장악

군권(軍權)의 장악이야말로 모든 군사를 자유자재로 내 손발처럼 움직여 장수의 위신을 확립하는 열쇠이다. 그러므로 장수는 군권을 장악하는 데 실패하면, 그것은 마치 물을 떠난 물고기와 같다. 마음대로 물속을 헤엄치며 다니고 싶지만 결국은 헛수고에 그치고 만다.

□ 안에서 무너짐

군과 나라가 안에서 무너지게 되는 것은 다음의 다섯 가지 인간들 때문이다.

① 끼리끼리 모여 무리를 만들고, 능력있는 사람을 헐뜯는다.

② 새삼스럽게 남의 눈에 띄는 화려한 옷차림을 하고 다닌다.

③ 그런 능력도 없으면서 요술을 부리느니 귀신의 힘을 빌리느니 하며 사람의 마음을 어지럽힌다.

④ 약속된 규칙을 무시하고, 자기 판단과 짐작으로 많은 사람을

부추긴다.

⑤개인의 이해타산을 따지며 몰래 적과 내통한다.

이들 다섯 가지 인간들은 설령 다른 점에서 취할 것이 있더라도 멀리하지 않으면 안된다.

□ 인물을 보는 법

사람을 올바로 알아보는 것보다 더 어려운 것은 없다.

착한 사람이 반드시 착한 사람의 얼굴을 가지고 있는 것도 아니고 못된 사람이 반드시 못된 얼굴을 가지고 있는 것도 아니기 때문이다. 개중에는 어느 모로나 진실해 보이는데 남을 속이기를 좋아하고, 겉으로는 공손한 태도를 지으면서 속으로 얕보고 대드는 사람도 있다. 남이 보는 앞에서 용감한 소리를 하나 속으로 겁을 먹고 있기도 하고, 또 얼른 보기에 아주 열심인 것처럼 보이지만 불순한 동기를 숨기고 있는 사람도 있다.

이렇게 안팎이 다를 수 있는 것이 사람이므로 그 속까지 알아내기란 쉬운 것이 아니다.

그러나 사람의 속을 알아보는 방법이 없는 것은 아니다. 다음 일곱 가지를 우선 들 수 있다.

①어떤 일을 놓고 그것의 옳고 그른 것을 물어 상대방의 뜻이 어디에 있는가를 살핀다.

②말로 따지고 들어 상대의 태도가 어떻게 달라지는가를 살핀다.

③꾀를 가지고 물어 어느 정도의 지식을 가졌는가를 살핀다.

④어려운 일을 맡겨 그의 용기를 알아본다.

⑤술에 취하게 하여 그의 본성을 살핀다.

⑥이익으로 달래 봄으로써 어느 정도 청렴한가를 떠본다.

⑦일을 처리하게 하여 시킨 대로 잘해내는가 어떤가를 알아본다.

□ 장수의 재목

장수에는 어떤 형이 있는가?

인장(仁將)·의장(義將)·예장(禮將)·지장(智將)·신장(信將)·보장(步將)·기장(騎將)·맹장(猛將)·대장(大將)의 아홉 가지가 있다.

① 인장 : 착한 마음씨와 예의바른 태도로 부하들을 대하며, 굶주림과 추위와 어려움을 부하들과 함께 한다.

② 의장 : 왕성한 책임감으로 장수로서의 할 일을 다하고, 자기 한 몸의 이익을 돌보지 않는다. 명예를 지키기 위해서는 목숨도 돌보지 않으며, 살아서 욕된 꼴을 당하는 것을 부끄럽게 생각한다.

③ 예장 : 높은 자리에 있어도 우쭐대지 않고 적과 싸워 이겨도 자랑스러운 표정을 짓지 않는다.

④ 지장 : 임기응변의 전략에 뛰어나 어떤 사태에도 대응할 수 있으며, 화를 복으로 바꾸고 위기에서도 싸워 이길 수 있다.

⑤ 신장 : 신상필벌(信賞必罰)로써 부하를 대하며, 상을 줄 때는 시기를 늦추지 않고, 벌은 신분이 높은 사람에게도 공정하게 적용시킨다.

⑥ 보장 : 말보다도 빨리 달리며 싸움에 지칠 줄을 모른다. 국경을 튼튼히 지키고 무술에 뛰어나다.

⑦ 기장 : 높은 산 험한 곳을 아랑곳하지 않고 말 위에서 쏘는 화살이 나는 것 같으며, 진격할 때는 앞장을 서고 후퇴할 때는 뒤를 지킨다.

⑧ 맹장 : 선두에 서서 전군을 호령하여 어떤 강적에게도 꺾이지 않고 적의 세력이 클수록 투지를 불태운다.

⑨ 대장 : 어진 사람을 대하면 말을 공손히 하여 맞이하고, 간하는 말에는 기쁜 마음으로 귀를 기울이며, 너그러운 가운데서도 강직함을 잃지 않고 용감하면서도 기지와 전략에 뛰어나다.

□ 장수와 그릇

한말로 장수라 해도 그 그릇에는 크고 작은 차이가 있다.

①속이 검은 사람을 알아채고 위기를 미리 막아 부하의 신임을 받으면 이는 10사람의 우두머리가 될 수 있다.

②아침 일찍부터 밤 늦게까지 군무에 게을리함이 없고 말을 신중히 하면 이는 100사람의 우두머리가 될 수 있다.

③정직하면서도 생각이 깊고 용감하면서 투지가 왕성하면, 이는 1000사람의 우두머리가 될 수 있다.

④보기에 위풍이 늠름하고 속에 투지가 감춰져 있으며 부하 장병들의 노고와 배고프고 추운 것을 두루 알고 있으면 이는 만 사람의 우두머리가 될 수 있다.

⑤유능한 인재를 등용하는 한편 그 자신 매일같이 수양에 힘쓰며, 성실하고 너그러우며 잘되고 못되는 일로 마음이 흔들리지 않으면 이는 10만 사람의 우두머리가 될 수 있다.

⑥백성들에게 두루 사랑이 미치고, 신의를 가지고 이웃 나라를 굴복시키며, 천문과 지리와 인사에 두루 통달해 있어 온 천하가 다 우러러보면 이는 온 천하의 우두머리가 될 수 있다.

□ 장수가 될 수 없는 조건

①지나치게 탐욕이 많다.

②유능한 사람을 싫어한다.

③중상모략을 하는 말에 귀기울이고 아첨하는 사람을 가까이한다.

④적을 알기만 하고 나 자신을 모른다.

⑤우물쭈물하며 결단력이 없다.

⑥술과 여자를 지나치게 좋아한다.

⑦속임수를 잘 쓰고 게다가 겁이 많다.

⑧말만 잘하고 태도에 진실성이 들어 있지 않다.

위의 여덟 가지는 장수로서 가져서는 안되는 나쁜 조건들이다.

□ 장수의 직책

군사란 흉기와 같은 것이다. 그것에만 의지하면 실패를 가져온다. 마찬가지로 장수란 참으로 어려운 직책이다. 신중히 대처하지 않으면 몸을 망치게 된다.

그러므로 훌륭한 장수는 자기가 이끄는 군사가 아무리 강하더라도 그것에만 의지하지 않는다. 임금의 신임을 받아도 그 배경을 믿어서는 안되며, 적으로부터 치욕을 당해도 그로 인해 용기를 잃어서는 안된다. 이익으로 유인해도 거기에 끌려가지 않고 아름다운 여자를 보아도 마음이 움직이는 일이 없으며, 몸을 나라에 바치겠다는 한마음뿐이어야 한다.

□ 장수가 힘쓸 일

장수에게는 다섯 가지 잘해야 할 일〔五善〕과 네 가지 바라는 일〔四欲〕이 있다.

다섯 가지 잘해야 할 일
① 적의 형세를 잘 알아야 한다.
② 나아가고 물러나는 판단을 잘해야 한다.
③ 국력의 한계를 잘 알아야 한다.
④ 기후 변화〔天時〕와 부하의 동향〔人事〕을 잘 파악해야 한다.
⑤ 지형의 험한 곳을 잘 알고 있어야 한다.

네 가지 바라는 일
① 싸움에서는 적의 허를 찌른다.
② 계획은 비밀을 엄수한다.

③군대의 움직임은 조용할수록 좋다.
④온 군대의 마음이 하나로 뭉쳐야 한다.

□유로서 강을 제지시킨다

훌륭한 장수는 강함(剛)과 부드러움(柔)을 아울러 지니고 있어야
한다. 그 강한 것은 꺾을 수가 없고 그 부드러운 것은 감아쥘 수가
없다. 그러므로 약한 군사로 센 군사를 이길 수 있고, 강한 적을 부
드러운 것으로 제지시킬 수 있다.

유약하기만 하면 반드시 패하게 되고, 강하기만 하면 반드시 망하
게 된다.

강할 때 강하고 부드러울 때 부드러운 것이 자연의 도리이다.

□장수의 금기사항

장수는 자기 능력을 내세워서는 안된다. 그러면 자연 태도가 교만
해지고 교만해지면 사람들의 마음이 떠난다. 마음이 떠나게 되면 부
하들이 명령에 복종하지 않게 된다.

장수는 또 인색해서는 안된다. 인색하면 상주기를 꺼리게 되고,
상주기를 꺼리면 부하들이 목숨을 내던지고 싸우려 하지 않게 된다.
그렇게 되면 싸움에 이기지 못하고 국력만 소모하게 된다. 결국 적
에게 패하거나 적의 침략을 부르게 된다.

공자도 이런 말을 했다.

"아무리 주공(周公) 같은 재주를 가지고 있어도 교만하고 또 인
색하면 나머지는 아무것도 볼 것이 없다."

□장수의 5강과 8악

장수에게는 오강(五强)과 팔악(八惡)이 있다.

다섯 가지 필요조건(5강)

① 지조가 높아야 한다. 그래야 부하들의 사기를 일깨울 수 있다.

② 부모에게 효도하고 어른을 공경해야 한다. 그래야만 이름이 높아질 수 있다.

③ 신의를 존중해야 한다. 그래야 남과 교제를 참되게 할 수 있다.

④ 생각이 깊어야 한다. 그래야 포용력을 가질 수 있다.

⑤ 온 힘을 기울여야 한다. 그래야만 공을 세울 수 있다.

여덟 가지 결격조건(8악)

① 계획이 서투르다. 따라서 옳고 그른 것을 판단하지 못한다.

② 예의바르지 못하다. 따라서 유능한 인재를 널리 쓸 수 없다.

③ 정치 능력이 모자란다. 따라서 법을 옳게 집행할 수 없다.

④ 재물을 넉넉히 가지고 있으면서도 궁핍한 사람을 건지지 못한다.

⑤ 지혜가 모자란다. 따라서 뜻밖의 사태에 대응하지 못한다.

⑥ 생각이 모자란다. 따라서 비밀이 밖으로 새어나간다.

⑦ 출세를 해도 자기가 알고 있는 훌륭한 사람들을 추천하려 하지 않는다.

⑧ 싸움에 패했을 때 실수로 인해 패했다는 비난을 면할 수 없다.

□ 장수의 통솔권

옛날 임금은 나라에 어려움이 닥치면 유능한 인재를 뽑아 장수에 임명했다. 임금은 사흘을 목욕재계하고 종묘에 나아가 남쪽을 향해 선다. 임금은 정승이 바치는 월(鉞 : 장수가 출정할 때 임금이 부신으로 주던 도끼 모양 의장)를 받아들고 이를 장수에게 주면서 이렇게 말한다.

"장군이여, 이것을 가지고 군을 지휘하라."

그리고 이렇게 잇는다.

"적의 비어 있는 곳을 치고 들어가라. 강대한 적을 힘겹게 맞서 싸워서는 안된다. 지위를 배경으로 부하들을 함부로 다루어서는 안된다. 부하의 의견에 귀를 기울이도록 힘쓰라. 또 공을 서둘러 자기 분수를 잊어서는 안된다. 부하들이 먹기 전에 내가 먼저 먹어서는 안된다. 추위이든 더위이든 괴로움이든 편함이든 모든 것을 부하들과 함께 해야 한다. 그러면 부하 장병들은 반드시 있는 힘을 다하게 될 것이며 승리는 우리의 것이 될 것이다."

장수는 공손히 절하고 일어나 북문을 나와 싸움터로 떠난다. 임금은 북문까지 배웅나가 장수의 수레를 무릎꿇고 밀며 이렇게 이른다.

"진격과 퇴각은 때를 보아 하라. 군중의 일은 장군의 명령만이 절대다. 임금의 명령일지라도 불가피할 땐 무시해도 좋다."

이렇게 되면 장수의 지위는 절대적이다. 생각대로 부하를 지휘할 수 있다. 그러므로 승리를 거두고 이름을 안팎에 떨치게 되며, 복은 자손까지 미칠 수 있다.

□부대편성의 요령

부대편성은 다음 요령으로 행한다.

①싸우기 좋아하여 강적을 만나도 태연히 대할 수 있는 군사를 골라 보국대(報國隊)를 편성한다.

②힘이 세고 날랜 군사를 뽑아 돌격대를 편성한다.

③발이 빠르고 말처럼 내달릴 수 있는 군사를 뽑아 특공대를 편성한다.

④말을 잘 타고 활을 잘 쏘아 백발백중하는 군사를 뽑아 기습대를 편성한다.

⑤활을 백발백중시켜 단 한발로 적을 거꾸러뜨릴 수 있는 군사를 골라 사격대를 편성한다.

⑥억센 쇠노〔强弩〕를 쏠 수 있는 힘과 먼 곳에서도 맞힐 수 있는 기술을 가진 군사를 골라 포격대를 편성한다.

위와 같이 부대를 편성할 때는 군사 한 사람 한 사람의 능력에 맞
게 쓰는 것이 중요하다.

□ 하늘·때·사람

승리를 얻기 위해서는 하늘〔天 : ^{객관적}_{조건}〕과 때〔時 : ^{적당한}_{시기}〕와 사람〔人〕, 이
세 조건을 무시해서는 안된다. 장수는 이 점에 유의해야 한다.
　하늘과 사람의 조건이 갖춰져 있어도 때의 조건이 갖춰지지 못한
것을 역시(逆時)라고 한다. 때와 사람의 조건이 갖춰져 있어도 하
늘의 조건이 갖춰지지 못한 것을 역천(逆天)이라고 한다. 하늘과
때의 두 조건은 갖춰져 있으나 사람의 조건이 갖춰지지 못한 것을
역인(逆人)이라고 한다.
　지혜로운 사람은 하늘과 때와 사람의 세 조건이 갖춰져 있지 않으
면 군사행동을 일으키지 않는다.

□ 잘 패하는 사람은 망하지 않는다

옛날부터 정치에 밝은 임금은 군대에 의존하지 않았다. 군대를 잘
이끄는 임금은 군사행동을 일으키지 않았다.
　전쟁에 능한 임금은 굳이 싸움을 하지 않았다.
　패하기를 잘하는 임금은 망하는 일이 없었다.
　옛날 성군(聖君)으로 불린 사람은 한결같이 백성들의 생활안정에
힘을 기울이며 평생 군대의 힘을 배경으로 정치를 하지 않았다. 이
것이 군대에 의지하지 않는 것이다.
　순(舜)이 법을 공포하고 구요(咎繇)를 법관으로 임명하자 법을
위반하는 사람이 없이 천하가 태평하게 되었다. 그러므로 군대가 있
어도 군대가 동원되는 일은 없었다.
　우(禹)가 유묘(有苗 : ^묘_족)를 쳤을 때 싸우지 않고 그들이 항복해
왔다. 전쟁에 능한 임금, 싸움을 잘하는 임금은 패하는 일이 없다.

제(齊)나라 환공(桓公)은 자기보다 강한 초(楚)나라를 제후들이 힘을 모으고 존왕(尊王)의 명분을 내세움으로써 상대를 굴복케 만들었고 오랑캐인 산융(山戎)은 실력으로써 이를 무찔러 항복하게 했다. 그러므로 싸움을 잘하는 임금은 패하는 일이 없는 것이다.

초(楚)나라 소왕(昭王)은 오(吳)나라의 공격을 피해 달아났다가 진(秦)나라의 도움을 빌려 마침내는 자기 나라로 되돌아올 수 있었다. 그러므로 패하기를 잘하는 임금은 당하지 않는 것이다.

□장수가 알아야 할 일

「서경(書經)」에 이르기를

'벼슬아치들을 업신여기면 그 마음을 다하게 할 수 없고 아랫것을 업신여기면 그 힘을 다하게 할 수 없다.'

장수가 알아야 할 일도 여기서부터 나온다고 할 수 있다.

장수된 사람은 무엇보다 아래 장병들의 마음을 거두어 잡고 상과 벌을 엄격히 시행하며, 문(文)과 무(武)의 길을 아울러 갖추고 강함(剛)과 부드러움(柔)의 방법을 겸하여 쓰며, 예악(禮樂)과 시서(詩書) 등 교양과목을 가까이하고 지(智)와 용(勇)보다도 인(仁)과 의(義)를 앞세워야 한다.

군사를 쉬게 할 때는 바위그늘에 숨은 물고기처럼 가만히 숨을 죽이게 하고 나와 움직일 때에는 먹이를 쫓는 수달처럼 쳐들어가, 깃발로써 위세를 보이고 징과 북의 호령에 따라 적을 무찌른다.

후퇴할 때는 산이 움직이는 것처럼 질서정연하게 행동하여 적에게 치고들어올 틈을 주지 않는다. 진격할 때는 질풍과 같고, 달아나는 적을 뒤쫓아서 번개 같은 적과 맞붙어 싸울 때는 사나운 범처럼 행동한다.

강력한 적에 대해서는 속임수를 쓰는 것도 사양치 않는다. 적이 물밀듯 밀려올 때는 우선 물러나 적을 방심케 만들고, 유리한 것으로 보여 유인해 낸 다음 혼란하게 만들어 이를 쳐서 깨뜨린다. 굳게 뭉쳐 있으면 이를 이간시키고, 힘이 셀 때는 이를 약하게 만들어야 한다.

우리 장병들에 대해서도 세밀한 배려를 게을리 말아야 한다. 위험에 놓인 사람은 구원을 다짐해주고, 겁을 먹고 있는 사람에게는 사기를 북돋아준다. 반란을 일으킬 염려가 있는 사람은 이를 잘 어루만져주고, 억울함을 호소하는 사람에겐 그 무죄임을 밝혀 준다. 혈기에 넘치는 사람은 고삐를 당기고, 마음이 약한 사람은 용기를 불어준다.

꾀를 잘 쓰는 사람은 가까이 두고, 남을 중상하는 무리들은 내쫓는다. 또 재물을 원하는 사람에겐 아까워하지 않고 이를 준다.

①상대가 약하더라도 이를 얕보고 쳐서는 안된다.

②이쪽의 강대한 것만을 믿고 적을 업신여겨서는 안된다.

③내가 재능이 있다고 해서 뽐내서는 안된다.

④임금의 사랑을 믿고 교만한 태도를 취해서는 안된다.

⑤먼저 완결무결한 작전계획을 세우고 나서 군을 동원하고, 이길 전망이 선 뒤에 작전행동을 시작한다.

⑥적의 재산과 보물과 자녀들을 손에 넣더라도 이를 독차지해서는 안된다.

장수가 이러한 마음가짐으로 부하를 대하면 부하는 자진해서 싸움터로 나가게 되고 막상 싸우게 되더라도 용감하게 싸우게 된다.

□유비무환

나라에서 가장 급한 일은 국방이다. 조금이라도 여기에 소홀함이 있으면 돌이킬 수 없는 사태를 가져올 것은 뻔하다. 적의 공격 앞에 크게 패하여 국토를 적에게 짓밟히게 될 것이다.

그러므로 나라가 어려움을 당하면 임금과 신하가 다같이 침식을 잊고 대책을 강구하며 유능한 인물을 골라 장수에 임명한다.

만일 눈앞의 평화에만 젖어 있어 장차 올 위험에 대비하는 일을 게을리하여 적의 공격을 눈앞에 두고도 태평으로 앉아 있으면 어찌 되겠는가.

그것은 제비가 장막 안에 집을 짓고 물고기가 솥 안에서 놀고 있는 것과 같은 것이다.

「좌전(左傳)」에도 이렇게 말했다.

"방비를 굳히기 전에는 전쟁을 해서는 안 된다."

"먼저 반석처럼 방비를 튼튼히 한다. 이것이 옛날부터의 잘하는 정치이다."

"벌과 전갈 같은 벌레는 몸을 지킬 수단으로 독을 지니고 있다. 하물며 나라로서 어찌 평소의 준비를 게을리할 수 있겠는가."

준비가 없으면 아무리 많은 군대를 가지고 있어도 쓸모가 없다. 그러므로 '준비가 있으면 걱정도 없다'는 것이다.

군사행동에 있어서는 무엇보다 준비를 게을리해서는 안된다.

□ 훈련이 없으면 백으로도 하나를 못 이긴다

군을 편성해도 병사들에게 교육훈련을 실시하지 않으면 100명을 가지고서도 1명의 적을 당하지 못한다.

교육훈련을 실시한 뒤에 쓰면 혼자서 적 100을 당할 수 있다.

공자는 말하기를

"가르치지 않고 백성을 싸움터로 내보내는 것은 마치 백성들을 벼랑에 내던지는 것과 같다."

또 말하기를

"착한 사람이 7년 동안 백성들을 가르치면 백성은 기꺼이 싸움터로 나가게 된다."

그러므로 백성들을 싸움터로 내보내려면 먼저 교육을 행하여 그들에게 예의충신(禮義忠信)을 가르쳐야만 한다.

그리고 군령을 포고하고 상벌을 분명히 하면 백성들은 자진해서 싸움터로 나가게 된다.

그런 다음 군사훈련을 실시하여 전투에 필요한 모든 기초지식과 기술을 습득시켜 명령 하나로 손발처럼 자유자재로 움직일 수 있게 한다.

1사람이 10사람을 가르치고 그 10사람이 100사람을 가르치고, 그 100사람이 또 1000사람을 가르치고 1000사람이 또 만 사람을 가르쳐서 온 군대에 미치도록 교육의 테두리를 넓힌다.

그런 다음 군사훈련을 행하면 적을 깨뜨릴 수가 있다.

□ 패배를 부르는 정황

군대는 다음 정황에 빠졌을 때 반드시 패한다.

①적의 상황 탐색이 충분치 못해 탐색병의 정보 연락이 정확하지 못하다.

②부대가 명령을 제대로 지키지 않아 집결이 제때에 이루어지지 않으므로 작전 행동에 차질을 가져온다.

③병사들의 움직임이 한결같지 않아서 호령에 따라 하나같이 행동이 이루어지지 않는다.

④장수가 부하들을 아낄 줄 모르고 필요없이 모질게 부린다.

⑤장수가 사사로운 욕심에 끌려 병사들이 굶주림과 추위에 시달려도 아랑곳하지 않는다.

⑥부대에 예언 같은 것이 떠돌아다니고 조심성 없이 점쟁이 같은 말을 입에 담는 사람이 있다.

⑦병사들이 까닭없이 소란을 피워 간부 장교들의 판단을 어지럽게 만든다.

⑧부하들이 혈기와 용기에만 치우친 나머지 상관의 명령을 무시

하고 제멋대로 행동한다.

⑨멋대로 군의 자금을 횡령하여 사복을 채우는 사람이 있다.

위에 말한 정황에 빠졌을 때 군은 해체될 위기에 놓이게 되므로 싸우면 반드시 패한다.

□심복과 이목과 발톱과 이빨

장수는 심복과 이목(耳目)과 발톱과 이빨을 가지고 있지 않으면 안된다.

심복이 없으면 어두운 밤길을 손으로 더듬어가는 것과 같아서 과감한 행동을 할 수 없게 된다.

귀와 눈이 없으면 어둠 속에 앉아 있는 것 같아서 몸을 움직일 수조차 없게 된다.

발톱과 이빨이 없으면 굶어죽기 직전에 있는 사람이 해로운 음식에 손을 내미는 것과 같아서 몸을 망치게 된다.

그럼 심복과 귀와 눈과 발톱과 이빨에는 어떤 사람이 적당한가?

심복에는 널리 학문에 두루 통해 있고 지능이 뛰어난 사람을 고르지 않으면 안될 것이다.

귀와 눈으로는 침착 냉정하고 입이 무거운 사람을 골라야만 한다.

발톱과 이빨로는 용맹과감하고 적을 두려워하지 않는 사람을 골라야만 한다.

□장수가 지켜야 할 15가지

싸움에 패하는 원인은 적을 가볍게 보는 데서 생겨난다.

그러므로 장수가 군사행동을 일으킬 때에는 다음의 15가지를 마음에 새겨 두지 않으면 안된다.

①여(慮) : 간첩의 활용을 꾀한다.

②힐(詰) : 적의 상황을 파악하기에 힘쓴다.

③용(勇) : 큰 적을 대해도 기가 꺾이지 않는다.

④염(廉) : 이익에 마음이 움직이지 않는다.

⑤평(平) : 상과 벌이 공평하다.

⑥인(忍) : 치욕을 잘 참는다.

⑦관(寬) : 포용력이 크다.

⑧신(信) : 거짓말을 하지 않는다.

⑨경(敬) : 인재를 크게 쓰기를 꾀한다.

⑩명(明) : 중상하는 말에 귀를 기울이지 않는다.

⑪근(謹) : 겸손하고 예의바르다.

⑫인(仁) : 병사를 잘 돌본다.

⑬충(忠) : 몸을 바쳐 나라를 위한다.

⑭분(分) : 분수를 알아 늘 만족한다.

⑮모(謀) : 적을 알고 나를 안다.

위에서 말한 15가지를 잊게 되면 반드시 패하게 된다.

□ 세 가지 기

기(機)에는 세 가지가 있다.

①사기(事機) : 사태의 변화

②세기(勢機) : 형세의 변화

③정기(情機) : 상황의 변화

'사기'가 유리하게 벌어지고 있는데도 이를 살피지 못하면 지혜로운 것이 못된다.

'세기'가 유리하게 벌어지고 있는데도 이를 이용하지 못하면 밝은 것이 못된다.

'정기'가 유리하게 벌어지고 있는데도 우물쭈물하고 있는 것은 용감한 것이 못된다.

훌륭한 장수는 반드시 '기'를 놓치지 않고 승리를 거두게 된다.

□ **명령과 수단**

오기(吳起)는 이렇게 말하고 있다.

"징과 북 등 소리나는 신호는 귀를 자극시켜 명령에 따르도록 하는 수단이고 깃발과 같은 것은 눈을 자극하여 명령에 따르게 하는 수단이며, 금령(禁令)과 형벌은 마음을 자극하여 명령에 따르게끔 하는 수단이다. 그러므로 귀를 자극시키는 신호는 맑은 소리를 내는 것이라야만 하고, 눈을 자극시키는 신호는 눈에 잘 보이는 것을 써야만 하며, 마음을 자극시키는 명령은 엄격하지 않으면 안 된다. 이 셋을 분명히 하지 못하면 병사를 자기 뜻대로 움직일 수 없다."

그렇기 때문에 '훌륭한 장수는 지시를 내리면 부하가 반드시 이에 따라 움직이게 되고, 명령을 내리면 부하는 죽음을 두려워하지 않고 나아가게 된다'는 것이다.

□ **훌륭한 장수와 못난 장수**

옛날의 훌륭한 장수는 부하를 대할 때 다음 네 가지 원칙을 지켰다.

①진격과 후퇴에는 거기에 알맞은 지시를 내렸다. 부하가 명령을 위반하지 않는 것은 그 때문이다.

②어질고 옳은 일을 따라 행동하도록 가르쳤다. 부하가 예절과 법도를 지키는 것은 그 때문이다.

③인재를 쓰는 데는 능력을 위주로 했다. 부하들이 부지런히 노력한 것은 그 때문이다.

④상과 벌은 어김이 없었다. 부하가 장수의 말에 거짓이 없다고 믿는 것은 그 때문이다.

이 네 가지는 군의 강령이 된다. 이 강령만 제대로 서 있으면 사소한 것들은 자연히 따라서 바로잡힌다. 그러므로 싸우면 반드시 이기고 공격하면 반드시 차지하게 된다.

못난 장수는 이와는 반대이다.

후퇴할 때는 정신을 못차리고 서로 짓밟게 되고 진격할 때는 덮어놓고 앞으로 나아가기 때문에 서로 연락이 끊기고 행동 통일이 안되어 결국 무너질 수밖에 없다.

상과 벌이 정해진 기준이 없이 그때 기분 내키는 대로이기 때문에 부하들은 장수를 신뢰하지 못하고 멋대로 행동하게 된다.

또 유능한 인재가 힘을 쓰지 못하고 아첨하는 무리들이 활개를 치게 된다. 그러므로 싸우면 반드시 패하게 된다.

□ 힘의 근원

때의 흐름을 타고 악한 무리를 치면 중국을 통일한 황제(黃帝)보다 더한 위력을 발휘할 수 있다. 아군의 힘을 하나로 뭉쳐 싸움에 다다르면 혁명을 일으켜 새 나라를 세운 은(殷)나라 탕왕(湯王)과 주(周)나라 무왕(武王)보다 더한 공을 세울 수 있다.

이렇게 내 힘이 될 수 있는 근원을 찾아 그것을 제대로 발휘하여 적을 대하게 되면 아무리 용감한 장수라도 이를 꺾을 수 있고 아무리 뛰어난 영웅이라도 굴복시킬 수 있다.

□ 세 가지 유리한 태세

전쟁에 이기기 위해서는 유리한 태세를 갖추지 않으면 안된다. 그것에는 다음 세 가지가 있다.

① 천시(天時)

② 지세(地勢)

③ 인리(人利)

'천시'란 해와 달과 별에 불길한 현상이 나타나지 않고 비와 바람이 순조로운 시기를 말한다.

'지세'란 험준한 절벽을 두르고 넓은 강과 바다를 사이에 두고 있어 적이 쉽게 접근할 수 없는 지형을 말한다.

'인리'란 임금과 장수가 어질고 지혜로우며, 병사는 군율을 잘 지키고 명령에 복종하며, 충분한 식량과 튼튼한 장비를 갖추고 있는 것을 말한다.

훌륭한 장수는 이 세 가지를 바탕으로 싸움에 들어가기 때문에 싸우면 반드시 이긴다.

□승리와 패배의 분기점
꼭 이기는 열쇠
①유능한 인재가 등용되고 무능한 무리가 물러난다.
②병사들이 기쁘게 장수의 명령에 따른다.
③병사들의 사기가 왕성해 서로 빛나는 무공을 세울 것을 원하고 있다.
④군중에 신상필벌의 분위기가 고루 침투되어 있다.

꼭 지게 될 조짐
①병사가 일을 게을리하고 조그만 일에 자주 놀란다.
②병사가 예의가 바르지 못하고 장수를 신뢰하지 않으며 법령을 예사로 어긴다.
③까닭없이 적을 무서워하며 그런 한편 자기 잇속을 밝히는 데 민감하다.
④공연히 미신 같은 소리를 좋아하며 점쟁이 같은 말에 기뻐하고 슬퍼한다.

□ 장수의 권한

장수는 부하 장병의 생명을 맡고, 이기고 지는 열쇠를 쥐고 있으며 나라의 운명을 좌우하는 중요한 존재이다.

만일 임금이 장수를 임명하는 데 있어서 상벌의 권한을 내맡기지 않으면 어떻게 되겠는가. 그것은 마치 원숭이의 손을 묶어 놓고 빨리 나무에 오르라고 하는 것과 마찬가지이며, 작은 먼지를 100걸음 앞에서 볼 수 있었다는 이루(離婁)의 눈을 아교풀로 감게 해두고 색깔을 알아내라고 하는 것과 다를 것이 없다. 어떻게 군을 통솔할 수 있겠는가.

만일 상벌의 권한이 세도 정승의 손으로 옮겨가 장수의 손에 없다고 한다면 부하들은 자기에게 유리할 대로 행동하며 진심에서 싸우려 하지 않게 된다. 그렇게 되면 장수가 이윤(伊尹)·여상(呂尙)과 같은 지모를 지니고 한신(韓信)·백기(白起)와 같은 무용을 가지고 있을지라도 자기 한몸을 지킬 수마저 없게 된다.

손무(孫武)가 말했다.

"장수는 한번 싸움터로 나가면 임금의 명령도 때로는 듣지 않을 수 있다."

또 한(漢)나라 장군 주아보(周亞父)도 말했다.

"군중에서는 장군의 명령만을 듣고 천자의 조칙(詔勅)을 듣지 않는다."

□ 부하를 대하는 태도

옛날 훌륭한 장수는 부하에 대해 자기 자식을 대하듯 했다.

즉 어려운 일을 당했을 때는 앞에 나서서 이를 해결하는 데 힘썼고, 공을 세웠을 때도 자기보다 먼저 부하의 수고로 돌린다. 다친 사람이 있으면 진심에서 이들을 위로하고 싸워 죽은 사람은 슬픈 마음으로 이들을 장사지내 주었다. 배고픈 사람에겐 내가 먹을 것을 나누어 주고 추운 사람에겐 자기옷을 벗어 입히기도 했다. 지혜로운 사람은 예로써 이를 맞이하고 용맹스런 사람은 상으로써 그 공에 보답했다.

장수된 사람이 이런 태도로 부하를 대하면 향하는 곳에 적이 없다.

□참모의 구성

군단을 편성할 때는 반드시 막료를 두어 작전계획을 검토하게 하고 이를 장수의 참고로 해야만 한다.

막료에는 고급·중급·하급의 구별을 둔다.

①말이 막히지 않고 신기한 꾀가 샘솟듯 하며 모르는 것이 없고 다재다능한 사람이 있다. 이런 사람은 모든 사람들이 동경한다. 초청하여 고급막료로 한다.

②곰처럼 거칠고 뱀처럼 날쌔며 바위를 달리는 것이 원숭이처럼 빠르고 쇠와 돌처럼 굳세고 보검처럼 날카로운 사람이 있다. 이러한 사람은 한때의 영웅이라 말할 수 있다. 초청하여 중급막료로 하는 것이 좋다.

③말을 잘하며 혹시 맞히는 일도 있으나 특별한 재주가 없으면 이는 평범한 사람의 재능밖에 되지 않는다. 불러 하급막료에 두는 것이 좋다.

□용병의 교졸

군사를 쓰는 데는 그 수준에 따라 세 층으로 나눌 수 있다.

①최선의 용병 : 어려움을 미리 막고 사태가 크게 벌어지기 전에 해결한다. 앞을 내다보고 손을 써서 처벌하는 규정이 있어도 이를 실지로 적용시킬 필요가 없게끔 만든다. 이런 용병이 최선의 용병이다.

②차선의 용병 : 적과 상대하여 진을 치고 군대와 말을 달리게 하

고 억센 쇠뇌로 돌과 화살을 쏘아 보내며 차츰차츰 적진으로 다가간다. 이 단계에서 적은 겁을 먹고 갑자기 흔들리기 시작한다. 이것은 최선에 다음가는 중간 정도의 용병이다.

③최하의 용병 : 장수가 몸소 진두에 서서 적의 화살을 맞아가며 눈앞에 있는 승부에만 열을 올린다. 적과 아군이 다같이 많은 사상자를 내며 승패가 어떻게 될지 짐작이 가지 않는다. 이것은 가장 좋지 못한 용병이다.

□ 정황에 따른 전법

그때 그때의 정황에 따라 싸우는 법

①풀과 나무가 무성한 곳은 유격전에 적당하다.

②울창한 밀림지대는 기습공격에 적당하다.

③전면에 숲이 있고 그 사이에 가려진 것이 없을 때는 참호전에 적당하다.

④작은 부대로 큰 부대를 공격하는 때는 해가 질 무렵이 적당하다.

⑤큰 부대로 작은 부대를 공격할 때는 새벽녘이 적당하다.

⑥무기와 탄약이 적보다 앞서 있을 때는 속전속결이 적당하다.

⑦강을 끼고 대진해 있고, 그리고 바람이 몰아치고 있어 앞이 잘 보이지 않을 때는 앞의 진지와 뒤 꼬리를 한꺼번에 공격하기에 적당하다.

□ 불의를 찌른다

적이 어떻게 나오느냐에 따라 승리의 기회를 만든다. 이것은 어디까지나 적당한 시기를 잡느냐 못 잡느냐에 달려 있다. 지혜로운 사람은 이 기회를 교묘히 이용하는 것이다.

기회를 잡는 것은 무엇보다 적의 허를 찌르는 것이다.

맹수도 산을 떠나 밖으로 나오면 아이들도 창을 들고 뒤쫓을 수 있다. 이와는 반대로 벌과 전갈 같은 벌레라도 독침으로 쏘아 장정을 당황하게 만들 수 있다. 무엇 때문일까. 재빨리 상대의 허를 찌르기 때문이다.

□전력 비교의 요점

예부터 군사를 잘 쓰는 사람은 적과 아군의 전력을 비교 검토하여 승패를 판단하게 된다.

① 임금은 어느 쪽이 더 훌륭한가?
② 장수는 어느 쪽이 더 현명한가?
③ 관리는 어느 쪽이 더 유능한가?
④ 군량은 어느 쪽이 더 풍부한가?
⑤ 병사는 어느 쪽이 더 훈련이 잘 되어 있나?
⑥ 군대의 진용은 어느 쪽이 더 당당한가?
⑦ 군마는 어느 쪽이 더 날랜가?
⑧ 지형은 어느 쪽이 더 유리한가?
⑨ 막료는 어느 쪽이 더 유능한가?
⑩ 이웃 나라들은 어느 쪽을 더 두려워하는가?
⑪ 경제적인 힘은 어느 쪽이 더 든든한가?
⑫ 백성들의 생활은 어느 쪽이 더 안정되어 있는가?

이 열두 가지를 비교 검토해보면 어느 쪽이 더 강한지에 대해 명확한 결론을 얻을 수 있다.

□용감히 싸우는 이유

벌과 전갈이 적을 무서워하지 않는 것은 그들 무기인 독침을 믿기 때문이다. 그와 마찬가지로 군대가 용감히 싸우는 것은 공격과 방위에 대한 자신이 있기 때문이다. 예리한 무기와 단단한 갑옷과 투구가 있기 때문에 병사는 용감히 싸우는 것이다.

갑옷과 투구가 단단하지 못하면 맨몸으로 싸우는 것과 마찬가지이다. 화살을 맞힐 수 없으면 활을 가지지 않은 것과 마찬가지이다. 맞혀도 깊이 들어가지 않으면 화살촉이 없는 것과 같다. 탐색단을 두지 않으면 눈이 없는 것과 다를 것이 없다. 장수에게 용기가 없으면 장수가 없는 것과 매한가지이다.

□ **지세의 활용**

땅의 생김새를 잘 살려서 쓰면 싸움을 이롭게 펴나갈 수 있다. 싸움터의 땅의 생김새를 모르면 싸워 이길 수 없다.

①산 숲과 흙으로 된 언덕과 높은 벌판과 큰 내를 낀 들판은 보병으로 싸우기에 적당하다.

②산기슭으로 풀이 무성한 곳은 수레를 타고 싸우기에 적당하다.

③산을 등지고 골짜기에 가까우며 숲이 높고 골짜기가 깊은 곳은 활로써 싸우기에 적당하다.

④풀이 드문드문 있고 마음대로 움직이며 돌아다닐 수 있는 평평한 곳은 긴 창으로 싸우는 데 적합하다.

⑤갈대가 우거지고 대나무 숲이 군데군데 있는 낮은 지대는 창으로 싸우기에 적합하다.

□ **인물을 보는 법**

결함이 있는 장수와 이를 다루는 방법을 알아보자.
결함이 있는 장수로 다음 여섯 가지가 있다.

①용기만이 앞서 죽음을 가볍게 여기는 사람
②성질이 조급해서 서두르는 사람
③욕심이 많아 재물을 탐하는 사람
④너무 인정이 많아 엄격하지 못한 사람

⑤지혜는 있으나 결단력이 없는 사람
⑥꾀는 있어도 행동력이 없는 사람

이 같은 장수를 적으로 맞게 되었을 때 이를 다루는 방법은 다음
과 같다.
①용기가 앞서 죽음을 가볍게 여기는 장수에 대해서는 그런 성격
을 그대로 쓰게끔 만들어 스스로 죽음을 택하게 한다.
②성질이 급한 장수에 대해서는 수비를 튼튼히 하여 상대가 몸이
달게 만든다.
③욕심이 많고 재물을 탐하는 장수에 대해서는 이익을 미끼로 주
어 내통을 하게끔 유도한다.
④엄격하지 못한 장수에 대해서는 자주 집적이는 전법으로 피로
하게 만든다.
⑤지혜는 있어도 결단력이 없는 장수에 대해서는 몰아붙여 궁지
에 서게 한다.
⑥꾀는 있어도 행동력이 없는 장수에 대해서는 단숨에 쳐들어가
끝장을 낸다.

□공격의 가부
옛날부터 싸움을 잘하는 사람은 먼저 적의 상황을 살피고 난 다음
싸울 것인가 말 것인가를 결정한다.
적이 다음 상황에 놓여 있을 때는 서슴없이 싸워야 한다.
①오랜 동안 먼 길을 걸어 지쳐 있고 식량도 모자라는 형편이다.
②적국의 백성들이 전쟁으로 인한 부담에 괴로워하고 있다.
③군의 명령이 제대로 시행되지 않고 있다.
④무기와 공격에 필요한 기구가 부족한 상태이다.
⑤일관된 작전계획을 갖고 있지 못하다.

⑥ 지원을 얻지 못해 고립상태에 있다.
⑦ 간부 장교들이 병사들을 보살피지 않는다.
⑧ 상과 벌이 제대로 행해지지 않고 있다.
⑨ 군 전체가 제대로 통제되지 않는다.
⑩ 싸움에 이겨 들떠 뽐내고 있다.

적이 다음과 같은 상황에 있을 때는 싸움을 청해서는 안 된다.
① 현명하고 유능한 인재를 등용하고 있다.
② 식량이 충분한 여유를 보이고 있다.
③ 무기와 장비가 아군보다 낫다.
④ 이웃 여러 나라들과 우호관계를 유지하고 있다.
⑤ 큰 나라가 뒤를 밀고 있다.

□ 군의 통제

군이 충돌할 때는 통제를 중요시해야 한다.

통제가 잘 되어 있느냐 어떠냐가 승패의 열쇠가 된다.

상벌이 분명치 않고 군령이 철저하지 못하여, 북을 울리며 후퇴를 명령해도 물러나지 않고 징을 치며 전진을 명령해도 나아가지 않으면 비록 100만의 많은 군사를 동원한들 무슨 소용이 있겠는가.

그럼 통제가 잘 되어 있는 건 어떤 것인가. 그것은 다음과 같은 상태를 말한다.

① 평상시에는 규율을 유지하고 전시에는 기대한 대로의 전력을 발휘한다.

② 진격할 때는 적이 당해내지 못하고 후퇴할 때는 적이 뒤쫓지 못한다.

③ 각 부대가 밀접한 관계를 유지하며 서로 일치협력하여 어려움을 이겨 나간다.

④전군이 한덩어리가 되어 행동하며 적의 분열 공작에 현혹되지 않는다.

⑤사기가 왕성해서 적의 공격 앞에서도 흔들리지 않는다.

□부하의 사기를 북돋는다

부하 장병들을 대할 때 장수로서 알아두어야 할 일

①지위와 높은 보수를 보증해 준다. 이러면 유능한 인재들이 자진해서 모여든다.

②겸손한 태도와 신의를 가지고 대한다. 이러면 부하는 죽음도 사양치 않는다.

③은혜를 베풀고 법을 공정하게 시행한다. 이러면 부하는 기꺼이 복종하게 된다.

④앞장서서 일에 부딪친다. 이러면 부하들은 뒤를 사리는 사람이 없게 된다.

⑤잘한 일은 아무리 작은 것이라도 일일이 기록에 남기고 세운 공은 아무리 작은 것이라도 상을 내린다. 이러면 부하들은 자진해서 일을 하게 된다.

□성공과 실패의 분기점

성인(聖人)은 '하늘'을 본받고, 어진 사람은 '땅'을 본받고, 지혜로운 사람은 '옛날'을 본받는다.

교만한 사람은 스스로 무덤을 파고, 제멋대로 하는 사람은 화(禍)의 씨를 뿌린다. 말이 많은 사람은 약속을 깨고, 자기 재능을 자랑하는 사람은 부하를 사랑하지 않는다. 공이 없는 사람에게 상을 주면 부하들로부터 버림을 받고, 죄없는 사람에게 벌을 더하면 원망을 산다. 또 감정대로 행동하면 몸을 망치게 된다.

□ 지세에 따른 전법

숲속에서의 싸움은 낮에는 깃발을 높이 세우고 밤에는 징을 울린다. 무기는 칼을 사용하고 복병을 두며, 앞쪽에서 공격을 더하고 동시에 뒤쪽을 어지럽혀 준다.

초원에서의 싸움은 무기로서 칼과 방패를 사용한다. 출격에 앞서서 먼저 길을 조사하여 10리마다 숙영(宿營), 5리마다 보초를 세운다. 깃발을 많이 세우고 징과 북을 크게 울려 적의 기세를 꺾어야 한다.

골짜기에서의 싸움은 복병을 쓰기에 적합하다. 용감하게 싸움으로써 살아날 길을 찾는다. 즉 걸음에 자신이 있는 병사를 골라 높은 곳에 붙게 하고 그 뒤에 결사대를 내보낸다. 일제히 억센 쇠뇌를 쏘아보내고 칼을 가진 군사로 뒤를 잇게 하여 백병전을 꾀한다.

물 위에서의 싸움은 배를 이용한다. 그러기 위해서는 병사들에게 물 위에서 싸우는 훈련을 행하지 않으면 안 된다. 깃발을 둘러침으로써 적을 현혹시키고 일제히 화살을 쏘면서 물결을 따라 쳐들어간다. 단단한 울타리를 만들어 적의 반격에 대비한다. 적의 공격에는 칼로써 맞아 싸운다.

밤에 싸울 때는 적에게 아군의 움직임을 눈치채게 해서는 안된다. 적이 알지 못하게 부대를 이동시켜 적의 허를 찌른다. 경우에 따라서는 한쪽에 횃불을 올리고 징을 마구 울려 적의 눈과 귀를 어지럽히며 급히 쳐들어간다. 이것이 승리의 비결이다.

□ 인화를 중시한다

군의 통솔에는 인화(人和)를 중시하지 않으면 안된다. 인화가 있으면 군사는 강제하지 않아도 자진해서 싸우게 된다.

이와는 반대로 다음과 같은 경우가 있다.

① 간부들끼리 서로 대립되어 있다.

②병사들이 명령을 듣지 않는다.

③훌륭한 작전계획을 세워도 채용되지 않는다.

④부하가 간부를 비난한다.

⑤남을 중상하고 서로 모략한다.

이런 상태에서는 아무리 뛰어난 지혜와 꾀를 가지고 있어도 한 사람도 상대하기 어렵다. 그런데 하물며 많은 사람들을 상대할 수 있겠는가. 싸움에 질 것은 너무도 뻔하다.

□ 적의 정황을 간파하는 법

①양군이 대치해 있을 때 적이 조용한 것은 방비가 튼튼한 것을 믿기 때문이다.

②자주 싸움을 청해 오는 것은 이쪽의 진격을 유발시키려는 것이다.

③바람도 없는데 나무들이 흔들리고 있는 것은 수레를 몰고 진격해 오는 것이다.

④흙먼지가 나직하고 넓게 피어오르는 것은 보병이 쳐들어오는 것이다.

⑤사자(使者)에게 배짱 센 소리를 하게 하며 쳐들어올 기세를 보이는 것은 퇴각하려는 조짐을 드러낸 것이다.

⑥진격하는 일도 없고 후퇴할 기미도 보이지 않는 것은 아군이 쳐들어올 틈을 보이고 있는 것이다.

⑦지팡이를 짚고 행군하는 것은 굶주림에 시달리고 있는 증거이다.

⑧유리한 상태에 있으면서 진격해 오지 않는 것은 몹시 지쳐 있는 증거이다.

⑨적의 진지에 새들이 모여들고 있는 것은 벌써 진지를 떠난 증거이다.

⑩밤에 큰 소리로 서로 부르는 것은 두려운 생각에 사로잡혀 있는 증거이다.

⑪군에 통제가 잘 되어 있지 않은 것은 장수에게 권위가 없어 부하들로부터 가볍게 보이고 있는 증거이다.

⑫깃발들이 질서없이 움직이고 있는 것은 혼란 상태에 빠져 있는 증거이다.

⑬간부 장교들이 부하에게 거칠게 대하고 있는 것은 오랫동안의 대치에 지쳐 있기 때문이다.

⑭상을 함부로 주는 것은 궁지에 서 있는 증거이다.

⑮벌을 함부로 내리는 것은 어찌 해볼 수 없는 심각한 처지에 놓여 있는 증거이다.

⑯사자를 보내 사과를 해오는 것은 군대를 쉬도록 하기 위한 방법이다.

⑰많은 선물을 가지고 와서 비위를 맞추는 것은 자기 편으로 만들려는 것이다.

□ 장수가 유의할 점
①물을 길어 오기 전에 목마르다는 말을 해서는 안된다.
②밥먹을 준비가 끝나기 전에는 배고프다는 말을 해서는 안된다.
③화톳불을 올리기 전에는 춥다는 말을 해서는 안된다.
④장막을 치기 전에는 피곤하다는 말을 해서는 안된다.
⑤여름에도 부채를 쓰지 않고 비가 와도 우산을 받지 않는다. 모든 것을 병사들과 같이 해야 한다.

□ 군법을 관철하라
장수는 자기 혼자서 백만의 부하 장병을 거느린다. 그런데도 부하들은 어깨를 움츠리고 숨을 죽여 복종하며 누구 한 사람 명령에 거역하는 사람이 없다. 무엇 때문일까? 군법이 엄연히 행해지고 있기 때문이다.

반대로 장수에게 형벌을 내리는 권한이 없고 부하들이 예의를 지키는 일이 없으면 어떻게 되겠는가. 천하에 군림하여 이 세상의 영화를 누리고 있어도 멀지 않아 스스로 망하는 길을 걸을 것이 틀림없다. 하(夏)나라 걸왕(桀王)과 은(殷)나라 주왕(紂王)이 그 좋은 본보기이다. 이에 대해 군권을 한 손아귀에 넣고 군법과 상벌로써 임하게 되면 부하는 한 사람도 명령을 거역하지 않게 된다. 오(吳)나라 손무(孫武)와 제(齊)나라 사마양저(司馬穰苴)같은 명장이 그 좋은 예이다.

□동이

동이(東夷), 즉 동쪽에 있는 이민족은 좀 예의가 없고 성질이 급하며 싸움을 좋아한다. 산을 뒤로 하고 바다를 못 삼아 천연의 요새로써 수비를 튼튼히 하고 있다. 나라 안에 어지러운 일도 없고 백성들은 평화로운 생활을 즐기고 있다. 그들과 함부로 일을 꾸며서는 안된다.

만일 내란이 일어나면 간첩을 몰래 들여보내 이간 공작을 하여 상대에게 틈이 생기게 만든다. 틈이 생겼을 때는 덕(德)을 베풀어 굽히고 들어오게 할 수도 있고 군대를 보내 칠 수도 있다.

틈만 생기면 어느 쪽이든 반드시 뜻을 얻게 될 것이다.

□남만

남만(南蠻), 즉 남쪽에 있는 이민족은 여러 종족이 있는 데다가 어느 종족이나 이들을 가르쳐 예의바른 사람으로 만들기가 어렵다. 각 종족끼리 서로 손을 잡고 일을 꾸미고 걸핏하면 반란을 일으킨다. 동굴과 깊은 산속으로 들어가 끈질기게 저항한다. 서쪽으로 쿤룬산맥〔崑崙山脈〕에서 시작하여 동쪽으로 바다에 이르기까지 넓은 지역에 흩어져 있고 바다에서는 진기한 물건들이 나온다. 사람들은 탐욕스럽고 용감하게 싸운다. 봄과 여름에는 특히 전염병이 많이 발생한다. 그러므로 군대를 내보낼 때는 빨리 싸워 빨리 끝을 맺는 것을 목표로 삼아야 한다. 오래 끄는 일은 피해야 한다.

□ 서융

서융(西戎), 즉 서쪽의 이민족은 용감하고 이익에 민감하다. 도시에 사는 사람도 있지만 초원에서 천막 생활을 하는 사람도 있다. 곡식은 적으나 금은 보화가 많다. 사람들은 싸움에 용감하기 때문에 이를 쳐서 이기기는 어렵다. 큰 사막에서부터 서쪽은 종족이 많고 땅은 넓고 또 험하다. 그들은 힘을 믿고 끝까지 저항하며 쉽게 굽히고 나오지 않는다. 그러나 외부로부터의 침략과 내부의 반란 들을 틈타 이를 공격하면 깨뜨릴 수 있다.

□ 북적

북적(北狄), 즉 북쪽에 있는 이민족은 일정하게 사는 곳을 만들지 않고 물과 풀을 찾아 옮겨다닌다. 힘이 강해지면 남쪽에 있는 중국을 침공해 들어오고 힘이 약해지면 멀리 북쪽으로 피해 간다. 북쪽으로 뻗은 산맥과 넓은 사막지대는 그들을 지켜주는 자연의 요새가 되어 있다. 배가 고프면 짐승을 잡아먹고 젖을 마시며, 추위가 오면 가죽으로 옷을 만들어 입고 가죽을 깔고 가죽을 덮고 잔다. 그들은 사냥과 싸움으로 날을 보낸다.

예의도덕으로 그들을 어루만질 수도 없고 무력을 가지고 토벌할 수도 없다. 그들은 우리 한나라 군사에게는 힘에 겨운 상대다. 어째서인가, 그 이유는 다음 세 가지이다.

① 우리 한나라 군사는 농사일과 싸우는 일 둘을 함께 하고 있다. 그러므로 몸은 지쳐 있고 싸울 생각은 적다. 한편 저들은 짐승 기르기와 사냥만을 일삼고 있기 때문에 힘은 남아 돌고 싸울 생각으로

넘쳐 있다. 몸이 지쳐빠져 싸울 생각을 잃고 있는 사람이 힘이 남아 돌아 싸울 생각에 차 있는 사람을 상대한다는 것은 처음부터 이야기가 되지 않는다.

②한나라 군사는 보병이 위주이다. 아무리 해도 하루 100리 길밖에 행군하지 못한다. 그런데 저들은 주로 말을 타고 달리므로 두 배를 충분히 달릴 수 있다. 그러므로 한나라 군사가 북적을 추격할 때는 식량을 들고 갑옷과 투구를 쓰고 그들 뒤를 따라간다. 그런데 저들이 한나라 군사를 추격할 때는 말을 급히 달려 앞을 질러 빙글빙글 돌고 있다. 이래서는 상대가 될 수 없다.

③이쪽은 보병이 많고 저쪽은 모두 말을 타고 있다. 진지를 서로 앗게 될 때 기마병의 속도는 보병과는 비교가 되지 않는다. 이 속도의 차이는 어찌 해볼 수가 없는 것이다.

이 세 가지 이유에서 북적과는 싸움을 걸어서는 안된다. 그럼 최악의 사태에 어떻게 대처할 것인가.

국경의 수비를 튼튼히 하는 것이 상책이다. 그러기 위해서는 먼저 훌륭한 장수를 골라 사령관에 임하고 정예부대를 훈련시켜 이를 지키게 한다. 둔전(屯田)을 일구어 농사를 지으며 산 위에 봉화대를 만들고 감시병을 두어 상대의 움직임을 감시한다. 그리고 상대가 틈이 생겼을 때는 그 틈을 타기도 하고 또는 세력이 약해졌을 때를 노려 공격을 가하기도 한다.

이렇게 하면 적은 비용으로 장병이 손상되는 일도 없이 북적의 침공을 막을 수 있고 그 압력을 줄일 수 있다.

제2장 편의십육책(便宜十六策)

이것 역시 앞에 있는 「심서(心書)」와 마찬가지로 뒷사람이 제갈량의 이름을 붙인 위작(僞作)이란 주장이 있다. 모두 16편으로 되어 있으나 「심서」와 내용이 겹치는 부분이 많아, 여기서는 병법을 말한 '치군(治軍)'과 '명령위반(斬斷)' 2편과, 정치에 관해 말한 '근무평가' '상벌' '사려(思慮)' 3편만을 추렸다.

□군사의 요체 '치군'

군비에 힘을 쏟는 것은 어째서인가. 국경 수비를 튼튼히 하여 적의 침공을 막기 위해서이다. 준비가 있음으로 해서 나라의 위엄을 떨치고 포악한 무리를 무찔러 나라를 편안하게 이끌어 갈 수 있다. 나라에는 반드시 군비가 있어야 한다. 작은 생물들도 발톱과 이빨을 가지고 있으면서 평상시에는 즐겁게 뛰놀고 있지만 일단 자기를 해치려는 상대와 마주치면 무섭게 물어뜯고 달려든다.

사람은 이럴 만한 발톱과 이빨을 가지고 있지 않다. 그러므로 무기를 가지고 자기 몸을 지킨다.

나라의 경우도 마찬가지이다. 군비를 갖추어 수비를 튼튼히 하지 않으면 안된다.

군이 강하면 나라도 튼튼하고 군이 약하면 멸망의 위기에 놓이게 된다. 그 열쇠를 쥐고 있는 것은 장수로서 군이 강하고 약한 것은 오로지 장수의 두 어깨에 달려 있다. 장수된 사람이 그 책임을 다할 수 없어서는 백성들 위에 설 자격도 없고 임금을 돕는 일도 할 수가 없다. 또 군을 통솔해 나갈 수도 없다.

나라를 다스리는 데는 '문(文)'으로써 하고 군을 다스리는 데는 '무(武)'로써 하지 않으면 안된다. 또 나라를 다스리는 데는 밖으로 이민족들을 어루만져야 하고 군을 다스리는 데는 밖으로 제후들을 어루만지지 않으면 안된다. 오랑캐들을 굴복시키는 데는 말로써 달래는 것보다 무력으로 위엄을 보이는 것이 빠르다. 따라서 그들에 대해서는 먼저 예의로써 대하고 이어 위엄과 힘을 가지고 대하는 것이 중요하다. 일찍이 황제(黃帝)는 치우(蚩尤)를 탁록(涿鹿) 들에서 무찌르고 요(堯)임금은 단수(丹水) 가로 군대를 보내어 삼묘(三苗)를 쳤다.

또 순(舜)임금은 유묘(有苗)를 치고 우(禹)임금은 유호(有扈)를 쳤다. 이같이 오제(五帝)와 삼황(三皇) 같은 성스런 임금들도 덕을 가지고 다스려서 안될 때는 하는 수 없이 무력으로 대했던 것이다.

이로써도 분명하듯이 군비는 흉기로써 마지못해 쓰는 것이지만 그것을 무시해서는 안된다. 이를 무시하면 나라를 유지하기가 어렵게 된다.

군사행동은 충분한 준비를 갖춘 다음에 일으키지 않으면 안된다. 그 준비에는 다음과 같은 것이 포함된다.

①기후 조건와 지리 조건을 분명히 파악해야 한다.

②인심의 동향을 살펴 알아야 한다.

③전투훈련을 거듭한다.

④상벌의 한계를 분명히 한다.

⑤적의 전략과 전술을 연구한다.

⑥길의 험한 곳을 조사한다.

⑦안전한 길과 위험한 길을 구분한다.

⑧적군과 아군의 전력을 비교한다.

⑨ 나아가고 물러나는 시기에 정통해야 한다.
⑩ 좋은 기회를 고른다.
⑪ 수비를 튼튼히 한다.
⑫ 사기를 드높이도록 한다.
⑬ 병사들의 능력을 발휘시킨다.
⑭ 면밀한 작전계획을 세운다.
⑮ 죽을 땅으로 들어갈 각오를 굳힌다.

위와 같은 준비를 갖춘 뒤에 출동을 명령하면 승리는 틀림없다. 이것들은 군사행동을 일으킬 경우에 꼭 지켜야 하는 원칙들이다.

장수된 사람은 부하 장병의 목숨을 맡고 있고 나라의 안위(安危)를 지고 있다. 따라서 싸움터로 나가기에 앞서 먼저 만전의 작전계획을 세우고 시작하지 않으면 안된다. 그 명령은 급한 물결처럼 빨리 두루 미쳐야 하며, 목표를 향해 들어가는 모습은 매와 새매처럼 날래야 하고, 그 조용한 모습은 활줄을 힘껏 잡아당긴 쇠뇌와 같고, 그 움직이는 모습은 튕기는 틀처럼 제때에 행해지지 않으면 안된다. 그래야만 향하는 곳에 대적할 상대가 없어 아무리 강한 적이라도 쳐서 깨뜨릴 수 있다.

장수된 사람이 생각이 모자라고 병사들의 사기도 오르지 않으며, 게다가 마음이 서로 일치되지 않은 채 덮어놓고 전쟁을 치르기 시작하게 되면, 비록 100만 대군을 거느리고 있어도 적에게 위협을 줄 수 없다. 그런 군사는 까마귀 떼처럼 모여 있는 것에 지나지 않는다.

만들어진 물건이 좋고 나쁜 것은 송(宋)나라 공수반(公輸盤) 같은 눈이 필요하다고 하는데, 그와 마찬가지로 작전계획을 짜는 데는 손무(孫武)와 같은 계획이 필요한 것이다.

작전계획은 비밀히 하지 않으면 안된다. 적을 공격할 때는 질풍 같고 포위 섬멸할 때는 매가 먹이를 채듯 빨라야 한다. 그리고 전투는 내닫는 물줄기처럼 단숨에 끝을 내지 않으면 안된다. 이래야만 아군을 손상시키는 일 없이 적을 쳐서 깨뜨릴 수 있다.

싸움을 잘하는 사람은 감정에 좌우되지 않는다. 만전의 작전계획을 짜고 있는 사람은 적을 두려워하지 않는다. 대체로 지혜로운 싸움을 시작하기 전에 만전의 작전계획을 세워 승리를 틀림없는 것으로 한다. 이와는 반대로 어리석은 사람은 승리할 전망도 서 있지 않은 채 덮어놓고 싸움을 걸고 그런 다음 빠져나갈 길을 찾으려 한다.

싸움에 이기는 사람은 올바른 길을 따라 나아가지만, 싸움에 패하는 사람은 가까운 길을 골라 가다가 결국 길을 헤매게 된다. 하는 일이 반대인 것이다.

장수된 사람은 갖춰야 할 위엄을 가지고, 병사는 저마다 자기 부서에서 있는 힘을 다한다. 이래야만 군은 가지고 있는 힘을 제대로 발휘할 수 있다. 그것은 마치 둥근 돌을 비탈 위에서 굴리는 것과 같은 것이어서 모든 것이 순리대로 움직이고 앞을 가로막는 것을 모조리 부수고 만다. 이리하여 군은 당할 적이 없는 강한 힘을 발휘하게 되는 것이다.

이것이 군사를 쓰는 극치라는 것이다.

군사행동에 있어서는 기계(奇計)와 지모(智謀)를 존중하고 강함(剛)과 부드러움(柔)을 곁들인 작전계획을 세워야만 한다.

때로는 폭풍우처럼 빠르게, 때로는 강과 바다처럼 여유있게, 때로는 태산처럼 움직이지 않는다. 음양이 이처럼 헤아릴 수가 없고, 땅처럼 끝이 없으며 하늘처럼 힘이 넘치고, 큰 강물처럼 쉬는 일이 없으며, 해와 달과 별과 네 철이 잇따라 돌듯이 하지 않으면 안된다. 이와 같이 기(奇), 즉 기습작전과 정(正), 즉 정공법을 아울러 쓰는 자유자재의 작전 행동을 취하지 않으면 완전한 승리를 얻을 수 없다.

그러나 그것만으로는 충분하다고 할 수 없다. 군사행동을 일으키는 데는 무기와 군량을 준비해야만 한다. 그런데 그것들을 갑자기 사들이게 되면 자칫 물가가 폭등하게 되어 백성들이 고통을 받게 된다. 그러므로 그런 결과를 피하도록 충분한 주의가 필요하다. 또 먼 거리의 싸움에는 군수품을 수송하는 문제가 따르게 된다. 그런 점을 생각하여 공격전은 한 차례로 그치고 세 번, 네 번 계속되는 싸움은 피해야만 한다. 항상 국력의 한계를 염두에 두고 지나친 국력 소모를 피해야 한다.

공연한 국력 소모를 피하고 무능한 사람을 등용하지 않으면 그 나라는 태평할 수 있다.

공격에 능한 사람과 마주치게 되면 어떻게 방비를 해야만 좋을지 알 수 없게 된다. 반대로 수비에 능한 사람과 마주치면 어떻게 공격을 해야 할지 실마리를 찾을 수가 없다. 왜냐하면 공격에 능한 사람은 무기에만 의존하지 않고 수비에 능한 사람은 성(城) 같은 것에만 매달리지 않기 때문이다. 이로써 알 수 있듯이 높은 성을 쌓고 깊은 해자를 둘러보아야 그것만으로 수비가 튼튼한 것은 아니다. 또 단단한 갑옷을 입고 예리한 무기를 가지고 있다고 해서 그것만으로 정예부대가 되는 것이 아니다.

적이 수비를 굳히고 있으면 어떻게 하는가. 허술한 곳을 치는 것이 좋다.

적이 진지를 거두어 움직이기 시작하면 어떻게 할 것인가. 생각지 못한 곳을 찔러야 한다.

적과 아군이 다같이 출동하면 어떻게 할 것이가. 유리한 지점을 골라 진을 치는 것이 좋다.

적이 여러 나라의 연합군일 때는 어떻게 할 것인가. 먼저 그 주력 부대를 치는 것이 좋다.

지리적 이점도 모른 채 적의 공격에 대비하려고 하면 병력만 분산시키게 된다. 결국 머리를 써야만 한다. 강자와 약자, 용감한 사람과 겁많은 사람을 잘 배합시켜 앞뒤 좌우의 연락을 유지하면서 상산 (常山)의 뱀처럼 꼬리를 치면 머리가 달려오고 머리를 치면 꼬리가 달려와 전군이 한몸처럼 기민하게 행동하지 않으면 안된다. 이것이 또 병사의 손해를 최소한으로 줄이는 비결이다.

승리를 거두는 사람은 전군에 위령을 고루 미치게 하고, 싸움터가 될 지형과 지세를 파악한 다음 직접 작전계획을 세운다.

아군의 태세를 갖추는 데는 완전히 적의 상황을 파악하지 않으면 안된다. 그것은 다음 방법에 의한다.

①충분히 전국(戰局)을 검토하고 적과 아군의 우열을 계산한다.

②유인작전을 써서 적이 어떻게 나오는가 관찰한다.

③갖가지 정보를 종합하여 적의 병력을 계산해낸다.

④작전행동을 일으켜 적이 진을 치고 있는 지형이 유리하고 불리한 것을 파악한다.

⑤정보를 수집하여 적 군사의 전투 의욕을 알아낸다.

⑥작은 충돌로써 적진의 강하고 약한 것을 판단한다.

이 정도의 정보를 들으면 아군은 유리한 지형에 진을 치고서, 불리한 지형에 진을 치고 있는 적을 공격할 수 있다. 또 전력이 충실한 적을 피하고 적의 빈틈을 치고 들어갈 수도 있다.

싸우는 방법은 지형에 따라 달라진다.

①구릉지대에서의 싸움은 낮은 곳에 진을 치고 높은 곳에 있는 적을 공격해서는 안된다.

②물 위에서의 싸움은 아래쪽에 진을 치고 위쪽에 있는 적을 공격해서는 안된다.

③초원에서의 싸움은 풀이 무성한 곳으로 군을 나아가게 해서는 안된다.

④평지에서의 싸움은 행동이 자유로운 곳에 진을 쳐야 한다.

⑤길 위에서의 싸움은 부대를 옆으로 벌일 수가 없다. 단독으로 싸울 태세를 취할 일이다.

각각 지형에 따라 이러한 전법을 쓰면 승리를 거둘 수 있다.

군사행동에 있어서는 다음의 모든 점에 유의하지 않으면 안된다.

①형세를 타면 이긴다.

②작전계획이 새어나가면 패한다.

③군수품 수송이 먼 거리에 미치면 식량 부족을 가져온다.

④건조한 땅에 진을 치면 물이 부족하게 된다.

⑤적한테서 휘두름을 당하면 지치게 된다.

⑥너무 평온하기만 하면 긴장감이 없어진다.

⑦전투가 없으면 의심을 낳게 된다.

⑧이익을 보면 마음이 흔들린다.

⑨형벌이 엄하면 소극적으로 된다.

⑩상을 약속하면 적극적이 된다.

⑪밀리는 낌새가 있으면 겁을 먹게 된다.

⑫기세를 타면 용기가 난다.

⑬포위되면 불안해진다.

⑭앞에 서면 두려움이 앞선다.

⑮밤에 큰 소리를 지르면 군사들을 놀라게 한다.

⑯어두운 밤에는 자칫 혼란을 가져오기 쉽다.

⑰길을 잘 모르면 작전에 지장을 가져온다.

⑱쫓기게 되면 행동이 자유롭지 못하다.

⑲장기간의 원정은 패전을 가져오는 원인이 된다.

⑳미리 짠 작전계획은 큰 뒷받침이 된다.

그러므로 깃발을 올려 눈에 보여 주고 징과 북을 울려 귀에 들려

주는 것이다. 그리하여 월(鉞 : 장수가 출정할 때 임금이 부신으로 주던 도끼 모양 의장)로써 마음을 하나로 묶고 명령을 내려 같은 목적을 향해 나아갈 수 있는 것이다.

상을 약속하여 공을 장려하고 벌을 주어 죄를 바로잡는 것이다.

낮 동안의 싸움은 잘 보이므로 깃발을 쓰고, 밤 동안의 싸움에는 잘 보이지 않으므로 불과 징과 북을 써서 신호한다. 또 명령을 좇지 않는 사람이 생겼을 때는 월(鉞)을 가지고 이를 처벌한다.

싸움에는 싸움터가 되는 땅의 위치와 생김새에 따라 싸우는 방법이 달라진다. 싸움터는 아홉 가지로 나눌 수가 있다. 이것을 구지(九地)라고 한다. 구지에는 각각 거기에 맞는 싸우는 법이 있다. 이것을 구변(九變)이라고 한다.

싸움에 '구지'의 구별을 알지 못하면, 공격의 아홉 가지 원칙인 구변을 제대로 써서 승리를 거둘 수가 없다.

싸움에 있어서는 또 기후와 지형과 상대방 참모와 계획에 대해 알고 있지 않으면 안된다. 이 세 가지를 알게 됨으로써 승리를 거둘 수 있다.

적의 참모를 아는 것은 곧 적을 아는 것이 된다. 참모를 모르면 적의 전법을 알 수 없다. 적의 전법을 모르면 승리를 기대할 수 없다. 그러므로 전투를 시작하기 전에 적의 참모를 비롯한 장병들에 대한 자세한 정보를 입수하지 않으면 안된다.

그래서 필요하게 되는 것이 첩자의 활약이다. 군은 가끔 다섯 가지 간첩을 쓰게 되고 장수도 그들의 활약에 큰 기대를 건다. 그러나 간첩을 쓰기란 쉬운 일이 아니다. 훌륭한 지혜와 인격을 갖춘 장수가 아니면 그들을 제대로 쓸 수가 없다.

'오간(五間)'이 제대로 적의 정보를 알려 주면 안심하고 군대를 동원시킬 수 있고 적의 침략을 당하는 일도 없다. 군은 유리한 지형을 골라 수비를 튼튼히 하고 출격을 부득이한 경우에만 하게 된다.

수비에는, 한 치의 빈틈도 보이지 않고 출격하면 당당히 위력을 보이게 된다. 적이 쳐들어오지 않을 것을 믿는 것이 아니라, 적이 쳐들어올 틈이 없는 것을 믿게 되는 것이다.

또 '오간'의 활약에 따라서는 다음과 같은 유리한 전법을 쓸 수도 있을 것이다.

①유리한 지형에 진을 치고 멀리 오는 적을 기다린다.

②충분한 휴식을 취하며 적이 지치기를 기다린다.

③배불리 먹으며 적이 굶주리기를 기다린다.

④힘을 길러 적이 약해지기를 기다린다.

⑤유리한 땅에 먼저 진을 치고 적이 불리한 곳에 진을 치기를 기다린다.

⑥많은 군사로 적의 작은 부대를 기다린다.

⑦사기를 북돋아 적의 사기가 약해지기를 기다린다.

⑧복병을 두어 적이 쳐들어오기를 기다린다.

이리하여 깃발을 높이 세우고 징을 울려 당당하게 진을 치고 적의 앞쪽을 가로막고 뒤를 어지럽게 만든다. 그리고 요해지를 굳혀 수비를 튼튼히 하고 때로는 이익을 주어 물러나게 하고, 때로는 기습을 가해서 패해 달아나게 한다.

위에 말한 것을 깊이 새겨 두면 군의 관리는 완전무결하다.

□ 근무평가

훌륭한 정치를 하는 데는 관리의 근무평가를 실시해서 뛰어난 사람을 등용하고 부족한 사람을 물리치지 않으면 안된다.

훌륭한 임금은 사람의 착하고 악한 것을 알아본다. 신분이 낮은 사람도 훌륭하면 이를 등용하고 가까운 사람도 비열하면 이를 물리친다. 그러므로 훌륭한 임금 밑에는 인재가 구름처럼 모여들어 훌륭한 정치가 행해지는 것이다. 관리의 근무평가가 모두 잘 되어 있기 때문이다.

관리의 근무평가를 제대로 하기 위해서는 어떤 관리가 백성에게 해를 주는가를 알아야 한다.

그럼 어떤 관리가 백성에게 해를 끼치는가.

①직책을 이용하여 사욕을 채우고 권력을 내세워 나쁜 짓을 꾀하는 작은 관리.

②법령을 멋대로 적용시켜 무거운 죄는 눈감아 주고 가벼운 죄에 과다한 벌을 주는 관리. 그들은 힘이 있는 사람에게는 모든 것을 덮어 주고 약한 사람에게는 없는 죄까지 덮어씌워 엄벌을 가한다.

③나쁜 짓을 거듭한 끝에 그것을 호소해 오는 사람의 입을 막기 위해 증거를 없애는 관리. 그들은 고발자를 죽이는 것도 서슴지 않는다.

④장관을 허수아비로 만들어 놓고 그 그늘에서 실권을 휘두르며 일처리를 편파적으로 하는 관리. 그들은 법령 같은 것은 아랑곳 않고 갖가지 구실을 만들어 세금을 부과하는 등 백성들의 피를 빨아 사복을 채운다.

⑤공을 세우려고 서두르는 지방 관리. 그들은 상과 벌을 멋대로 만들어 생색을 내며 민간의 장사에까지 개입해서 이익을 가로챈다.

이 다섯 관리는 백성에게 해를 끼치는 무리들이므로 즉시 파면시켜야 한다. 인재를 등용할 때는 이런 무리들을 제외시켜야 한다.

□상벌

훌륭한 정치를 하는 데는 신상필벌(信賞必罰)로써 아랫사람들을 대하지 않으면 안된다.

왜 상을 만들어 두는가. 공을 세우는 것을 장려하기 위해서이다. 왜 벌을 가하는가. 법령을 위반하는 일을 뿌리뽑기 위해서이다.

상은 공평하게 주지 않으면 안된다. 벌은 엄격히 적용시켜야만 한다.

상이 어떤 경우에 주어지는가를 골고루 알게 되면 용감한 사람은 있는 힘을 다해 일할 곳을 알게 된다.

벌이 어떤 경우에 가해지는가를 두루 알게 해두면 나쁜 사람이 해서는 안될 일을 알게 된다.

상은 공이 없는 사람에게 주어져서는 안된다. 그런 일이 있으면 공을 세운 사람의 불만을 사게 된다.

벌은 죄없는 사람에게 내려져서는 안된다. 그런 일이 있으면 법령을 제대로 지킨 사람의 원한을 사게 된다.

장수된 사람은 부하에 대해 죽이고 살리는 권한을 쥐고 있다. 그러므로 다음과 같은 잘못을 저지르지 않도록 해야 한다.

① 죄있는 사람을 눈감아주고 죄없는 사람에게 벌을 준다.

② 까닭없는 분노를 폭발시킨다.

③ 상벌에 대한 기준이 일정치 않다.

④ 명령을 자주 변경시킨다.

⑤ 공과 사를 혼동한다.

이 다섯 가지 잘못은 나라를 위태롭게 한다.

장수된 사람이 실수를 저지르지 않기 위해서는 어떻게 하면 좋은가?

훌륭한 정치를 해서 법을 깨뜨리는 사람이 나타나지 않도록 해야 한다. 절제있는 생활에 힘써 사치에 흐르지 않도록 해야 한다. 진실하고 정직한 사람을 골라 법관에 임명해야 한다. 공정한 사람을 골라 상벌의 권한을 맡겨야 한다.

상벌의 기준만 제대로 되어 있으면 부하들은 기꺼이 명령을 지키게 된다.

길에는 굶주린 백성이 있는데 임금의 마구간에는 살찐 말이 매어 있다. 이래서는 백성을 벌레처럼 본다고 해도 할 말이 없다. 장수된 사람은 부하를 이렇게 다루어서는 안된다.

먼저 상벌의 기준을 분명히 해 두고 그 기준에 따라 상을 주고 벌을 더하면 부하들은 명령할 것까지도 없이 자기 할 일을 하게 된다.

공을 세우면 아무리 미운 사람이라도 상을 준다. 또 아무리 가까운 사람이라도 죄를 지으면 벌을 준다.

□ **명령위반**(斬斷)

명령에 위반하는 사람은 용서없이 처단해야 한다.

명령위반은 그 내용에 따라 다음 일곱 가지로 나눌 수 있다.

① 가볍게 여긴다.

② 게을리한다.

③ 도둑질한다.

④ 속인다.

⑤ 거역한다.

⑥ 어지럽힌다.

⑦ 그르친다.

특히 군대에서는 이들 명령위반을 용서해서는 안된다. 처단할 것을 처단하지 않으면 반드시 화를 부르게 된다. 그러므로 장군은 명령을 좇지 않는 사람은 법에 따라 처단해야 한다.

군법에는 가볍고 무거운 차이가 있어서 가벼운 죄는 타이르고 무거운 죄는 엄벌에 처한다.

일곱 가지 명령위반에 대해 설명한다.

① 가볍게 여긴다 : 기일까지 약속한 장소에 나타나지 않는다. 행군 나팔을 불어도 뛰어나오지 않는다. 사람이 보지 않는다고 숨어서 움

직이지 않는다. 처음에는 가까이 있다가 어느 사이엔지 모습을 감추고 만다. 이름을 불러도 대답하지 않는다. 장비와 무기를 제대로 갖추지 않는다. 이런 무리들을 가리켜 '군을 가볍게 여긴다'고 한다.

②게을리한다 : 명령을 받고도 전달하지 않는다. 전달해도 내용이 정확하지 못해 장병을 혼란에 빠뜨리게 한다. 진군과 후퇴를 지시하는 징소리와 북소리도 들은 체하지 않고 깃발도 못본 체한다. 이런 무리들을 가리켜 '군을 게을리한다'고 한다.

③도둑질한다 : 장교인 자가 군대에서 주는 양식을 먹이지 않고, 군사들의 노고에도 무관심하다. 부하를 차별대우하여 천한 사람을 두둔한다. 멋대로 남의 물건을 차지하고 빌린 물건을 돌려주지 않는다. 남이 세운 공을 가로채 자기 것으로 한다. 이런 무리들을 가리켜 '군을 도둑질한다'고 한다.

④속인다 : 멋대로 성명을 바꾼다. 군복이 더러워져 있다. 깃발이 너덜너덜해 있다. 진군과 후퇴를 지시하는 징과 북을 갖추지 않는다. 칼이 녹슬고 다른 무기도 쓸모가 없게 되어 있다. 화살에는 깃이 붙어 있지 않고 활은 줄도 매어져 있지 않다. 게다가 군령도 지키지 않는다. 이런 무리들을 가리켜 '군을 속인다'고 한다.

⑤거역한다 : 진군나팔을 들어도 나아가지 않고 후퇴를 명령하는 북소리를 듣고도 멈추지 않는다. 깃발을 내려도 몸을 엎드리지 않고 깃발을 세워도 몸을 일으키지 않는다. 선두를 피해 뒤쪽에 붙으려 한다. 멋대로 행동하여 군대의 행렬을 어지럽힌다. 도망칠 궁리를 하며 왔다갔다하기만 한다. 부상자의 구출을 핑계로 전선을 이탈한다. 이런 무리를 가리켜 '군을 거역한다'고 한다.

⑥어지럽힌다 : 군이 충돌해서 싸움터로 향할 때 장병들이 서로 앞을 다투어 질서가 없어진다. 수레와 말이 길을 메워 재빠른 행동을 방해한다. 큰소리로 마구 떠들어 명령을 잘 알아들을 수 없다. 밀치락당기락하며 행군대열을 어지럽히고 무기와 장비를 손상하기

에 이른다. 위아래가 질서없이 마구 돌아다닌다. 이런 무리를 가리켜 '군을 어지럽힌다'고 한다.

⑦그르친다 : 주둔지에 있어서는 한고향 사람을 찾아 친한 사람끼리 모여 논다. 군법을 무시하고 멋대로 다른 부대로 들어가며 말려도 들으려 하지 않는다. 이 부대 저 부대를 돌아다니고 뒷문으로 출입하면서도 그런 사실을 신고하지 않는다. 범죄 사실을 알고도 서로 덮어주며 그 결과 집단으로 죄를 범하게 된다. 끼리끼리 모여 술을 마시고 서로 편의를 꾀해 준다. 큰 소리로 '적이다!' 하고 외치는 등 경비원을 당황하게 만든다. 이런 무리를 가리켜 '군을 그르친다'고 한다.

위에 말한 명령위반은 단호히 처단해야 한다. 이런 무리들을 처단해 버리면 모든 것이 순조롭게 돌아간다.

□ 사려(思慮)

정치를 하는 사람은 먼저 가까운 일을 생각하고 이어 먼 장래일까지 대책을 세우지 않으면 안된다. 먼 일을 내다보고 대책을 세우지 못하면 가까운 곳에서 넘어지고 만다.

어진 사람은 상관의 하는 일에까지 신경을 쓰지 않는다. 남의 일을 간섭하기 전에 먼저 자기 직책을 다한다. 먼 장래일을 생각하기에 앞서 우선 당면한 문제에 매달릴 일이다.

중대한 문제는 본디 해결이 어렵고 작은 문제는 해결이 쉽다. 그러나 어느 것이 되었든 문제를 해결하기 위해서는 한쪽만을 생각해서는 안된다. 성공을 꿈꾸면 실패했을 때 일도 생각해 두어야 하고 이익을 보려고 하면 손해폭도 계산에 넣어야 한다.

9층탑은 높지만 기반을 소홀히 하면 반드시 무너진다. 따라서 높은 것을 바라는 사람은 먼저 아래 있는 토대를 생각지 않으면 안된다. 그와 마찬가지로 앞으로 나아가려는 사람은 앞에만 정신이 팔려

뒤를 돌아보기를 게을리해서는 안된다. 무턱대고 높은 것을 우러러
보고 앞쪽에만 정신이 팔리게 되면 실패를 가져올 것은 뻔하다.

후한시대 관직표
삼국지 연표
삼국지 지도

후한시대 관직표

* 이 표는 「동한회요(東漢會要)」에 의해 작성한 것임.
* 1000섬, 2000섬 등은 연봉을 말함, 다만 중(中) 2000
    섬은 실제 2160섬이고 2000섬은 실제 1440섬이며, 비
    (比) 2000섬은 실제 1200섬을 의미함.

〔중앙관〕
• 태부(太傅) ; 비상설직이며 태자의 교육을 맡는다.
• 삼공(三公) ; 최고위직으로 국가 대사를 맡아 처리한다.
　태위(太尉) ; 군사담당. 4200섬
　사도(司徒) ; 민정담당. 4200섬
　사공(司空) ; 수리토목담당. 4200섬
• 장군(將軍) ; 비상설직이며 외적의 침입이나 반란이 일어났을 때
　이를 평정하기 위한 것이다.
• 대장군(大將軍) ; 화제(和帝) 때 설치된 것으로 삼공보다 위이다.
　4200섬
　표기장군(驃騎將軍) ; 표기병을 지휘한다. 4200섬
　거기장군(車騎將軍) ; 기병군단장. 4200섬
　위장군(衞將軍) ; 천자의 근위군을 총지휘한다. 4200섬
　전장군(前將軍) ; 전군을 지휘한다. 중(中) 2000섬
　후장군(後將軍) ; 후군을 지휘한다. 중 2000섬

좌장군(左將軍) ; 좌군을 지휘한다. 중 2000섬

우장군(右將軍) ; 우군을 지휘한다. 중 2000섬

기타 필요에 따라 효기장군(驍騎將軍)·월기장군(越騎將軍)·파로장군(破虜將軍) 등을 두었다.

• 구경(九卿)

태상(太常) ; 의전담당장관. 중 2000섬

광록훈(光祿勳) ; 근위장관. 중 2000섬

오관중랑장(숙위병사단장. 비(比) 2000섬)과 좌우중랑장(좌·우 근위군사단장. 비 2000섬)·호분중랑장(친위대장. 비(比) 2000섬)·우림중랑장(근위대장. 비 2000섬) 등을 지휘한다.

위위(衛尉) ; 황궁 경찰장관. 중 2000섬

태복(太僕) ; 행행(行幸) 장관. 황제의 거둥행렬을 총지휘한다. 중 2000섬

정위(廷尉) ; 사법장관. 중 2000섬

대홍로(大鴻臚) ; 변경장관. 제후나 외교사절을 접대한다. 중 2000섬

종정(宗正) ; 궁내장관. 중 2000섬

대사농(大司農) ; 재무장관. 중 2000섬

소부(少府) ; 내무장관. 중 2000섬

중상시(中常侍 : 환관. 후궁 접대역이며, 정원은 없고 10명 정도이다. 1000섬) 소황문(小黃門 : 환관. 후궁 안의 자질구레한 일을 맡으며, 정원은 없고 20명 정도이다. 600섬), 상서령(常書令 : 황제의 정무비서관. 모든 서류를 맡아 처리한다. 1000섬), 상서(常書 : 6명, 600섬) 등을 지휘한다.

• 집금오(執金吾) ; 헌병대장. 중 2000섬

• 대장추(大長秋) ; 황후 시종장. 2000섬

• 장작대장(將作大匠) ; 조영(造營) 장관. 2000섬

- 성문교위(城門校尉) ; 성문 경비대장. 비 2000섬
- 둔기교위(屯騎校尉) ; 기병대장. 비 2000섬
- 월기교위(越騎校尉) ; 월족(越族)부대장. 비 2000섬
- 보병교위(步兵校尉) ; 별궁 경비대장. 비 2000섬
- 장수교위(長水校尉) ; 호족(胡族)부대장. 비 2000섬
- 사성교위(射聲校尉) ; 저격병부대장. 비 2000섬
- 사예교위(司隸校尉) ; 경찰국장. 비 2000섬

〔지방관〕

- 하남윤(河南尹) ; 수도권장관. 중 2000섬
- 자사(刺史) ; 각 주에 1명씩, 칙령으로 주를 다스린다. 뒤에는 목
  (牧)이라고 부르기도 했다. 2000섬
- 태수(太守) ; 각 군에 1명씩, 군(郡)의 지사(知事)이다. 2000섬.
  그 밑에 현령(1000섬)과 현장(縣長 : 400섬)이 있다.
- 상(相) ; 왕후 영지의 집정관으로, 민정을 총괄한다. 2000섬

삼국지 연표

168년 〔후한 영제 건녕 원년〕

- 영제(靈帝) 즉위하다.

180년 〔후한 영제 광화 3년〕

- 하씨(何氏, 하진의 누이), 황후가 되다.

184년 〔후한 영제 중평 원년〕

- 장각(張角)이 이끄는 황건적의 난 일어나다.
- 조조가 기도위(騎都尉) 임명되어 황건적 진압 참가하다.
- 유비가 관우·장비 등과 함께 군사를 일으켜 황건적을 진압하고 안희현위(安喜縣尉)에 임명되다.
- 손견이 주준(朱儁)을 따라 황건적을 진압하고 별부사마(別部司馬)에 임명되다.

189년 〔후한 영제 중평 6년〕

- 영제가 죽고 그 아들 유변(劉辯)이 즉위하다.
- 하태후(何太后)가 국정에 관여하자 그 오빠 하진(何進)이 정권을 장악하다. 하진이 환관들을 죽이려 했지만 일이 누설되어 도리어 자신이 피살되다.
- 원소가 환관들을 소탕하다.

- 동탁이 군사를 이끌고 수도로 들어와 유변을 폐하고 유협을 헌제(獻帝)로 영립한 다음 스스로 상국(相國)이 되어 조정 일을 마음대로 결정하다.
- 원소가 기주로 달아나다.
- 조조가 동탁에게 귀순하기를 거부하고 동쪽 진류(陳留)로 가다.
- 원술이 동탁을 두려워하여 남양으로 달아나다.

190년 〔후한 헌제 초평 원년〕

- 관동(關東) 주군(州郡)이 동탁을 토벌하기 위하여 군사를 일으켜 원소를 우두머리로 추대하다.
- 조조는 분무장군(奮武將軍), 손견은 파로장군(破虜將軍), 유비는 고당령(高唐令)이 되어 모두 군사를 이끌고 동탁 토벌에 참가하다. 이 때부터 군벌들의 혼전(混戰)이 시작되다.
- 동탁이 낙양을 불사르고 헌제를 협박하여 장안으로 천도하다.
- 손견이 낙양으로 들어와 전국옥새(傳國玉璽)를 얻다.

191년 〔후한 헌제 초평 2년〕

- 관동의 군벌들이 서로 쟁탈전을 거듭하다.
- 원소가 한복(韓馥)을 협박하여 기주를 차지하고 기주목(冀州牧)이 되다.
- 조조가 동군(東郡)으로 들어와 흑산군(黑山軍)을 공격하여 동군태수가 되다.
- 공손찬이 원소를 공격하면서 유비를 평원상(平原相)으로 삼다. 유비는 관우와 장비를 별부사마로 임명하다.

192년 〔후한 헌제 초평 3년〕

- 손견이 원술의 명을 받고 유표를 공격하다 유표군의 화살을 맞고 죽다.
- 왕윤의 계교로 여포가 동탁을 죽이다.
- 동탁의 옛 부하 이각(李傕)과 곽사(郭汜)가 장안을 공략하여 왕윤을 죽이고 여포를 몰아낸 뒤 조정을 전단하다.

• 조조가 청주에 있던 황건적 30만의 항복을 받아들이고, 연주 목(兗州牧)이 되면서 그 세력을 크게 증강하다.

• 손책이 회의교위(懷義校尉)에 임명되다.

194년 〔후한 헌제 흥평 원년〕

• 조조의 부친 조숭이 도겸(陶謙)의 부장에게 살해되자 조조가 군사를 일으켜 도겸을 치고 유비와 부딪치다.

• 진류태수 장막(張邈)과 진궁이 조조를 배반하고 여포를 맞아 들이자, 조조가 군사를 돌리어 여포와 일전을 벌이다.

• 유언(劉焉)이 죽고 그 아들 유장(劉璋)이 뒤를 이어 익주목 (益州牧)이 되다.

• 도겸이 죽자 유비가 서주목(徐州牧)이 되다.

• 원술이 손견의 부하들을 손책에게로 돌려보내다.

195년 〔후한 헌제 흥평 2년〕

• 이각과 곽사가 서로 싸우면서, 이각은 헌제를 위협하고 곽사 는 공경(公卿)들을 협박하다.

• 조조가 여포를 대파하고 연주(兗州)를 차지하다.

• 여포가 유비에게 몸을 의탁하다.

196년 〔후한 헌제 건안 원년〕

• 헌제가 낙양으로 돌아가다.

• 조조가 낙양으로 가서 헌제를 맞이하여 허도(許都)로 천도한 다음 조정을 장악하다. 조조는 사공(司空)·거기장군(車騎將 軍)이 되어 대장군의 직책을 원소에게 양보하고 처음으로 둔 전(屯田)을 창안하다.

• 여포가 유비를 공격하자 유비는 조조에게 의탁하다.

• 조조가 표(表)를 올려 유비를 예주목(豫州牧)으로 삼다.

197년 〔후한 헌제 건안 2년〕

• 원술이 수춘(壽春)에서 황제라고 선포하다.

• 손책과 원술이 서로 결별하자 조조가 표를 올려 손책을 토역

장군(討逆將軍)으로 삼고 오후(吳侯)로 봉하다.
- 조조가 원술을 대파하다.

198년 〔후한 헌제 건안 3년〕

- 조조가 여포를 생포하여 죽이고 서주(徐州)를 점거한 뒤 표를 올려 유비를 좌장군으로 삼다.
- 주유·노숙 등이 장강(長江)을 건너 손책에게 의탁하자 손책은 마침내 강동을 차지하게 되다.

199년 〔후한 헌제 건안 4년〕

- 원소가 공손찬을 공격하여 죽이고, 기주·청주·유주·병주 등의 네 주(州)를 차지하다.
- 유비·동승 등이 조조를 죽이려다가 뜻을 이루지 못하다. 유비는 명을 받아 출정히여 마침내 조조를 배반하고 패(沛)에 주둔하다.
- 원술이 병으로 죽다.
- 원소가 군사를 일으켜 허도를 공격하려 하자 조조가 여양으로 진군하다.

200년 〔후한 헌제 건안 5년〕

- 동승 등이 조조를 죽이려다 일이 누설되어 죽임을 당하다.
- 조조가 동쪽으로 유비를 공격하자 유비가 패하여 원소에게 몸을 의탁하다.
- 관우가 조조에게 사로잡히다.
- 조조가 군사를 관도로 돌려 안량(顏良)을 죽이고 백마(白馬)의 포위를 풀다. 또 문추(文醜)를 죽이고 연진(延津)의 원소군을 격파하다.
- 손책이 조조와 원소간에 벌어진 전쟁 소식을 듣고 허도를 공격하려다 이루지 못한 채 자객에게 찔려 죽다.
- 손권이 손책의 뒤를 계승하자, 조조는 표를 올려 손권을 토로장군·회계태수(會稽太守)로 삼다.

• 조조가 관도싸움에서 순유의 계책을 받아들여 원소군의 군량
과 군수품을 불태우고 관도에서 원소군을 대파하다.

201년〔后한 헌제 건안 6년〕
• 조조가 유비를 정벌하자, 유비는 패하여 형주의 유표에게 몸
을 의탁하다. 유표는 유비를 신야에 주둔하게 하다.

202년〔后한 헌제 건안 7년〕
• 원소가 병사하고, 막내아들인 원상(袁尙)이 뒤를 계승하자
그 형 원담(袁譚)과 사이가 벌어지다.
• 조조가 군사를 이끌고 황하를 건너 원담·원상 등을 공격하여
두 형제를 여러 차례 격파하다.
• 유표가 유비를 시켜 조조를 공격하자 하후돈(夏侯惇)·이전
(李典) 등이 그를 가로막다.
• 손권이 회계·오·단양·예장·여릉·여강 등 6군을 차지하자, 조
조가 손권의 아들을 인질로 보내줄 것을 요구하다가 거절당
하다.

203년〔后한 헌제 건안 8년〕
• 원담과 원상 형제가 기주를 놓고 서로 싸우다 원담이 패하여
조조에게 항복을 청하다.
• 손권이 황조(黃祖)를 정벌하고 산월(山越)을 진압하다.

204년〔后한 헌제 건안 9년〕
• 조조가 업성을 점령하여 기주목이 되다.
• 원담이 조조를 배반하다.
• 원상(袁尙)이 패하여 유주로 달아나 원희(袁熙)에게 의탁하다.
• 고간(高幹)이 병주(幷州)를 조조에게 바치며 투항하다.

205년〔后한 헌제 건안 10년〕
• 조조가 원담을 공격하여 죽이다.
• 원상·원희가 싸움에 패해 요동 오환(烏桓)으로 달아나다.
• 흑산군 장수(張繡)가 10만여 군사를 거느리고 조조에게 투항

하다.

- 고간이 병주에서 조조를 배반하다.

206년 〔후한 헌제 건안 11년〕

- 조조가 고간을 공격하여 죽이고 병주를 점거하다.

207년 〔후한 헌제 건안 12년〕

- 조조가 북쪽 오환을 정벌, 격파하고 답돈(蹋頓)을 죽이다.
- 요동태수 공손강이 원상·원희 등을 죽이다.
- 유비가 삼고초려하고, 제갈량이 '융중대(隆中對)'를 제시하다.

208년 〔후한 헌제 건안 13년〕

- 조조가 승상이 되어 남쪽으로 형주를 정벌하다.
- 유표가 죽고 그 아들 유종(劉琮)이 계승하여 형주를 조조에게 바치며 투항히다.
- 유비가 당양싸움에서 참패한 뒤 제갈량을 동오(東吳)에 사신으로 보내다.
- 손권이 유비와 연합해 적벽대전에서 조조군을 대파하다.
- 조조는 북으로 돌아가면서 조인(曹仁) 등으로 하여금 강릉·양양 등을 지키게 하다.
- 유비가 형주의 강남 4군(四郡)을 점거하다.
- 손권이 군사를 이끌고 합비를 포위하다.

209년 〔후한 헌제 건안 14년〕

- 주유가 강릉(江陵)을 점거하고 남군태수가 되다.
- 조인이 싸움에 패하여 양양에서 물러나다.
- 유비가 표를 올려 손권을 거기장군·서주목으로 천거하고, 스스로는 형주목이 되어 공안(公安)에 군사를 주둔시키다.
- 손권이 자신의 누이동생을 유비에게 출가시키다.

210년 〔후한 헌제 건안 15년〕

- 유비가 경구(京口)에 이르러 손권을 만나 남군을 빌리다.
- 손권이 영남(嶺南)으로 그 세력을 확장하다.

- 주유가 죽다.
- 조조가 업(鄴)에 동작대를 세우다.

211년 〔후한 헌제 건안 16년〕

- 관중의 마초(馬超)·한수(韓遂)·양추(楊秋) 등이 조조를 배반하다. 조조가 서쪽정벌에 나서 그들을 대파하고 관중을 점거하니, 마초·한수 등이 양주(涼州)로 달아나다.
- 유장(劉璋)이 법정(法正)을 시켜서 유비를 익주(益州)로 영접하게 하다.
- 관우·제갈량 등이 남아서 형주를 지키다.

212년 〔후한 헌제 건안 17년〕

- 손권이 석두성을 쌓고 말릉을 건업(建業)으로 이름 바꾸다.
- 조조가 손권을 정벌하다.
- 유비가 유장을 공격하고 부성(涪城)을 점거하다.

213년 〔후한 헌제 건안 18년〕

- 조조가 유수구로 진군하여 장강 서쪽에 있는 손권의 영채를 격파하다. 군사를 이끌고 업성으로 돌아온 조조는 위공(魏公)에 봉해지고 구석(九錫)을 더하여 받다.
- 유비가 면죽의 여러 현을 함락하고 낙성(雒城)을 포위하다.
- 마초가 기성(冀城)을 점거하다.

214년 〔후한 헌제 건안 19년〕

- 하후연(夏侯淵)이 마초·한수 등을 격파하다.
- 마초가 한중의 장로(張魯)에게로 달아났다가 후에 유비에게 투항하다.
- 손권이 환성을 공격하여 점령하다.
- 방통(龐統)이 낙성에서 흐른 화살에 맞아 죽다.
- 제갈량·장비·조운 등이 군사를 이끌고 촉나라로 들어와 유비를 도와 익주를 공격하다.
- 유비가 성도를 점령하고 익주목(益州牧)이 되다.

• 하후연이 농우를 평정하다.
• 복황후의 부친 복완(伏完)이 조조를 죽이려고 모의하다 발각
  되어 죽임을 당하고 그의 일족도 화를 입다.

215년 〔후한 헌제 건안 20년〕

• 손권이 제갈근을 시켜 유비를 찾아가 형주의 여러 군을 돌려
  줄 것을 요구하였다. 유비가 듣지 않자 군사를 일으켜 공격
  하다. 유비도 군사를 이끌고 공안으로 와서 서로 대치하다.
  쌍방이 상수(湘水)를 사이에 두고 형주를 나누다.
• 조조가 한중으로 진군하자 장로(張魯)가 항복하다.
• 손권이 군사를 이끌고 합비를 포위했으나 함락하지 못하다.

216년 〔후한 헌제 건안 21년〕

• 조조가 위왕(魏王)이 되다.

217년 〔후한 헌제 건안 22년〕

• 조조가 유수구에서 손권을 격파하다.
• 유비가 군사를 이끌고 한중을 공격하다.
• 손권이 스스로 조조에게 항복하기를 청하다.

218년 〔후한 헌제 건안 23년〕

• 경기(耿紀)·길본(吉本) 등이 군사를 일으켜 조조에게 반기를
  들었으나 실패하고 죽임을 당하다.
• 조조가 아들 조창을 보내어 오환(烏桓)을 대파하게 하고, 자
  신은 서쪽으로 유비 정벌에 나서다.

219년 〔후한 헌제 건안 24년〕

• 유비가 하후연을 베고 한중을 점거, 스스로 한중왕이 되다.
• 조조가 군사를 이끌고 장안으로 돌아오다.
• 손권이 합비를 공격하다.
• 관우가 번성에서 조인(曹仁)을 포위하고 우금(于禁)을 사로
  잡아 중원에 그 위세를 떨치다.
• 조조군이 남으로 관우를 정벌할 때 서황(徐晃)이 관우군을

격파하다.

- 손권이 여몽을 파견하여 남군(南郡)을 공격하고 관우를 죽인 뒤 조조에게 서신을 보내어 신하가 되기를 청하다.
- 조조가 표를 올려 손권을 표기장군·형주목으로 삼다.

220년 〔후한 헌제 건안 25년〕·〔위 문제 황초 원년〕

- 조조가 병사하다.
- 조비가 헌제를 협박하여 양위하게 하고, 위나라 문제(文帝)가 되다. 후한이 망하다.

221년 〔위 문제 황초 2년〕·〔촉 소열제 장무 원년〕

- 유비가 나라를 세워 황제를 칭하고 국호를 한(漢)이라 하였는데 역사서에서는 촉한(蜀漢)이라 하다.
- 유비가 군사를 이끌고 동쪽으로 손권을 정벌하다.
- 장비가 죽다.
- 손권이 위나라 신하를 자처하여 오왕(吳王)으로 봉해지다.

222년 〔위 문제 황초 3년〕·〔촉 소열제 장무 2년〕·〔오왕 황무 원년〕

- 유비군이 이릉싸움에서 참패하다.
- 손권이 형주를 확보한 다음 유비에게 화친을 청하다.
- 조비가 군사를 이끌고 오나라를 공격하다.

223년 〔위 문제 황초 4년〕·〔촉 후주 건흥 원년〕·〔오왕 황무 2년〕

- 유비가 영안궁에서 병으로 죽고 유선이 즉위, 제갈량의 보필을 받다.
- 남중에서 옹개(雍闓)·맹획(孟獲) 등이 반란을 일으키다.
- 제갈량이 등지를 오나라에 사신으로 보내어 촉·오 두 나라의 우호관계를 회복하다.
- 손권과 위나라는 우호관계가 결렬되다.

224년 〔위 문제 황초 5년〕·〔촉 후주 건흥 2년〕·〔오왕 대제 황무 3년〕

- 손권이 장온을 촉나라에 사신으로 보내어 답례를 하다.
- 조비가 군사를 일으켜 오를 공격했으나 장강(長江)에 이르자

되돌아가다.

225년 〔위 문제 황초 6년〕·〔촉 후주 건흥 3년〕·〔오 대제 황무 4년〕
- 제갈량이 군사를 이끌고 남방정벌하여 맹획을 사로잡았다가 풀어주어 남중을 안정시키다.
- 조비가 손오(孫吳)를 공격했으나 장강에 이르자 되돌아가다.
- 손권이 군사를 보내어 조비를 공격하다.

226년 〔위 문제 황초 7년〕·〔촉 후주 건흥 4년〕·〔오 대제 황무 5년〕
- 조비가 죽으면서 조진(曹眞)·진군(陳群)·조휴(曹休)·사마의 등에게 나랏일을 보필하라는 말을 남기다.
- 조예(曹叡)가 제위를 계승하여 명제(明帝)가 되다.
- 손권이 강하(江夏)를 공격하다 함락하지 못하다.
- 손권이 군사를 보내어 양양을 공격히다 시마의에게 패하다.

227년 〔위 명제 태화 원년〕·〔촉 후주 건흥 5년〕·〔오 대제 황무 6년〕
- 제갈량이 출사표를 올린 뒤 군사를 북쪽 한중에 주둔시키고 위를 정벌할 기회를 노리다.

228년 〔위 명제 태화 2년〕·〔촉 후주 건흥 6년〕·〔오 대제 황무 7년〕
- 사마의가 신성(新城)을 격파하고 맹달을 참수하다.
- 제갈량이 기산(祁山)으로 나와 제1차 북벌을 감행하다.
- 위에서는 조진을 파견하여 제갈량군을 맞아 싸우다.
- 제갈량이 가정(街亭)을 잃은 마속(馬謖)을 참수하다.
- 제갈량이 제2차 북벌을 감행하여 진창(陳倉)을 포위하였으나 군량이 떨어져 돌아오다.
- 조휴가 군사를 이끌고 오를 공격하기 위하여 환(皖)에 이르다. 오나라 육손이 석정에서 조휴를 격파하다.

229년 〔위 명제 태화 3년〕·〔촉 후주 건흥 7년〕·〔오 대제 황룡 원년〕
- 제갈량이 제3차 북벌을 감행해 무도·음평 등을 공략하다.
- 손권이 황제라 칭하고 오나라 정권을 세우다.
- 촉에서는 오에 사신을 보내어 축하하고 오와 동맹을 맺고 천

하를 함께 나누기로 약속하다.
- 손권이 무창에서 건업으로 도읍을 옮기다.

230년 〔위 명제 태화 4년〕·〔촉 후주 건흥 8년〕·〔오 대제 황룡 2년〕
- 위에서 조진·사마의 등을 보내어 촉의 한중을 공격하였으나 큰 비를 만나 싸우지 못하고 물러나다.
- 제갈량은 위연(魏延)을 서쪽 강중으로 보내어 위나라 군을 격파하다.
- 오가 위의 합비를 공격하였으나 함락하지 못하고 돌아오다.

231년 〔위 명제 태화 5년〕·〔촉 후주 건흥 9년〕·〔오 대제 황룡 3년〕
- 제갈량이 기산으로 나와 제4차 북벌을 감행하다.
- 사마의가 장합 등을 이끌고 촉군을 맞이하여 싸웠으나 첫 싸움에서 패하자 군사들을 거두고 싸우지 않았다.
- 제갈량이 군량이 떨어져 철수하자 장합이 추격하다가 복병의 화살에 맞아 죽다.

233년 〔위 명제 청룡 원년〕·〔촉 후주 건흥 11년〕·〔오 대제 가화 2년〕
- 제갈량이 한중에서 군량을 비축하고 군사훈련하며 북벌을 준비하다.
- 손권이 위나라 합비의 신성을 공격하나 함락하지 못하다.

234년 〔위 명제 청룡 2년〕·〔촉 후주 건흥 12년〕·〔오 대제 가화 3년〕
- 제갈량이 제5차 북벌을 감행하여 오장원에 군사를 주둔시키고 위빈에서 사마의와 대치했으나 사마의는 군사를 거두고 싸우려 하지 않다.
- 제갈량이 병으로 죽다.
- 오군(吳軍)이 군사를 세 길로 나누어 합비 신성·양양·광릉 등으로 위를 공격하다.
- 오군이 패퇴하다.

235년 〔위 명제 청룡 3년〕·〔촉 후주 건흥 13년〕·〔오 대제 가화 4년〕
- 촉의 장완이 대장군·녹상서사가 되어 국정을 총괄하며 유선

을 보필하다.
- 사마의가 태위로 임명되다.

237년 〔위 명제 경초 원년〕·〔촉 후주 건흥 15년〕·〔오 대제 가화 6년〕
- 요동의 공손연이 스스로 연왕(燕王)이라 칭한 뒤 연호를 고쳐 소한(紹漢)이라 하고 백관을 설치하다.
- 위는 장안에 있던 동인(銅人)과 승로반(承露盤)을 낙양으로 옮기다.
- 오의 제갈각이 산월(山越)을 평정하다.

238년 〔위 명제 경초 2년〕·〔촉 후주 연희 원년〕·〔오 대제 적오 원년〕
- 사마의가 공손연을 죽이고 요동을 평정하다.

239년 〔위 명제 경초 3년〕·〔촉 후주 연희 2년〕·〔오 대제 적오 2년〕
- 조예가 죽으면서 사마의와 조상(曹爽)을 불리 두 사람이 함께 제왕(齊王) 조방을 보필해 줄 것을 부탁하다.
- 조방이 겨우 8세에 즉위하자 조상과 사마의에게로 대권이 돌아가다.

246년 〔위 제왕 정시 7년〕·〔촉 후주 연희 9년〕·〔오 대제 적오 9년〕
- 촉의 장완이 죽고 비의(費禕)가 국정을 보필하다.

247년 〔위 제왕 정시 8년〕·〔촉 후주 연희 10년〕·〔오 대제 적오 10년〕
- 조상이 권력을 혼자 쥐고 마음대로 하자 사마의가 병이 있다고 핑계하고 조정에 나오지 않다.

249년 〔위 제왕 가평 원년〕·〔촉 후주 연희 12년〕·〔오 대제 적오 12년〕
- 사마의가 조상·하안 등을 죽이고 조정을 독점하다.
- 강유가 옹주를 공격하여 함락하지 못하고 돌아가다.

250년 〔위 제왕 가평 2년〕·〔촉 후주 연희 13년〕·〔오 대제 적오 13년〕
- 강유가 서평으로 다시 출병했으나 뜻을 이루지 못하고 돌아가다.

251년 〔위 제왕 가평 3년〕·〔촉 후주 연희 14년〕·〔오 대제 태원 원년〕
- 사마의가 왕릉을 토벌하고 초왕(楚王) 조표를 사형에 처한

뒤 오래지 않아 죽다.

252년 〔위 제왕 가평 4년〕·〔촉 후주 연희 15년〕·〔오 대제 태원 2년〕

- 손권이 죽으면서 제갈각에게 자신의 아들인 회계왕(會稽王) 손량을 보필해 줄 것을 부탁하다.
- 손량이 손권의 뒤를 계승하다.

253년 〔위 제왕 가평 5년〕·〔촉 후주 연희 16년〕·〔오 회계왕 건흥 원년〕

- 제갈각이 위나라 자객에게 암살당하다.
- 강유가 군사를 이끌고 안정을 포위하나 함락하지 못하다.

254년 〔위 고귀향공 정원 원년〕·〔촉 후주 연희 17년〕·〔오 회계왕 오봉 원년〕

- 사마사(司馬師)가 제왕 조방을 폐하고 고귀향공 조모(曹髦)를 세우다.
- 강유가 군사를 이끌고 농서로 나와 위의 적도 등 3개 현(縣)을 함락하다.

255년 〔위 고귀향공 정원 2년〕·〔촉 후주 연희 18년〕·〔오 회계왕 오봉 2년〕

- 관구검·문흠 등이 사마사를 토벌하는 데 실패하다.
- 사마사가 죽고 사마소(司馬昭)가 조정을 장악하다.
- 강유가 군사를 이끌고 적도로 나와 위나라 옹주자사 왕경(王經)과 싸워 대승을 거두다.

256년 〔위 고귀향공 감로 원년〕·〔촉 후주 연희 19년〕·〔오 회계왕 태평 원년〕

- 위장(魏將) 등애가 상규에서 강유를 대파하다.
- 강유가 군사를 철수하여 성도로 돌아가다.
- 오나라 손준이 죽고 손침(孫綝)이 정권을 장악하다.

257년 〔위 고귀향공 감로 2년〕·〔촉 후주 연희 20년〕·〔오 회계왕 태평 2년〕

- 위의 제갈탄(諸葛誕)이 수춘에서 반란을 일으키자 사마소가 군사를 이끌고 토벌하다.
- 강유는 위가 관중의 군사를 나누어 회남으로 향했다는 소식을

들고 허점을 노려 진천으로 향했으나 등애의 저항을 받다.

258년 〔위 고귀향공 감로 3년〕·〔촉 후주 경요 원년〕·〔오 경제 영안 원년〕

- 사마소가 제갈탄을 공격하여 죽인 다음 상국이 되고 진공(晉公)으로 봉해지다.
- 강유가 성도(成都)로 돌아오다.
- 오 회계왕 손량이 폐위되고 낭야왕 손휴(孫休)가 즉위하여 경제(景帝)가 되다. 손휴가 손침을 죽이다.
- 촉나라 환관 황호(黃皓)가 나랏일을 마음대로 하다.

260년 〔위 원제 경원 원년〕·〔촉 후주 경요 3년〕·〔오 경제 영안 3년〕

- 사마소가 고귀향공 조모를 죽이고 상도향공 조환(曹奐)을 원제로 세우다.

262년 〔위 원제 경원 3년〕·〔촉 후주 경요 5년〕·〔오 경제 영안 5년〕

- 강유가 위를 공격하다.
- 등애가 강유를 맞이하여 후화에서 싸우다.
- 강유가 패하여 답중으로 퇴각하다.

263년 〔위 원제 경원 4년〕·〔촉 후주 염흥 5년〕·〔오 경제 영안 6년〕

- 위에서는 등애·종회·제갈서 등으로 하여금 몇 갈래의 길로 나누어 촉을 정벌하게 하다.
- 강유가 검각에서 종회를 막아 싸우다.
- 등애가 몰래 음평으로 건너가 면죽에서 제갈첨을 죽이다.
- 유선이 등애에게 항복하자 그의 아들 유심(劉諶)은 가족들을 죽이고 소열묘에 고한 뒤에 자결하다.

264년 〔위 원제 함희 원년〕·〔오 말제 원흥 원년〕

- 등애·종회 등이 죽임을 당하다.
- 강유가 전쟁터에서 죽다.
- 사마소가 진왕(晉王)이라 칭하다.
- 오의 경제 손휴가 죽고 오정후(烏程侯)가 제위를 계승하여 말제(末帝)가 되다.

265년 〔진(晉) 무제 태시 원년〕·〔오 말제 감로 원년〕
  • 사마소가 죽다.
  • 사마염이 위나라의 황제를 협박하여 선양을 받아 진(晉) 황조
    를 세우다.
  • 위가 망하다.
279년 〔진 무제 함녕 5년〕·〔오 말제 천기 3년〕
  • 진나라가 군사를 6로로 나누어 대대적으로 오를 공격하다.
280년 〔진 무제 태강 원년〕·〔오 말제 천기 4년〕
  • 오의 승상 장제(張悌)가 진군을 맞이해 싸우다 죽다.
  • 진(晉)의 장수 왕준(王濬)이 군사를 이끌고 건업으로 쳐들어
    가자 손호가 나와 항복하다.
  • 오가 망하여 천하통일되다.

삼국의 정립

(262년)

선비
대막
강호
주천
장액
양
금성
동부선비
유성
창려
현도
요동
부여
옥저
고구려
낙랑
대방
진한
변한
마한
상곡
어양
중산국
기
청
서하
상당 업
평양
북해국
태산
낭야국
가정
안정
농서
하동
관도
서
위수
낙양
영천 초
광릉
장안
옹
위
허창
남양
예 양
건업
기산
음평
한중
수
회수
합비
강(羌)
재동
파서
파동
문산
형
강하
무창
여강
성도
이릉
적벽
신도
회계
임해
한가
동정
장사
임천
강양 파
강양
형양
오
월준
수 강
촉
영릉
계양
건안
영창
건녕
운남
임하
창오
교
합포
교지

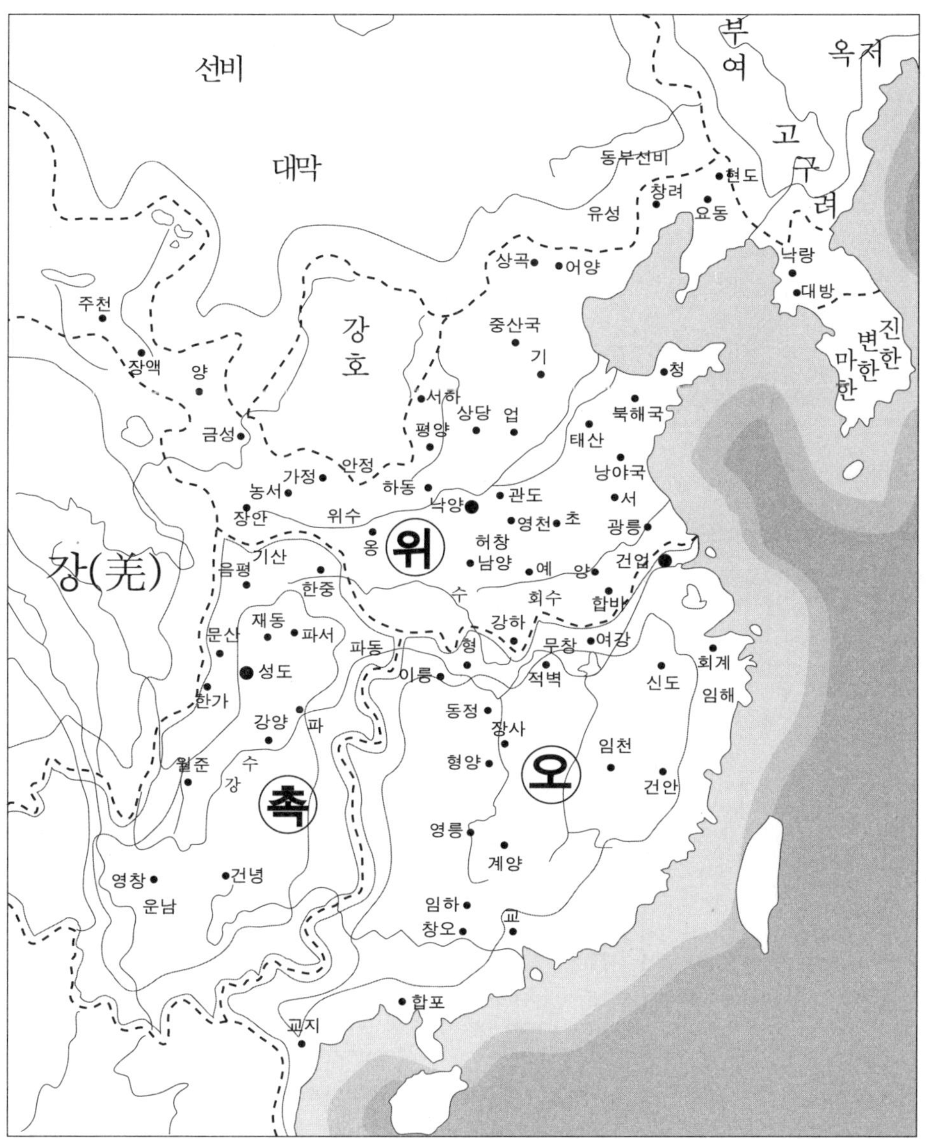

관도대전

(200년 10월)

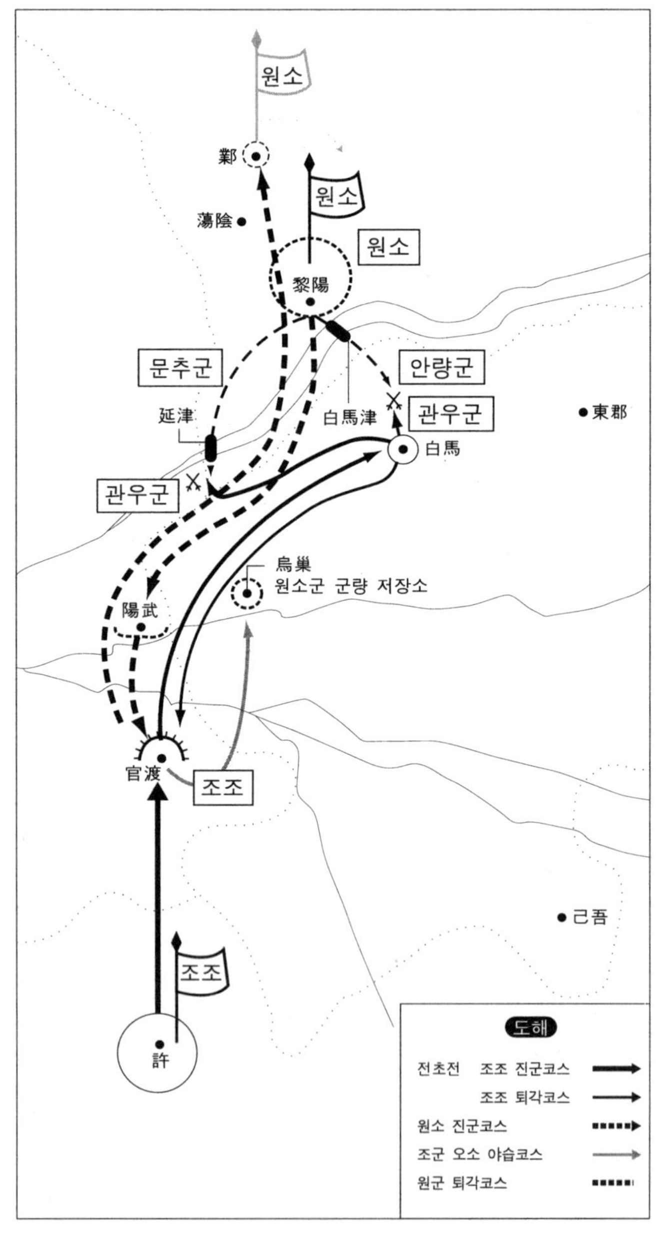

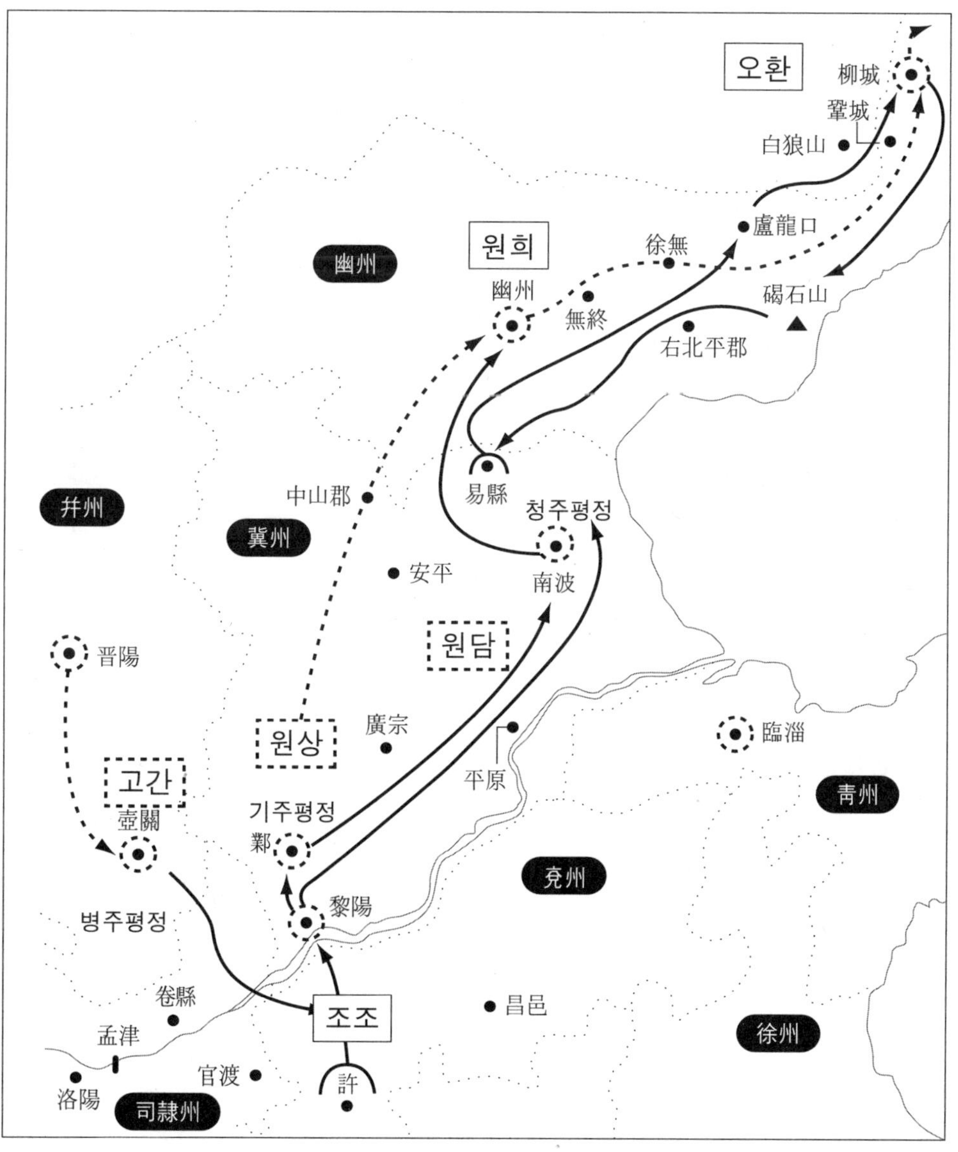

조조 북방평정 작전
(204년 2월~207년 8월)
오환
柳城
蹋城
白狼山
盧龍口
徐無
幽州
원희
幽州
無終
碣石山
右北平郡
易縣
청주평정
中山郡
并州
冀州
安平
南波
원담
晉陽
廣宗
원상
臨淄
平原
고간
청주
壺關
기주평정
鄴
병주평정
兗州
黎陽
卷縣
昌邑
조조
孟津
官渡
徐州
許
洛陽
司隷州

적벽대전

(208년 11월)

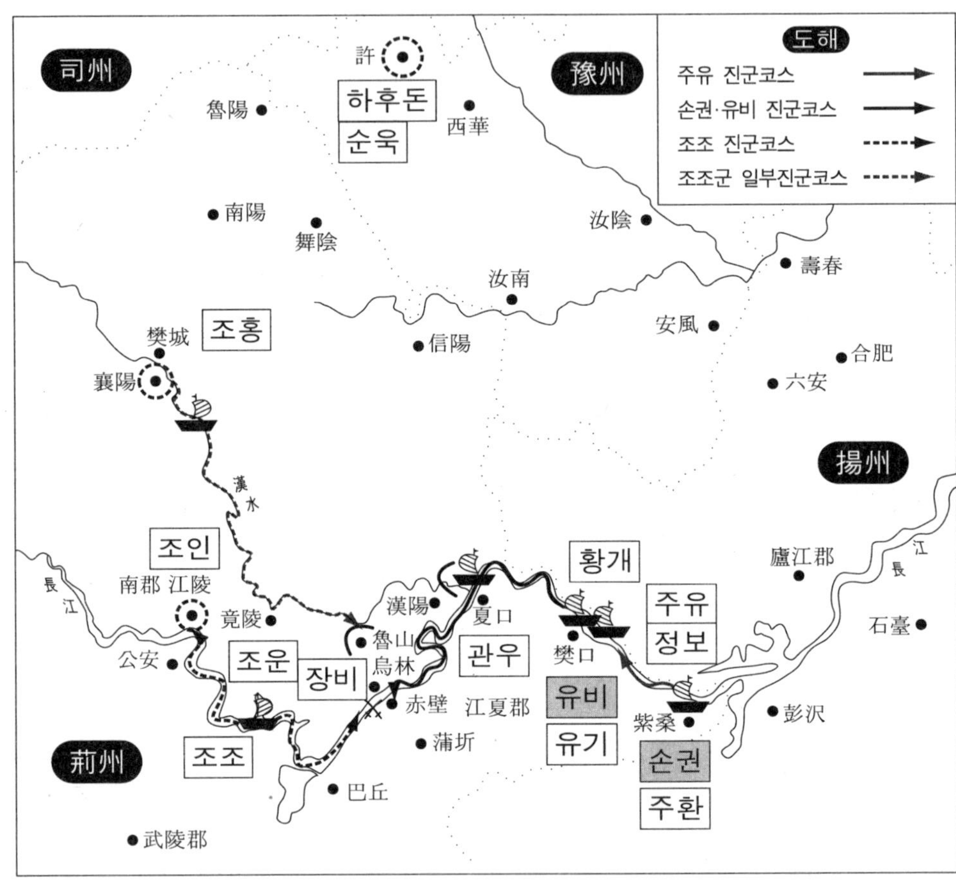

적벽대전 후의 형주

(209년)

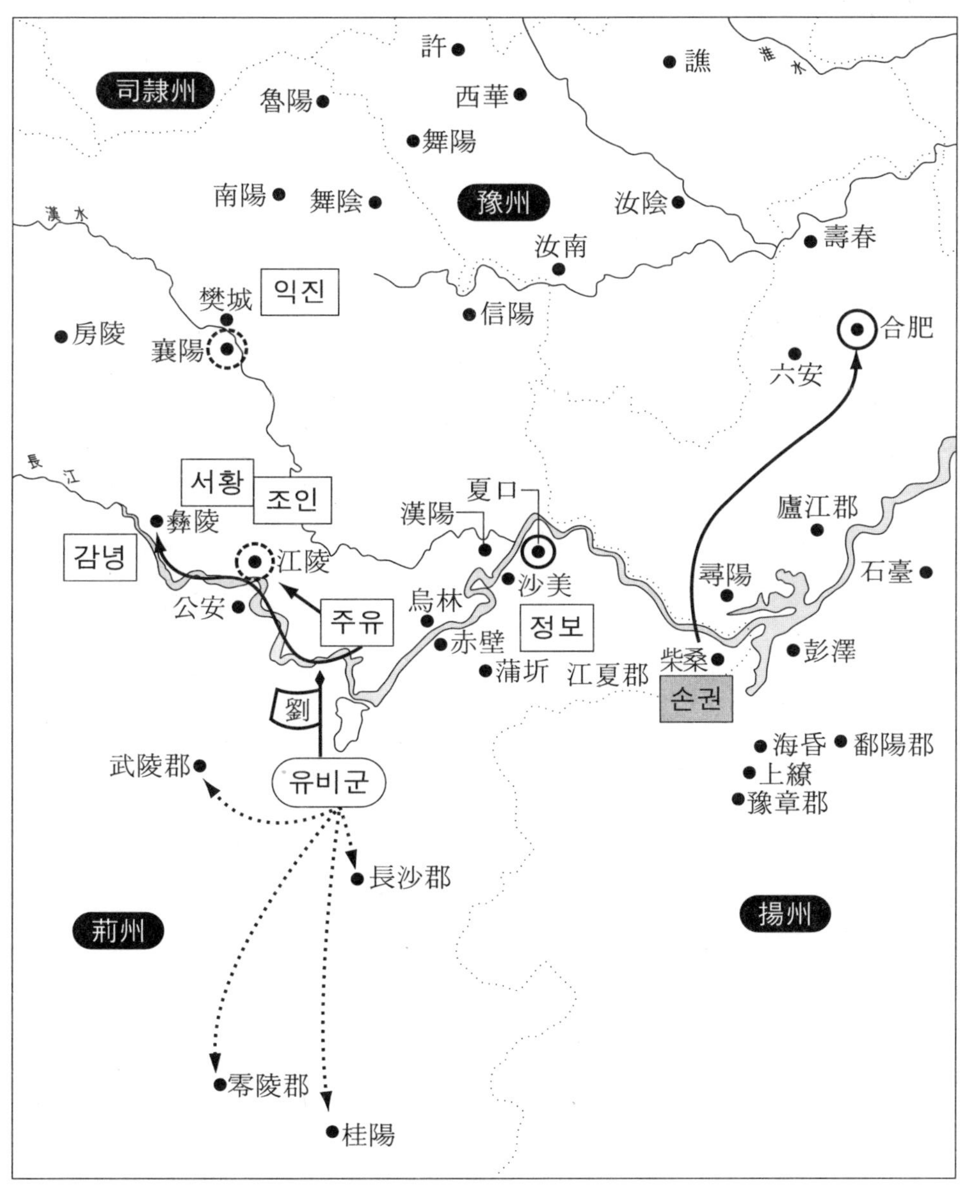

유비의 익주 점령

(제1차 : 212년 12월, 제2차 : 214년)

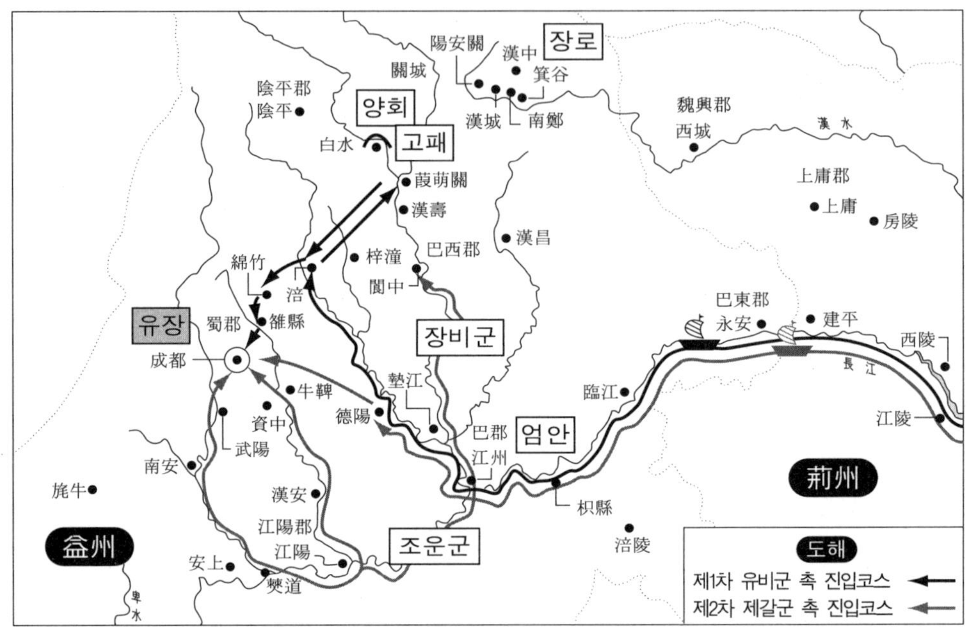

여몽의 형주 평정

(219년)

이릉대전

(222년 윤6월)

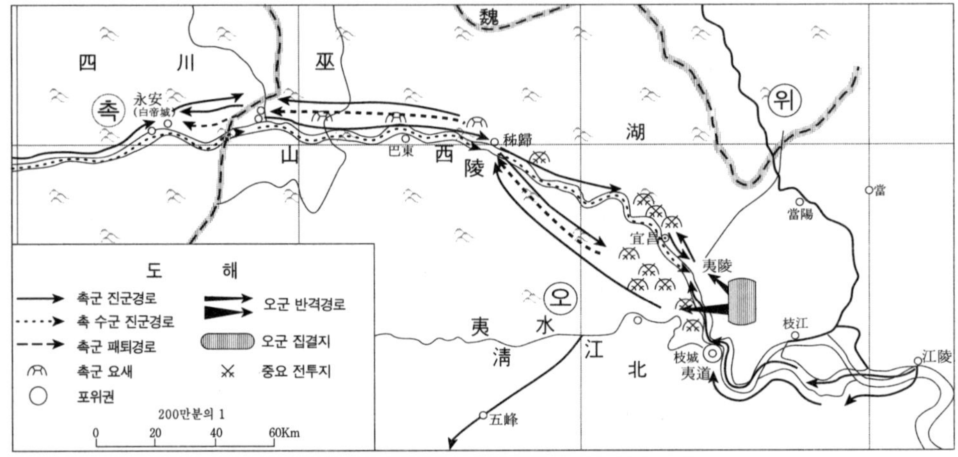

제갈량의 남정
(225년 9월)

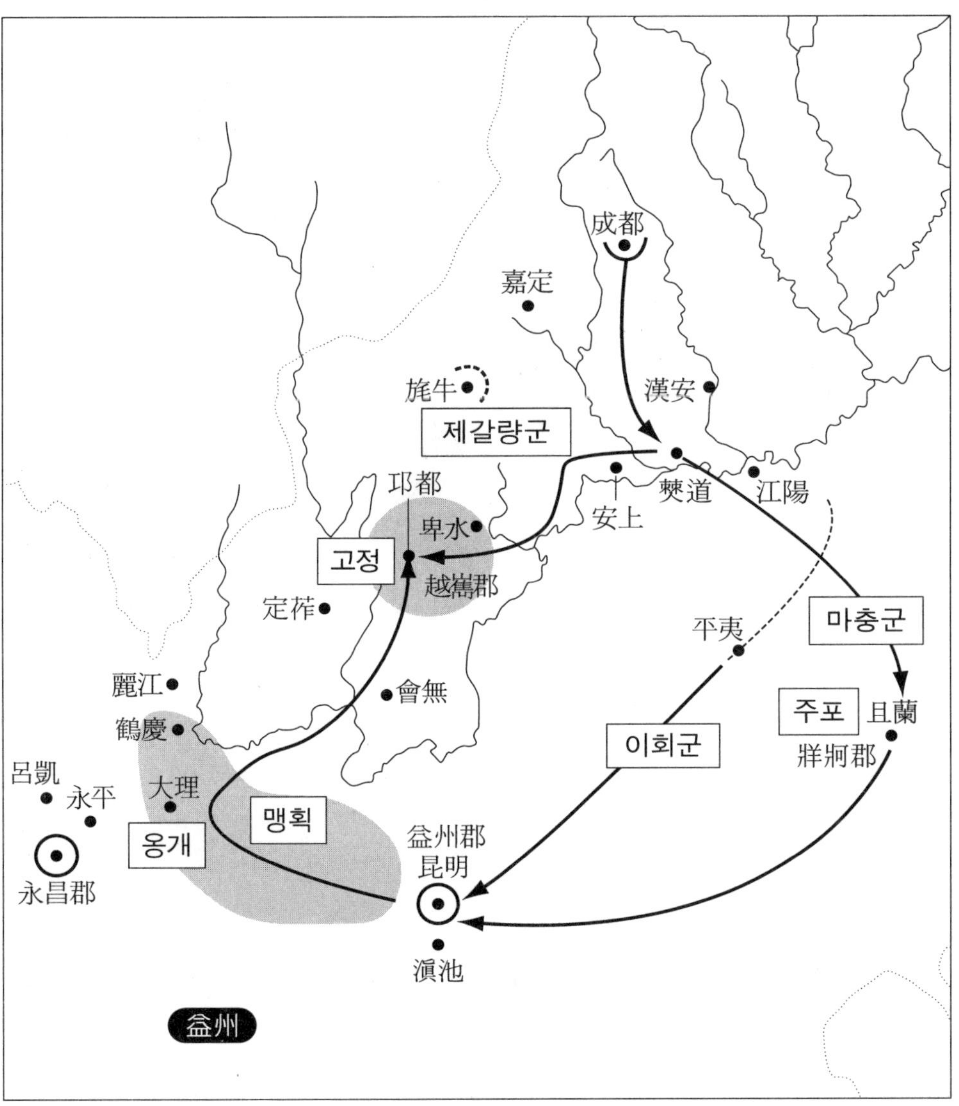

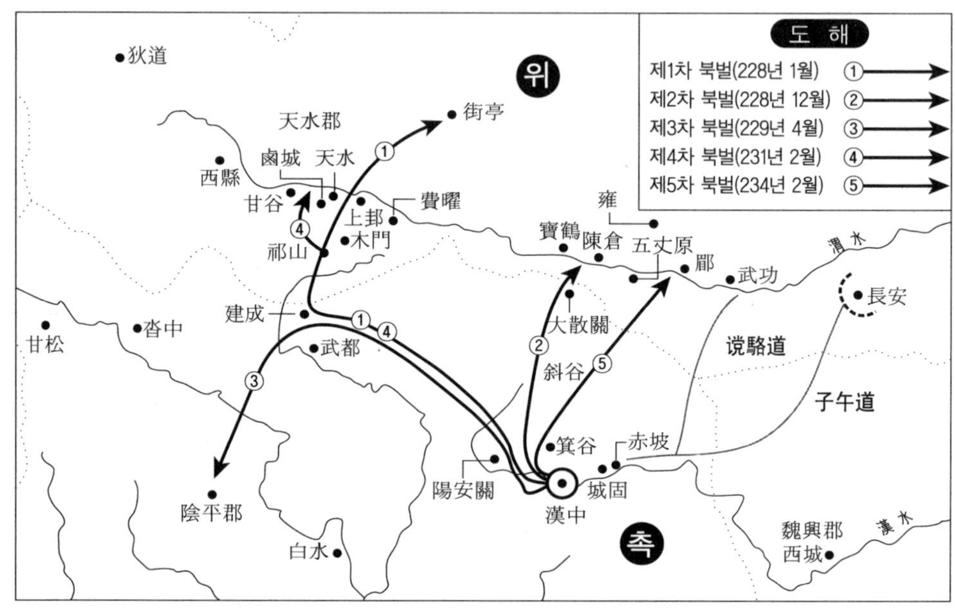

제갈량의 북벌

(228년 1월~234년 2월)

위군의 촉 평정

(263년)

街亭
위
隴西
天水
渭水
雍
甘谷
祁山
寶鷄
陳倉 郿 武功
長安
강유
沓中
武都
武都郡
五丈原
谠駱道
甘松
陽安關
褒城
斜谷
子午道
孔函谷
강유군
陰平
漢城
楽城 赤城
魏興郡
西城
橋頭
馬閣山
위군(주력)
종회군
유흠
江油
劍閣
漢中
강유 검각에서 저항
汶江
巴中
德陽亭
涪
강유 퇴각 코스
綿竹
제갈첨군
雒
成都
郪縣
동궐군
長江
牛鞞
武陽
장익군
德陽
資中
臨江
南安
塾江
巴郡
江州
枳縣
漢安
涪陵
촉
安上
棘道
江陽郡
江陽
도해
위군 코스
촉군 코스

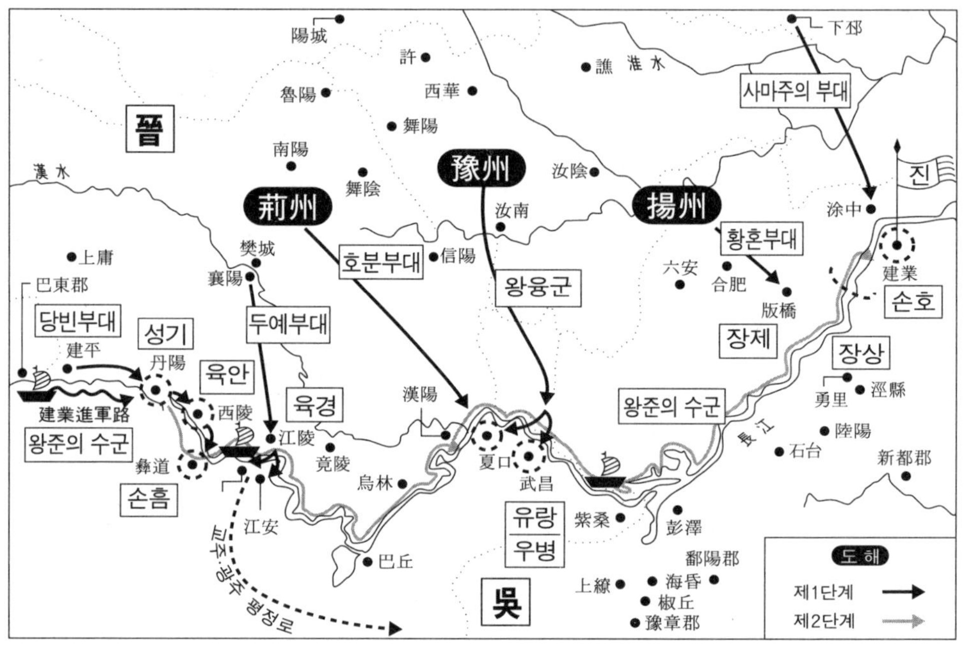

진(晉)군의 오 평정
(280년)

陽城
許
譙 淮水
魯陽
西華
晉
舞陽
下邳
南陽
汝陰
사마주의 부대
漢水
舞陰
豫州
汝南
揚州
진
荊州
樊城
信陽
涂中
호분부대
황혼부대
襄陽
六安
왕융군
合肥
建業
上庸
두예부대
版橋
손호
巴東郡
당빈부대
성기
丹陽
장제
장상
建平
육안
漢陽
勇里
涇縣
육경
왕준의 수군
建業進軍路
西陵
江陵
夏口
陸陽
왕준의 수군
彝道
竟陵
武昌
石台
新都郡
손흠
烏林
유랑
우병
紫桑
江安
彭澤
교주·광주 평정로
巴丘
鄱陽郡
吳
上繚
海昏
椒丘
豫章郡

도 해
제1단계
제2단계

고산(高山)

서울출생. 성균관대학교국문학과졸업. 성균관대학교대학원비교문화학전공졸업. 소설 〈청계천〉으로 〈자유문학〉 등단. 1956년~현재 동서문화사 발행인. 1977~87년 동인문학상운영위집행위원장. 1996년 〈파스칼세계대백과사전〉 편찬주간. 지은책 〈얼어붙은 장진호〉〈한국출판100년을 찾아서〉〈망석중이들 잠꼬대〉〈한국인〉新文館 崔南善·講談社 野間淸治〈愛國作法〉 한국출판학술상수상 한국출판문화상수상

그림/이우경 정준용 카츠시카 정웬 류성잔 스셍첸

1956

高山 大三國志
10 하늘아 사람아
고산 고정일 지음
1판 발행/2008년 8월 8일
발행인 고정일
발행처 동서문화사
창업 1956. 12. 12. 등록 16-345(윤)
서울강남구신사동540-22 ☎ 546-0331~6 (FAX) 545-0331
www.epascal.co.kr
잘못 만들어진 책은 바꾸어 드립니다.
＊
이 책의 출판권은 동서문화사가 소유합니다.
의장권 제호권 편집권은 저작권 법에 의해 보호를 받는 출판물이므로 무단전재와 무단복제를 금합니다.
사업자등록번호 211-87-75330
ISBN 978-89-497-0473-9 04820
ISBN 978-89-497-0463-0 (세트)